BESTSELLER

Ibon Martín, nacido en Donostia en 1976, ha conquistado un lugar propio en el thriller nacional e internacional gracias a sus pasiones: viajar, escribir y describir. Su carrera literaria empezó con la narrativa de viajes. Enamorado de los paisajes vascos, recorrió durante años todos los caminos de Euskadi y editó numerosas guías que siguen siendo referencia imprescindible para los amantes del senderismo. Su primera novela, *El valle sin nombre*, nació con el deseo de devolver a la vida los vestigios históricos y mitológicos que sus pasos descubrían. Tras ella llegaron Los Crímenes del Faro, una serie de cuatro libros inspirados por el thriller nórdico que se convirtieron en un éxito rotundo. *La danza de los tulipanes* (Plaza & Janés, 2019) alcanzó los primeros puestos en las listas de más vendidos, consagrándolo como uno de los autores más destacados de thriller tanto en España como en el extranjero, donde ocho de las editoriales internacionales más prestigiosas se rindieron al hechizo de su narrativa. *La hora de las gaviotas* (Plaza & Janés, 2021) fue galardonada con el Premio Paco Camarasa a la mejor novela negra del año, y lo confirmó como el maestro vasco del suspense. Ya completamente consolidado, en 2023 publicó *El ladrón de rostros* (Plaza & Janés), la tercera investigación de la inspectora Ane Cestero, que también se ha convertido en todo un éxito de ventas. Novela a novela ha construido un universo muy especial en el que se mezclan con elegancia todos los tonos del *noir*: investigación policial, perfilación criminal del asesino, denuncia de asuntos de actualidad, pinceladas de suspense y ambientaciones poderosas que evocan paisajes rurales y leyendas antiguas.

Biblioteca

IBON MARTÍN

El faro del silencio

DEBOLS!LLO

Papel certificado por el Forest Stewardship Council®

MIXTO
Papel | Apoyando la
silvicultura responsable
FSC® C117695

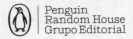

Penguin
Random House
Grupo Editorial

Primera edición: enero de 2024

Printed in Spain – Impreso en España

ISBN: 978-84-663-7349-4
Depósito legal: B-17.895-2023

Compuesto en M. I. Maquetación, S. L.
Impreso en Black Print CPI Ibérica
Sant Andreu de la Barca (Barcelona)

P 3 7 3 4 9 4

A Maria, este año más que nunca

1

Bajo el cielo rojizo del crepúsculo, el pesquero avanzaba rumbo a la seguridad del puerto mecido por el suave oleaje. Tras él, una desordenada nube de gaviotas se disputaba los descartes que los tripulantes lanzaban apresuradamente al mar antes de llegar a tierra firme. Más allá, en las proximidades del horizonte, dos grandes cargueros esperaban la pleamar para poder navegar entre los montes Jaizkibel y Ulia, que flanqueaban la estrecha entrada a la rada. El espectáculo, en el que no faltaban una multitud de chalupas que se hacían a la mar al caer la tarde en busca de los deseados bancos de chipirones, se repetía cada día y Leire no se lo perdía por nada del mundo.

Era un ritual; su ritual. Cada tarde, desde que vivía en aquel remoto faro de la costa cantábrica, perdía la mirada en la lámina de agua que se extendía entre la costa y el horizonte y disfrutaba del regreso de los pescadores ante la inminente llegada de la oscuridad. Unas veces lo hacía desde la ventana más alta de la casa del farero; otras, como aquel día, elegía un banco asomado al acantilado en el que la propia torre de luz se sumaba a la perspectiva. Le fascinaba ver los rítmicos guiños luminosos ganando intensidad a medida que el cielo iba apagándose.

Aquella tarde era de las buenas. Había llovido durante horas y hacía apenas unos minutos que el sol había ganado la partida a las nubes. A los hermosos tonos del cielo, se sumaban así unas notas salitrosas, arrastradas hasta la costa por una ligera brisa. Se mezclaban con el intenso olor a humedad que emanaba de la vegetación, empapada aún por las recientes lluvias.

Sin apartar la mirada del pesquero, cada vez más próximo a las balizas que marcaban la bocana del puerto, se dejó llevar por aquel olor a hierba mojada. Su frescor la hacía sentir viva, olvidar por un momento sus problemas para fundirse con un paisaje que se le antojaba inmejorable. Sin embargo, había algo aquella tarde que no encajaba; unos matices empalagosos rompían la armonía de los aromas habituales. Buscó instintivamente flores con la mirada, aunque sabía que aquel olor no provenía de flor alguna. Intentó concentrarse de nuevo en el paisaje, pero no lo logró, de modo que se puso en pie y caminó hacia la fuente de aquel aroma.

Apenas necesitó dar una docena de pasos antes de ahuyentar a un grupo de gaviotas, que alzaron contrariadas el vuelo. Leire dirigió la vista hacia el lugar del que acababan de huir y sintió que se le helaba la sangre. Jamás en aquel entorno idílico, con la única compañía del rugido de las olas del Cantábrico, hubiera creído posible tanto horror.

Ante ella, oculto en parte por la maleza, yacía el cuerpo de una mujer con el vientre brutalmente desgarrado. Parecía que un animal salvaje le hubiera arrancado las entrañas a dentelladas.

Presa de un terror creciente, se llevó las manos a la cara y abrió la boca para gritar, pero sus cuerdas vocales no lograron emitir sonido alguno. En la distancia, el pesquero pareció leer sus pensamientos y silbó largamente para anunciar que enfilaba la entrada al puerto. Las gaviotas le respondieron con sus sonoros graznidos, que a Leire se le antojaron horribles carcajadas que se burlaban de la espantosa escena. Bajo aquellas macabras risas y durante largos segundos, minutos tal vez, permaneció paralizada, hipnotizada a su pesar por el abdomen abierto en canal de aquella mujer. Después, buscó su móvil, que se le resbaló de las manos y fue a caer junto al cadáver.

Al agacharse, cayó postrada de rodillas y vomitó ruidosamente.

Le costó recomponerse, pero finalmente logró llamar a la policía.

—Soy Leire Altuna, vivo en el faro de la Plata. La he encontrado. Está muerta.

2

—Es un asesinato. El cabrón que haya sido la ha abierto en canal. —El forense de la Ertzaintza, un joven que rondaba los treinta años, no albergaba dudas.

—Es de una brutalidad increíble. Jamás en mis años de profesión había visto algo semejante. —El que hablaba era el comisario Santos, responsable de la comisaría que la policía autónoma vasca tenía en la cercana Errenteria. Se había acuclillado junto al cuerpo y contemplaba con atención los intestinos desgarrados.

Leire observaba a los dos hombres a escasa distancia. La explanada que se abría al pie del faro, aquel lugar donde todo solía ser armonía, se había convertido en un infernal foco de actividad. Las inquietantes luces de colores de los cuatro coches de policía y los dos vehículos sanitarios desplazados al lugar mitigaban el sereno haz de luz del faro, que iluminaba la noche ajeno al drama que se vivía a sus pies.

Hacía ya dos horas que había encontrado el cadáver y aún se encontraba aturdida. Todo aquello parecía una película que discurriera a cámara lenta y demasiado rápido al mismo tiempo. No podía ser más que una grotesca pesadilla; no podía ser real.

—¿Y dice que estaba viendo la puesta de sol cuando la encontró? —inquirió el comisario girándose hacia Leire.

—Sí. Todavía no me lo creo... Sentí un olor extraño y vi a las gaviotas echar a volar al acercarme —murmuró con un nudo en la garganta.

El policía se giró de nuevo hacia el cadáver y se fijó en el abdomen destrozado. La desaparición de Amaia Unzueta había sido denunciada por su familia dos días antes del macabro hallazgo. Los medios de comunicación locales no tardaron en hacerse eco de la noticia y, ahora, no tardarían en aparecer, atraídos como moscas a un magnífico pastel de mierda. Aquello no iba a ser fácil de gestionar.

—Gisasola, ¿qué parte del estropicio han hecho las gaviotas y qué parte el asesino? —inquirió Santos malhumorado levantando la vista hacia el forense.

El joven le hizo un gesto para que esperara. Todavía no lo sabía.

—¿Qué pintan ahí esas ambulancias? ¿No ven que está muerta? —exclamó el comisario haciendo aspavientos—. Que alguien les diga que se vayan.

—Comisario —lo llamó uno de los agentes que impedían acercarse a los curiosos que se iban agolpando tras el cordón policial—. Una señora quiere hablar con usted. Dice que sabe quién ha hecho esta barbaridad.

—Ya empezamos —masculló Santos.

Leire observó intrigada como el comisario se acercaba a los vecinos que habían llegado a pie tras el cierre por la policía de la carretera del faro. El agente que había acudido en su busca le señaló a una mujer. Iluminado por las oscilantes luces azules de los coches patrulla, la farera reconoció el rostro de Felisa, una gallega que regentaba la pescadería del mercado de San Pedro. El jefe de policía hizo un gesto a la mujer para que sobrepasara las cintas de plástico dispuestas a modo de barrera.

Para sorpresa de Leire, en un momento de la conversación, la pescadera señaló hacia ella con el mentón, a lo que siguieron varias miradas escrutadoras del comisario.

—Hay algo raro —explicó el forense cuando Santos regresó a su lado.

—Usted no se vaya. Me temo que ha olvidado explicarme algo —espetó el comisario señalando a Leire antes de agacharse junto a su compañero—. Tú dirás. ¿Qué es lo que te extraña?

El agente manipuló con unas pinzas la piel del abdomen, que había sido abierto a cuchillo como si de un libro se tratara.

—No hay grasa. En esta parte del cuerpo, una persona normal, aunque no sufra sobrepeso, cuenta con una capa de al menos un centímetro de espesor bajo la dermis. En este cuerpo ha desaparecido.

—Habrán sido las gaviotas —sostuvo el comisario.

El forense negó con la cabeza al tiempo que apuntaba con las pinzas hacia los intestinos de la víctima.

—Es lo primero que he pensado, pero las aves arrancan la carne a picotazos irregulares, como se puede ver en las vísceras. En cambio —explicó pasando un dedo enguantado sobre el interior de la capa de piel—, la grasa parece haber sido retirada con un objeto cortante: un bisturí o un cuchillo bien afilado.

Antonio Santos sacudió incrédulo la cabeza.

—¿El asesino se ha llevado la grasa?

—O bien él, o bien alguien que actuara cuando la víctima estaba ya muerta.

Leire escuchaba aterrorizada a los dos hombres. ¿Quién podía estar tan enfermo como para querer matar a Amaia Unzueta y llevarse su grasa? Sintió ganas de vomitar y dio un paso atrás antes de girarse para hacerlo.

El comisario se puso en pie con un largo suspiro y recorrió los cuatro pasos que lo separaban de la farera.

—No es agradable para nadie —murmuró al tiempo que le ofrecía un pañuelo de papel para que se limpiara—. Dígame qué relación mantenía con la víctima.

Leire dirigió la mirada hacia los vecinos que seguían congregándose, cada vez en mayor número, tras el cordón policial. Las lágrimas que habían brotado con el esfuerzo le impidieron al principio ver con claridad, pero pronto comprobó que Felisa, que explicaba algo a varios recién llegados, asentía orgullosa al ver que Antonio Santos había tomado en serio sus palabras.

—¿Con Amaia? —preguntó frunciendo el ceño—. Ninguna. Es la nueva pareja de mi exmarido, del que me separé hace seis meses —explicó acongojada—. Nunca he tenido trato con ella. La saludo si la veo por la calle, pero poco más.

El comisario la miró de soslayo.

—¿Nada más? —inquirió.

—Nada. Eso es todo.

—Algunos vecinos no dicen lo mismo —insistió señalando hacia la barrera policial. Al hacerlo, los destellos azules que emitían los coches patrulla tiñeron su mano de tonos metálicos—. Parece ser que el pasado jueves tuvo con ella un encontronazo en el mercado.

Leire tragó saliva con dificultad. Había imaginado que la conversación iría por esos derroteros, pero que la pescadera intentara incriminarla por aquello le parecía una broma de mal gusto.

—Desde que sale con Xabier está obsesionada...

—¿Querrá decir estaba? —la interrumpió Santos señalando el cadáver.

—Sí, perdón —balbuceó la farera—. Estaba obsesionada conmigo. Cada vez que me veía, se dedicaba a amenazarme. Que no me acercara a Xabier, que dejara de intentar recuperarlo... —Un profundo suspiro interrumpió sus explicaciones—. ¡Como si yo tuviera alguna intención de volver con él!

Antonio Santos la observó en silencio durante unos segundos. Después abrió una libreta y garabateó unas palabras. No parecía muy convencido.

—¿Y él? —preguntó sin dejar de tomar notas—. ¿Dónde está su exmarido?

—En el Índico, pescando atunes frente a las costas de Somalia. Hace un mes que se fue para allá —explicó la farera.

El comisario alzó las cejas.

—¿Como el Alakrana? —Al oír el nombre del pesquero vasco secuestrado por los piratas, Leire no pudo reprimir un escalofrío. Cuando aquello ocurrió, Xabier, que por aquel entonces todavía estaba con ella, también se encontraba en el Índico. Su nave no fue asaltada, pero el miedo estuvo presente durante los tres meses que duró la pesquería—. Aún no me ha explicado qué ocurrió el jueves —dijo Santos volviendo a centrarse en el tema.

—¿El jueves? —Leire dirigió de nuevo la mirada hacia los vecinos y sintió ganas de llorar al ver las miradas de todos fijas en ella—. El jueves fui al mercado, como cada día. Aguardaba mi turno en la verdulería cuando Amaia Unzueta se acercó a mí y me agarró por el pelo mientras gritaba como una loca. Me dio semejante tirón que me caí al suelo. Aún no sé cómo no me lo arrancó de cuajo —explicó llevándose instintivamente las manos a la cabeza.

—¿Gritaba? ¿Qué es lo que decía? —inquirió el comisario frunciendo el ceño.

Leire se encogió de hombros.

—Lo de siempre. Me acusaba de entrometerme en la vida de Xabier, de hablar con él en secreto... ¡Vaya locura! —musitó sacudiendo la cabeza en un gesto de incredulidad—. ¡Si hace meses que no veo a mi exmarido!

—Pues para no verlo parece que sabe mucho de él —apuntó el policía—. ¿Cómo sabe que está en el Índico?

Leire le devolvió una mirada furiosa.

—Esto es un pueblo. Todo se sabe.

—Tengo entendido que usted la agredió —añadió Santos señalando con un gesto de la mano hacia el lugar que ocupaba Felisa. La pescadera observaba el interrogatorio entre el resto de los vecinos.

Leire clavó la vista en el cadáver. Un agente de la Policía Científica tomaba fotos desde diferentes ángulos mientras el forense embolsaba cuidadosamente algunos fragmentos de intestinos que las gaviotas habían desprendido del cuerpo. Se sentía mareada. Aún no entendía cómo había ocurrido aquello y, menos aún, cómo la estaban convirtiendo en sospechosa de un crimen tan atroz.

—Mientras me retenía en el suelo —comenzó a explicar al tiempo que una lágrima se deslizaba por su mejilla—, me escupió en la cara y amenazó con matarme si no abandonaba el pueblo para siempre. —Un sollozo interrumpió por unos segundos sus palabras—. No conseguía quitármela de encima y no me quedó otro remedio que darle patadas y manotazos. Solo entonces logré que me soltara.

Antonio Santos le dedicó una mirada socarrona.

—Pues parece que ahora podrá usted seguir viviendo en Pasaia sin miedo a que cumpla su amenaza —comentó en tono sarcástico.

Una enorme sensación de vértigo atenazó la mente de Leire, que se apoyó en la verja que protegía la entrada al recinto del faro para mantener el equilibrio.

—¿Qué insinúa, comisario? —logró mascullar Leire a duras penas.

El policía le lanzó una sonrisa malévola mientras se guardaba la libreta en el bolsillo de la camisa.

—No insinúo nada —hizo una pausa antes de girarse para alejarse de ella—, pero usted no se vaya muy lejos. Me temo que no tardaré en tener que interrogarla más a fondo.

Antes de que Leire tuviera tiempo de responder, el comisario se acercó al cordón de seguridad. Unos potentes focos delataban la presencia de cámaras de televisión. La noticia del asesinato había llegado a los medios de comunicación.

Desolada, la farera deslizó la espalda contra la verja de entrada al faro hasta sentarse en el suelo. Ante ella se abría un espectáculo dantesco. En primer plano, el forense y otros dos policías embolsaban el cuerpo sin vida de Amaia Unzueta; a su alrededor, varios agentes deambulaban con linternas en la mano en busca de pruebas; más allá, donde la pequeña explanada asfaltada se fundía con la estrecha carretera que unía el faro con San Pedro, varios coches patrulla unidos entre sí con cintas de plástico formaban un cordón policial tras el que se agolpaban decenas de curiosos. Por si fuera poco, a todo aquel revuelo ahora había que sumar la tele, a cuyas preguntas respondía, aparentemente encantado, el comisario Santos.

—¿Qué ha sido de la tranquilidad de mi faro? —se preguntó Leire cubriéndose el rostro con las manos.

—¿Decía algo? —le preguntó un ertzaina dando un paso hacia ella.

La farera negó con la cabeza. Ojalá aquello terminara pronto.

Intentó calmarse concentrándose en la familiar luz del faro. A diferencia de otros, que giraban para lanzar destellos intermitentes a los navegantes nocturnos, el suyo emitía una luz constante, con ocultaciones cada cuatro segundos. Su rítmica cadencia obraba sobre ella un balsámico efecto que le servía de inspiración. Aquella noche de noviembre, en cambio, tenía suficiente con intentar calmarse; lo último en lo que pensaba era en ponerse a escribir.

Los focos de un coche profanaron en la distancia la oscuridad de la carretera que subía al faro. Leire los siguió indiferente, contemplando como desaparecían entre los árboles para aparecer poco después, cuando el bosque cedía el testigo a las campas que ella sabía cubiertas de helechos. «Más periodistas», se dijo al comprobar que no llevaba las características luces azules de las patrullas policiales. Los curiosos no podían subir hasta el faro en coche, pues la Guardia Municipal cortaba el acceso a la carretera desde la llegada de los primeros agentes de la Ertzaintza hacía ya más de una hora.

El vehículo, una unidad móvil de Euskal Telebista, coronada por una enorme antena para la emisión en directo, no tardó en alcanzar los alrededores del faro.

En el mismo momento en que comenzaba a desplegar la parabólica, la hermana de la víctima se bajó de un coche patrulla. Antes de que pasara la barrera policial para acudir a identificar el cadáver, Felisa Castelao se acercó a ella y la sujetó por el brazo mientras le explicaba algo al oído. Leire sintió ganas de llorar de rabia al ver que ambas la miraban. Aquella pescadera parecía dispuesta a volver a todo el pueblo en su contra.

—Sí, es ella —musitó la hermana en cuanto el forense destapó el rostro de la asesinada. Por unos momentos pareció que iba a mantener la serenidad, pero no tardó en caer postrada de rodillas junto al cadáver. Su llanto, que parecía el inquietante canto de una sirena, hizo girarse todas las cámaras hacia ella—. ¿Por qué? ¿Por qué lo has hecho? —inquirió con voz desgarrada clavando en Leire una mirada velada por las lágrimas.

—¡Atrás! ¡Atrás! —Un agente apartó a empujones al reportero que intentaba acercarse traspasando la cinta de plástico.

—Usted retírese. Entre en el faro —ordenó el comisario girándose hacia Leire—. Y no abandone el pueblo en unos días sin dar aviso en comisaría.

La farera obedeció mientras deseaba que el suelo se abriera bajo sus pies para permitirle abandonar cuanto antes aquella escena.

Nunca antes había sentido un alivio mayor al cerrar la puerta tras de sí. Protegida por las recias paredes de aquel edificio centenario, se dejó caer a oscuras en el suelo del vestíbulo. Se sentía agotada. Los sonidos del exterior, voces y motores de coches patrulla, llegaban apagados hasta ella, de modo que no tardó en caer en las garras de un sueño intranquilo.

No sabía cuánto tiempo había transcurrido cuando se despertó. Seguía siendo noche cerrada.

«Tal vez no ha sido más que una pesadilla», intentó animarse poniéndose en pie.

Se encaminó a tientas hasta la cocina, donde había una ventana que miraba hacia la explanada. La intermitente luz del faro hacía cobrar vida a las cintas de plástico de la policía que la brisa mecía a su capricho. No había allí nada más que recordara el bullicio que se había adueñado de aquel lugar hacía tan solo unas horas.

Estaba a punto de retirarse cuando percibió entre los árboles dos leves luces azules. No tardó en comprender que se trataba de un coche patrulla de la Ertzaintza. Durante unos instantes, mantuvo la vista fija en él. Después, exhaló un profundo suspiro y se perdió por las escaleras que llevaban a su habitación.

3

La potente bocina de un carguero la despertó. Sin necesidad de levantarse de la cama, supo que se trataba de uno de los muchos barcos repletos de chatarra que arribaban a Pasaia desde diferentes lugares del mundo. Desde el agotamiento de las vetas de hierro que surcaban años atrás gran parte del subsuelo de la zona, las empresas siderúrgicas guipuzcoanas y navarras se alimentaban con metales de desecho que llegaban en aquellas naves en busca de una segunda vida.

La claridad del exterior bañaba el dormitorio, que, con sus paredes y mobiliario blancos, aumentaba la luminosidad hasta hacer doloroso abrir los ojos tras tantas horas atropelladas de sueño. De un manotazo, Leire tomó el reloj, también blanco, que había sobre la mesilla de noche y observó la hora.

La una de la tarde.

Lanzó un asqueado bufido y se incorporó.

—Mierda —murmuró al rememorar lo ocurrido.

No recordaba haberse levantado nunca tan tarde. Seguramente lo habría hecho en sus tiempos de estudiante, pero eso quedaba muy lejos. Ahora tenía treinta y cinco años y hacía demasiado tiempo que había olvidado la vida despreocupada de universitaria en Deusto.

Se echó una sudadera por encima de los hombros y se acercó a la cocina, donde abrió la nevera para servirse un vaso de zumo de naranja. Era lo primero que hacía cada día al levantarse, normalmente muchas horas antes; a las siete o siete y media de la mañana. Le costó unos segundos decidirse, pero finalmente apartó ligeramente las cortinas de la ventana y se asomó al exterior.

Contemplaba hipnotizada el movimiento serpenteante de las cintas policiales, cuando su móvil comenzó a sonar insistentemente.

Antes de descolgar, vio en la pantalla el nombre de su editor. Más problemas.

—¿Qué tal, Jaume? —saludó con un tono tan amigable que a ella misma le sonó forzado.

—Hola, Leire. Habías prometido que para hoy tendría los primeros capítulos de la tercera entrega —replicó una voz masculina sin rastro de amabilidad.

—Tienes razón; claro que la tienes, pero no te imaginas lo que ha ocurrido esta noche —comenzó a explicar ella.

—Y tú no imaginas el desastre que se avecina si no publicamos el tercer libro a tiempo —la interrumpió el editor.

Leire sabía que era cierto. En mala hora se había animado a escribir una trilogía. Tras el éxito de su novela *El nido de la golondrina*, que resultó la obra romántica más aclamada en la feria de Madrid y que había sido traducida a doce idiomas, Jaume Escudella le propuso embarcarse en una aventura más ambiciosa. Las dos primeras entregas de *La flor del deseo* habían vendido decenas de miles de ejemplares y eran muchos los lectores que esperaban ansiosos el lanzamiento del tercer libro, anunciado para la próxima primavera. Solo contaba con cuatro o cinco meses para escribirlo y apenas había ideado un primer boceto en el que basar la historia.

—Ayer apareció una mujer muerta en la puerta de mi faro —musitó en busca de una justificación.

—Vaya, lo siento, pero si no escribes, los próximos seremos nosotros. Me llegan cada día cartas de lectoras que me ruegan que les adelante el desenlace de la tercera novela. ¡Imagínate! Quieren saber si la doctora Andersen encuentra por fin a su amado tras tantas desgracias.

—No lo entiendes, Jaume. Se trataba de la novia de mi exmarido. Hay gente en el pueblo que cree que he sido yo —La voz de Leire perdió el tono amable.

—¿Tú? ¡No me jodas! A nadie en su sano juicio se le ocurriría una chorrada semejante.

—Pues se les ha ocurrido —se lamentó la escritora ahogando un suspiro—. No he nacido en este pueblo, soy escritora, vivo en un faro y me he separado del tío que tenía enamoradas a todas las tías de Pasaia... ¿Qué más necesitan para que sea yo la asesina?

—No les hagas caso. Se les pasará en cuanto la policía encuentre al culpable.

—¿La Ertzaintza? —inquirió Leire con sarcasmo—. También ellos parecen haberse apuntado a esa hipótesis. Si miro por la ventana, veo una patrulla. Seguro que espía mis movimientos. ¿Qué te parece?

El editor se mantuvo en silencio unos instantes mientras digería la noticia.

—¡Mierda! Solo me faltaba esto. Necesito que avances con el libro. No sé cómo se me ocurrió publicar los anteriores sin tener aún en marcha el tercero. Si no lo presentamos a tiempo, se acabó. ¿Me entiendes? La gente se sentirá estafada y todo se irá al garete.

La escritora asintió con la cabeza. No sabía qué decir. Jaume tenía razón, pero desde que se separó de Xabier no había podido escribir una sola página. ¿Cómo iba a ser capaz de escribir literatura romántica ella, que tenía su vida sentimental destrozada?

—¿Estás ahí, Leire? ¿Me oyes?

—Sí. Claro que estoy aquí, Jaume. Te prometo que lo intentaré. Dame un par de días —murmuró la farera antes de pulsar la tecla de colgar.

Sin detenerse a pensarlo, se puso unos pantalones tejanos y una cazadora cortavientos. Cada día, desde que había conseguido que la Autoridad Portuaria de Pasaia le permitiera ocupar la vivienda del farero tras la jubilación del viejo Marcos, bajaba en su Vespa hasta San Pedro. Allí, en el mercado y las tiendas cercanas, compraba pan, leche y algo de comida antes de regresar al faro para intentar escribir unas líneas.

Antes de salir, se miró en el espejo engarzado con falsas piedras preciosas que presidía el vestíbulo. Igual que el resto de la decoración, era herencia de los anteriores habitantes del edificio.

Tenía ojeras y sus ojos color avellana, habitualmente alegres, se veían apagados por las preocupaciones. Aun así, se mordió el labio inferior y se vio atractiva. Sabía que no era la chica más guapa de Pasaia; nunca lo había sido, pero siempre había tenido éxito. No era ni alta, ni baja, ni gorda ni flaca. Lo único que destacaba en su figura eran unos hombros que más de uno podría considerar excesivamente masculinos; pero eso eran cosas del remo.

Por un momento, estuvo tentada de volver al lavabo para peinarse, pero finalmente recogió su ondulada melena castaña en una sencilla cola de caballo, dejando que un par de mechones se soltaran espontáneamente sobre su rostro. Era demasiado tarde para andarse con remilgos.

Sin embargo, cuando abría la puerta para salir al exterior, se fijó en el reloj. Era hora de comer. No encontraría abierta tienda alguna y las paradas del mercado estarían recogidas. Con un sentimiento de culpabilidad por haber dormido hasta tan tarde, se quitó la cazadora y la colgó del perchero.

—Tú ganas —apuntó en voz alta mientras pensaba en su editor.

Mientras lo decía, echó a andar por las escaleras que llevaban al piso superior, que ocupaba su despacho, una luminosa estancia con ventanas abiertas al acantilado.

Una y otra vez, pulsaba la tecla de borrado. Los renglones que lograba escribir le parecían carentes de sentido. La doctora Andersen, el personaje que con tanta ilusión había creado dos años atrás y que había hecho enamorarse a tantas personas, aparecía vacío, no lograba transmitir ningún tipo de emoción en sus nuevos escritos.

—Tengo que hacerlo —se dijo en voz alta dando una palmada a la mesa de madera sin barnizar sobre la que trabajaba.

Pero algo en su interior le decía que no lo lograría. El secreto del éxito de sus novelas había sido que ella misma estaba enamorada cuando las escribía, de modo que la pasión que emanaba de sus personajes no era otra que la suya propia. Ahora, sin embargo, tras descubrir las repetidas infidelidades de Xabier, que abocaron al final de su matrimonio, se sentía como una fracasada sentimental, y no creía que a sus lectores les gustara que convirtiera a la doctora en alguien así.

El frío sol de finales de otoño comenzaba a precipitarse hacia las aguas del Cantábrico cuando se levantó del escritorio. En la pantalla, una hoja en blanco, y en sus mejillas, lágrimas de impotencia. Asomada a la ventana, se reconcilió con el mundo gracias al vivificante aire del mar y a la visión del acantilado que se abría al pie del edificio. Parecía increíble que aquella enorme pared rectilínea, como el muro de un descomunal frontón de pelota vasca, fuera producto de la naturaleza. El mar batía con fuerza contra su base, situada ciento cincuenta metros por debajo del faro, como si pretendiera destruir tanta belleza con su furia. Tan imponente era aquella gigantesca laja pétrea, que contaban los pescadores que, al mojarse los días de lluvia, brillaba con los escasos rayos de sol como si se tratara de una magnífica lámina de plata.

—El faro de la Plata —susurró Leire recordando el origen de un nombre que le resultaba mágico.

Como si respondiera a su llamada, la linterna que coronaba la torre de luz se iluminó. Venía haciéndolo así desde mediados del siglo XIX, cuando fue levantado el edificio con sus imponentes formas de castillo medieval.

La escritora sabía de sobra lo que eso significaba: la noche llamaba a la puerta. Sin moverse de la ventana, contempló el sol mientras se hundía en una bruma que robaba las vistas de su ocaso, allá en las proximidades del cabo de Matxitxako.

Los guiños del faro, uno cada cuatro segundos, se convirtieron en los únicos protagonistas del momento. De todas las ventanas de la casa, aquella del despacho era su preferida. A diferencia de lo que parecía desde el exterior del edificio, la linterna no se encontraba sobre la construcción principal, sino sobre una plataforma adyacente, encaramada a lo más alto del acantilado. Y aquella ventana era la única que permitía divisar el faro y el Cantábrico al mismo tiempo.

Varias txipironeras, pequeñas chalupas a motor que los vecinos de la zona utilizaban para pescar sin alejarse de la costa, se asomaron por la bocana y salieron a mar abierto.

«Empieza el baile», se dijo Leire observando aquellas pequeñas embarcaciones mecidas por las olas. Pocas estampas le resultaban tan relajantes como aquella.

Al abrir la ventana para apoyarse en el alféizar, le llegó desde el oeste el desordenado griterío de las gaviotas. No necesitó girar la vista hacia el sonido para saber que los barcos pesqueros regresaban a puerto tras pasar el día en el mar.

Suspiró desanimada. Hacía exactamente veinticuatro horas observaba esa misma escena cuando todo comenzó a desmoronarse. Porque, apenas un día antes, era una escritora separada en busca de inspiración y, ahora, era sospechosa de un horrible crimen que había profanado su faro para convertir el mejor lugar de su mundo en el escenario de una grotesca pesadilla.

—¿Cómo coño quiere que escriba así? ¡Maldita sea! —rugió desanimada girándose y apartando de un manotazo los pocos apuntes que cubrían su escritorio.

4

Sentía que todas las miradas estaban fijas en él y eso, lejos de aplacarlo, lo hacía sentir más furioso. Sus pasos, rápidos y poco firmes, translucían la impotencia que le corría por las venas. De hecho, él era el primero que habría detenido a la farera de buena gana, pero no había en realidad ninguna prueba que la incriminara.

«Antes o después la pillaré en un renuncio», se dijo Antonio Santos sin dejar de pasearse pensativo por la comisaría.

Llevaba más de una hora así. Si se sentara, su cerebro se relajaría, de modo que caminaba arriba y abajo, despertando la curiosidad y las burlas silenciosas del resto de los agentes, pero él era el jefe allí, y nadie iba a decirle cómo debía comportarse y cómo no.

—Gisasola, ¿estás seguro de que la víctima no fue asesinada en el lugar donde fue hallado el cuerpo? —inquirió una vez más deteniéndose frente al ordenador donde el forense redactaba el informe.

—Imposible —explicó el agente sin dejar de teclear—. La sección del abdomen fue realizada en el mismo momento de la muerte, por lo que tendríamos que haber encontrado sangre en el escenario. Que yo recuerde, y aquí tengo las fotos —dijo señalando al ordenador—, el lugar estaba limpio. Amaia Unzueta fue asesinada en otro sitio y después trasladada junto al faro.

Santos resopló. Aún había importantes cabos por atar en aquel caso y aquel no era el menos desconcertante.

—¿Por qué iba la farera a llevar el cadáver hasta los alrededores de su faro? ¿No habría sido más lógico que se deshiciera de él lo más lejos posible de su casa? —preguntó en voz alta para que todos pudieran oírlo.

Los seis agentes, incluyendo el forense, que había en la oficina alzaron la vista de sus pantallas. Sabían que, en momentos así, al comisario Santos le gustaba oír las opiniones de todos ellos para reforzar la suya propia.

—Creo que la mató en el interior del faro; en su casa, por decirlo de algún modo —apuntó Ibarra desde uno de los ordenadores del fondo. Había doce Hewlett Packard en la sala, repartidos en cuatro largas mesas con tres puestos de trabajo cada una. Sin embargo, la mitad estaban libres en aquel momento, pues el resto de los agentes del turno estaban de patrulla—. Probablemente, quiso arrojar el cadáver por el acantilado, pero no tuvo suficiente fuerza para llevarlo hasta allí. Por ello, la dejó en un rincón, más cerca del edificio de lo que ella hubiera deseado. No olvidemos que no tiene coche.

—Recordad que fue ella quien dio el aviso. ¿No os parece raro que mate a su supuesta enemiga, intente deshacerse del cadáver sin éxito y llame a la policía para informar de que tiene a una muerta en la mismísima puerta de su casa? Si hubiera querido, podría haber dedicado más tiempo a esconder el cuerpo. O, al menos, a alejarlo del faro —discrepó García—. No, no creo que sea ella la asesina.

El comisario Santos se llevó una mano a la barbilla y ladeó lentamente la cabeza en un gesto estudiado que repetía a menudo para indicar que estaba pensando.

—De momento me gusta más la idea de que haya sido la farera. Su disputa con la víctima es la única pista de la que podemos tirar por ahora —apuntó decidido a no dar la razón a aquel advenedizo.

Gisasola carraspeó para llamar su atención.

—¿Y por qué extrajo el tejido adiposo? —inquirió.

Ibarra se lo pensó antes de responder.

—¿Un recuerdo, quizá? ¿Un trofeo a su victoria? —dijo con una mueca de repugnancia.

—¡Vaya trofeo más macabro! —musitó el forense—. ¿De verdad veis a la farera llevándose sebo de la nueva pareja de su exmarido como recuerdo?

—A mí tampoco me cuadra —aseguró la agente Cestero, que acababa de incorporarse a la comisaría de Errenteria tras terminar su formación en la academia de Arkaute—. La tía esa vivirá en un faro solitario, pero la impresión que da no es la de ser una demente. ¡Joder, es una escritora famosa! —Hizo una pausa para comprobar que el comisario asimilaba sus palabras—. No digo que no pueda ser ella la asesina, pero me sorprendería que fuera capaz de destripar tan brutalmente a su víctima. ¿Qué sentido tiene eso?

—¡Ja! Bienvenida a la Ertzaintza. No sé qué te habrán enseñado en Arkaute, pero es aquí donde vas a conocer el mundo real. Como verás, está lleno de psicópatas disfrazados de angelitos —espetó Santos—. Y puede que tu amiga la farera te tenga guardada alguna sorpresa.

—No es mi amiga. Ni siquiera la conozco —protestó Cestero con una mirada desafiante.

—¡Mejor! —El tono de Santos era cortante. Miró de arriba abajo a la joven agente y maldijo a sus superiores por enviarle siempre a las más feas. A él le gustaban rubias y con buena delantera, pero una vez más lo habían vuelto a hacer; Ane Cestero estaba por debajo de la estatura media, tenía las caderas anchas y una barbilla demasiado prominente que contrastaba con una nariz achatada. Para colmo, hablaba demasiado claro, con el atrevido descaro de la juventud, y el comisario quería un rebaño dócil que no discutiera sus órdenes. Decididamente, iba a tener que meterla en vereda o acabaría por causarle problemas—. ¿Alguien tiene algo inteligente que decir? —añadió dirigiéndose a los demás.

—A mí se me ocurre una opción totalmente contrapuesta —anunció el forense.

—Adelante —lo animó Antonio Santos a regañadientes. Gisasola no dependía de su comisaría, sino de la Unidad de Investigación Criminal, que rendía cuentas directamente a la jefatura central de la Ertzaintza, de modo que con él estaba obligado a tener más paciencia que con los demás.

—¿Y si la farera no fuera más que una víctima secundaria del asesino? A ver si me explico... ¿Y si el cadáver hubiera sido abandonado junto al faro precisamente para intentar incriminarla? —aventuró el forense.

Con el rabillo del ojo, el comisario comprobó que la agente Cestero asentía con un leve movimiento de cabeza. Gisasola también lo vio y le respondió con un amago de sonrisa, que disimuló rápidamente al comprobar que la mirada de Santos estaba fija en él.

«Seguro que estos dos se entienden», se dijo el comisario con un atisbo de frustración.

No hacía tantos años que era en él en quien se fijaban las mujeres, pero ahora eran otros quienes se llevaban todas las miradas. El forense dedicaba el tiempo libre al surf, de modo que tenía un cuerpo atlético, un rostro bronceado y un flequillo que el agua del mar había vuelto rubio. En realidad, el comisario sospechaba que era la parafina y los decolorantes artificiales quienes lo habían hecho. Tanto daba; su éxito entre las mujeres era indiscutible. El de Santos, en cambio, se diluía como una gota de tinte en el mar.

—Puede ser. No me parece un mal análisis, pero reconoced que, por ahora, solo tenemos a una sospechosa. Y no es poco —explicó apoyando las nalgas en la mesa contraria a la de Gisasola—. Tenemos una muerta, una tía que la odia y el faro donde vive esta última. Resulta que la víctima aparece junto a este un par de días después de que las dos se hayan peleado en público. ¿No es enrevesado pensar que el cadáver ha sido llevado hasta allí por un tercero? —La mirada de Santos recorrió los rostros de todos los presentes, pero se detuvo más tiempo en el forense y la agente recién incorporada.

—La mente de alguien capaz de matar a una mujer y desparramar sus higadillos por ahí tiene que ser enrevesada de cojones —protestó Cestero.

Antonio Santos hizo un gesto afirmativo.

—No digo que no, pero de momento no tenemos ningún otro hilo del que poder tirar para deshacer la madeja —sentenció barriendo el resto de las teorías con un movimiento de la mano.

Un silencio sepulcral siguió a sus palabras. El sonido de las teclas anunció que algunos habían vuelto a sus quehaceres. Al fin y al cabo, todos sabían que la conversación había terminado, pues así eran aquellos encuentros con el comisario. Le gustaba escuchar a todos, pero nunca reconocería que las ideas de los demás eran las acertadas. Solo después de hacerlas suyas, y pasado un tiempo prudencial, las planteaba como una opción válida.

—Háblanos sobre el arma, Gisasola —pidió Santos sin moverse de la mesa en la que se apoyaba.

Las teclas dejaron de nuevo de sonar.

—A pesar de lo que creímos en un primer momento —comenzó el forense dirigiéndose al extremo de la sala donde se encontraba la pantalla del proyector—, Amaia Unzueta no murió por las heridas del abdomen, que fueron realizadas inmediatamente después de la muerte, sino que fue estrangulada.

El proyector mostró un primer plano del cuello de la víctima. Una horrible marca amoratada se dibujaba a modo de gargantilla a su alrededor. Por la noche, con todas las miradas fijas en el horrible tajo abierto en el abdomen, ninguno de ellos había reparado en ella.

—¿Un cable? —inquirió la agente Cestero.

Gisasola negó con un gesto.

—La piel aparece demasiado desgarrada para haber sido con un cable, tuvo que ser algo mucho más abrasivo —señaló sin apartar la vista de la pantalla—. Me decantaría por una cuerda.

—Estoy de acuerdo. El arma homicida es claramente una cuerda —apuntó solemne el comisario.

—Algo demasiado frecuente en un puerto —se lamentó Cestero llevándose la mano al piercing que lucía en la aleta izquierda de la nariz.

—El asesino se situó detrás y rodeó el cuello de la víctima con ella, tirando con fuerza desde la espalda. Como podéis comprobar —explicó Gisasola haciendo desfilar por la pantalla varias fotografías tomadas desde diferentes ángulos—, apenas quedaron marcas de la cuerda en la parte posterior del cuello, mientras que en la parte anterior los hematomas son evidentes.

—La mató por la espalda —musitó Santos mostrando una mueca de desprecio.

—En esta otra imagen podéis ver la tráquea completamente aplastada por la presión. —El proyector enseñaba ahora explícitas fotografías de la autopsia que obligaron a apartar la vista a algunos agentes—. Sin embargo, las cervicales no sufrieron daño alguno.

—Eso nos reafirma en la idea de que el atacante la abordó por la espalda —apuntó pensativo el comisario.

—Qué listo —susurró alguien tras él.

Antonio Santos no necesitó darse la vuelta para saber con certeza que se trataba de García. De buena gana le abriría un expediente a aquel entrometido por faltar al respeto a un superior, pero sabía que no serviría de nada. Es más, si lo hiciera, era más que probable que el asunto acabara volviéndose en su contra y que su cómoda posición corriera peligro.

—¿Y el corte en la tripa? ¿Qué tipo de cuchillo se utilizó? —preguntó la agente Cestero.

Gisasola pasó varias imágenes rápidamente hasta detenerse en una que mostraba la horrible herida del abdomen de la víctima.

—¡Qué barbaridad! —exclamó Santos apartando contrariado la mirada.

—La hoja penetró un máximo de seis centímetros. Por la

saña con la que parece haberse hecho la sección, me atrevería a decir que el asesino clavó el arma hasta la empuñadura, de modo que esas serían las dimensiones del filo. —El forense señaló con el dedo el borde de la herida—. Fijaos también en la limpieza del corte. Estamos ante un cuchillo tremendamente afilado.

—De carnicero —interrumpió Ibarra.

—O de pescador. En Pasaia hay más pescadores que carniceros. También ellos utilizan cuchillos —apuntó Gisasola.

—¿Por qué no entramos en ese faro? —quiso saber Ibarra—. No parece difícil encontrar pruebas: un cuchillo, una cuerda rasposa, restos de sangre... Incluso pedazos de grasa, si me apuráis. ¿No decís que el asesino se la llevó? Si no damos con ello, vaya mierda de polis estamos hechos, ¿no?

—Si entras, no encontrarás nada. ¿No ves que esa tía no ha sido? —se burló García.

Antonio Santos le dirigió una mirada fulminante de la que se arrepintió al instante.

—No es tan fácil. No obtendremos una orden judicial con tan pocas pruebas. Lo único que tenemos es una pelea poco antes de que la víctima desapareciera. A ningún juez le parecerá un motivo suficiente como para registrar su casa —explicó el comisario.

—¿Y qué piensas hacer? Te inclinas por la línea de investigación que apunta a la farera, pero no intentas entrar en el faro. Vaya incoherencia, ¿no? —preguntó García con un gesto burlón.

El comisario se mordió la lengua al tiempo que se obligaba a respirar lentamente contando hasta cuatro. Lo había aprendido de su mujer, que se pasaba el día viendo vídeos de yoga por internet. Aquel impertinente lo sacaba de sus casillas, pero debía aprender a no caer en sus provocaciones para no poner en peligro su puesto de comisario. Maldecía el día en que se lo habían puesto en su equipo.

—¿Se sabe algo de los de la Científica? —preguntó Santos

lanzando una mirada inquisitiva a Gisasola, que comprobó el buzón de correo electrónico.

A falta de otras posibles pruebas, la Unidad de Policía Científica se había centrado en intentar identificar las huellas de los vehículos en la gravilla de la explanada que se abría junto al faro.

—Poca cosa. Las rodadas de nuestras propias patrullas contaminaron la escena —explicó el forense—. Solo han logrado identificar las huellas de una furgoneta: la del hombre de la basura, que sube a vaciar las papeleras varias veces por semana.

—No encontrarán nada —se burló el comisario—. La farera vive allí mismo. No necesita coche alguno para trasladar el cadáver.

—¿Y si no es ella la culpable? ¿No vamos a barajar ninguna otra hipótesis? —insistió Cestero sin dar crédito.

Santos la miró con un gesto de desprecio.

—Muchacha —dijo en tono condescendiente—, acabas de llegar al cuerpo. Yo tengo el culo pelado de tantos años persiguiendo criminales. No hay violencia sexual, hay un ensañamiento como no he conocido nunca en esta comisaría... Todo me lleva a pensar que estamos ante la obra de una mujer. Y te diré algo más: de una movida por los celos y la envidia, como los que sufre alguien a quien su marido ha dejado por otra. —Hizo una pausa a la espera de que la agente dijera algo, pero la réplica no llegó—. ¿Se os ocurre alguna teoría mejor?

El forense exhaló un profundo suspiro y lanzó una última mirada al enorme tajo abierto en la tripa que mostraba la pantalla. Después, pulsó el botón que apagaba el proyector y volvió a su mesa.

—Si alguien más no está de acuerdo con la línea de investigación, solo tiene que decirlo —espetó Antonio Santos dedicando una incómoda mirada a Gisasola.

El sonido de los teclados fue el único que se atrevió a romper el silencio. La reunión había concluido.

5

La maltrecha carretera vecinal serpenteaba entre bosquetes de pinos que la sumían en una húmeda penumbra fuera cual fuera la época del año. Aquel era el motivo, y no las continuas curvas, asomadas muchas de ellas al acantilado, por el que Leire manejaba la Vespa con extremada suavidad. No era difícil derrapar por efecto del musgo que cubría las zonas más sombrías ni perder el equilibrio en alguno de los muchos socavones que las abundantes lluvias habían abierto en el asfalto. Afortunadamente, hacía años que el tráfico en la carretera del faro de la Plata estaba restringido a los vehículos de servicios, por lo que no era habitual encontrar coches que vinieran de frente.

No faltaba mucho para el final de la bajada, cuando la Vespa pasó junto a la única casa habitada que había entre San Pedro y el faro. Como cada vez que pasaba ante ella, Leire le lanzó una mirada cargada de curiosidad. En los doce años que llevaba viviendo en Pasaia, apenas recordaba haber visto tres o cuatro veces a alguno de sus propietarios, los esquivos hermanos Besaide, sobre los que circulaban un sinfín de rumores rocambolescos entre los vecinos. Lo único que la escritora sabía con certeza era que pocas personas había más ricas en la comarca. Los hermanos eran los propietarios de Bacalaos y Salazones Gran Sol, una empresa que incluía una cadena local de tiendas que monopolizaba el comercio de ultramarinos en los tres distritos que formaban Pasaia: Antxo, San Juan y San Pedro.

Como era habitual, no percibió movimiento en aquel edificio elegante, rematado por un apuntado tejado de pizarra, pero tuvo la desagradable sensación de que alguien espiaba su paso desde detrás de las cortinas. No sabía por qué; unas veces era un leve balanceo de los visillos, otras una sombra tras un cristal, pero cada vez que pasaba por la mansión de los Besaide se sentía observada.

«Hay alguien detrás de esa ventana del piso superior —se dijo entornando los ojos en un vano intento de escudriñar con mayor claridad—. No, son cosas mías. Tanto oír chismes, al final creo que hay algo raro», descartó una vez más mientras accionaba el acelerador.

Conforme avanzaba, comenzaron a aparecer otros edificios. Primero casas dispersas y, poco después, un barrio de bloques de pisos. Aquella era la zona menos atractiva de San Pedro, una aglomeración de viviendas para pescadores y trabajadores portuarios levantada, sin grandes miramientos urbanísticos, en la década de los años sesenta del siglo XX. Sin embargo, en cuanto alcanzó la orilla de los muelles y giró hacia la izquierda, no tardó en desplegarse ante ella el histórico barrio pesquero, apenas dos largas calles encajonadas entre la ladera de Ulia y el puerto. Era allí donde había vivido con Xabier, ajena durante años a sus humillantes infidelidades.

—*Egun on* —saludó en euskera al vendedor de periódicos mientras candaba la moto.

La fría respuesta de aquel hombre, que se limitó a alzar el mentón antes de volver a perder la vista en el diario que estaba leyendo, le confirmó lo que ya esperaba: el reencuentro con sus vecinos no iba a resultar nada fácil.

Su primera visita, como cada día, fue la panadería.

El embriagador aroma de los bollos recién salidos del horno fue el contrapunto a las miradas desconfiadas que le lanzaron dos clientas que abandonaron la tienda en cuanto ella entró.

—¿Lo de siempre? —quiso saber la panadera introduciendo en una bolsa de papel una barra de pan y un paquete de leche del día.

—Lo de siempre —confirmó Leire, que solía demorarse unos minutos hablando con aquella mujer entrada en carnes que la ponía al día de las últimas noticias. «Para algo estoy todo el día atada a la radio», solía decir intentando hacerse entender por encima de las voces, que brotaban de un viejo transistor forrado de falso cuero donde aparecía grabado un logotipo de Telefunken.

Aquel día, sin embargo, no abrió la boca para nada más. Solo para quejarse del mal tiempo.

Al salir, había empezado a llover. Leire esperaba que ocurriera en cualquier momento. El cielo gris plomizo no presagiaba otra cosa, de modo que había salido del faro pertrechada de una chaqueta impermeable. Por un momento, pensó en sus pantalones de plástico. Creía recordar que el último día de lluvia los había dejado secando en el tendedero y no estaba segura de haberlos vuelto a guardar en el cofre de la moto. Si no estaban allí, no le quedaría otro remedio que mojarse en el camino de vuelta.

Con un creciente sentimiento de congoja, se acercó a los soportales donde algunas caseras vendían los frutos de su huerta. Le gustaba comprar en aquel lugar, directamente a la persona que trabajaba la tierra, pero era allí precisamente donde se había producido el altercado con Amaia Unzueta. Por si fuera poco, era también en aquel espacio porticado donde Felisa Castelao tenía su pescadería.

«No soy culpable de nada. No tengo por qué cambiar mi vida», se repitió por enésima vez aquella mañana.

Al ver que se acercaba, quienes esperaban su turno bajo la protección del porche se giraron hacia ella.

—Y tiene el valor de venir —oyó murmurar a una anciana que se protegía el pelo con una bolsa de plástico para que la lluvia no echara por tierra su cardado.

Los otros clientes, un señor que rondaba la edad de jubilación y una chica joven con un carro de bebé, intercambiaron unas palabras que Leire fue incapaz de oír. Sus miradas, sin embargo, no le daban la bienvenida.

Haciendo un enorme esfuerzo por disimular la impotencia que sentía, decidió ponerse a la cola.

—¿Quién da la vez? —preguntó.

—Yo soy el último —apuntó el hombre dando un paso atrás. Leire creyó adivinar una mueca de temor en su rostro.

La vendedora alzó hacia la escritora una inexpresiva mirada por encima de las gafas sin dejar de pesar un cestillo lleno de coles de Bruselas.

Los siguientes minutos pasaron en un absoluto silencio. Nadie abrió la boca más que para lo estrictamente necesario.

—Ponme tomates. Un par de kilos.

—¿No serán de invernadero?

—Como son pequeñas, te voy a dar dos lechugas por un euro.

—Estas alubias no serán de fuera, ¿verdad?

—¿Caro? Vete al súper y pregunta a ver cuánto te cobran.

Cuando le llegó el turno a Leire, sintió un nudo en el estómago. Desde que vivía en Pasaia, había comprado sus verduras a María Teresa, aquella mujer de cara redonda y mejillas sonrosadas a la que consideraba su amiga. No creía estar preparada para que ella también le diera la espalda.

—Ayer no viniste —la saludó la casera en cuanto el último cliente se hubo alejado.

—No tenía buen día.

—No me extraña. ¿Qué te pongo?

—Una berza. Que sea pequeña.

—Toda esta locura me tiene alucinada. ¿Cómo ibas tú a hacer algo así? Eso es cosa de algún loco. Probablemente no sea nadie del pueblo —apuntó la vendedora mientras elegía una col—; pero reconoce que el espectáculo del otro día levantó muchas sospechas.

—Fue ella. Yo estaba aquí, esperando mi turno, como cada día —se defendió la escritora—. Esa más verde está bien. También quiero un par de esos tomates y algunas cebollas.

—Elígelos tú misma. Cebollas no me quedan. Chica, entiéndelo. Yo nunca había visto tanto odio y tanta rabia en dos mujeres adultas. ¡Vaya gritos que dabais! ¿Y las patadas?

—Yo no la odiaba. Por mí, podía quedarse para siempre con ese mujeriego, pero ella estaba obsesionada conmigo. ¡Era un sinvivir!

María Teresa le dedicó una mirada burlona.

—¿Ves? Tú misma lo dices. ¿Cómo no va a pensar la gente que tú eres la principal interesada en su muerte?

Leire suspiró hastiada.

—¿Cómo iba yo a hacer algo así? Tú no viste lo que le habían hecho. Su tripa era... —Un sollozo le impidió continuar.

María Teresa apretó los labios en una mueca de pena.

—A mí no tienes que convencerme. Yo te conozco bien; o eso creo, pero no culpes a los vecinos. Estamos todos destrozados y solo buscan un culpable para semejante atrocidad.

—¡Eh! —La voz venía de la pescadería, que abría su única puerta a los soportales—. ¿Por qué no te vuelves a Bilbao?

A pesar de la cortina de tiras de plástico que impedía ver el interior, Leire reconoció la voz de Felisa.

María Teresa torció el gesto y le entregó la compra.

—Todo se calmará, ya verás —le susurró en el tono más tranquilizador que le fue posible—. Entretanto sería mejor que no aparecieras por aquí en unos días.

Leire la miró desconcertada. ¿Le estaba diciendo que no quería verla en su parada?

—Te lo digo por ti. Creo que te vendría bien desconectar. Aquí es donde empezó todo. Mejor tomarte un tiempo, ¿no te parece? —aclaró la casera al ver su desconcierto.

—¡Yo no he hecho nada! —proclamó Leire con la voz cargada por la rabia.

—Es raro que siga por aquí si ya no está con Xabier —oyó

comentar a la gallega, a lo que un cliente contestó algo que la escritora no llegó a entender. No todo el mundo hablaba a voces.

Leire sintió que Felisa había dado en la diana. Ella misma se había planteado eso mismo tras la ruptura de su relación, pero tras doce años allí, ella amaba Pasaia, sus calles, su puerto, los graznidos de las gaviotas y las bocinas de los barcos que se hacían a la mar. Durante aquel tiempo y partiendo casi de cero, había construido allí su vida y no tenía ninguna intención de regresar a Bilbao. Y, por mucho que quienes a lo largo de los años había creído sus amigos se empeñaran en acusarla de un crimen atroz, no pensaba tirar la toalla.

—Gracias, María Teresa —musitó antes de girarse sobre sus talones para ir en busca de la moto que la llevaría de vuelta al faro.

Un día de 1983

El ronroneo del motor hendía como un cuchillo afilado el silencio de la noche, tan oscura que los leves destellos de los faros de aproximación parecían enormes focos dispuestos para delatarlo. No era su primera expedición nocturna, pero se sentía tan nervioso como la primera vez. La Guardia Civil patrullaba a menudo la zona para detener a los traficantes. Había en los mentideros de San Pedro quien decía que lo hacían porque querían ser ellos quienes controlaran el tráfico de drogas. Si era por eso o por mantener la ley, al Triki le traía sin cuidado; simplemente no quería dar con sus huesos en la cárcel. Era demasiado joven como para echar a perder su vida entre rejas.

El faro de Senekozuloa, con su luz blanca y sus rítmicas ocultaciones, quedó atrás conforme se acercaba a los diques de Puntas. A partir de las balizas verdes y rojas que los señalizaban, el Cantábrico se abría en toda su inmensidad.

—Allá vamos —murmuró el Triki al abandonar la protección de la bocana.

El sonido del motor de la txipironera se diluyó como por arte de magia. Siempre era así; en cuanto los altos acantilados que flanqueaban la bocana quedaban atrás, el ruido no encontraba un lugar en el que reverberar, perdiéndose en la inmensidad del mar abierto. Sin embargo, lejos de tener un efecto calmante, aquel silencio resultaba especialmente inquietante para el joven. Era entonces cuando sentía su soledad como una pesada losa que jamás lograría quitarse de encima.

Como un último saludo, desde lo alto de la enorme laja sobre la que se alzaba, el faro de la Plata le lanzó un guiño. El Triki se giró para observarlo. La compañía que le brindaban aquellas luces lograba reconfortarlo ligeramente. Además, una vez alcanzado su objetivo serían ellas las que le ayudarían a encontrar el camino de regreso.

Con la ayuda de una brújula, fijó el rumbo del Gorgontxo. Longitud 1º55'; Latitud 43º20'.

Era el lugar habitual.

Alzó la vista al cielo estrellado y se felicitó por la falta de viento. El Cantábrico también estaba tranquilo. No tardaría más de veinte o veinticinco minutos en llegar.

Sin apartarse del timón, sacó del bolsillo de su impermeable un paquete de Celtas cortos. Se llevó uno a la boca y lo encendió con un fósforo, protegiéndolo con la mano para que no se apagara.

La primera calada le hizo toser. Siempre le pasaba. Era el precio, quizá, de fumar cigarrillos sin filtro, pero a él le gustaban así; un buen lobo de mar no podía permitirse ir por ahí fumando cosas de nenazas. A ver qué iban a pensar de él en la Katrapona, la tasca portuaria donde se jugaba al mus lo poco que le quedaba de sus trapicheos. Porque el Triki no tenía oficio ni beneficio. Al menos de manera oficial, pues desde hacía unos cuantos meses se embarcaba de vez en cuando para llevar droga a puerto. Lo hacía en el pequeño barco con el que su padre se ganaba la vida pescando sin alejarse en demasía de la costa. No era el único; otros muchos jóvenes de Pasaia habían encontrado en la droga una forma de conseguir un dinero que desgraciadamente no tardaban en gastar en la propia heroína. La profunda crisis económica y social en la que se habían instalado los pueblos industriales de la costa vasca no quería dejarles otra salida.

El sonido cercano de un motor llamó la atención del joven marinero, que aguzó el oído para determinar de qué tipo de barco se trataba. El petardeo no dejaba lugar a dudas: era otra txipironera. Al igual que el Gorgontxo, navegaba sin luz, a pesar de que las leyes del mar obligaban a llevar siempre encendidas las luces de posición. El Triki entornó los ojos para intentar verla en la oscuridad, pero fue en balde. Sin embargo, supo por la dirección que tomaba el sonido que estaba volviendo a puerto.

«Ya ha cargado», pensó al tiempo que aceleraba, impaciente por llegar cuanto antes.

Echó un vistazo a la brújula para asegurarse de que aún navegaba en la dirección correcta. No debía de faltar mucho. En cualquier momento vería la señal. Conteniendo inconscientemente la respiración, dirigió la mirada hacia el horizonte, allá donde la bóveda estrellada caía en cascada sobre el mar para desaparecer bajo sus aguas.

Nada.

Continuó navegando en línea recta. A su espalda, los faros que dibujaban la línea de tierra aparecían cada vez más desdibujados por la distancia. No podía faltar mucho. A no ser que hubiera errado el rumbo.

Volvió a mirar la brújula, que le confirmó que iba en la buena dirección. Después, abrió el depósito de combustible para comprobar, con ayuda de una linterna, que aún quedaba más de la mitad. De forma instintiva, y aunque la había cargado en la txipironera hacía apenas unos minutos, propinó un ligero puntapié a la garrafa de gasolina con la que rellenaría el depósito antes de devolver la embarcación a su amarre. Estaba llena.

—Tranquilo, Triki; tranquilo —se dijo en voz alta llevándose un nuevo Celtas a los labios.

El olor de la cerilla, arrebatado rápidamente por la brisa, le resultó calmante. Era algo que había comprobado en los últimos tiempos. Antes incluso de dar la primera calada al cigarrillo, el mero anuncio para su cerebro de que la nicotina estaba a punto de llegar, le apaciguaba los nervios.

Con la heroína también le ocurría. En cuanto comenzaba a fundirla, aquel olor, entre acre y dulzón, que anunciaba la llegada inmediata del placer, le atenuaba las espantosas sensaciones que conllevaba el mono.

Una vez encendido el pitillo, dejó caer la cerilla, que lanzó un siseo al apagarse en el charco de agua que se acumulaba en el fondo de la txipironera.

Fue entonces cuando la vio.

Tres destellos seguidos y un cuarto cinco segundos después.

Era la señal acordada.

—Ya estoy aquí —se dijo entre dientes con un suspiro de alivio.

La siniestra silueta del barco nodriza se dibujó enseguida en la oscuridad. La señal, realizada con una linterna de escasa potencia para que no pudiera verse desde la distancia, se repitió, pero esta vez el Triki no la necesitaba. No tenía más que enfilar hacia la nave, una mancha negra que se recortaba contra el cielo estrellado.

Conforme fue acercándose, varias formas humanas aparecieron en la cubierta. Era un barco de tamaño medio; pequeño si se comparaba con los cargueros que fondeaban en Pasaia, pero mayor que los pesqueros con los que habitualmente faenaban los arrantzales de bajura. Sin embargo, y a pesar de que no era la primera vez que lo veía, el Triki no lograba catalogarlo. No sabía si se trataba de un mercante, un pesquero o un yate. Tampoco le preocupaba. Lo único que le importaba era que aquella sombra flotante le pasara cuanto antes los fardos de heroína para regresar a puerto antes de que la Guardia Civil pudiera detenerlo.

El motor del Gorgontxo se fue apaciguando a medida que se aproximaba a la nave. En alta mar, con las olas meciendo ambas embarcaciones, la maniobra resultaba complicada y debía hacerse a baja velocidad.

—¡Cabo va! —anunció una voz cuando la txipironera estuvo lo suficientemente cerca del barco nodriza.

El Triki se apresuró a recoger la fina cuerda que había caído junto a él. Tirando de ella, llegó hasta el grueso cabo con el que amarró el Gorgontxo a la otra embarcación.

—¿Listo? —inquirió alguien desde arriba. Su acento era extranjero.

—Listo —anunció.

Uno tras otro, los fardos fueron bajados con una soga. El Triki los colocó uno a uno a ambos lados de la txipironera, escondidos entre los pertrechos pesqueros para que, en caso de un encuentro no deseado, pasaran desapercibidos.

Una vez hubo cargado los cinco paquetes de droga que transportaba en cada viaje, soltó el cabo y arrancó el motor para emprender el regreso. Sin despedidas; sin preguntas. Esas eran las normas y él se limitaba a cumplirlas.

Los faros, al principio perdidos entre la bruma, ganaron en intensidad conforme el Gorgontxo se aproximó a la costa. A babor, el de Higuer emitía un destello cada dos segundos; a estribor, el donostiarra de Igeldo y el de San Antón, en Getaria, aparecían ligeramente desdibujados tras algún leve banco de niebla. A pesar de aquel despliegue de luces intermitentes, que se estiraba desde Biarritz hasta el vizcaíno cabo de Matxitxako, el Triki solo tenía ojos para una: la del faro de la Plata. Su inconfundible luz fija con ocultaciones intermitentes marcaba el camino de regreso a Pasaia.

Al verlo, no pudo evitar una punzada de añoranza. Su padre, tan amigo de las leyendas, siempre le contaba las que giraban en torno al nombre de aquella torre de luz. Lo hacía mientras navegaban frente a las costas de Ulia en los atardeceres de verano, cuando el Triki estaba de vacaciones. Sin embargo, y pese a no haber transcurrido demasiado tiempo, eso parecía haber ocurrido en otra vida, cuando ambos eran buenos amigos y el joven aún no se había ido de la casa familiar.

Pensó en ello con nostalgia, recordando las croquetas de su madre y el aroma a tabaco de pipa de su padre. Algo tan simple como el olor a ropa limpia le parecía ahora el mayor de los lujos. En momentos así, se decía que debería regresar, pero no tardaba en desechar la idea. Era tarde para hacerlo. Estaba demasiado enganchado al caballo como para poder llevar una vida normal, como aquella de la que pocos años atrás renegaba y que ahora se moría de ganas por recuperar.

Pero ya era tarde. Ya no era más que un esclavo de la heroína.

Cuando apenas había recorrido la mitad de la distancia que lo separaba de la costa, vio emerger por la bocana un mercante de grandes dimensiones. El despliegue de luces que iluminaba su puente de mando lo hacía impresionante desde la oscuridad del mar, como si un enorme edificio creciera de pronto entre los acantilados que jalonaban la entrada a puerto. A pesar de encontrarse aún lejos de allí, el Triki sintió la sorda vibración de sus potentes motores.

Por unos instantes, dudó entre mantener el rumbo o aguardar en alta mar hasta que el carguero se hubiera alejado. Sus maniobras para zarpar aprovechando la pleamar habrían requerido la presencia de trabajadores portuarios y agentes aduaneros que, probablemente, aún rondarían por los muelles. Sin embargo, decidió arriesgarse. De lo contrario, no llegaría a tiempo de devolver el Gorgontxo a su amarre antes de que amaneciera y eso no podía permitírselo. Por nada del mundo quería que su padre, al que no había visto desde hacía más de un año, descubriera que había copiado las llaves de su txipironera para tomarla prestada de vez en cuando.

Para su sorpresa, el puerto parecía tranquilo. La marcha del mercante, que había enfilado hacia el norte nada más abandonar la seguridad de la bocana, no había creado más movimiento que el habitual a esas horas de la madrugada. En los muelles de San Pedro, un par de pesqueros cargaban hielo para zarpar al alba; y en la orilla de Antxo, una grúa realizaba tareas de estiba al pie de un carguero.

Al pasar junto a la lonja del pescado, respiró aliviado al atisbar su destino. Lo había conseguido. Una vez más había sido capaz de burlar a la policía y de llegar a tiempo al desconchado almacén donde descargaría la droga y cobraría las treinta mil pesetas que le pagaban por jugarse la libertad.

6

Su peculiar petardeo delataba que la motora estaba a punto de arribar a la orilla de San Pedro, de modo que Leire se apresuró a bajar por la rampa de acceso al pantalán. La pequeña embarcación de madera, pintada de verde y blanco, seguramente para no herir sensibilidades locales, acababa de atracar en el muelle. Con la ayuda del patrón, dos hombres de edad avanzada y rostro curtido por el mar bajaron al embarcadero, donde buscaron rápidamente el apoyo de la barandilla metálica para no perder el equilibrio.

—¡Muchacha! ¿Qué tal? —la saludó afectuosamente el barquero mientras la ayudaba a subir a bordo.

La escritora celebró que alguien no le volviera la espalda.

—Me tienen harta —murmuró.

—Ya me imagino. ¡Están locos! ¿Quién puede pensar que tú serías capaz de algo así?

—Estarás oyendo de todo... —apuntó Leire.

Durante unos instantes, Txomin guardó un silencio que evidenciaba la respuesta. La motora, que unía San Pedro y San Juan a través de la ría que las separaba y que evitaba, en un trayecto de apenas tres minutos, un rodeo de diez kilómetros, era paso obligado para muchos vecinos de Pasaia.

—No te diré que no. Pasa mucha gente por aquí a lo largo del día y no se habla de otra cosa últimamente. —Mientras lo explicaba, Txomin comenzó a soltar amarras—. Hay miedo. Miedo y rabia. Buscan culpables... Es normal. No se les puede culpar. Eso sí, a mí no me convencerán quienes dicen que has sido tú.

Leire asintió agradecida. El barquero no se imaginaba cuánto necesitaba aquel apoyo. Desde su desagradable incursión de la víspera en San Pedro, había evitado cruzarse con más vecinos. Esa mañana, no se había sentido con fuerzas para bajar de nuevo al pueblo a por su compra diaria. Ya por la tarde, le había costado enormes esfuerzos decidirse a acudir al entrenamiento, pero gracias a las palabras de Txomin se sentía más segura de cara al encuentro con sus compañeras del equipo de remo.

—Si la hubieras visto... La habían destrozado —se lamentó Leire mientras la motora se alejaba de la orilla.

Txomin sacudió levemente la cabeza sin soltar el timón. Su bigote, poblado y canoso, ocultó en parte una mueca de disgusto que se dibujó también en forma de arrugas en su frente. Eran pocas pero profundas, aunque quedaban disimuladas por unas cejas que comenzaban a blanquear y que llevaba siempre despeinadas.

Una ráfaga de viento le hizo llevarse una mano a la txapela. Era la derecha, en la que solo el dedo pulgar y el meñique estaban completos. Los otros tres aparecían mutilados a partir de la primera falange; heridas de guerra que los hombres de mar, como él, sufrían a veces por culpa de redes y sedales.

—Deberías intentar olvidarlo —apuntó con la mirada clavada en la orilla sobre la que se alzaba San Juan.

Leire sabía que tenía razón, pero solo habían pasado tres días desde su macabro hallazgo y la imagen del cadáver de Amaia Unzueta aún se le aparecía cada vez que cerraba los ojos.

El leve olor a gasolina y salitre, tan característico de las travesías en motora, la devolvió al presente. Un rayo de sol se abrió paso entre las nubes para iluminar las casas de San Juan.

—¡Vaya regalo! —comentó Txomin girando la vista hacia el cielo—. Es la primera vez en todo el día que sale el sol.

Aquella repentina luz cálida convirtió el pueblo de pescadores en una estampa casi irreal, mágica, con su pintoresca plaza abierta al mar y sus balcones de madera colgados a escasos palmos sobre las aguas. Bajo los rayos de sol, aún destacaban con más fuerza las banderas de color rosa que ondeaban en la mayoría de los balcones. Era el color de la trainera local, enfrentada secularmente a la de sus vecinos de San Pedro, de un fuerte tono morado.

—El año que viene lo vamos a tener difícil —señaló Leire mientras Txomin reducía la potencia para atracar en el muelle.

Él no necesitó ver que ella contemplaba una de aquellas banderas para saber de qué hablaba. La trainera de Hibaika, el club de remo de la vecina Errenteria, se había estrenado con fuerza en la liga femenina y había fichado, de cara a la siguiente temporada, a las dos mejores remeras de San Juan.

—Eso espero, muchacha. Eso espero —se burló Txomin ofreciéndole su mano para ayudarla a bajar.

Leire la rechazó con una risotada.

—No necesito la ayuda de ninguno de San Pedro. Además, tú deberías de ser de la Batelerak. ¿No te parece?

—¿Por el nombre? —inquirió el barquero con gesto incrédulo. La trainera rosa había sido bautizada así en homenaje a las bateleras; las mujeres que, mientras sus maridos pescaban en alta mar, eran las encargadas de pasar a los viajeros de un lado a otro de la bocana. Era un trabajo duro, que no conocía de fiestas de guardar, y al que Txomin daba continuidad muchos años después con la motora. Eso sí, con un motor en lugar de los remos con los que guiaban la chalupa aquellas sufridas mujeres—. A mí con eso no me enredan. Se llame como se llame, su color seguirá siempre sin ser el mío. ¡Antes de Hibaika o de Zumaia que de rosa cerdo!

La escritora saltó riéndose al pantalán y se perdió por la única calle de San Juan, que discurría encajonada entre la montaña y el mar.

—Vaya, ya pensábamos que no vendrías —la saludó una de sus compañeras en cuanto entró al vestuario.

—Había oído que te habías vuelto para Bilbao —comentó a su lado Agostiña con una mueca de sarcasmo.

Leire suspiró. No esperaba una bienvenida calurosa por parte de la hija de la pescadera que tan empeñada estaba en culparla del asesinato, pero su comentario la pilló por sorpresa.

—Pues aquí estoy. Que yo sepa, lo único que he hecho es encontrar su cadáver en la puerta de mi faro. No veo por qué tendría que cambiar de vida por eso —protestó malhumorada dejando caer su bolsa de deporte sobre un banco de madera.

Algunas remeras asintieron. No todas; algunas se limitaron a lanzarle miradas desconfiadas. Sintió unas enormes ganas de defenderse, de decirles que estaba harta de aquella situación, de marcharse para siempre dando un portazo, pero se obligó a calmarse para evitar el enfrentamiento.

—El mar está movido —comentó una compañera cambiando de tema.

—En la radio anunciaban temporal.

—¿Para hoy?

—¡Esos siempre se equivocan!

Leire cambió su ropa de calle por unas mallas negras y una camiseta térmica, una protección indispensable para los días fríos como aquel.

—¡Daos prisa o se nos echará la noche encima como la semana pasada! —apremió la entrenadora asomando la cabeza por el quicio de la puerta.

—No importa, Josune. No seas exagerada —protestó una de las más jóvenes, que pasaba por poco de la mayoría de edad.

Las tardes de finales de otoño eran cortas y no era raro que los entrenamientos acabaran cuando era noche cerrada. A Josune, sin embargo, no le gustaba que remaran a oscuras e intentaba acabar antes del ocaso. Leire observó el gesto de furia de la entrenadora y se rio para sus adentros. Si salían tarde, tanto mejor; a ella le fascinaban los días en que debían guiarse por los faros para evitar embarrancar en alguna de las escolleras de la bocana.

—El mar no es ningún juego, niña, y no tengo ninguna intención de matarme contra unas rocas —espetó Josune dejando que la puerta se cerrara.

Entre comentarios jocosos, las remeras abandonaron el vestuario para ir en busca de la trainera, que guardaban en una nave anexa. Unas a un lado y otras a otro, la tomaron sobre los hombros como quien se dispone a portar un féretro y la llevaron hasta el embarcadero.

—¡No tan rápido! Algún día la golpearéis contra el muelle —se quejó la entrenadora ante la escasa delicadeza con la que depositaron la embarcación en el agua.

—Nunca estará contenta —apuntó una remera junto a Leire, que se limitó a encogerse de hombros con una sonrisa.

En un perfecto desorden, la tripulación fue embarcando, haciendo oscilarse la estrecha trainera, cuyo vivo color rosa se reflejaba en las aguas de la ría. A la escritora le había costado acostumbrarse a las chanzas de vivir en San Pedro y remar en San Juan, pero en su orilla solo había equipo masculino, de modo que se había enrolado con las de color rosado. Ella quería remar; los colores eran lo de menos.

—A ver si algún día os ponéis de acuerdo para venir del color que toca —protestó Josune al verlas embarcar. Mientras hablaba, se recogía en una coleta su abundante mata de pelo rubio.

Leire se fijó en las demás y reprimió una risita. Solo dos de ellas llevaban la camiseta rosa del equipo. Las otras lucían ropas de los colores más diversos, algunas incluso con logotipos publicitarios que eran competencia del patrocinador de la trainera. Aunque no era la primera vez ni sería la última que Josune se quejaba, no insistía en ello porque solo contaban con dos equipaciones por temporada y comprendía que las reservaran para los días de competición.

—Hoy quiero en proa a Lorea. Las demás, en el orden de siempre —decidió la entrenadora.

La Batelerak, como cualquier otra trainera, contaba con trece remeras. Mientras una de ellas ocupaba la proa, las doce restantes se distribuían en seis filas de dos tripulantes, de espaldas al sentido de la marcha. La patrona viajaba en popa, generalmente de pie y sin soltar el timón en ningún momento. De sus decisiones y su destreza dependía en gran medida el éxito del equipo.

A sus casi cuarenta años, Josune era la más veterana. Leire no le iba demasiado a la zaga, pero la mayoría de la tripulación era bastante más joven.

La escritora ocupó el costado de babor del banco más cercano a la popa.

—¿Estamos? —inquirió la patrona tomando el timón—. ¡Vamos allá, el mar nos espera!

Como un gigantesco ciempiés que caminara sobre las aguas, la trainera comenzó a deslizarse sobre la ría. La ligera descoordinación inicial dio paso a una perfecta sincronización en cuanto Josune comenzó a marcar el ritmo de la palada.

—*Bat...!*

Las casas de San Juan desfilaron a su lado conforme avanzaban en busca de la bocana. Leire vagó con la vista por aquella preciosa imagen que se le antojaba la más hermosa de las postales marineras que podían existir. Una mujer que tendía la ropa las saludó desde su balcón con un gesto de la mano. No fue la única que reparó en la presencia de las remeras; al paso por la plaza del pueblo, unas niñas corrieron en paralelo a la trainera hasta que esta las dejó atrás. Más allá, en la terraza del hogar del jubilado, los ancianos que jugaban al mus en mesas de plástico levantaron la vista al ver pasar la Batelerak. Algunos de ellos alzaron la mano, pero la mayoría no tardó en volver a perder la vista en sus cartas.

—¿Fuiste tú? —le preguntó de pronto a Leire su compañera de banco, una pelirroja que trabajaba de camarera en un merendero del monte Jaizkibel.

La escritora aferró con fuerza el remo y bogó con más fuerza, en un intento de encauzar su rabia hacia el ejercicio físico.

—¿Tú qué crees? —contestó en tono cortante.

—Yo no tengo que creer nada —se defendió la otra—. Solo te pregunto.

—Si hubieras visto el cadáver no me harías esa pregunta. Nadie normal haría una salvajada semejante. Solo una bestia puede destrozar con tanta saña el cuerpo de una persona —explicó resoplando por el esfuerzo.

—¡Silencio, vosotras dos! —ordenó Josune propinando un puntapié en el banco que compartían.

Las últimas casas de San Juan quedaron atrás al pasar junto a la ermita del Santo Cristo y el arco que daba acceso al sendero de Puntas. En la orilla opuesta, el astillero Ondartxo y el faro de Senekozuloa marcaban también el final de la zona habitada de San Pedro. A partir de allí, cada remada las acercaba más a mar abierto, aunque aún quedaba remontar buena parte de la bocana.

—Mierda —musitó la camarera señalando con el mentón hacia la atalaya.

Leire giró la vista hacia allí y tampoco le alegró descubrir que el enorme semáforo que ocupaba desde hacía varios años el antiguo puesto de vigilancia estaba en rojo. Eso significaba que algún barco de gran tamaño se disponía a entrar a puerto y, aunque la prohibición de navegar en sentido contrario se limitaba a las embarcaciones grandes, no resultaba agradable compartir el reducido espacio de la bocana con un gigante del mar.

La patrona torció el gesto, pero no estaba dispuesta a dar la vuelta. Era lo que tenía entrenar en un puerto; debían aprender a convivir con mercantes igual que las traineras de otras localidades lo hacían con los yates y barcos de recreo.

—¡Vamos! *Bat...!*

Aún faltaba un buen trecho para llegar al final de la ría cuando Josune lo vio asomarse entre las dos escolleras que protegían el puerto de la furia del mar abierto.

—Vaya monstruo —murmuró.

Sin dejar de remar, Leire se giró hacia la bocana.

Un carguero de estridente color rojo y bandera holandesa se abría paso lentamente. Por la situación a ras de agua de su línea de flotación, no era difícil aventurar que navegaba a plena carga.

—Cuidado con las olas —apuntó Josune cuando llegaron a la altura del mercante.

A pesar de que estaban acostumbradas a bogar en alta mar, entre fuertes olas de fondo que asustarían a cualquiera que pisara por primera vez una trainera, todas sabían que tenía razón. En la tranquilidad de la ría, las ondas laterales que se formaban al paso de un carguero eran traicioneras y podían hacer zozobrar la embarcación.

—*Hallo, mooie.* —Algunos tripulantes se habían reunido en la cubierta y saludaban a las remeras.

—Esos quieren gresca —se burló la patrona riéndose por primera vez en toda la tarde.

«Lo que necesita esta es buscarse un novio», se dijo Leire alzando la vista hacia los tres rubios que agitaban efusivamente los brazos.

—No sé en qué idioma hablan, pero si alguna me hace de traductora, no me importaría —comentó una de las que ocupaban los asientos más cercanos a la proa, cosechando una buena carcajada del resto.

—Siempre estás igual —se burló la camarera que compartía banco con Leire—. Y luego, a la hora de la verdad, te cierras de piernas.

La ocurrencia fue aún más jaleada que la anterior.

El intenso zumbido que producía el motor del mercante se ocupó de disipar el resto de los comentarios, aunque la escritora creyó oír su nombre y el de Amaia Unzueta. Al girarse para comprobar si había entendido bien, sus compañeras evitaron su mirada. Caras de circunstancias y cuchicheos entre dientes le confirmaron que hablaban de ella. Sin embargo, estaba decidida a no caer en ninguna provocación. Si estaba allí, en la Batelerak, a punto de salir a mar abierto, era precisamente para intentar olvidar aquella pesadilla.

Algunas, sin embargo, no estaban dispuestas a permitírselo. En el preciso momento en que salieron a la inmensidad del Cantábrico, dejando a estribor la baliza roja de punta Arando, oyó claramente a Agostiña.

—¿No os parece raro que siga en Pasaia? Si ya no está con Xabier, ¿por qué no se va? —murmuraba la hija de Felisa.

Las que se sentaban en los bancos cercanos también subieron el tono de voz.

—Es de Bilbao, ¿verdad? —quiso saber una a la que Leire no logró identificar.

—¿Os callaréis de una vez? —ordenó la patrona—. Aquí venimos a remar. Para charlar, os vais al bar.

—Seguro que espera recuperar a Xabier —aventuró otra.

—Pues ahora ya tiene el camino libre —apuntó la hija de Felisa.

—¡Silencio o suspendo el entrenamiento! —exclamó Josune sacando el timón del agua.

Intentando derivar la rabia a los brazos para descargarla con cada palada, Leire se mordió el interior del labio para no llorar. No iba a darles esa alegría.

—No me fío de ella. Cualquier día nos mata a nosotras —insistió Agostiña. Sus pretendidos cuchicheos resultaban demasiado audibles.

—Está loca. A mí, me da miedo —susurró otra.

—Callaos. ¿No veis que os está oyendo? Nos estáis poniendo en peligro a todas —protestó una tercera.

Leire no pudo más. Sintió que las lágrimas asomaban a sus ojos.

—Quiero bajar a tierra —le rogó a Josune señalando hacia la punta Arando, donde existía un sendero que permitía llegar a pie hasta San Juan.

La patrona recorrió con la mirada al resto de la tripulación, que guardó un silencio expectante. Después clavó el timón en el mar para hacer girar la trainera.

—Nos volvemos todas —decidió—. Ya hemos tenido bastante por hoy.

Mientras enfilaban de nuevo hacia la bocana, Leire alzó la vista hacia el monte Ulia. Allí, sobre un acantilado que caía a pico sobre el Cantábrico, se erguía la más bella torre de luz que jamás hubiera visto. Era su hogar, el faro de la Plata, y no estaba dispuesta a que nadie, ni un cruel asesino, ni unas brujas envidiosas pudieran echarla de él. Como si quisiera apoyar su determinación, la linterna se encendió sin previo aviso. No precisó volver la vista hacia el horizonte para saber que la noche estaba llamando a la puerta.

7

Sentía unas terribles ganas de llorar de rabia, pero no pensaba regalarles a las de la Batelerak esa satisfacción. No creía que Josune, la distante Josune, la fría Josune, se alegrase especialmente de haberla expulsado del equipo, pero las demás la interrogarían sobre los pormenores del encuentro y por nada del mundo les regalaría el chismorreo de que lloraba mientras entregaba la equipación rosa.

—¡A la mierda la trainera! —murmuró en voz alta, cerrando en su mente la puerta a un futuro regreso a la Batelerak—. Solo temporal, cuando todo se aclare te esperaremos con los brazos abiertos —imitó con un deje burlesco la voz de la patrona.

Apenas habían pasado unos minutos del precipitado regreso a puerto de la trainera cuando recibió una llamada de Josune para comunicarle la decisión que había adoptado. Aunque la disfrazó con buenas palabras, Leire supo que no le dejaba opción. Un ¿no te parece que te vendría bien dejar de venir hasta que te calmes un poco o se aclare la situación? era, en realidad, una expulsión en toda regla. Estaba cansada de ese tipo de eufemismos que parecían perseguirla desde el día del crimen. Si querían decirle que no era bienvenida, que lo hicieran, pero que no intentaran hacerle creer que solo pretendían hacerle un favor.

La escritora había recibido la noticia incrédula. Llegó a pensar, por un momento, que el petardeo de la motora, en la que pasaba a San Pedro tras el entrenamiento, le impedía oír con claridad. Sin embargo, la invitación de la entrenadora a devolver la equipación al día siguiente, le aclaró todas las dudas.

No recordaba haber bajado jamás tan apresuradamente las escaleras que atajaban desde la carretera del faro de la Plata hasta la bocana. Ni siquiera era consciente de estar haciéndolo, pues si algo tenía claro tras tantos años en Pasaia era que había que andarse con cuidado en aquella bajada. No eran pocas las caídas sufridas por vecinos del pueblo y excursionistas en aquellos escalones irregulares, siempre cubiertos por una resbaladiza pátina de humedad, pero estaba furiosa y no quería perder un solo segundo. Cuanto antes llegara abajo, antes podría devolver las ropas rosas a Josune y olvidarse de aquella patética historia.

Sentía unas enormes ganas de escupirle a la cara, de llamarla de todo por haber sido capaz de expulsarla del equipo por contentar a un grupo de arpías que no tenían razón.

«Tengo que tranquilizarme. Nada de insultos. Ellas son las impresentables, no yo», se repitió una vez más intentando recuperar la calma.

Decidió que le entregaría la equipación y se giraría para marcharse sin escuchar ni una sola de sus disculpas. Porque seguro que Josune se desharía en un sinfín de ellas, pero no pensaba darle la alegría de pararse a oírlas. Si esa bruja quería limpiar su conciencia con palabras, ella no sería quien le diera ningún tipo de facilidad para hacerlo.

El ligero resplandor del faro de Senekozuloa, situado a mitad de bajada, bañaba los peldaños con una tenue luz que permitía a Leire avanzar sin necesidad de utilizar la pequeña linterna de leds que portaba a modo de llavero. Solo en un par de ocasiones en que los arbustos ocultaban la fuente de luz se vio obligada a sacarla del bolsillo.

Era tarde. Poco más de las nueve de la noche, una hora aún animada durante los largos días del verano, pero poco concurrida en un triste jueves de noviembre. Quizá por ello, o quizá por la amenaza que suponía el saber que un asesino andaba suelto, sintió una punzada de pánico al ver una oscura figura al final de las escaleras.

«Está quieto. Me observa», se dijo deteniéndose en seco.

El resplandor del faro alcanzaba a dibujar tímidamente aquella silueta, pero Leire se encontraba tan cerca de la torre de luz que los destellos la cegaban hasta impedirle ver con claridad lo que había a más de dos pasos de distancia. Mientras se maldecía por no haber querido esperar al día siguiente para devolver las ropas, la escritora dudó entre continuar o retroceder. Lo que no llevaba a ninguna parte era continuar allí quieta, aterrorizada, junto a un faro que la hacía perfectamente visible cada vez que se encendía para mostrar el camino a los barcos que buscaban la protección del puerto.

«Es una persona, no hay duda», decidió formando una visera con la mano izquierda para evitar que el faro la deslumbrase.

Quienquiera que fuese, se apoyaba en el murete de las escaleras y permanecía inmóvil. Durante el día eran muchos los paseantes que llegaban hasta allí por el paseo de las Cruces y echaban un vistazo a la bocana antes de regresar sobre sus pasos hasta San Pedro, pero a esas horas parecía realmente extraño. Aun así, decidió que podía ser un vecino melancólico al que le gustara contemplar el espectáculo que brindaban el mar y los diferentes faros que dibujaban en la noche el camino hacia el puerto. De modo que, tras dudarlo, tragó saliva y, a pesar de los latidos encabritados de su corazón, optó por seguir adelante.

Apenas una docena de escalones la separaban de aquella figura y solo cinco o seis más del paseo en el que desembocaba el atajo que había tomado. Sabía que una vez allí se sentiría más segura, pues nunca faltaban en él los pescadores solitarios, que, armados con largas cañas, aguardaban a que lubinas y doradas mordieran el anzuelo.

Descendió conteniendo inconscientemente la respiración. La misteriosa figura tomó forma en cuanto dejó a su espalda el faro de Senekozuloa. Sin su luz cegándole la vista, no tardó en descubrir que no era una, sino dos personas quienes la habían mantenido en vilo; dos jóvenes que se besaban furtivamente, aprovechando el escondrijo que les brindaban aquellas viejas escaleras sin iluminación que nadie frecuentaba una vez que anochecía.

Leire dudó entre saludarlos o pasar junto a ellos sin abrir la boca, y optó por esta segunda opción al ver que estaban tan entretenidos entre las garras del amor que ni siquiera habían reparado en su presencia. La muchacha se encontraba apoyada contra la barandilla y aferraba con fuerza los glúteos del chico, que la besaba apasionadamente.

«Y yo pensando que era un asesino...», se burló de sí misma, sintiéndose de pronto incómoda por estar profanando la intimidad de los muchachos.

Allí no había nadie. Miró el reloj y pasaban diez minutos de la hora acordada, las nueve de la noche, pero el exterior del viejo astillero estaba desierto. Habían quedado allí porque se encontraba, en cierto modo, a mitad de camino entre la casa de Josune, en San Juan, y el faro de la Plata. La patrona había insistido en que no hacía falta que acudiera al club de remo a devolver la ropa. Según ella, para no causarle molestias añadidas, pero Leire sabía que lo que quería evitar era que se encontrara con sus compañeras de trainera.

El siseo del sedal al volar sobre el agua y el chapoteo del plomo al hundirse en el agua le hicieron girar la cabeza hacia un pescador que ocupaba un banco cercano al astillero.

—¿Ha visto a alguien en el último cuarto de hora? —inquirió levantando la voz.

El hombre acomodó la caña contra el banco y dio una calada a un cigarro que se iluminó con la aspiración. Después negó con la cabeza.

—Desde que Iñaki ha cerrado la puerta, que hará ya una hora, no he visto a nadie por aquí.

Leire asintió. Iñaki era siempre el primero en llegar y el último en marcharse de Ondartxo, el astillero artesanal en el que un grupo de aficionados a la náutica y a la historia habían convertido aquella vieja fábrica de barcos abandonada. La escritora era una de las voluntarias que colaboraban con su tiempo y dinero para recuperar los viejos modos de construcción naval, por lo que conocía de sobra a Iñaki y a todos los demás.

Pero no era a ellos a los que quería ver, sino a la patrona, que, por más que pasaban los minutos, no aparecía por allí.

—¿Con quién has quedado? —le preguntó el pescador cuando el reloj marcaba las nueve y media.

—Con Josune Mendoza, la de la Batelerak.

A pesar de la distancia, Leire supo que el hombre había dibujado un gesto de desagrado al oír el nombre de la trainera rival.

—Pues no la he visto —sentenció tomando la caña en sus manos para recoger el sedal.

Leire lanzó un profundo suspiro. Solo le faltaba que la entrenadora jugara con su paciencia.

—Encima de puta, tendré que poner la cama —murmuró sacando el móvil del bolsillo.

—¿Cómo dices? —se interesó el pescador.

El teléfono de Josune daba señal, pero nadie respondió.

—Esos de San Juan son siempre así —vociferó el hombre.

—¿Cómo? —inquirió Leire, aunque imaginaba la respuesta.

—Unos sin fundamento.

Por unos segundos, la escritora estuvo tentada de arrojar al mar la bolsa con la maldita equipación rosa, pero un destello de lucidez la convenció de que esa no era solución. Sin pensarlo dos veces, echó a andar hacia San Pedro. Mientras esperaba que la motora, que acababa de abandonar la orilla opuesta, acudiera en su busca, insistió con el teléfono, pero Josune seguía sin descolgar. Sin embargo, esta vez le pareció oír en la distancia el sonido de un móvil. Era un timbre habitual, uno de esos que los aparatos de última generación traen de serie, pero coincidía con los tonos que oía a través del auricular. Volvió a insistir, y tuvo de nuevo la misma sensación. Josune no andaba lejos. Tal vez aguardaba entre las sombras de la otra orilla a que el barquero volviera a por ella.

Por unos instantes, dudó entre esperarla o pasar a su encuentro. Finalmente, optó por cruzar a San Juan. No estaba dispuesta a alargar más tiempo aquella pantomima.

—¿Cómo está la muchacha más guapa de este lado de la bocana? —la saludó Txomin en cuanto estuvo lo suficientemente cerca como para hacerse oír.

—Ya será menos —protestó Leire saltando a bordo.

El barquero rebuscó en el bolsillo de su chubasquero y sacó la sencilla caja de plástico donde guardaba las monedas. Contó treinta céntimos y se los entregó a la escritora como cambio a la moneda de euro con la que acababa de pagarle el trayecto.

—¿Ya estás más tranquila? —se interesó mientras soltaba el cabo que ligaba la motora al embarcadero.

Leire suspiró, dejando vagar la mirada por el entrante de mar. Una ligera bruma cubría el agua, pero no impedía verla. Era como el humo que brota de una cazuela y se empeña en bailar sobre ella antes de disiparse. Habitual en las noches frías del otoño, aquel extraño fenómeno se producía por la diferencia de temperatura entre el agua, aún templada, y la atmósfera, que comenzaba a adelantar el cercano invierno.

—¡Ya me gustaría! Josune no ha aparecido. Voy a San Juan a devolverle las malditas ropas. Por mí se pueden ir todas a la mierda.

—Su casa es la tercera según sales de la plaza por el camino que va a Puntas —explicó Txomin señalando con el brazo hacia allí.

—Sí, ya lo sé. Estuve en su fiesta de cumpleaños hace unos meses —repuso Leire.

El ronroneo del motor ganó en intensidad conforme la motora se alejó de San Pedro.

—No te mereces lo que te están haciendo —la animó el barquero sin apartar la vista del trazado que debía seguir.

Leire se limitó a esbozar una sonrisa que se perdió en la noche.

—Algún día todo se aclarará —insistió Txomin.

—Para que eso ocurra tienen que detener al asesino —se lamentó la escritora volviendo a marcar el número de la entrenadora—. Y no creo que eso suceda si siguen investigando en la dirección equivocada.

Sin soltar el timón, el barquero la miró directamente a los ojos.

—Yo sé que tú no fuiste —sentenció con una sonrisa fugaz.

—¡Por lo menos me queda alguien con quien poder hablar! —exclamó Leire llevándose a la oreja el auricular del teléfono.

En el preciso momento en que oyó en su terminal los tonos de llamada, resonó en la noche el timbre que había oído desde la orilla. El sonido no provenía del embarcadero de San Juan, como había imaginado, sino del propio mar.

Al oírlo, el barquero se giró extrañado hacia Leire.

—¿Es tu móvil? —inquirió señalando el aparato.

La escritora negó con la cabeza.

—Es el de Josune —explicó señalando hacia el agua.

Txomin aminoró la velocidad y, pese a que era noche cerrada, dispuso su mano izquierda a modo de visera para escudriñar entre la neblina que flotaba sobre la ría.

—Yo no veo ningún bote por aquí —anunció.

Leire sintió un escalofrío mientras presionaba la tecla de rellamada.

Esta vez, la melodía del móvil de Josune sonó tan cerca que parecía encontrarse en la propia motora.

—¡Joder, qué mal rollo! —exclamó el barquero dejando el motor al ralentí—. ¿Seguro que no me estás tomando el pelo?

—¿Yo? ¡Cómo si no tuviera otra cosa que hacer que andarme con bromas! —protestó Leire asomándose intrigada por la borda.

El faro de Senekozuloa lanzó un guiño desde la distancia. Más allá, allí donde la bocana se encontraba con el mar abierto, las luces verdes y rojas de las balizas de aproximación burlaban la oscuridad.

—¿Tú ves algo?

—Nada.

—Tendremos que seguir —decidió Txomin señalando a una pareja que esperaba para cruzar en el embarcadero de San Juan, del que se encontraban a apenas veinte metros.

Leire asintió.

—Espera, que vuelvo a llamar —le pidió apoyando una mano en el timón.

«El teléfono al que llama está apagado o fuera de cobertura».

—¡Mierda! —protestó la escritora—. Ahora no da llamada.

El barquero volvió a tomar el timón.

—Aquí en medio no hay nadie. Seguro que está en su casa o en la plaza y su teléfono reverbera en algún sitio y nos parece que suena en medio de la ría. Entre tantos montes, vete tú a saber —aventuró calándose la txapela antes de acelerar.

En cuanto el petardeo de la motora comenzó a ganar intensidad, Leire alzó las dos manos.

—¡Para, para!

Alarmado, Txomin se giró hacia ella. La escritora señalaba algo en el agua mientras se cubría la boca con expresión horrorizada.

—¡Jo-der! —masculló el barquero remarcando bien ambas sílabas.

Mecido suavemente por las ondas que levantaba la embarcación, el cuerpo de una mujer flotaba a escasos metros de ella. Leire se dejó caer de rodillas sobre una de las bancadas laterales mientras Txomin maniobraba para acercarse lo más posible.

—Es ella. Es... Josune —sollozó la escritora con la mirada fija en el plumífero rosa del que la entrenadora no se separaba ni los días de más calor.

Alertada por los gritos, Rita, la perra salchicha de Txomin, salió de la cabina ladrando. Ella también se asomó por la borda y gruñó asustada a aquel cuerpo tendido boca abajo.

—Ayúdame. Vamos a darle la vuelta por si aún respira —apremió el barquero aferrando a la entrenadora por un brazo.

—La han matado... Está muerta —musitó Leire tambaleándose para ponerse en pie.

Txomin le ofreció su mano izquierda sin dejar de asir a Josune.

—Tal vez no. Igual se ha mareado o se ha dado un golpe en el club de remo y se ha caído al agua —intentó calmarla señalando con el mentón las instalaciones de Koxtape, el club al que pertenecía la Batelerak—. La marea está bajando y la corriente viene de aquella zona.

—La han matado —repitió Leire con un hilo de voz.

Los rubios cabellos de la entrenadora, normalmente recogidos en una cola de caballo, bailaban sueltos en el agua, contrastando con la inquietante negrura del mar.

—Venga, vamos a subirla a bordo. Los dos a la vez, a la de tres —apuntó Txomin en cuanto la escritora tuvo sujeto por una pierna el cuerpo de Josune—. ¿Estás lista?

Leire asintió.

—Una, dos y... ¡tres!

Varios corcones se escaparon asustados en cuanto tiraron de ella, dibujando en el agua fugaces destellos plateados. Sin embargo, apenas lograron izarla un par de palmos.

—Pesa demasiado. Vamos a necesitar ayuda —anunció el barquero gruñendo por el esfuerzo.

Al dejarlo caer, el cuerpo se volvió del revés y la entrenadora quedó tendida boca arriba, dejando a la vista un espantoso tajo que abría su vientre en canal. Leire fue incapaz de ahogar un grito desgarrador que despertó aquella somnolienta y fría noche de noviembre.

Un día de 1983

El día rompía por el este, tiñendo la silueta de las Peñas de Aia con cálidos tonos que contrastaban con el azul pálido de un cielo en el que aún destacaban varias estrellas. Pese al frío del alba, todo indicaba que iba a ser una jornada preciosa, de tiempo agradable y lluvias improbables. Sin embargo, al Triki le traía al pairo si hacía bueno o malo. Él solo ansiaba llegar a su sofá y echarse a dormir.

Aún tenía el miedo en el cuerpo. La imagen de la patrullera de la Guardia Civil dando el alto a la txipironera que volvía del barco nodriza por delante de él se le había quedado grabada a fuego en la retina. No estaba seguro, pero le pareció que era el Txapu. No recordaba que hubiera otras chalupas con el casco pintado de naranja.

«Las estará pasando canutas», se dijo pensando en él.

Se lo imaginó en el cuartelillo, temblando por el mono y por el miedo a lo que estaría por venir. Quizá le caerían unos cuantos palos, o quizá no, pero de lo que no se libraría era de pasar una buena temporada a la sombra.

Al entrar a la fábrica, el Triki se sintió por fin seguro. Lo había logrado. En realidad, se lo debía al Txapu. Si los guardias no hubieran estado entretenidos abordando su chalupa, él no habría podido esquivarlos para regresar a puerto. El propio foco de la patrullera, centrado en iluminar la txipironera apresada, impidió a los agentes ver el Gorgontxo cuando pasó a escasos metros de ellos con el motor tan silencioso como al Triki le fue posible.

Sí, se lo debía al Txapu. Así era esto, unos caían para que otros pudieran lograrlo. A veces se preguntaba cuándo le tocaría a él ser el perdedor, pero tan pronto como se lo planteaba, se obligaba a borrarlo de su cabeza. En la vida que había elegido, no se podía permitir tener miedo.

El crujido de los cristales rotos bajo sus botas le hizo sentir en casa. A pesar de la oscuridad, casi absoluta, de la nave principal, encontró el camino a la primera. Tantas noches en aquella fábrica abandonada, que él y muchos otros habían convertido en una especie de hogar, le habían enseñado a guiarse sin necesidad de luz. El olor, una fétida mezcla de humedad, aguas fecales y podredumbre, era lo único a lo que no lograría acostumbrarse jamás.

—Oye, tío, te andan buscando —murmuró una voz en la oscuridad.

—¿Quién? —inquirió el Triki deteniéndose. En realidad, sabía que la pregunta era absurda. Todos sabían de antemano la respuesta.

El otro resopló antes de contestar.

—Los de siempre.

El Triki sintió una punzada de temor. Hacía un par de semanas que les debía dinero y llevaban días apremiándolo. Se llevó la mano al bolsillo. El bulto que formaban los billetes anudados que acababa de cobrar lo tranquilizó. Con eso podría pagar la deuda.

Unas escaleras repletas de escombros y más cristales rotos lo llevaron al tercer piso. A diferencia de los dos inferiores, que consistían en amplias superficies diáfanas con las paredes forradas en parte con azulejos rotos, aquel estaba dividido en varios espacios. No hacía falta tener grandes nociones de arquitectura industrial para imaginar que los de abajo eran los destinados a la fabricación, mientras que el más alto estaba reservado a las oficinas.

La leve luz del alba se colaba por los huecos que antiguamente ocupaban las ventanas, dejando a la vista un distribuidor al que se abrían varias estancias. El Triki entró en la segunda por la derecha.

Era su habitación, o al menos lo más parecido que tenía.

Un amplio ventanal cubierto con sacos de plástico blanco para evitar el paso del frío brindaba algo de luz, pero en ningún caso calidez, a aquel lugar donde el único mobiliario era una abollada cajonera metálica y un sucio sofá recuperado de la basura.

El Triki se dejó caer en él. Tomó del suelo la manta mugrienta y se la echó por encima. Por fin, podría dormir y olvidar a los picoletos, al Txapu y a todos los demás.

Apenas había llegado a cerrar los ojos cuando una fuerte tos lo sobresaltó.

—¡Ya estamos! —masculló entre dientes.

Hacía una semana que no lograba pegar ojo. Gorka, el chico que ocupaba un almacén sin ventanas que daba al mismo descansillo, sufría violentos ataques de tos que se repetían cada pocos minutos. Algunos decían que estaba muy tocado; que tenía hepatitis y estaba en las últimas.

Al Triki eso le daba igual. Bastante tenía con preocuparse de su vida como para andar cuidando de otros. Lo único que quería era que aquel tío dejara de toser.

—Deberías ir al médico. Si quieres, te acompaño esta mañana. —El Triki reconoció la voz del Chino, un muchacho que apenas llevaba un par de semanas viviendo en la fábrica.

La única respuesta de Gorka fue un nuevo ataque de tos.

—¡Qué jodido estás, tío! —protestó algún otro sin levantarse del catre.

El Triki se cubrió los oídos con las manos.

«Maldita la hora en la que a alguien se le ocurrió dar fuego a las puertas para entrar en calor», pensó desesperado.

Necesitaba dormir. Estaba demasiado cansado para seguir aguantando aquello. Si estuviera en casa, soltaría dos o tres palabras fuera de tono y lograría que se hiciera el silencio. En la fábrica, en cambio, nada de eso serviría.

«Quizá no debería haberme ido —se dijo, pero como siempre que lo hacía, se enfadó consigo mismo—. Esta es ahora tu casa».

De nuevo esa maldita tos. No iba a ser capaz de dormir así. Se giró hacia el otro lado.

«¡Joder, qué asco! —El sofá olía mal—. A ver cuándo limpio toda esta mierda».

La tos otra vez.

—¿Seguro que no quieres ir al médico? —El Chino no se daba por vencido.

—¡Dejadme en paz tú y tu puto médico! —La voz rota de Gorka brotó de ultratumba.

Una ráfaga de aire infló los plásticos de la ventana. El viento también estaba enfadado.

«Este sitio es una mierda», pensó arrebujándose bajo la manta, que le rascó el cuello con su borde quemado.

Comenzaba a sentirse mareado. La ansiedad le golpeó en forma de latidos en las sienes. Un sudor frío le hizo estremecerse. Náuseas.

Gorka volvió a toser. Esta vez más fuerte. Parecía imposible que alguien pudiera hacer un sonido tan bronco con sus pulmones.

El Triki supo que no aguantaría ni un solo minuto más.

—¡Chino, dame una, por favor! —pidió a gritos.

—Joder, ¿otra vez? —protestó el otro—. Todavía me debes lo que te pasé ayer.

—Te pago si quieres —suplicó el Triki llevándose la mano al bolsillo—. Hoy tengo pasta.

Una punzada de temor le sacudió mientras sacaba el fajo de billetes. Si le pagaba al Chino lo que le debía no podría saldar la deuda con el Kuko y los suyos. Y ellos no perdonaban.

La silueta del Chino se asomó por el vano de la puerta.

—Si no me la pagas no te daré ni medio gramo —anunció.

—Joder, tío. Pásame un pico. Solo uno. Cuando pague a esos, te doy lo que me sobre. —Un repentino temblor le impidió seguir hablando.

—No. Ya me sé esa historia. Bastante hago con darte de la mía. A este paso me quedaré a dos velas.

Gorka volvió a toser.

—¡Basta ya! ¡Joder! —espetó el Triki llevándose las manos a las orejas—. Está bien, toma. ¿Cuánto quieres? —inquirió mostrando los billetes.

El Chino se acercó a él.

—Con esto será suficiente —apuntó tomando uno.

Un par de minutos después, el Triki dio con una jeringuilla usada bajo el sofá. A pesar de los temblores, logró mantener firme la mano que sujetaba la cucharilla en la que fundió la heroína. El pico le produjo un bienestar instantáneo en cuanto llegó a su torrente sanguíneo.

La tos de Gorka rasgó el silencio, pero el Triki apenas la oyó.

Ya no importaba. Nada importaba ya.

8

—Usted dirá. —Antonio Santos tamborileaba con los dedos en la mesa.

—¿Yo? —replicó Leire indignada—. ¿Qué pretende que le diga? ¿Lo mismo de siempre, que yo no sé nada?

Aquella situación comenzaba a sacarla de quicio.

—Pues yo creo que sabe mucho más de lo que dice. —El comisario se apoyó con ambas manos en la mesa y se acercó ligeramente a la escritora—. Demasiado, incluso —masculló Santos entre dientes.

Leire sintió un escalofrío. Las cuatro paredes desnudas de aquella sala de interrogatorios comenzaban a angustiarla. Tampoco contribuía precisamente a crear un ambiente agradable el gesto altivo de aquel policía.

—¿Estoy aquí como testigo o como acusada?

El ertzaina se miró las manos antes de responder.

—De momento como testigo —admitió con desgana.

—Pues no lo parece —protestó Leire con la voz firme.

El comisario Santos la miró con gesto cansado.

—Está bien, explíqueme por qué sospecharon que el cadáver de Josune Mendoza flotaba en la bocana —murmuró asegurándose de que la grabadora estaba encendida.

—¿Otra vez? —La voz de Leire sonaba cada vez más indignada—. ¿Cuántas veces tendré que repetir la misma historia? —Hizo una pausa para exhalar aire con un gesto de hastío—. Cada vez que la llamaba, su móvil sonaba en medio de la ría. Por eso buscábamos por allí; ni siquiera imaginábamos que pudiera estar muerta.

Santos asintió. En uno de los bolsillos del plumífero rosa de Josune habían encontrado su teléfono. Se trataba de un aparato protegido por una carcasa impermeable, muy popular entre aficionados a los deportes náuticos. El terminal había continuado funcionando a pesar de encontrarse en el agua, hasta que la insistencia de Leire había agotado la batería.

—Antes de subir a la motora, ¿dónde estuvo usted? —El gesto indignado de la escritora obligó al comisario a continuar—. Sí, ya sé que me ha dicho que en el faro, pero ¿no hay nadie que pueda corroborarlo?

Leire negó con la cabeza.

—Espere —musitó con gesto concentrado—. Estuve un buen rato esperando en la puerta del astillero Ondartxo. Era allí donde debía encontrarme con Josune. Un pescador me vio; estuvimos hablando a distancia, pero seguro que me recordará.

—¿Lo conoce usted?

—¿Al pescador? No, creo que no —reconoció la escritora sintiendo que su coartada se desvanecía—. ¡Un momento! Tal vez aún esté allí. Esos hombres suelen pasarse horas a la espera de que las presas piquen el cebo.

Antonio Santos la miró largamente antes de pulsar el botón de un intercomunicador que había sobre la mesa.

—Ibarra, necesito una patrulla en Ondartxo. Buscamos a un pescador que lleva allí desde antes de las nueve. Puede ser un testigo importante —anunció acercándose al aparato.

—La ciento veintidós está por allí. Ahora mismo la envío. Las demás tampoco andan lejos; siguen peinando la zona en busca de pruebas —contestó una voz metálica.

El comisario miró fijamente a Leire.

—¿Sabe? Llevo muchos años en este oficio, y algo en mi fuero interno me dice que no me está diciendo toda la verdad.

—Pues se equivoca usted de cabo a rabo —protestó la escritora apretando la mandíbula para contenerse—. Mientras pierde el tiempo conmigo, hay un salvaje paseándose impune por ahí fuera.

Resoplando, Santos se recostó hacia atrás en la silla. Al hacerlo, se llevó las manos a la barriga, aún incipiente, que se dibujaba bajo su camisa azul.

—Se lía a mamporros con la nueva pareja de su exmarido y un par de días después aparece muerta en la puerta de su faro. Después, Josune Mendoza la expulsa del equipo de remo y, al poco rato, aparece asesinada en la ría. Para colmo, es usted misma quien halla los dos cadáveres —apuntó con expresión severa—. ¿Cree que me chupo el dedo? ¿No pretenderá que crea que estas muertes son obra del Espíritu Santo?

Leire dibujó una mueca de disgusto.

—En todo caso sería del mismísimo diablo —le corrigió.

El comisario asintió.

—En eso estamos de acuerdo —murmuró jugueteando con un bolígrafo de publicidad—. Jamás en mi vida laboral había visto tanta saña en un asesinato. Dígame, ¿por qué se separó usted de su marido?

La escritora no daba crédito. ¿A qué venía ese tipo de preguntas tan personales? ¿Qué transcendencia podía tener eso en una investigación por asesinato?

—Es importante para el caso. Una de las víctimas está relacionada con su antigua pareja —aclaró Antonio Santos al reparar en su incomodidad.

Leire exhaló un profundo suspiro. Estaba harta de todo aquello. Lo último que le apetecía era tener que escarbar en sus dolorosos recuerdos para dar cuenta de ellos a un comisario de la Ertzaintza.

—Desencuentros. Como cualquier pareja —dijo finalmente.

Santos esbozó un atisbo de sonrisa que Leire atribuyó a que estaba de acuerdo con el comentario. Sin embargo, su rictus severo no tardó en aparecer de nuevo.

—Como no sea usted más explícita, nos podemos tirar aquí toda la noche —señaló mirándose el reloj de pulsera.

La escritora observó cabizbaja su reflejo en el espejo que ocupaba la pared de enfrente. Sentado frente a ella, Santos aparecía en la imagen de espaldas, dejando a la vista una coronilla despoblada que intentaba cubrir sin éxito con los cabellos que la rodeaban. Era ridículo. Lo imaginó peinando frustrado aquellos cuatro pelos en un esfuerzo por no reconocer que se estaba haciendo mayor. Y eso que conservaba cierto atractivo. Tenía unos bonitos ojos grandes y unos rasgos armónicos que seguro que habían hecho derretirse a más de una. No le calculó más de cuarenta y cinco años, pero saltaba a la vista que no los llevaba bien. Antonio Santos se había abandonado.

Con una congoja que se mezclaba con una indignación creciente, volvió a mirar de frente al comisario, que seguía esperando una respuesta. No se sentía con fuerzas de explicarle los trapos sucios de su matrimonio. ¿Qué tenía que decirle? ¿Que Xabier le había puesto los cuernos desde el primer día? ¿Que el joven con el que se había casado ilusionada le había hecho sentirse una desgraciada? ¿Que aquel de quien todas las chicas de Pasaia habían estado enamoradas en uno u otro momento de sus vidas se había tirado a tantas que había perdido la cuenta? ¿Que maldecía la hora en que lo había conocido?

—Comisario. —La voz metálica que llegaba a través del interfono interrumpió sus pensamientos.

—Dígame, Ibarra. —Mientras hablaba, Santos mantenía pulsado el botón rojo del aparato.

—La patrulla ha recorrido la zona. No hay ningún pescador desde el embarcadero hasta el faro de Senekozuloa.

—¿Nadie?

—Nadie. El agente Rivero dice que la marea está demasiado baja y que los pescadores no volverán hasta que no empiece a subir de nuevo. —Algunas interferencias se colaron entre palabra y palabra, pero tanto Leire como el comisario alcanzaron a entender sus palabras.

Antonio Santos volvió la mirada hacia ella.

—Ya ve, ni siquiera los pescadores quieren darle la razón —musitó con una irónica sonrisa dejando caer el bolígrafo sobre la mesa.

La escritora decidió que había tenido suficiente. No tenía por qué aguantar más aquella situación.

—¿Tiene algo más que decirme o puedo irme? —dijo poniéndose en pie.

Santos balbuceó unas palabras incomprensibles al tiempo que se incorporaba con gesto de sorpresa.

—¿Cómo dice? —inquirió Leire desafiante.

—Que puede irse si quiere. No puedo retenerla contra su voluntad —reconoció el comisario—. Eso sí, no dude que tendremos en cuenta su falta de colaboración.

Leire no estaba dispuesta a seguir allí ni un minuto más. Con pasos rápidos, se dirigió a la puerta y tiró de la manilla.

No se movió. Estaba cerrada.

Antonio Santos soltó una risita y pulsó un botón del intercomunicador. Un zumbido eléctrico anunció el desbloqueo de la cerradura.

—¡Estaba cerrada! —exclamó Leire indignada—. No sabía que se encerrara a los testigos.

El comisario volvió a reírse por lo bajo.

—Hasta la vista, señorita. Porque volveremos a vernos. No tenga la más mínima duda —se despidió antes de pulsar el botón rojo del interfono—. Ibarra, haga pasar al barquero. Con la farera he terminado por hoy.

9

El despacho era tal como lo recordaba. Montañas de papeles apilados sobre una recia mesa de madera, decenas de carpetas clasificadas por años en las paredes y un amplio ventanal que brindaba un torrente de luz natural. Lo único que había cambiado era el ordenador; un estilizado portátil ocupaba el lugar del ruidoso Amstrad de color ajado y formas ortopédicas.

—Me alegro de verte —la saludó el profesor sin levantarse de su silla.

—¿No piensas darme un par de besos? —protestó Leire de pie ante la mesa.

Íñigo dibujó una sonrisa que iluminó sus ojos negros. Seguía siendo atractivo. Las canas cubrían los costados de una cabellera que siempre había cuidado con esmero, pero aún tenía una buena mata de pelo castaño. Al aproximarse a la visitante, quedaron a la vista unas acentuadas marcas de expresión que Leire recordaba mucho más leves.

«El precio de la obsesión por el sol», dedujo la escritora recordando que el profesor lucía un bronceado perfecto fuera cual fuera la época del año.

—Estás igual de guapa que entonces. —La voz de Íñigo sonó como un leve susurro mientras le propinaba un sonoro beso en cada mejilla.

Leire sintió que se le hacía un nudo en la garganta al sentir su olor. Habían pasado trece años desde la última vez que se vieron, pero no había olvidado un solo ápice de aquel aroma que la había acompañado durante tres de los años más intensos de su vida.

—No debería haber venido —se disculpó azorada, dando un paso atrás.

Iñigo la sujetó por los hombros y la miró fijamente a los ojos.

—Claro que sí. El pasado está olvidado; los dos tenemos nuestra vida y no podemos seguir culpándonos de lo que pudo ser y no fue.

Leire apartó la mirada.

—Todavía te debo una disculpa —musitó. En cierto modo, se sentía culpable por haberlo abandonado sin darle ningún tipo de explicación, aunque sabía que, en el fondo, había sido él quien había sembrado el desamor con sus continuos líos con otras chicas de la facultad.

—Vamos, déjalo estar. Preocupémonos por lo que te ha traído aquí —apuntó Iñigo ofreciéndole una silla.

La escritora tomó asiento y dejó vagar la vista por la ventana que había a la espalda del profesor. Las formas imposibles del Museo Guggenheim se dibujaban en la orilla opuesta de la ría. Nada quedaba de las decadentes construcciones portuarias que jalonaban el Nervión cuando ella era una niña que jugaba por las Siete Calles. Bilbao había cambiado. Mucho más de lo que nadie hubiera podido imaginar apenas veinte años atrás. La ciudad que Leire recordaba de su infancia era gris, cubierta de hollín y de una pátina de residuos industriales. Aquellos tiempos habían quedado felizmente atrás y la urbe sombría en la que había pasado su niñez y adolescencia era ahora un lugar luminoso y vital.

«Tal vez debería regresar», pensó la escritora antes de recordar el privilegio de dormir cada día mecida por el relajante sonido de las olas contra los acantilados.

—Cuéntame —insistió el profesor.

Leire tomó aire antes de comenzar y, sin olvidar detalle, le narró los acontecimientos de los últimos días.

Iñigo escuchó el relato sin interrumpirla, tomando notas de vez en cuando y frunciendo el ceño en los momentos más duros. Solo cuando estuvo seguro de que Leire había terminado, comenzó a hacer preguntas.

—¿Tienes alguna manera de demostrar que no estabas en el lugar de los asesinatos cuando fueron perpetrados?

La escritora negó con la cabeza.

—¿Dónde estabas cuando mataron a la primera mujer?

—En el faro, intentando escribir. —Leire sabía que aquello no era coartada alguna.

—¿Sola? —inquirió el profesor imaginando la respuesta.

La escritora asintió.

Iñigo garabateó unas palabras en su cuaderno.

—¿Y cuando asesinaron a la entrenadora?

Leire lanzó un largo suspiro.

—En el faro, recogiendo la equipación.

Iñigo contempló la punta del bolígrafo durante unos segundos antes de volver a hablar.

—Pues lo tienes jodido. Si no hay nadie que pueda demostrar que eso era así, ¿cómo quieres que no sospechen de ti? —El profesor se detuvo para mirarla fijamente a los ojos antes de continuar—. Si no te conociera, yo mismo pensaría que fuiste tú.

Leire asintió con un movimiento de cabeza.

—Solo discutí con ellas. ¿Por qué iba a querer matarlas? —repuso.

—¿Te parece poco? —preguntó Iñigo—. Una mínima discusión puede mover a un asesino a realizar una barbaridad. A veces ni siquiera hace falta llegar a las palabras. Una mirada, un gesto... cualquier cosa puede poner en marcha una mente enferma.

Leire le escuchaba con atención. El profesor sabía de lo que hablaba. A sus cuarenta y cinco años, llevaba dieciocho dando clase de Criminología de la Universidad de Deusto. Además, había trabajado como asesor de la Ertzaintza en los casos más enrevesados, aunque en los últimos años se había distanciado del cuerpo por sus diferencias a la hora de plantear las investigaciones.

—Supongo que no habrán encontrado indicios de violencia sexual, ¿verdad?

La escritora se encogió de hombros. No había pensado en ello.

—A mí no me explican nada. Solo me preguntan —apuntó con un gesto de hastío. No sabía si era por su complicada situación o por aquel despacho que le recordaba sus tiempos de estudiante de Psicología, pero se sentía desprotegida, como quien va a rogar al profesor que le revise el examen para escapar del suspenso.

Iñigo frunció el ceño y tomó el móvil. Buscó un nombre en la agenda y pulsó la tecla de llamada.

—¿Qué tal, Txema? —saludó—. Sí, chico, aquí en la facultad. No, hoy no tengo clases, estoy estudiando casos. ¿Estás en la comisaría? Necesito que me hagas un favor... Sí, ya te pagaré una caña —bromeó el profesor—. Mírame, por favor, el expediente del asesinato de Pasaia. Sí, el de las dos mujeres abiertas en canal... ¿En serie? No sé, es demasiado pronto para decirlo. Esperemos que no... ¿Lo tienes? Necesito saber si hubo agresión sexual... ¿Nada? ¿Y tenemos sospechoso? —El profesor permaneció a la espera unos segundos que a Leire se le hicieron eternos—. ¿Nadie más...? De acuerdo. Entendido. Gracias, Txema, que tengas un buen día. —Se disponía a colgar cuando pareció recordar algo—. Oye, una última cosa. ¿Me avisarás si hay novedades importantes? ¿Sí? Gracias, Txema. Te debo una.

La escritora observó inquisitiva a su antiguo profesor, que apuntó un par de palabras en su cuaderno antes de alzar la mirada hacia ella. Su gesto de preocupación no adelantaba nada bueno.

—La ausencia de violación en ambos casos indica que no hubo una intencionalidad sexual en los crímenes —explicó haciendo girar el bolígrafo en su mano derecha—. Eso hace pensar que el asesino pudo ser una mujer. Si le sumamos tus discusiones con ellas y que físicamente estás fuerte por tu afición al remo, tenemos un peligroso cóctel que, de momento, te sitúa como sospechosa.

—Si tan claro lo tienen, ¿por qué no me encierran? —exclamó Leire indignada.

Iñigo sacudió negativamente la cabeza.

—No hay, por ahora, ninguna prueba que te incrimine, ni huellas, ni muestras de ADN, pero están en ello. Espero, por tu bien, que no den con nada.

La escritora fijó la mirada en unos turistas que se hacían fotos ante el Guggenheim. Desde la distancia, parecían hormigas al pie de aquel fantástico ser de titanio.

—¿Qué puedo hacer? —quiso saber.

El profesor revisó sus apuntes.

—Demostrarles que no has sido tú —dijo finalmente.

Leire lanzó una risita nerviosa.

—¡Qué fácil se dice!

Iñigo volvió a jugar con el bolígrafo. Después, tomó sus apuntes y se los mostró. En la parte inferior de la hoja escribió en letras grandes: «Sospechoso: Leire Altuna». Con un rápido movimiento de su mano derecha tachó el nombre de la escritora con una gran equis.

—Si tú no eres la asesina, tendremos que buscar al criminal que ha hecho esta salvajada —sentenció lentamente mientras dibujaba un interrogante rodeado por un amplio círculo junto a la palabra «sospechoso».

—Se te olvida que este no es uno de los casos que nos planteabas en tus clases para que solucionáramos. Es el mundo real —protestó ella antes de que el timbre de su móvil la interrumpiera—. Perdona —murmuró buscando el aparato en el pequeño bolso de cuero azul que había colgado del respaldo de la silla.

—Cógelo, tranquila —señaló Iñigo al oír su suspiro de impotencia.

—Da igual —repuso Leire apagando el terminal—. Es mi editor. No me apetece hablar ahora con él.

—¡Es verdad! ¡Estás hecha una superventas!

—¡Qué va! No es para tanto.

—¿Te cuento un secreto? —El profesor señaló la balda inferior de una de las estanterías que cubrían las paredes.

Leire estalló en una carcajada al reconocer los lomos de todas sus novelas.

—¡No te creo! ¿Un criminalista leyendo novela romántica? —se burló divertida.

Iñigo la miró de un modo que a ella le recordó otros tiempos.

—Siempre he sido un romántico —apuntó con una sonrisa—. No creo que haga falta que te lo recuerde.

—¿Y cómo pretendes que descubra quién es el asesino? —inquirió la escritora forzando un cambio de tema.

—No es tan difícil —repuso Iñigo tras unos instantes—. Yo llevo toda la vida haciéndolo y créeme que tú serías una gran investigadora. No creo que existan muchas personas tan observadoras como tú.

—No exageres.

—No lo hago. Cuando supe que habías publicado tu primera novela, no me extrañó. Siempre tuve la certeza de que acabarías siendo escritora o policía —aseguró el profesor mirándola a los ojos con tal intensidad que Leire apartó incómoda la vista.

—¡Como si tuvieran mucho que ver lo uno con lo otro!

—No lo creas. Se parecen más de lo que crees. Una pequeña dosis de imaginación y mucha, muchísima, de investigación.

—Pues estudié Psicología.

Iñigo bajó la vista hacia el cuaderno y revisó sus apuntes durante unos instantes.

—¿Qué tenían en común las dos mujeres asesinadas?

La escritora miró hacia el Guggenheim. Los turistas de la foto habían desaparecido. Tal vez la criatura de titanio los hubiera devorado.

—Las dos eran de Pasaia, pero ni siquiera vivían en la misma orilla de la ría. Una era de San Pedro y la otra de San Juan —explicó sin apartar la vista de la ventana—. La primera no pasaba de los treinta años y la segunda rondaba los cuarenta... Una era morena y la otra rubia... No sé, no creo que tuvieran mucho en común. Ni siquiera sé si se conocían.

—Tenían en común que habían discutido contigo poco antes de ser asesinadas —añadió a bocajarro el profesor—. ¿Seguro que no se te ocurre nada más?

Leire comprendió que la Ertzaintza se agarrara a ese único vínculo como a un clavo ardiendo. En la distancia, unos paseantes sobrepasaron el museo y continuaron por los muelles de Abandoibarra en dirección al palacio Euskalduna, que ocupaba el solar de unos viejos astilleros.

—No se me ocurre nada más —murmuró desanimada.

—Algo debe de haber, algo que pueda mover a un asesino a matarlas a ellas y no a otras.

Leire comenzó a negar con la cabeza, pero de pronto recordó algo que había leído en el periódico de aquella misma mañana. Acababa de dar con algo que vinculaba a ambas víctimas, aunque no estaba segura de que fuera transcendente.

—Las dos pertenecían a Jaizkibel Libre. La asociación emitió un comunicado lamentando la pérdida de sus dos activistas —explicó poco convencida.

—¿Los contrarios al puerto exterior? —inquirió Iñigo tomando nuevos apuntes.

En los últimos años, un proyecto para construir una nueva dársena en el exterior de la bocana había desencadenado un agrio conflicto entre políticos, constructoras y ecologistas. Aunque el alcance informativo de la polémica traspasaba los límites municipales, era en Pasaia donde la situación era más complicada. Algunos vecinos, que se enriquecerían con el nuevo puerto, batallaban para que la obra se llevara a cabo; otros muchos, sin embargo, denunciaban que los nuevos muelles destrozarían la costa indómita del monte Jaizkibel y vaciarían las arcas públicas con una obra que consideraban innecesaria. El enfrentamiento, que protagonizaba no pocas conversaciones de taberna, había llegado a las manos en algunos casos. Todos en San Pedro recordaban el día en que un conocido constructor local increpó a varios vecinos que se manifestaban contra la dársena exterior, recibiendo como respuesta una inclemente lluvia de objetos de todo tipo.

—Pues ya tenemos por dónde empezar —apuntó el profesor tamborileando en la mesa con el bolígrafo.

Leire asintió poco convencida.

—¿De verdad crees que puede ser una pista a tener en cuenta?

Iñigo dejó caer el bolígrafo.

—Es lo único que tenemos, pero no es poco. Una obra polémica..., un pueblo enfrentado..., oscuros intereses económicos... Desde luego que no es un mal comienzo. Alguien puede estar interesado en acallar las críticas sembrando el terror entre quienes se oponen a la obra.

La escritora observó dos piraguas que se deslizaban por la ría, impulsadas por las rítmicas paladas de sus tripulantes, dos chicas que charlaban animadamente.

—¿Te acuerdas de cuando estaba cubierta de una capa de espuma y apestaba?

El profesor la miró extrañada y no supo de qué hablaba hasta que ella le señaló la ventana.

—Perdona. Es que aún no puedo creerme el cambio que ha pegado nuestra ciudad —se disculpó Leire con una sonrisa—. Todavía recuerdo cuando un alcalde prometió que en la ría volverían a nadar los patos y nadie se lo creía. En cambio, ahora hacen hasta carreras de natación.

—¿Por qué no vuelves? —El tono de Iñigo sonó nostálgico.

Leire lanzó un profundo suspiro.

—Si vieras el faro donde vivo no me lo preguntarías. Pocos lugares más hermosos se me ocurren para vivir.

Iñigo se giró hacia la ventana y dejó volar la vista. No necesitó abrir la boca para que la escritora comprendiera lo que estaba pensando. No conocía nadie más apegado a Bilbao que aquel hombre del que había llegado a estar locamente enamorada.

—Muchas veces, demasiadas quizá, recuerdo lo nuestro. Fuimos felices juntos —musitó volviendo a girarse hacia ella.

—Durante un tiempo me sentí la más afortunada del mundo. Después no —admitió Leire.

El profesor se pasó una mano por el cabello y bajó la vista hacia el cuaderno.

—¿Eres feliz? —preguntó volviendo a mirarla a los ojos—. Quiero decir... en tu vida... en tu faro...

Algo en la expresión de su rostro le dijo a la escritora que él no lo era. De pronto, parecía cansado.

El golpe de unos nudillos en la puerta le evitó responder. Iñigo se puso en pie y se asomó por el quicio.

—Disculpa, pero me gustaría hacerte un par de comentarios sobre el trabajo de la semana pasada —apuntó una tímida voz femenina.

Leire se sintió incómoda. Con una visita así comenzó todo cuando ella era alumna de segundo de Psicología e Iñigo su profesor. Después llegaron tres años de un amor furtivo que evitaban demostrar en los alrededores de la facultad. La escritora recordaba aquella época como una de las más felices de su vida, aunque no faltaron momentos amargos por la afición del profesor a tontear con otras estudiantes. Iñigo se sabía atractivo y lo aprovechaba, a veces en exceso para quien tiene una relación seria con alguien.

A menudo, Leire se planteaba qué habría sido de ellos si ella no se hubiera fijado en aquel compañero de clase en el último año de carrera. Porque, por Xabier, dejó no solo al profesor, sino toda su vida en Bilbao para ir a parar a Pasaia.

—Ahora estoy ocupado, pero si vuelves en una hora, lo revisamos.

La estudiante le dio las gracias y se despidió.

—Perdona, ¿dónde estábamos? —se disculpó el profesor volviendo a su asiento.

Su aroma, de matices cítricos y exóticos, se dispersó con el movimiento y Leire se sintió nuevamente turbada.

—Creo que ya es hora de que me vaya —musitó poniéndose en pie.

Iñigo frunció el ceño.

—Si acabas de llegar —protestó.

—Pero ya tengo por dónde empezar —apuntó Leire señalando el cuaderno garabateado que había sobre la mesa.

Él asintió.

—Si tiras de ese hilo puede irte bien. Esta vez podrás escribir una novela policiaca —bromeó incorporándose de nuevo para despedirla.

La escritora sintió una punzada de angustia al recordar la trilogía inacabada y a su editor.

—Gracias —dijo apretando ligeramente el brazo del profesor a modo de despedida.

—Espero que todo se arregle. Si me necesitas...

Leire no le dejo acabar. Abrió la puerta y salió al pasillo. Dos chicos esperaban ante la puerta de enfrente, tras la que se encontraba el departamento de Estadística. Con paso apresurado, se encaminó a las escaleras que bajaban al piso principal de la facultad. Tras ella, no oyó ninguna puerta cerrarse y no necesitó girarse para saber a ciencia cierta que Iñigo le estaba mirando el culo.

«Es incorregible», se dijo esbozando una sonrisa que la hizo sentir viva por primera vez en varios días.

10

El sol se perdía tras las montañas, pintando las escasas nubes con los tonos ardientes del ocaso. Era hermoso; tanto como podía serlo el más bello de los atardeceres de otoño. La doctora Andersen, sin embargo, sintió un enorme vacío en su interior. Era en momentos así cuando más lo echaba de menos.

—¿Dónde estás, amado mío? ¿Dónde te ha llevado esta maldita guerra? —murmuró con la mirada perdida entre las nubes.

La búsqueda comenzaba a hacerse insoportable. Demasiados días, demasiados meses en pos del capitán Hunter. Tal vez —se dijo para sus adentros— debería olvidarlo y comenzar una nueva vida. Al fin y al cabo, era joven.

—¡No! ¡Te encontraré aunque tenga que rebuscar en el fin del mundo! —exclamó con un grito desgarrado.

Nadie lo escuchó. Solo el mar, que batía con fuerza contra los acantilados de Cornualles, pareció prestar atención a sus palabras. Había llegado lejos en su afán de dar con su prometido. El revés sufrido aquella tarde no había sido fácil de digerir, pues estaba convencida de que lo encontraría entre los soldados destacados allí, pero no pensaba darse por vencida. Por tierra, por mar y, si fuera necesario, por aire, la doctora

Andersen no cejaría en su empeño y, tarde o temprano, podría estrecharlo entre sus brazos.

Leire releyó el fragmento en voz alta. No le entusiasmaba, pero tampoco le disgustaba. Por fin había logrado arrancar con la tercera entrega de la trilogía. El dramático final de la segunda parte tenía ahora una esperanzadora continuidad.

«Una página —calculó a simple vista—. Solo me quedan trescientas y pico más».

Recostándose ligeramente en el respaldo de la silla, sacó un cigarrillo del paquete de Chesterfield y se lo llevó a los labios. Una desagradable sensación de derrota acompañó el movimiento de la mano que acercó el encendedor. Sin embargo, fue incapaz de detenerla. Tras cuatro años sin fumar, no pudo refrenar su impulso de entrar en un estanco y pedir una cajetilla. Había sentido vergüenza al hacerlo, como un adolescente que compra sus primeros cigarros y no se atreve a pedírselos al dependiente, pero finalmente la había comprado esa tarde en Bilbao.

Exhalando el humo tras una primera calada ansiosa, alzó la vista hacia la ventana. El reflejo de la bombilla que pendía del techo en el cristal impedía ver las estrellas que titilaban allá fuera. Debía de ser tarde. Echó un vistazo al sencillo pero enorme reloj de pared que había comprado en Ikea a los pocos días de mudarse al faro.

Las doce y media.

Era hora de retirarse a dormir. No acostumbraba a hacerlo tan tarde, pero aquella noche se sentía inspirada para escribir. Al menos, a aquellas horas en las que el resto del mundo dormía, no habría llamadas de su editor que la importunaran.

Odiaba aquellas presiones. La bloqueaban y la hacían sentir irresponsable, como una niña pequeña que no hace sus deberes. Jaume, desgraciadamente, no parecía comprenderlo. De hecho, parecía no comprender nada. Sus llamadas no lograban más que el efecto contrario al que él pretendía, pues cuanto más agobiada se sentía, más le costaba idear una buena historia. Aun así, sus presiones habían ido en aumento al mismo tiempo que su tono se había tornado más desagradable.

«No debería haberme acostado con ese imbécil», se lamentó la escritora apagando la luz para poder ver las estrellas.

Fue una noche, en Barcelona, después de la cena en la que celebraron la publicación de la segunda entrega de las aventuras de la doctora Andersen. Leire pasaba por un momento de liberación tras haberse separado de Xabier. Quitarse de encima la enorme losa que suponían los últimos meses vividos entre mentiras y desprecios, no era para menos. El cava, las risas y un par de miradas cómplices hicieron el resto.

Jaume no era lo que se podía decir un chico guapo, pero aquella noche había algo en él que lo hacía especialmente atractivo. Tal vez fuera la camisa blanca ceñida que dejaba a la vista unos morenos brazos fibrosos, tal vez sus labios carnosos y bien dibujados sobre unos dientes insultantemente blancos, o tal vez las miradas de deseo que le lanzó entre risas. Fuera lo que fuera, Leire no quiso reprimir las ganas de invitarlo a tomar una última copa en la habitación del hotel.

Era un amante extraordinario, eso no podía negarlo. Recordaba los hábiles movimientos de sus manos, sus apasionados besos y la delicada intensidad con la que practicaba el sexo.

Sin embargo, jamás se había arrepentido tanto de acostarse con alguien. Jaume no había vuelto a tratarla con el respeto que una relación laboral merecía. El hecho de haberse ido con él a la cama parecía eclipsar que Leire era una de las novelistas que más ingresos brindaban a la editorial que había heredado tras la muerte de su padre.

Buscando la estrella polar con la mirada, fantaseó con la idea de romper el contrato con él, pero no tardó en descartarlo. Las cláusulas eran tan abusivas que, en caso de hacerlo, se enfrentaba a una sanción económica tan severa que la dejaría endeudada probablemente de por vida.

Tenía que acabar la trilogía. Solo entonces sería libre.

La Osa Mayor se dibujaba tras el cristal cuando se despertó. A su alrededor, miles de estrellas brillaban en la distancia, configurando una bóveda celeste en la que apenas había espacio para la oscuridad.

Bostezando, Leire se fijó en el reloj. El leve resplandor amarillento que se colaba por la ventana le permitió comprobar que pasaban pocos minutos de las tres de la madrugada.

«Me he quedado dormida», comprendió girando el cuello a uno y otro lado para desentumecerse.

Hacía frío. O eso, o estaba destemplada por el sueño, pero tenía la piel de gallina.

«Debería irme a la cama», pensó sin moverse de su silla de trabajo.

Le daba pereza levantarse. Aún debía cepillarse los dientes. Por un momento, se planteó acostarse sin hacerlo, pero sabía que así no lograría conciliar el sueño. Odiaba sentir la aspereza de la dentadura sucia al pasar la lengua sobre ella.

La esfera del reloj desaparecía cada cierto tiempo, víctima de los guiños del faro, que sumían el despacho en una completa oscuridad. Apenas duraban un segundo, pero las estrellas parecían cobrar mayor fuerza entonces, sin aquel enemigo luminoso que les robaba parte de su brillo. La propia Vía Láctea se dibujaba con su manto lechoso en esos ínfimos instantes.

Leire se desperezó lentamente, volvió a bostezar y se incorporó. Recordaba vagamente haber soñado con Iñigo. La visita a Deusto de aquella mañana había removido en ella demasiados recuerdos del pasado.

De camino a su habitación, comenzó a despojarse de la ropa. Se moría de ganas de notar en la piel la caricia de su suave y cálido edredón nórdico. No le gustaba dormir en pijama. Hacía años que había dejado de hacerlo. Prefería acostarse con solo unas braguitas y una camiseta fina de tirantes.

No le hizo falta encender ninguna luz para bajar las escaleras, ni siquiera para encontrar su cepillo en el lavabo. El resplandor del faro se colaba por las ventanas, dibujando el contorno de las estancias y los objetos.

Se disponía a poner en hora el despertador con la mano que el cepillo le dejaba libre cuando creyó oír un ruido procedente del exterior. Había sonado como un leve chasquido.

Se asomó a la habitación, pero no percibió movimiento alguno. No obstante, el sonido se repitió. Alzó la vista hacia la ventana y sintió que se quedaba sin respiración. Tras el cristal, se dibujaba una silueta de formas humanas. La luz del faro apenas permitía ver la sombra de un rostro en el que llegaban a intuirse a duras penas unos ojos.

Un grito desgarrador que Leire tardó en comprender que había salido de su garganta rompió la quietud de la noche. Los cuerpos mutilados de Amaia Unzueta y la entrenadora se adueñaron de pronto de su mente, al tiempo que comprendía que su vida corría peligro.

La siniestra silueta apenas permaneció allí un par de segundos. Después, el faro lanzó uno de sus guiños en forma de ocultaciones y la oscuridad se adueñó de todo. Cuando volvió la luz, el intruso había desaparecido.

Incapaz de dar un solo paso, Leire dejó caer el cepillo y se acurrucó junto a la cama. El terror la paralizaba.

Le pareció oír pasos en la gravilla del exterior, aunque no podría jurarlo. Tal vez no fueran más que los desenfrenados latidos de su corazón. Estaba demasiado asustada como para poder fiarse de sus sentidos.

Pasaron varios minutos hasta que, finalmente, fue capaz de ponerse de nuevo en pie. Conteniendo la respiración, se acercó hasta la ventana y miró a través de ella para asegurarse de que no había nadie al otro lado del cristal.

«Esta maldita historia me está volviendo loca. Tanta tensión me hace ver cosas que no existen», se dijo para sus adentros al comprobar que había más de tres metros desde el suelo hasta el lugar donde creía haber visto al intruso.

Sin embargo, algo le decía que aquella inexplicable visita había sido real.

Antes de regresar al cuarto de baño para escupir el dentífrico, asió la manilla y abrió la ventana. El aire fresco le golpeó la cara, pero aparte de eso, nada más.

Los alrededores del faro aparecían tranquilos y los árboles apenas se mecían con la leve brisa del sur que caracterizaba las noches de la franja costera.

Miró intrigada a uno y otro lado. Definitivamente, no había nadie a la vista.

Solo la noche y el inquietante silencio del faro.

11

Los graznidos de las gaviotas que anidaban en el acantilado sobre el que se alzaba el faro se mezclaban armónicamente con el estribillo de la canción de Macaco. Aún era media mañana y las aves, fieles a su rutina diaria, sabían que no era necesario alejarse en busca de los barcos hasta bien entrada la tarde, cuando los pescadores emprendían el regreso a puerto con las bodegas repletas de capturas. Leire alzó la vista del teclado y se sorprendió al descubrir que la bruma se había espesado.

«Vaya mierda de día», se dijo pulsando con fuerza la tecla de borrado.

Era la cuarta o quinta vez en una hora que desechaba todo lo que había escrito. Por más que lo intentaba, no lograba imprimir realismo al encuentro de la doctora Andersen con un antiguo novio que debía hacer dudar a la protagonista de todas sus certezas en cuanto a su amor por el capitán Hunter.

«En mala hora retiró la Ertzaintza la patrulla que estuvo aquí durante las primeras horas tras la aparición del cadáver de Amaia», pensó al recordar una vez más el extraño suceso de la madrugada.

Por más que intentara centrarse en la tercera entrega de la trilogía, la enigmática visita nocturna volvía a su mente una y otra vez. Intentaba convencerse de que no había sido más que una mala jugada de su imaginación, pero estaba demasiado segura de haber visto a alguien al otro lado de la ventana.

Con la mirada fija en las nubes lechosas que bailaban en el exterior, pensó en el encuentro con Iñigo en Deusto. Investigar entre los favorables a la nueva dársena no iba a ser tarea fácil. Aunque tal vez no fueran mayoría, había muchos vecinos de Pasaia que veían la obra con buenos ojos, ya que de su construcción dependía la realización de un ambicioso proyecto que rehabilitaría los degradados muelles interiores, multiplicando el valor de sus viviendas. Sin embargo, por muchas vueltas que le daba, no imaginaba a nadie capaz de asesinar a dos mujeres por un motivo semejante. Parecía descabellado, pero sabía que, por el momento, no contaba con ningún otro hilo que seguir.

Pensó en sus años de estudiante, en los casos que Iñigo les planteaba a ella y sus compañeros para que intentaran resolverlos.

¿Por dónde empezaría él?

La respuesta no tardó en tomar forma en su mente. Si no había ningún sospechoso, debía investigar a quienes más beneficiados salían con la muerte de las integrantes de Jaizkibel Libre. Pero ¿quiénes eran?

Lo mejor sería indagar sobre el terreno.

—Hasta aquí hemos llegado, doctora —murmuró cerrando su portátil con un suspiro.

Después, tomó su cazadora de cuero y salió al exterior. Aún no sabía por dónde empezar, pero seguro que Txomin podría ayudarla. Tantas horas al día pasando a gente de una orilla a otra debían de dar para conocer a fondo la realidad del pueblo.

El frío húmedo que la bruma confería al ambiente la obligó a volver a entrar en casa en busca de un gorro con el que protegerse la cabeza. Al volver a salir, le pareció percibir un movimiento entre la niebla, tan espesa que apenas permitía ver a un par de metros de distancia.

«Es mi imaginación», intentó calmarse.

Se disponía a bajar por el sendero que llevaba a la explanada de aparcamiento cuando oyó el sonido de unos pasos en la gravilla.

«¡Maldita niebla!», se dijo dudando entre regresar al interior del faro o seguir su camino.

El espeluznante recuerdo de los cadáveres de Amaia Unzueta y Josune Mendoza abiertos en canal la hizo estremecerse.

Los pasos se acercaban, no cabía duda.

Buscaba en el bolsillo de la cazadora las llaves del faro cuando una forma humana se dibujó entre la bruma. Se trataba de una persona corpulenta. Portaba una larga barra en su mano derecha y un saco en la izquierda.

La escritora ahogó un grito, girándose apresuradamente hacia la puerta, pero los nervios la traicionaron y el manojo de llaves cayó al suelo.

Al volverse de nuevo para comprobar la situación del supuesto atacante, se sorprendió al descubrir que había vuelto a perderse en la niebla. Sus pisadas sonaban de nuevo lejanas. De pronto, un leve chirrido metálico le resultó familiar.

«Soy idiota», se dijo reprimiendo una carcajada nerviosa.

El trabajador de la limpieza continuó cambiando las bolsas de las papeleras y recogiendo con su larga pinza metálica los residuos que había dispersos por el suelo hasta que Leire se detuvo a su lado.

—Es cerda la gente, ¿verdad? —inquirió la escritora para romper el silencio.

El empleado, un hombre albino que rondaba los cuarenta años, se limitó a resoplar.

—Es mi trabajo —contestó sin detenerse.

—Vaya niebla, ¿eh? —Aunque hacía meses que coincidían una o dos veces por semana, Leire nunca había logrado entablar una conversación con él, pero le resultaba incómodo limitarse a pasar a su lado. Tal vez sería más fácil hacerlo, pero de algún modo, sentía lástima por él. Algo le decía que su desconfianza hacia los demás y su escaso deseo de socializarse eran fruto de demasiados años de sentirse señalado.

El albino miró alrededor. Parecía extrañado, como si hasta aquel momento no hubiera reparado en que apenas se veía el entorno.

—Pues sí —musitó mirando fijamente a la escritora, que se sintió incómoda bajo aquellos ojos rojos que parecían contemplarla sin verla.

No era la primera vez que tenía esa desagradable sensación. Era como si aquel hombre careciera completamente de empatía.

—Bueno, me voy, que llego tarde. —La escritora decidió que había tenido suficiente.

El otro asintió sin apartar la mirada de ella.

—Es ahí donde apareció, ¿no?

Leire lo miró extrañada. Era la primera vez desde que lo conocía que efectuaba una pregunta; la primera vez que no precisaba ser ella quien se esforzara por sacarle las palabras.

—Así es —afirmó al ver que el albino señalaba los arbustos aplastados—. Es terrible, ¿verdad?

Él volvió a mirarla fijamente a los ojos. Ninguna emoción, ninguna muestra de lástima. Nada.

—Todos moriremos algún día —sentenció.

Lo dijo sin ningún atisbo de sentimiento en la expresión, sin apartar su mirada roja y vacía en ningún momento y dando paso a un tenso silencio que hizo estremecerse a Leire.

—Me voy —anunció ella finalmente, apresurándose para alejarse cuanto antes.

Tal como esperaba, la niebla fue disipándose conforme se acercaba a San Pedro. Era habitual que las nubes se aferraran con fuerza a la cara del monte que se asomaba al mar, para perder intensidad hacia el interior. Leire había llegado a conocer bien ese fenómeno, habitual en la franja costera, que los lugareños habían bautizado en euskera como *tasoa*.

La camioneta del albino la alcanzó cuando estaba a punto de llegar a las primeras casas del pueblo. Sin saludos de ningún tipo, el vehículo pasó de largo y no se detuvo de nuevo hasta un par de curvas más allá, donde el trabajador municipal cambió la bolsa de una papelera antes de proseguir su camino.

—Nadie en Pasaia se fía de un Besaide. No son trigo limpio, ni lo fueron nunca ni lo serán —le explicó Txomin atando un cabo al embarcadero de San Juan. Ajena a sus palabras, Rita nadaba tras un palo que flotaba en el mar—. Si de verdad crees que quien mató a esas mujeres lo hizo para defender las obras del puerto exterior, tienes que investigarlos a ellos.

—¿En qué sentido no son de fiar? —quiso saber Leire mirando a la perra, que parecía sentirse más a gusto en el agua que en tierra firme—. ¿Qué han hecho?

El barquero se dispuso a ayudar a una anciana a subir a bordo.

—Demasiadas cosas y ninguna buena —apuntó arrancando de nuevo el motor—. Sí, setenta céntimos —le dijo a la mujer mientras buscaba cambios en el bolsillo—. ¿Cómo crees que han hecho ese imperio? Gracias, aquí tiene las vueltas.

—Tienen unas cuantas tiendas. Eso debe de dar mucho dinero —repuso la escritora.

Txomin le dedicó una mirada de incredulidad mientras la señora tomaba asiento en la cabina interior.

—¿Las tiendas? No creo que sean más que una tapadera. Esa familia se dedicó durante generaciones a la pesca del bacalao. Tenían barcos de altura que faenaban varios meses al año en aguas de Terranova, pero lejos de conformarse, en los años ochenta, buscaron fuentes de ingresos más rápidas. Asuntos turbios que los llevaron ante la justicia.

—¿Droga? —apuntó Leire. Eso era lo que había oído rumorear desde que vivía en Pasaia.

Txomin dibujó una mueca de desagrado que la escritora supuso que debía interpretar como una afirmación.

—Los padres tenían muchos puntos de acabar entre rejas, pero poco antes del juicio huyeron de aquí. Siempre se ha dicho que están en Filipinas. Por lo visto, tienen familia allí. Un tío misionero que se casó con una señora de dinero, por lo que dicen. —Tras comprobar que no llegaba ningún otro pasajero, el barquero soltó amarras y aceleró. El ronroneo de la motora le obligó a alzar la voz para hacerse entender—. Los hijos, Marcial y Gastón, son desde entonces los verdaderos dueños del negocio familiar, que reorientaron hacia las tiendas.

Leire se giró hacia la orilla de San Pedro. Allí, junto al solar donde las grúas comenzaban a levantar la nueva lonja del pescado, se recortaba un feo edificio sin ventanas. Faltaban algunas letras, perdidas por la desidia y el paso de los años, pero aún podía leerse: BACALAOS Y SALAZONES GRAN SOL.

—Sí, ese es su almacén y su única motivación para defender con tanta pasión la obra del puerto exterior —confirmó el barquero.

Leire sabía a qué se refería. Los escaparates de las tiendas de ultramarinos que regentaban los Besaide en los diferentes distritos de Pasaia se habían convertido en sobrecargadas vallas publicitarias sobre los beneficios que el puerto exterior acarrearía a los vecinos. Tal era la exageración sobre las bondades del proyecto de la nueva dársena en aquellos carteles que a veces rozaba el esperpento. Y más teniendo en cuenta que era un secreto a voces que lo que pretendían los hermanos no era otra cosa que recalificar los terrenos donde se ubicaba aquel viejo pabellón para convertirlos en urbanizables; algo que solo ocurriría si las instalaciones portuarias eran desplazadas a los acantilados de Jaizkibel.

—¿Y los barcos? ¿No dices que tenían una flota propia? —inquirió volviendo la vista hacia Txomin, que comenzaba la maniobra de atraque en San Pedro.

—Acabaron desguazados por falta de mantenimiento. Todavía no habían huido los padres cuando el gobierno canadiense impuso una veda a la pesca del bacalao. Eso les supuso un duro golpe porque, en lugar de abrirse a nuevos caladeros, dejaron morir oxidados los barcos. Ahora bien, no creas que eso los arruinó, porque fue entonces cuando compraron varios locales y abrieron su red de tiendas. —El rostro del barquero se ensombreció—. Está claro que guardaban mucha pasta debajo de algún colchón. —Se detuvo unos segundos para ayudar a desembarcar a la anciana, que lanzó una mirada desconfiada a la escritora antes de ajustarse el pañuelo de flores que llevaba al cuello.

—¿A qué negocios turbios te refieres? ¿Drogas? —insistió Leire.

Txomin se sentó junto a ella tras comprobar que no había, de momento, pasajeros que llevar a la otra orilla. Después, fijó la mirada en una distancia que la escritora comprendió que no era física, sino temporal. Finalmente, negó con un gesto y se puso en pie, incómodo.

—Eran los años ochenta. Nada en Pasaia era como lo conocemos hoy. No fueron tiempos fáciles para nadie y gran parte del dinero que fluía no era limpio. No, no lo era —murmuró entrando a la cabina para perderse en unos repentinos quehaceres.

Leire se incorporó. Sabía que no había más que hablar. Al menos por ese día. Aunque algo le decía que Txomin sabía sobre los Besaide más de lo que quería reconocer.

Si quería saber algo más, tendría que ser ella quien lo descubriera.

Las contraventanas del piso superior estaban, como siempre, cerradas a cal y canto. Todas excepto una. Había quien decía que ninguno de los dos hermanos lo pisaba desde la desaparición de sus padres. Según muchos, habían convertido esa planta en una especie de santuario en el que todo permanecía tal como estaba el día que ambos se dieron a la fuga.

Leire subió lentamente los tres peldaños que llevaban a la

puerta principal de la casa de los Besaide. Los nervios le aga-rrotaban los músculos. Se sentía observada. Los visillos que cubrían la única ventana sin persiana del piso superior impe-dían ver lo que ocurría en el interior, pero a pesar de ello, sabía que alguien la estaba mirando. No sabría decir si era su imagi-nación, pero una leve sombra parecía proyectarse sobre la tela, que amarilleaba por efecto de los años.

Obligándose a no pensarlo dos veces, hizo sonar el timbre, que resonó en forma de campana durante largos segundos. Unos pasos se acercaron a la puerta, pero nadie la abrió.

—¿Qué quiere? —La voz, ajada, no era amigable.

—Soy la encargada del faro de la Plata. Me gustaría hablar con ustedes unos segundos —anunció obligándose a mostrar-se tranquila.

—¿Hablar? Nadie viene aquí a hablar —replicó el hombre indignado—. No me haga perder el tiempo. ¿Qué es lo que quiere?

Leire suspiró.

—Es sobre el puerto —apuntó—. Sobre el puerto exterior.

En realidad, ni siquiera ella misma sabía qué hacía allí. Si realmente aquellos hermanos fueran los asesinos, era una locu-ra ir a meterse en la boca del lobo, pero algo le decía que el me-jor punto de partida era hablar con ellos, ver sus reacciones y oír su valoración de las muertes. Sin embargo, conforme pasa-ban los segundos, crecía en ella el deseo de que no le abrieran aquella puerta.

—¿El puerto? —inquirió Besaide tras unos instantes—. ¿Otra vez los de Jaizkibel Libre? ¡Id a tocar las narices a otro si-tio, que aquí estamos ya muy hartos!

—No. No es por eso —se apresuró a aclarar Leire, pero el sonido de unos pasos que se perdían en la distancia le hizo ver que toda insistencia sería en vano.

Un día de 1983

—¿Te apuntas a un futbolín?

—No, tío. No me apetece —contestó el Triki sin alzar siquiera la vista hacia Peru, que se había acercado hasta el butacón donde llevaba sentado toda la tarde.

—Venga, hombre, que solo nos falta uno. Sin ti no podremos jugar.

—¡Eh, tío! ¡No nos jodas! —protestó Macho desde el otro extremo del bar—. ¿Qué te cuesta mover el culo un rato?

—¡Que no! ¡Hoy paso de futbolín! —espetó mientras se acomodaba aún más en el sillón.

Quería que lo dejaran en paz. No era agradable andar con el mono como para que encima unos imbéciles le estuvieran dando la lata todo el rato. Primero el mus, luego el futbolín... ¿Qué vendría después?

—Dejadlo; está amargado —apuntó Macho con un gesto de desdén.

El Triki giró la vista hacia él. Le cansaba aquel tipo que se las daba de listo. Si algo odiaba era esa clase de gente que creía estar por encima de los demás. Aun así, evitó replicarle. De todos era conocida la agresividad de aquel marrullero que aprovechaba la mínima ocasión para propinar una paliza al primero que se cruzara en su camino. ¡Y pensar que había sido uno de sus mejores amigos!

—¿Qué miras? —inquirió Macho de malas formas—. ¿Quieres que te lo repita? ¿Es eso? —Hizo una pausa para dar un par de pasos hacia el Triki—. A-mar-ga-do. Eso es lo que eres. ¿Te lo repito otra vez?

El Triki le dedicó una mirada desdeñosa antes de apartar la vista de él.

—Venga, Macho —intercedió Manolo, el dueño de la tasca Katrapona, saliendo de detrás de la barra—. Déjalo ya. ¿No ves que está jodido? No es su mejor día. Ya juego yo con vosotros.

—Es un mierda —sentenció el otro regresando hacia el futbolín.

—El que pierda paga una ronda —anunció Peru.

—Pues ya puedes ir preparando la pasta —se jactó Macho mientras tiraba de la palanca que dejaba caer las bolas.

Sintiendo un malestar creciente, el Triki intentó incorporarse para salir a tomar el aire, pero el mareo le obligó a quedarse sentado. Tenía frío, mucho frío, pero en la Katrapona hacía más bien calor. Maldijo los temblores para sus adentros y cerró los ojos para intentar calmarse. Si la ansiedad iba a mayores, le resultaría muy complicado aguantar hasta el día siguiente. Tendría que salir a robar.

—¡Dos a cero! —exclamó Peru—. Igual eres tú quien tiene que preparar la pasta.

El Triki se palpó el bolsillo de la cazadora de cuero. Allí seguía la llave que guardaba de la casa de sus padres. Sabía por su madre, la única que aún le dirigía la palabra, que la cerradura seguía siendo la misma. Su padre se empeñaba en cambiarla cada vez que entraba a robar, pero ella jamás se lo permitiría. En su fuero interno, la mujer ansiaba que su hijo regresara algún día para volver a formar la familia feliz que fueron hasta que sus dos vástagos cayeron, como tantos otros en los pueblos pesqueros del País Vasco, en las redes de la droga.

Hacía dos años que el Triki no veía a su hermano; los mismos que llevaba en la cárcel de Martutene. La condena fue implacable: seis años y nueve meses por narcotráfico. Su madre aún creía en la inocencia de su hijo, pero nadie más en Pasaia lo hacía. De hecho, Pruden, aquel que en casa se las daba de buen estudiante, era conocido entre los jóvenes por la buena calidad del hachís que vendía.

—Cuatro a cero —anunció Manolo, que formaba pareja con Peru.

—¡Joder, sois dos contra uno! Este pringado no se mueve —protestó Macho propinando un empujón al Chino, que jugaba a su lado.

—Ahora será todo por mi culpa... ¡Ni que tú hicieras algo más que darle caladas a ese porro!

El Triki sacó el llavero del bolsillo. Las llaves tintinearon. Solo había dos: la de la casa familiar y la del Gorgontxo. Si su padre se enterara de que conservaba una copia de la que arrancaba el motor de la txipironera, ardería Troya. Por suerte, aún no se había dado cuenta de ello, porque, si algún día ocurriera, cambiaría el bombín sin pensárselo dos veces. Y, si eso llegaba a pasar, el Triki perdería su única forma de ganar dinero.

«Basta. No lo pienses. Eso no va a ocurrir», se dijo cada vez más agobiado.

Un sudor frío le empapó la cara al tiempo que la vista se le nublaba. Le iba a costar aguantar tantas horas sin caballo. Lo necesitaba ya o se volvería loco.

—Cinco a uno. ¡Toma ya! —celebró Peru—. O metéis todas las que quedan o...

—¡Ya lo sé, no soy imbécil! —se quejó Macho propinándole un fuerte puntapié a la pata del futbolín.

De no encontrarse tan mareado, el Triki se habría reído al verlo torcer el rostro en una mueca de dolor. Le ocurría a menudo. Su carácter violento le pasaba malas pasadas. Como aquella vez que reventó una cristalera de un puñetazo y los cirujanos tuvieron que reconstruirle varios tendones de una mano.

—Seguro que te has roto los dedos —apuntó el Chino observando como su compañero de equipo se descalzaba para mirarse el pie.

—Más te vale que no. Nunca había jugado con alguien tan torpe —murmuró Macho palpándose los dedos.

Había sido él mismo quien se había puesto el sobrenombre de Macho. Fue un día cualquiera, una tarde de lluvia y mus, también en la Katrapona. Tan pronto como entró por la puerta les pidió que a partir de entonces lo llamaran así. Y así fue. Sin preguntas. Si era lo que él quería, mejor hacerlo así.

—Manolo... ¿tú me dejarías mil duros? Te los devuelvo mañana mismo —suplicó el Triki sin levantarse de la butaca.

El dueño de la Katrapona había dejado por un momento el futbolín y servía dos cañas de Keler.

—Como no los pinte... No sé de dónde pretendes que los saque —repuso sin dejar de accionar el mando del grifo.

El Triki dejó caer la cabeza hacia atrás, apoyándose en el respaldo. En realidad, no esperaba otra respuesta. Manolo estaba acostumbrado a que cada día alguno de ellos le pidiera dinero. La Katrapona se había convertido en un nido de yonquis y chusma variada. Tal vez era por su situación, a caballo entre el puerto y la fábrica abandonada; o tal vez porque Manolo era el único tabernero de Pasaia que aún los aguantaba, pero habían hecho de su bar una suerte de cuartel general de la mala vida.

—Sí que andas jodido —comentó el Chino—. Si esta noche tienes travesía, ¿no?

Con un término tan eufemístico como aquel se referían todos a las salidas en txipironera a alta mar, donde el barco nodriza los aguardaba para entregarles sus fardos. Dicho en otras palabras: al tráfico de drogas.

—No hables tan alegremente de eso —lo regañó Peru—. Quién sabe qué orejas pueden oírlo.

El Triki alzó la cabeza para mirar alrededor. Aparte de los jugadores de futbolín y otros dos parroquianos habituales de la Katrapona, no había por allí nadie más.

—¿Te crees que la Guardia Civil no lo sabe? —inquirió el Chino dando una calada al porro que le acababa de pasar Macho—. ¡Como si ellos no estuvieran en el ajo!

—Venga chicos, no digáis tonterías. No os creáis todo lo que se cuenta —apuntó Manolo secándose las manos con el delantal—. ¿Seguimos con la partida?

El sonido de las bolas contra la madera volvió a adueñarse del bar. El Triki no podía más, necesitaba un pico cuanto antes. Sabía perfectamente que no aguantaría hasta la mañana, cuando cobraría por el trabajo y, por fin, tendría dinero en el bolsillo.

—Chino... por favor —suplicó a punto de perder el control. Los huesos le dolían, las articulaciones le daban pinchazos y sentía unas inaguantables ganas de vomitar.

—Que no, Triki, ya te he dicho que no. Me debes un montón de pasta, y no solo a mí. A este paso nunca podrás pagar tus deudas. Conmigo no cuentes.

El golpe de una bola contra la madera de la portería le interrumpió.

—¡Toma ya! Siete a dos —celebró Manolo llevándose un pitillo a la boca.

—¡Joder, céntrate de una puta vez! —exclamó indignado Macho.

La puerta de la calle se abrió para dejar entrar a tres jóvenes más. A pesar de la música de Barricada que tronaba a través de los altavoces, un repentino silencio se adueñó del bar. Unos y otros se dirigieron miradas ansiosas. A nadie se le escapaba que si el Kuko y los suyos estaban allí no era para nada bueno. No frecuentaban la Katrapona. Limitaban sus visitas a teatrales apariciones en las que no les costaba dejar claro quién mandaba en los bajos fondos de Pasaia.

—A ver, Manolo, tres cañitas, que tenemos sed —pidió el que llevaba la voz cantante. Era un tipo guapo, de larga melena rubia y mirada cautivadora. Dos divertidos hoyuelos se dibujaban en sus mejillas.

—Ya va, Kuko. Ya va —musitó Manolo a regañadientes soltando los mandos del futbolín.

Tampoco a él le gustaban aquellas visitas. De alguna manera, el tabernero había tomado cariño a aquellos chicos que se pasaban el día en su taberna. No era fácil ver como unos muchachos vivían al ritmo que les marcaban las dosis de caballo. No eran pocos los habituales que, de la noche a la mañana, habían dejado de visitar la Katrapona. Muchos, porque ahora estaban entre rejas; otros, en cambio, porque una sobredosis había acabado con sus desgraciadas vidas. Y Manolo sabía que había muchos culpables de todo aquello, pero el Kuko era, quizá, el más visible de todos ellos.

—¿Seguro que no le echas agua a la cerveza? —inquirió el camello en cuanto se llevó el vaso a los labios.

Manolo se entretuvo lavando unos vasos. No pensaba darle la alegría de responderle. Siempre que el Kuko se pasaba por su bar, tenía que aguantar los mismos comentarios. En cierto modo, sabía que no era más que una rabieta inmadura porque a él no podía someterlo, como a los demás. No ser consumidor tenía sus ventajas. Y esa era una de ellas.

—Vaya, vaya... Si está aquí mi querido Triki —se burló el camello con voz melosa.

No le fue necesario decir nada más para que sus dos acompañantes se dirigieran hasta la butaca que ocupaba el joven y se colocaran uno a cada lado de él. Con el vaso en la mano y sin apresurarse, el Kuko se acercó hasta allí. El Triki sabía que lo que estaba a punto de ocurrir no iba a ser agradable. Aquella visita era lo único que le faltaba para que el día fuera una completa mierda.

—¿Qué tal, Kuko? —se obligó a saludar. Al hacerlo le castañetearon los dientes. El sudor que empapaba sus ropas le hacía sentir aún más frío.

—Vaya mala pinta que tienes —señaló el camello—. ¿Ya estás otra vez pelado?

El Triki se revolvió en la butaca. Intentó ponerse en pie, pero los dos matones lo sostuvieron con fuerza por los brazos. El Kuko se echó a reír.

—Quédate sentadito. Tenemos que hablar —ordenó poniéndole un pie en la entrepierna.

—¡No! ¡No, por favor! —sollozó el Triki al sentir que los otros dos lo asían con más fuerza.

—¿Dónde está mi dinero? —inquirió el Kuko aumentando la presión.

—Te lo pagaré todo. ¡Todo! —clamó el Triki retorciéndose por el dolor.

—¿Cuándo? ¡Lo quiero ya!

—¡Para! ¡Para ya! ¡Por favor! —Las lágrimas comenzaron a rodar por sus mejillas.

—Le va a reventar los huevos —murmuró alguno de los que miraban la escena desde el futbolín.

El Kuko alzó la vista hacia allí.

—¡Silencio, o después me pondré con vosotros! Ahora recuerdo que alguno también me debe pasta.

El camello introdujo la mano que tenía libre en un bolsillo de su cazadora de cuero y sacó una navaja automática. La hoja se abrió con un chasquido metálico. El Triki sintió como se aflojaba la presión de la bota del Kuko. Lejos de remitir, el dolor de sus testículos ganó intensidad al verse liberados.

Gritó, y lo hizo con todas sus fuerzas.

—Chicos, no quiero broncas. Lo que tengáis que hacer, en la calle, por favor —pidió alarmado Manolo sin apartarse el cigarrillo de la comisura de los labios.

—Solo un momento —pidió el Kuko acercando la navaja al abdomen del Triki—. ¿Sabes qué se siente cuando te sacan las mantecas? No, ¿verdad? —Hizo una pausa para deleitarse con el gesto de terror que se dibujó en el rostro de su víctima mientras sus dos compañeros le apartaban la ropa para dejarle la tripa al aire—. Pues o me pagas lo que me debes esta misma noche, en cuanto vuelvas de la travesía, o lo comprobarás en tus propias carnes. —Mientras lo explicaba, recorrió lentamente el abdomen del Triki con el filo de la navaja. Solo al final, presionó con más fuerza y un hilillo de sangre brotó de la herida—. O me pagas hasta la última peseta, o yo mismo te sacaré los higadillos. Y por si alguien tiene la tentación de tomarme el pelo algún día —dijo alzando la voz y mirando a todos los demás—, meteré tus putas grasas en un tarro y se lo regalaré a Manolo para que lo ponga bien a la vista.

—Muchachos, por favor —insistió el tabernero. Al mover la boca, el pitillo dejó caer ceniza sobre su barriga.

—No te preocupes. Hemos terminado por hoy —anunció el Kuko sin apartar su mirada del Triki—. Y no va a hacer falta que tengamos que volver a explicarle lo que le hacemos a quien no paga, ¿verdad?

El Triki negó con un gesto.

—¿Qué harás mañana en cuanto cobres? —inquirió el Kuko presionando ligeramente la navaja.

—Dártelo todo —musitó el Triki viendo que la sangre volvía a brotar.

—¿Todo? —insistió el otro.

—To-to... todo —tartamudeó el Triki antes de sentir que la presión se suavizaba hasta desaparecer por completo.

—Así me gusta —anunció el Kuko girándose para abandonar la Katrapona—. Ah, se me olvidaba. Métete esto —dijo tirando al suelo una papelina—. Si no, no serás capaz de llegar ni a tu mierda de barca.

El Triki se lanzó de rodillas a por la heroína.

—Gracias. Gracias. Gracias —balbuceó con lágrimas en los ojos.

Se sentía feliz. Poco importaba ya que horas después, por mucho dinero que Besaide le pagara por su travesía, volvería a encontrarse sin un duro y sin una maldita dosis que llevarse a la vena.

12

—¡Hacía días que no se te veía por aquí! —El abrazo con el que la saludó Iñaki parecía sincero.

—Ya sabes cómo anda todo... —se justificó Leire recorriendo el astillero con la mirada—. ¡Vaya empujón que le habéis dado al galeón! —exclamó fijándose en el barco ballenero que llevaban semanas construyendo.

Iñaki asintió satisfecho. Sus ojos oscuros brillaban de emoción, como cada vez que hablaban de las réplicas.

—La semana pasada empezó a llegar la madera desde Zerain y ya sabes que los planos estaban muy avanzados —explicó acercándose hasta la embarcación, cuyo casco comenzaba a tomar forma.

—Es una pasada. Me muero de ganas por verla navegar —admitió Leire apoyando su mano derecha en la quilla de la nave, cuyo tacto rugoso delataba que aún le faltaban varios lijados.

La nao San Juan, uno de los más hermosos galeones balleneros con los que los vascos conquistaron Red Bay en su aventura en pos de los preciados cetáceos, había sucumbido a una tempestad en las frías aguas de Canadá. De aquello hacía ya varios siglos, pero un grupo de arqueólogos había logrado recuperar sus restos, y ahora, en Ondartxo, trabajaban en la construcción de una réplica perfecta a tamaño real. La renacida nave surcaría de nuevo los mares, aunque sus objetivos serían esta vez más culturales que lucrativos.

—¡Leire! —saludó Mendikute asomándose por detrás del casco con una brocha en la mano—. Vaya jaleo, ¿no? ¿Cómo estás?

La escritora se encogió de hombros.

—La verdad es que he estado mejor —admitió.

El pintor se acercó a darle dos besos. Olía bien, a una divertida mezcla de colonia infantil y aguarrás. Era un cincuentón bonachón, soltero y de hermosos ojos claros, siempre involucrado en mil saraos. No había en San Pedro comisión de festejos, plataforma reivindicativa o asociación vecinal que no contara con su presencia. A Leire le había costado acostumbrarse a llamarlo por su segundo apellido, pero nadie en Pasaia parecía recordar su nombre de pila: Wifredo.

—La gente está loca. Eso de ir señalando a alguien como asesino es una locura. ¡Mira que hemos vivido cosas en este pueblo y nunca se ha hecho nada semejante! No entiendo todo esto, la verdad —aseguró Mendikute negando incrédulo con la cabeza.

—Gracias —musitó Leire aliviada.

—Nosotros estamos contigo. No creas que vamos a subirnos a la ola de los que proponen poco menos que volver a los tiempos de la Inquisición. Aquí todos te conocemos lo suficiente como para saber que eres buena gente —continuó el pintor esbozando una sonrisa que dejó a la vista los muchos huecos que había entre sus dientes, legado de una juventud que la heroína le había robado para no devolvérsela jamás.

—Si no, no vendrías a regalar tu tiempo para construir estas joyas —bromeó Iñaki moviendo el brazo para abarcar los barcos que habían botado durante los últimos años.

Eran muchos los voluntarios que participaban en el astillero tradicional. La mayoría colaboraba al menos una vez a la semana, llevando a cabo tareas de la más diversa índole. Leire se dedicaba especialmente a documentar la historia de las embarcaciones que se construían. Todas ellas eran réplicas de antiguas naves que surcaban la costa cantábrica. En ningún caso se utilizaban técnicas constructivas que no fueran idénticas a las empleadas en sus respectivas épocas.

—¿Y Miren? Me dijo que hoy se pasaría —preguntó la escritora.

—Ha llamado. Se le ha complicado el día y se queda en Amorebieta —apuntó Iñaki.

Leire asintió con cara de circunstancias. Le hubiera gustado encontrarla allí. Tenía ganas de salir con ella a tomar un café y desahogarse. Era una lástima que la hubieran destinado a la fábrica de papel de Amorebieta, con todas las que había cerca de Pasaia. Mientras trabajó en la de Errenteria, la escritora y ella se veían casi a diario, pero ahora apenas se encontraban de vez en cuando en Ondartxo. La mayoría de los días, el turno de la ingeniera papelera se dilataba tanto que se veía obligada a quedarse a dormir en el apartamento que tenía junto a la planta.

—¿Has visto? —inquirió Mendikute señalando la quilla del galeón—. Es una pieza fantástica; haya maciza de la selva de Irati. Quiero impermeabilizarla bien porque de ella depende toda la nave.

—Alquitrán de Quintanar de la Sierra —apuntó Iñaki, aunque Leire sabía que era así. A pesar de que en el siglo XVI los barcos se protegían también con saín, el producto más preciado de la ballena, en la actualidad no era posible hacerlo por la moratoria internacional sobre la caza de cetáceos.

La escritora recorrió el perímetro de la nave acariciando suavemente el casco. Era grandioso. Nunca antes en la historia de Ondartxo habían afrontado la construcción de una embarcación de semejantes dimensiones. Y pensar que decenas, tal vez cientos, de naos balleneras similares surcaron el Atlántico varios siglos atrás en busca de una fuente de sustento para poblaciones enteras... Todo aquello parecía increíble.

—Es un sueño, ¿verdad? —apuntó Iñaki llevándose una mano a la oreja izquierda, donde lucía tres pequeños aros de plata. Tal vez eran aquellos pendientes, o tal vez la coleta que recogía su cabellera morena, pero a Leire le recordó a los piratas de los cuentos infantiles.

La escritora asintió. Sabía a qué se refería. Las dimensiones del proyecto eran tan grandes que se habían visto obligados a lograr el apoyo de las instituciones públicas. La batalla había sido dura, pero allí estaba la nao San Juan; por fin en marcha.

La lista de materiales necesarios para llevar a cabo su construcción quitaba el aliento: doscientos robles llegados desde el valle navarro de la Sakana, veinte abetos de la selva de Irati para los mástiles y vergas, seis kilómetros de soga de cáñamo, una quilla de haya de quince metros de altura... Si todo iba bien, en un par de años, el galeón, de casi treinta metros de eslora y tres cubiertas, surcaría los mares como resultado del saber hacer de decenas de voluntarios.

Pensaba en ello cuando el timbre del móvil la devolvió al presente. Esta vez no era Jaume Escudella, sino Raquel, su propia hermana, pero la sensación de desasosiego que le produjo no fue menor.

—*Kaixo maitia!* —la saludó apartándose ligeramente de sus compañeros.

—Otra vez lo mismo. —Raquel no acostumbraba a andarse con rodeos ni ceremonias—. Llego a casa y me la encuentro borracha perdida. Ya no sé qué hacer, estoy desesperada.

Leire suspiró desanimada. Conocía de sobra la adicción de su madre, pero no era fácil asimilar ese tipo de llamadas. Lamentablemente, cada vez se hacían más frecuentes y Raquel parecía más hastiada. Tampoco creía que hubiera una solución, al menos mientras Irene no reconociera que tenía un problema. Además, ella bastante tenía con lo suyo.

—¿Sabes lo que es llegar a tu casa después de trabajar y encontrártela tirada en la cocina, como un maldito trapo viejo? —insistió su hermana.

La escritora sabía que era mejor no decir nada. Raquel solo quería desahogarse. Si abría la boca, solo lograría enfadarla más.

—Y tú, mientras tanto, por ahí; mejor cuanto más lejos de casa. También es tu madre, ¿sabes?

Leire se mordió la lengua para no contestar. Quería recordarle que ella también tenía sus propios problemas, que su vida estaba patas arriba, que su mundo se desmoronaba por momentos..., pero se obligó a mantener la calma hasta que Raquel cortó la comunicación.

Haciendo un enorme esfuerzo para que las lágrimas no brotaran de sus ojos, volvió junto al galeón.

—¿Qué sabéis vosotros de los Besaide? —preguntó a sus compañeros.

Iñaki se giró hacia Mendikute.

—Él igual está más enterado, pero yo lo poco que sé es que son muy raros —apuntó.

Leire asintió. Iñaki era donostiarra. Apenas diez minutos de coche separaban Ondartxo de su casa en el barrio de Gros, pero podían ser suficientes para que no estuviera enterado de todo lo que ocurría en Pasaia.

—¿Y tú? —inquirió mirando al pintor.

Mendikute exhaló un profundo suspiro mientras se giraba hacia la puerta para comprobar que no había nadie más en el astillero.

—¿Crees que han sido ellos? —quiso saber. Al comprobar que Leire se encogía de hombros, decidió continuar—. Yo no lo descartaría. Los Besaide son capaces de eso y de mucho más. Su dinero está manchado por la sangre y la droga.

—Eso tenía entendido —añadió Iñaki.

El pintor perdía sus ojos claros en el vacío, donde parecía buscar recuerdos del pasado.

—Todavía doy gracias a Proyecto Hombre por haberme hecho posible dejar atrás mi adicción —continuó explicando—, pero tuve la desgracia de ver morir, víctima de la heroína, a demasiada gente a la que quería. Era difícil no caer en sus garras. Pasaia era entonces una de las principales puertas de entrada de aquella mierda. Súmale la rebeldía de la juventud, la dureza de la vida marinera, un nivel terrible de desempleo y, sobre todo, la falta de escrúpulos de algunos y tendrás el cóctel más mortal que puedas imaginar. Y esos cabrones no andaban lejos. —El pintor volvió a girarse hacia la puerta al oír que alguien la abría—. Llegas tarde, Unai. Hace media hora que han zarpado —anunció alzando la voz antes de convertirla en un susurro y acercarse a Leire para que el recién llegado no oyera sus palabras—. Los Besaide son los culpables de que muchos jóvenes de este pueblo yazcan hoy bajo tierra, así que no te extrañes de que sean capaces de cometer crímenes como los de estos días si su dinero está en juego.

—¡Leire! ¡Vaya sorpresa! —Unai parecía realmente sorprendido de verla—. Había oído que te habías vuelto a Bilbao.

La escritora negó con un gesto al tiempo que se acercaba para saludarlo con un par de besos.

—¿Con lo a gusto que estoy en el faro? —se burló restándole importancia—. ¡Ni loca!

Unai soltó una carcajada.

—Me alegro de verte. ¿Qué tal te va?

Sin saber muy bien por qué, Leire se obligó a mentir.

—Bien, muy bien.

Quizá porque Unai hacía solo unos meses que se había incorporado al astillero o quizá por algún otro motivo que no lograba explicarse, la escritora no se sentía tan a gusto en su compañía como con otros voluntarios. Aun así, decidió preguntarle por los Besaide.

—No sé gran cosa. Son millonarios y más raros que un perro verde. De hecho, creo que jamás en mi vida he visto al hermano mayor y con el pequeño tampoco me habré cruzado más de una docena de veces.

—Es que el mayor hace muchos años que no sale de casa. Tiene algún tipo de desvarío —apuntó Mendikute señalándose la cabeza con la brocha—; fobia social o algo así. Y tú —añadió mirando a Unai— serías un crío cuando dejó de salir. ¿Cuántos años tienes, veinticinco?

—Veintiocho —le corrigió Iñaki—. Los mismos que yo. Él es veinte días más viejo.

—Pues debías de tener nueve o diez años cuando se encerró. Desde entonces solo su hermano se deja ver y, la verdad, lo hace en muy pocas ocasiones. ¿Y los padres? —inquirió Mendikute—. Vaya par de cabrones. Inundan Pasaia de heroína y cuando los van a juzgar se marchan a Filipinas. ¿Qué me decís de eso?

—Dicen que es un país precioso, con unas playas impresionantes. No parece un mal lugar para retirarse, la verdad. Y menos si lo comparamos con la cárcel —opinó Unai antes de señalar al embarcadero del astillero—. ¿No se habrán ido sin mí?

Iñaki asintió ocultando a duras penas su satisfacción.

—Parece que viene cambio de viento y no querían demorarse —explicó señalando las nubes grises que cubrían el cielo.

—¡Vaya cara más dura! Ya verán como lleguen tarde algún día —protestó Unai con los brazos en jarras.

Leire se rio para sus adentros. Una de las actividades de las que más disfrutaban los voluntarios de Ondartxo era salir a navegar con las embarcaciones que ellos mismos habían construido. Era, sin duda, un premio a la constancia que requería la fabricación naval, aunque no se hacía meramente por ocio, sino para comprobar que todo funcionaba a la perfección. Y si Unai se había hecho famoso por algo en el astillero no era precisamente por su laboriosidad, sino porque solo parecía estar disponible cuando de embarcarse se trataba. Por ello, en cuanto la escritora vio que el pintor le hacía un guiño divertido, supuso que sus compañeros habían zarpado antes de tiempo para darle esquinazo.

—Ya que estás aquí, échale una mano a Mendikute con la quilla —propuso Iñaki con una sonrisa sarcástica.

Unai masculló un juramento entre dientes mientras se quitaba la cazadora marinera.

—¿Tienes otra brocha? —inquirió de mala gana.

Iñaki aprovechó para acercarse a Leire, que observaba la escena divertida.

—¿Me dejas que te haga una recomendación? —preguntó en voz baja.

—Faltaría más.

El joven le pasó el brazo por encima del hombro y la invitó a acercarse hasta la orilla del muelle donde botaban las réplicas. Frente a ellos se balanceaban media docena de embarcaciones antiguas, fruto del trabajo artesanal y paciente de los últimos años. La escritora reparó en que la ropa de su acompañante, el voluntario que más horas pasaba en Ondartxo, olía a madera fresca, como las naves que tanto le fascinaba construir.

—Eso de ir preguntando a todo el mundo sobre unos tipos que han hecho tanto dinero a costa del sufrimiento de los demás no me parece lo más prudente del mundo.

La escritora le dirigió una larga mirada antes de responder. ¿Hasta qué punto podría confiar en él? Algo le decía que Iñaki estaba de su lado.

—¿Sabes el calvario que estoy pasando? ¿Sabes lo que es no poder bajar al pueblo porque todos me señalan como la asesina de esas dos mujeres? —preguntó sintiendo que los ojos se le humedecían—. ¡Estoy harta de esta mierda!

Iñaki apoyó las manos en sus hombros y la miró fijamente a los ojos.

—Yo sé que tú no fuiste. Te conozco. Te he visto trabajar en Ondartxo. Te he visto entusiasmarte con cada proyecto y no necesito más para saber que no serías capaz de hacer una barbaridad semejante.

La intensidad de su mirada le decía que era sincero.

—Pero tú ni siquiera vives en Pasaia. Quizá por eso no crees en mi culpabilidad. Todo este pueblo parece haberse vuelto, de repente, contra mí —protestó Leire.

—¿De verdad te parece que no vivo aquí? Es cierto que duermo cada noche en Donostia, pero me paso el resto del día en este pueblo. Trabajo en el desmantelamiento de la central térmica de San Juan y, cuando salgo, vengo directo a Ondartxo para dedicarme a la construcción naval hasta que el cansancio me puede —apuntó Iñaki molesto con su comentario—. Soy más pasaitarra que ninguno de sus habitantes y te puedo asegurar que hay mucha gente que está convencida de tu inocencia.

—¿En Ondartxo? —quiso saber la escritora.

—En el astillero y fuera de él. —Hizo una leve pausa antes de cambiar de tema—. ¿De verdad crees que han sido los Besaide?

Leire observó que el gigantesco semáforo de la atalaya estaba en rojo. Tres luces rojas cortaban el paso a quienes quisieran abandonar el puerto. Visto desde el mar, estaría en verde. Algún carguero se disponía a entrar.

—No sé. Es todo tan terrible... Pero alguien ha sido, eso está claro —apuntó Leire—. ¿No crees que han podido hacerlo para acallar los movimientos vecinales en contra de una operación que les brindaría muchísimo dinero?

Iñaki le dedicó una mirada de extrañeza.

—Explícate. Creo que me he perdido algo.

Leire le explicó la operación que la construcción de la dársena exterior permitiría realizar a los propietarios de Bacalaos y Salazones Gran Sol, con la recalificación del terreno de su enorme almacén para poder levantar viviendas en él.

—¿Cómo estoy tan desconectado? No tenía ni idea de esa jugada —admitió Iñaki.

—¿Ves como no vives en Pasaia? —se burló la escritora.

El voluntario frunció el ceño y se atusó pensativo la coleta.

—¿Has pensado que no serán los únicos con intereses en el puerto? —señaló propinando un puntapié a una piedra que se hundió en las negras aguas—. Aunque quizá sí los únicos tan locos como para poder hacer algo así por salvar su negocio —añadió como para sí mismo—. De todos modos, insisto en que tengas cuidado. Si llegara a sus oídos que andas tras ellos, no creo que se queden de brazos cruzados. Y, si como crees, han sido capaces de matar a esas mujeres, no creo que hacer lo mismo con alguien que vive en un faro solitario les suponga un problema. Allí arriba eres presa fácil.

Leire tragó saliva con dificultad. Iñaki tenía razón. Tal vez debería dejarlo todo y volverse a Bilbao, lejos de su torre de luz y de aquella macabra historia.

Un mercante, que se adentraba lentamente en la bocana, silbó con fuerza, haciendo alzar el vuelo a las gaviotas que anidaban en los acantilados. Sus graznidos, en forma de maléficas carcajadas, la hicieron estremecerse al mismo tiempo que una gota caía sobre su frente.

—Está lloviendo —anunció Iñaki tras comprobar que a esa primera seguían muchas gotas más.

Leire respiró a fondo. Olía a madera, a brea, a humedad y a mar. Una y otra vez, despacio pero con decisión, llenó sus pulmones con aquel aire que la hacía sentir viva.

—Me quedo —murmuró convencida.

Porque en aquel lugar, a pesar de todo, se sentía libre y nada, absolutamente nada, iba a obligarla a marcharse de allí.

—¿Cómo dices? —se extrañó Iñaki.

—Nada..., que si tienes una lija. Ya es hora de dejarse de cháchara y ponerse a trabajar.

13

—Espero que el fin de semana os haya aclarado la mente, porque no puede pasar un día más sin que demos caza al asesino —saludó Antonio Santos a su equipo en cuanto Cestero, la última en llegar, fichó en el reloj de la entrada.

Pasaban diez minutos de las ocho de la mañana y la luz anaranjada de las farolas se filtraba aún por las ventanas.

—¿Habéis visto los periódicos? —comentó Ibarra—. Empieza a haber alarma social. La gente está asustada.

—¿Te parece raro? —se indignó García—. Dos mujeres destripadas en menos de una semana y aún pretenderás que la gente esté tranquila. Lo normal sería que estuvieran todos encerrados en casa a cal y canto.

—Esos cabrones de la prensa están dando a entender que no hacemos nada —se lamentó Santos—. ¡Pues menos mal! ¿A cuántos vecinos interrogamos el viernes? ¿Veinte?

—Veintiuno —le corrigió Ibarra.

—Nunca, en los muchos años que llevo en la Ertzaintza, había practicado un interrogatorio tan agotador. ¿Y qué sacamos en claro? —continuó el comisario—. Que la farera es la sospechosa para la mayoría de sus compañeras de remo. ¿Algo más?

—Que Josune Mendoza había abandonado las instalaciones del club, de modo que no fue allí donde fue asesinada —añadió Ibarra.

—Eso lo confirmaron los camareros de uno de los bares de la plaza. La víctima se tomó un zurito al acabar el entrenamiento. Hasta ahí, todo normal —recalcó Santos—. ¡Veintiuna personas interrogadas y dicen que no hacemos nada! —protestó indignado—. Y eso, por no hablar de la inspección de la bocana. ¡Doce agentes peinando cada metro de las orillas de la ría durante tres horas, en busca del lugar donde fue arrojada al mar, y aún les parecerá poco!

—Lo que les parece insuficiente son los resultados, que son nulos —comentó García.

—Siempre habrá algo que les parecerá mal. La cosa es vender periódicos —sentenció el comisario girándose hacia el forense—. En fin, ¿hay algo nuevo que debamos saber?

Gisasola negó con la cabeza.

—Nada. Los de la Científica tampoco tienen nada. En los registros de su casa y del club de remo no han obtenido prueba alguna.

—Algo se nos tiene que estar escapando —murmuró el comisario frunciendo el ceño—. Vamos a recapitular. Dos muertas. Ambas estranguladas con lo que parece ser la misma cuerda y con el vientre brutalmente desgarrado.

—No olvides la extracción de tejido adiposo —lo interrumpió García.

El comisario le dedicó una mirada cansada.

—¿Quién ha dicho que lo haya olvidado? —se defendió.

Ane Cestero fue incapaz de contener un bostezo.

—¿Tanto te aburrimos? —inquirió Santos irritado.

—Demasiada fiesta el fin de semana —se burló Gisasola.

—Perdón. Los lunes me matan —se disculpó la agente recogiéndose el pelo rizado en una coleta.

—Pues a ponerse las pilas. No quiero un solo muerto más —espetó el comisario fijándose en las ojeras de Cestero. Seguramente habría pasado el fin de semana de discoteca en discoteca mientras un asesino andaba suelto burlándose de todos ellos—. ¿Podemos seguir? ¿Tenemos claras las coincidencias entre ambos crímenes? La farera no solo parece tener un móvil en los dos casos, sino que también es quien casualmente da con los cuerpos. ¿No os parece demasiada casualidad?

García alzó la mano. El comisario se fijó en el desagradable rictus de desdén que mostraba en su boca.

—Adelante, agente. Ya sabes que no es necesario pedir permiso —le dijo esforzándose por no dejar entrever la rabia que sentía.

—Las casualidades existen. No deberíamos cerrarnos tanto en banda —apuntó García.

—¡Vaya! Pues aún no te he oído proponer otra línea de investigación —se burló Santos.

—¿Cómo que no? —se defendió el otro—. La grasa. Esa es para mí la clave de todo. Lo demás pueden ser coincidencias casuales, pero la grasa no.

—Explícate —le pidió Santos apoyando las nalgas en una mesa.

—Creo que estamos ante un psicópata. No se conforma con matar, sino que parece tener una fijación con las entrañas de las víctimas y, más concretamente, con su sebo. —El comisario tuvo la sensación de que al mencionar esta última palabra señalaba su incipiente barriga. Como tantas otras veces, se prometió que comenzaría a hacer algo de deporte, aunque supo de inmediato que el propósito se le olvidaría en cuanto llegara a casa—. Da la impresión de que el objetivo final de los crímenes no es otro que robarles la grasa —sentenció García.

—A más de una le haría un favor —apuntó jocosamente Ibarra.

—¿Cómo puedes ser tan machista? —lo increpó la agente Cestero con una mirada fulminante.

—¡Basta! —intervino Santos. Le estaban poniendo la cabeza como un bombo. Precisamente lo último que necesitaba tras haber pasado la noche intentando convencer a su mujer de que no siguiera haciendo las maletas para abandonarlo. En su desesperación, le había jurado que estaba dispuesto a dedicarles más tiempo a ella y a la niña. Sin embargo, algo en la decepcionada mirada de Itziar le dijo que las promesas llegaban demasiado tarde.

—¿Qué puede mover a alguien a tener tanto interés en la grasa humana? —quiso saber el forense.

Todas las miradas se volvieron hacia García.

—No lo sé. A alguien que hace algo así el cerebro no le funciona igual que a nosotros. Necesitaríamos entrar en su mente para responder a eso, pero estamos ante un patrón más propio de asesinos en serie que de un vengador, o vengadora si fuera la farera, de pequeñas rencillas cotidianas.

Santos resopló contrariado.

—También pueden ser las dos cosas —propuso—. ¿Y si la farera es una fría y calculadora asesina en serie?

—¿No es escritora? Alguien acostumbrada a pensar continuamente argumentos para sus libros encaja perfectamente en el perfil que buscamos, ¿no? —dijo Ibarra.

—¡No digas sandeces! —espetó Cestero.

—¿Qué hará con la grasa? ¿Se la comerá? ¿Cocinará con ella? —insistió Gisasola.

—¡Qué asco! —exclamó el comisario con una mueca de disgusto—. ¿Queréis dejar de decir chorradas?

García se puso en pie desafiando la autoridad de Santos, que era el único que no estaba sentado.

—Durante un tiempo, al tejido adiposo humano le fueron atribuidos poderes casi milagrosos —explicó sin obedecer a la fulminante mirada con la que el comisario le decía que volviera a sentarse—. Según se creía, los untos, que así los llamaban, servían para elaborar ciertos brebajes capaces de devolver la juventud perdida. Podríamos estar ante alguien que haya decidido volver a creer en esas patrañas sobre el sebo.

Antonio Santos volvió a tener la sensación de que le miraba la tripa.

—¿El sebo? —preguntó Ibarra con una mueca de repugnancia—. ¿Se comían el sebo?

García negó con un gesto.

—No directamente. Según tengo entendido, con los untos se elaboraban cremas, jabones y todo tipo de remedios que se creía que podían curar enfermedades graves.

—¡Qué asco! Vaya ocurrencia más espantosa —protestó Cestero.

Antonio Santos observaba desconfiado al agente García. No cabía duda de que se había documentado bien sobre el tema. Con una punzada de temor, sospechó que su padre debía de estar ayudándolo. ¿Con qué objetivo? No era difícil aventurar que un caso tan mediático como el de los asesinatos de Pasaia podía suponer un trampolín en su carrera. Y, si alguien ascendía, alguien podía caer; y ese no sería otro que el responsable de comandar la investigación si esta no llegaba a buen puerto.

«Tengo que hacerlo bien o este cabrón me quita el puesto», se dijo con una acuciante presión.

—No me parece malo tu planteamiento —reconoció fijando la vista en García, que volvió a ocupar su silla—. Sin embargo, no logro entender entonces por qué hay un vínculo entre las víctimas. Si solo quiere robarles la grasa, ¿por qué elegir solo a mujeres con disputas abiertas con la farera?

—Para mí está claro —anunció Ibarra logrando que todos se giraran intrigados hacia él—. La escritora esa...

—Leire Altuna —señaló García.

—Sí, Altuna —continuó Ibarra—. Me parecería extraño que no fuera ella la asesina. Que mate de una u otra forma, que saque las tripas de las muertas o les robe la grasa o el mismísimo corazón, tanto da. Eso solo nos confirma que es una psicópata que no se conforma con arrebatar la vida a sus víctimas, sino que, además, se siente tan dueña de sus truncados destinos que se ensaña con sus cuerpos.

—¿Y qué crees que hace con la grasa? —inquirió García

con gesto incrédulo mientras Santos asentía convencido por su explicación.

—¡Yo qué sé! La tendrá en algún lugar del faro como recuerdo de su gesta. O igual se fríe con ella las patatas de la cena para mantenerse joven —sentenció Ibarra en tono burlón.

—Ya estamos como siempre —protestó Cestero—. La farera asesina. ¿No se os ocurre nada más inteligente?

Un tenso silencio siguió a sus palabras.

—¡La lista de la comisaría de Errenteria! —se mofó Antonio Santos—. ¿Qué es lo que no te convence de la teoría de Ibarra?

Ane Cestero negó con un movimiento de cabeza antes de hablar.

—Nada —admitió con voz firme—. Estoy con García. Un maldito ladrón de sebo campa a sus anchas por la bahía de Pasaia. Todo lo demás no son más que casualidades que nos hacen perder tiempo y esfuerzos.

El comisario se llevó la mano derecha a las sienes y suspiró desanimado.

—¿Por qué cojones es tan complicado? —preguntó alzando la voz conforme hablaba—. ¡Por qué!

14

Lunes, 25 de noviembre de 2013

Leire leyó por segunda vez la placa dorada situada junto al portal: DE LA FUENTE & MAN CONSTRUCCIONES. 1.º DERECHA.

A pesar de estar cada vez más convencida de que los Besaide podían tener algo que ver con los macabros crímenes que habían azotado la bahía, decidió que sería mejor no limitar su investigación a aquellos dos esquivos hermanos. Al fin y al cabo, la obra del nuevo puerto no solo los enriquecería a ellos.

Tomó aire y pulsó el timbre. Por un momento, estuvo tentada de dar media vuelta antes de que fuera demasiado tarde, pero una voz metálica la saludó a través del interfono.

—Bienvenida. Suba. El señor De la Fuente la espera. —Leire reconoció a la misma secretaria que la había atendido por teléfono.

Mientras subía por las escaleras, a oscuras porque no había sido capaz de dar con el interruptor de la luz, cruzó instintivamente los dedos. Esperaba que aquello saliera bien. José de la Fuente se había hecho popular en los últimos tiempos por sus duros enfrentamientos con las asociaciones contrarias a la construcción del puerto exterior. De todos eran conocidas sus maniobras para desacreditar las manifestaciones de los grupos ecologistas, a los que acusaba de querer arruinarlo por motivos personales.

Hacía días que Leire le daba vueltas a cómo interrogarlo sin levantar sus sospechas y, finalmente, se había presentado por teléfono como una periodista interesada en la obra. La secretaria del constructor no pareció muy convencida con la idea, pero tras preguntar a su jefe, había accedido a darle una cita.

—¿Hola? —saludó la escritora al llegar al rellano.

—Adelante. Está abierto —anunció la secretaria.

Leire empujó la puerta intentando respirar con normalidad. Si aquella mujer o el constructor la reconocían, no podría continuar haciéndose pasar por periodista y, con toda seguridad, De la Fuente se negaría a responder a una sola pregunta.

Acostumbrada a la escasa luz de la escalera, la repentina luminosidad de la oficina la cegó durante unos instantes. Al recuperarse, vio frente a ella a una mujer de larga melena y maquillaje excesivo. Su sonrisa dejaba entrever una mueca burlona.

«Se está riendo de mí», comprendió Leire.

—Otra que sube a oscuras. ¿Por qué a nadie se le ocurrirá que el mejor lugar para un interruptor es el marco del propio portal? —se mofó indicándole que la siguiera.

Leire suspiró aliviada al comprobar que no la conocía, ni de vista siquiera. Decididamente, era una suerte. Durante los doce años que vivió con Xabier, lo había hecho a escasos cincuenta metros de aquella oficina, a orillas de los muelles de San Pedro, por lo que creía ser capaz de reconocer a todos los vecinos. Sin embargo, como acababa de ver, no era así.

El vetusto suelo de madera del largo pasillo crujió bajo los pasos de las dos mujeres conforme se dirigían al despacho del constructor.

Con la mirada fija en quien la guiaba, Leire le calculó no más de cuarenta años. Tal vez fuera incluso más joven que ella misma. Aun así, el exceso de maquillaje, el pelo teñido de rubio platino y las ropas ceñidas la hacían parecer mayor, un efecto sin duda contrario al que la mujer deseaba.

Sin detenerse a llamar a la puerta, la secretaria la empujó y se hizo a un lado para dejar pasar a la supuesta periodista.

—Aquí la tienes —anunció cruzando una mirada con su jefe.

Leire reconoció al instante a José de la Fuente. Su rostro era habitual en los periódicos y televisiones locales, aunque al natural parecía bastante más viejo. Un laberinto de arrugas recorría todos los rincones de su cara, enrojecida además por los abusos a los que seguramente sometía su cuerpo. Sin embargo, lo que más llamó la atención de la escritora fueron sus ojos tristes.

—Pasa. Siéntate —ordenó el constructor señalando una silla vacía frente a su escritorio mientras observaba a su empleada darse la vuelta para dejarlos solos.

Leire asintió con una sonrisa forzada.

—¿Y bien? —inquirió De la Fuente en cuanto la tuvo frente a él—. ¿Por qué una guapa escritora que últimamente está demasiado de actualidad se presenta aquí como reportera?

Con la mirada fija en el periódico que el constructor le mostraba, Leire comprendió que todo su plan se acababa de ir al traste. Era *El Diario Vasco* de ese mismo día, que dedicaba seis páginas a los asesinatos de Pasaia. En la última de ellas, entrevistaban a varios vecinos. Algunos de ellos carecían de remilgos a la hora de señalar a la escritora, pero sí los tenían para dar sus nombres reales a la prensa.

—Estoy trabajando en un artículo sobre el puerto —mintió Leire en un desesperado intento de mantener la idea inicial.

—¡Venga ya! Tú lo que escribes es literatura romántica, no reportajes —exclamó De la Fuente señalando la estantería que tenía a su espalda. Leire reconoció el lomo de su primera novela entre otros muchos libros—. Hace años, cuando todo Pasaia empezó a hablar de la escritora famosa que vivía en el pueblo, intenté leer algo tuyo. Infumable, pero tengo que reconocer que algo tendrá cuando vendes tanto.

El constructor se apoyó en la mesa para ponerse en pie. Al hacerlo, una desordenada montaña de carpetas apiladas se balanceó ligeramente. Arrastrando los pies de manera cansina, se acercó hasta un mueble bar y se sirvió un bíter.

—¿Te apetece uno? ¿Whisky, cerveza, tónica? —ofreció alzando el vaso. Al hacerlo, los hielos tintinearon contra el vidrio.

—No, gracias.

—Tú sabrás —murmuró De la Fuente volviendo a su sitio.

La escritora se fijó en él. No parecía un hombre lo suficientemente ágil como para poder ser el asesino. Su enorme panza tensaba de tal manera la camisa rosa que vestía que parecía a punto de reventarla.

—Aquí donde me ves, fui jugador de rugby —explicó el constructor adivinando sus pensamientos—. Y mis amantes aún dicen que soy el mejor en la cama.

Mordiéndose la lengua para no mostrar el asco que sentía, Leire fijó la vista en su libreta.

—¿Por qué tanto interés en defender el puerto? —inquirió mostrando el bolígrafo.

—¿Por qué tanto interés por hablar conmigo? ¿Por qué presentarte aquí como si fueras una reportera? —se burló el otro con la mirada clavada sin ningún pudor en el dibujo que marcaban sus pechos bajo el jersey.

Leire le dedicó una mirada asqueada.

—Me gustaría hablar de la ampliación del puerto. Tanta gente en contra, tantos a favor... No sé, me gustaría oír su versión —apuntó con el tono más neutro que le fue posible emplear.

—Está bien —aceptó De la Fuente antes de comenzar un largo discurso sobre las bondades del puerto exterior.

—Si todo es tan fantástico, ¿a qué atribuye que existan grupos contrarios a su construcción? —lo interrumpió Leire.

—¿Jaizkibel Libre? —El empresario mostró una sonrisa burlona—. Son los de siempre; unos muertos de hambre que pretenden vivir sin dar un palo al agua. Si les hiciéramos caso, viviríamos en la Edad Media.

—¿No cree que todo el mundo debería tener derecho a dar su opinión? —apuntó Leire.

José de la Fuente dio un sonoro manotazo en la mesa.

—¡Una cosa es opinar y otra boicotear el futuro! Esos cabrones lo único que quieren es arruinarme. —Sus ojos tristes mostraban de pronto un profundo rencor—. Me tienen envidia. ¿Y sabes por qué? Porque yo he conseguido triunfar en la vida y ellos no serán nunca más que unos malditos pordioseros.

La escritora sonrió para sus adentros. La conversación estaba llegando al tema que le interesaba.

—Estará enterado de que las dos mujeres asesinadas formaban parte de esa plataforma.

El constructor asintió echándose para atrás en el sillón.

—Por mí, puedes matarlos a todos.

—Muerto el perro, se acabó la rabia —señaló Leire haciendo oídos sordos a la acusación que portaban implícita sus palabras.

José de la Fuente dio un largo trago de su vaso. Por un momento, la escritora temió que iba a dar por terminado el encuentro, pero el constructor se limitó a mover afirmativamente la cabeza.

—Así es. Lamentablemente, necesitarás demasiado tiempo para acabar con toda esa escoria —apuntó con un gesto de complicidad.

Leire tragó saliva. Estaba harta de que todos la acusaran, pero estaba consiguiendo que hablara.

—Si me lo permite... Me sorprende que hable usted del puerto exterior como de un proyecto propio, cuando ni siquiera ha sido convocado el concurso público para adjudicar la obra.

De la Fuente sonrió con sarcasmo.

—¿De verdad crees que la obra del puerto no está ya adjudicada? —se burló alzando las cejas—. ¡Ay, ilusa!

Leire no se sorprendió por su respuesta. La corrupción en

la obra pública era una realidad demasiado habitual en los últimos tiempos.

—Siempre consigo lo que quiero —añadió el empresario volviendo a bajar la vista hacia sus tetas—. Siempre.

Algo en su tono de voz le indicó a la escritora que sería mejor salir de aquel despacho, pero aún tenía una pregunta que hacer. Tal vez aquel tipo careciera de la agilidad necesaria para matar a una mujer, pero aún no conocía a su socio.

—Una pregunta más —apuntó incorporándose—. ¿Habría alguna posibilidad de entrevistar también a su socio?

José de la Fuente frunció el ceño. Parecía realmente extrañado.

—¿Quién? ¿Qué socio? —inquirió.

Leire señaló el membrete de un sobre que había sobre el escritorio.

—El señor Man. ¿Acaso no se llama De la Fuente & Man su empresa?

El constructor estalló en una sonora carcajada.

—No lo pillaba —se burló—. Cuando empecé en esta historia de las construcciones quise darle un toque internacional a la empresa. Algo más serio, ya me entiendes. En realidad Man no es nadie; es solo una abreviatura de mi segundo apellido: Mancisidor.

Leire sintió que se ruborizaba. Nunca se le hubiera ocurrido una explicación tan absurda.

—No eres la primera a la que le pasa. De hecho esa era mi intención al idear el nombre. Celebro que aún consiga el efecto que pretendía obtener —explicó acompañándola a la puerta—. Ha sido un placer conocerte en persona. Podríamos cenar esta noche y continuar hablando de lo que quieras.

La escritora reprimió la reacción instintiva de marcharse dando un portazo. Tal vez necesitara volver a hablar con aquel hombre y lo último que le convenía era cerrarse puertas.

—No he venido a ligar con usted —anunció con voz firme dedicándole una mirada glacial.

El constructor asintió.

—Tú ganas —accedió haciendo un gesto a su secretaria para que la acompañara—; pero no lo olvides: siempre consigo lo que quiero.

Sus palabras quedaron flotando en el aire mientras su empleada guiaba a la escritora hacia la salida.

15

—Aquí tienes —anunció Amparo dejando sobre la barra el bocadillo de bonito con guindillas.

Leire esbozó una tímida sonrisa antes de llevárselo a la boca. Hacía años que almorzaba regularmente en la Bodeguilla, pero aquel día se sentía como una extranjera en su propia casa. Los dos únicos parroquianos que había en pie junto a la barra la miraron con desconfianza e interrumpieron su conversación al verla entrar. La propietaria, una señora menuda, ligeramente encorvada y que sobrepasaba a todas luces la edad de jubilación, tampoco la había recibido con buena cara.

¿Dónde estaba el *egun on, maitia* con el que Amparo la saludaba habitualmente?

Comenzaba a estar harta de aquella situación, de aquella gente y de aquel opresivo ambiente que, de pronto, se respiraba en Pasaia. ¿Qué tenía que hacer para demostrarles que ella no era ninguna asesina?

La respuesta le surgió tan pronto como acabó de formularse la pregunta. Debía dar cuanto antes con el salvaje que había matado a aquellas mujeres. Necesitaba hacerlo, no solo para recuperar su vida anterior, sino por una cuestión de orgullo personal.

—... el vientre rajado y los riñones arrancados —oyó susurrar a uno de los dos clientes, que la observaban de reojo.

¿Quién podía haber hecho tales carnicerías?

Desde luego que José de la Fuente parecía odiar a las víctimas, pero ¿tanto como para llevar a cabo semejante salvajada? Además, ¿era un hombre tan poco ágil capaz de llevar a cabo los crímenes? *A priori* parecía que no, pero nada podía descartarse.

Por otro lado, estaban los Besaide, sobre los que aún quería indagar más. Había demasiadas zonas oscuras en la historia de esos dos hermanos.

Pensaba en ello, ajena a todo cuanto la rodeaba, cuando el sonido de una campanita la devolvió al mundo real. Instintivamente, se giró hacia la puerta para ver entrar a una anciana encorvada. La escritora la saludó con un gesto que la otra no devolvió. La conocía de vista, ni siquiera sabía su nombre, pero coincidían a menudo en la Bodeguilla e intercambiaban un par de palabras sobre el tiempo y la dura vida de los marineros. En cierto modo, sentía lástima por ella. Su marido había muerto demasiado joven, arrebatado por un temporal que hundió su nave en aguas de Terranova. Desde entonces ella, sin hijos ni familia cercana, subsistía de una mísera pensión de viudedad y pasaba el día deambulando por las calles de San Pedro.

La viuda no pasó al espacio ocupado por la taberna, sino que se quedó tras el mostrador de la tienda.

—¿Te han llegado las anchoas, Amparo?

—Están en ello. Han llamado para decir que las traerán mañana —replicó la tabernera sin dejar de limpiar unos vasos.

—Hace días que dicen lo mismo y nunca llegan... Cada día son menos serios —protestó la anciana girándose para salir a la calle.

Al hacerlo, la campanita volvió a lanzar sus alegres notas metálicas.

Leire siguió con la mirada el movimiento de la puerta, cubierta con tantas capas de pintura verde que sus formas carecían de esquinas. Le encantaba aquel lugar. No recordaba haber estado nunca antes en un bar-tienda como aquel. Sabía, por los más mayores, que antiguamente eran habituales los establecimientos de ese estilo en todos los pueblos de la zona, pero la Bodeguilla de San Pedro era el último que quedaba; un auténtico fósil viviente de una época no tan lejana pero perdida ya en las nieblas del olvido.

El mostrador era lo primero que encontraba el recién llegado. En su superficie de mármol se amontonaban todo tipo de conservas, chacinas y pescados en salazón. Una añeja báscula presidía aquel desordenado altar pagano. Un paso más allá, se abría la tasca: una sencilla barra de madera, unas cuantas mesas con taburetes y un sinfín de aperos antiguos colocados aquí y allá en un intento de cálida decoración. Decididamente, pocos lugares existían con unas señas de identidad tan marcadas.

Por si fuera poco, la clientela consistía básicamente en tripulantes de barcos pesqueros y jubilados ociosos. Las limitadas horas de apertura así lo obligaban, ya que Amparo abría al amanecer y cerraba antes del mediodía.

«Acabaos los tragos, que tengo que ir a hacer la comida», era su frase más repetida a partir de las once de la mañana. Al recordarlo, Leire miró el reloj de su móvil. Las once y cuarto. Después, lanzó una mirada extrañada hacia la barra. La propietaria pasaba la bayeta junto a los otros dos clientes, que parecieron captar la indirecta y se apresuraron a escanciar los últimos vasos de sidra antes de encaminarse hacia la puerta.

—*Agur*, Amparo.

—*Bihar arte*, guapa.

La mujer dejó de frotar la barra y alzó la vista hacia ellos.

—Ya veremos. No sé si abriré. Empiezo a estar cansada y cualquier día echo la persiana y no la abro más. —Se despidió.

Leire se rio para sus adentros. Cada día la misma cantinela. Desde que visitaba la Bodeguilla, hacía al menos cinco años, raro era el día que no oía a Amparo quejándose de lo cansada que estaba y amenazando con no volver a abrir nunca más.

—Ya será menos —se burló uno de los viejos saliendo al exterior.

El tintineo de la campanilla que pendía del quicio acompañó el sonido de la puerta al cerrarse tras ellos.

Un incómodo silencio se adueñó de la tasca. Leire volvió a mirar el reloj y se dispuso a incorporarse, pero Amparo se acercó hasta su mesa y la sujetó por el hombro para que permaneciera sentada.

—Creía que no se iban a ir nunca —murmuró acercándose a la puerta para cerrar con llave.

La escritora observó intrigada como la anciana tomaba un taburete y se sentaba frente a ella.

—Sé que no has sido tú —espetó a bocajarro—. Si algo he aprendido detrás de una barra es a conocer a la gente, y tú eres buena persona. Un poco rara, eso es verdad, pero solo un demente puede hacer semejantes monstruosidades.

—¿Rara? ¿Por qué rara? —inquirió Leire.

Amparo se miró las manos nudosas, víctimas de una artrosis que se intuía dolorosa, antes de responder.

—Porque la gente normal no escribe novelas de amor ni vive en faros solitarios —afirmó convencida—. En cualquier caso, ahora no es eso lo importante —continuó explicando—. Mis clientes están seguros de que la asesina de esas dos mujeres fuiste tú. Nadie habla de otra cosa estos días en Pasaia y detrás de esta barra oigo auténticas barbaridades. Si yo fuera tú, me iría de este pueblo. No me extrañaría que alguien quisiera tomarse la justicia por su mano.

Leire apretó los puños con rabia.

—¡Estoy harta, Amparo! ¡Harta! —exclamó dando un manotazo en la mesa—. Hay un asesino por ahí suelto y este maldito pueblo pierde el tiempo señalándome a mí. Me están jodiendo la vida.

El calor de las lágrimas empapó rápidamente sus mejillas, pero la escritora mantuvo la mirada fija en la anciana, que asentía comprensiva.

—Son idiotas. Lo sé. Algún día se darán cuenta de su error, pero de momento hazme caso y deja Pasaia —le recomendó dándole unas palmadas en el brazo.

—No me pienso ir. No. Buscaré al cabrón que lo ha hecho y demostraré a todo el pueblo que no soy ninguna asesina —anunció secándose las lágrimas con la manga de la sudadera.

Amparo dibujó una mueca de pena.

—Lo siento en el alma, pero te tengo que pedir que no vengas por aquí hasta que no se aclare esta historia. Mis pocos ingresos dependen de la Bodeguilla y no puedo permitirme que los clientes de siempre dejen de entrar porque permito la entrada a quien ellos creen una criminal —murmuró bajando la vista avergonzada.

Leire asintió con un nudo en la garganta. Cada vez se lo ponían más difícil.

—¿Quién ha sido? —inquirió con un hilo de voz—. ¿Quién ha difundido la idea de que he sido yo?

Amparo se masajeó los nudillos antes de contestar.

—Felisa. Si la oyeras hablar de ti, te echarías a temblar —explicó sin alzar la vista de la mesa—. Su hija tampoco se queda corta. Además, por su pescadería pasa mucha gente y no creo que nadie salga de allí sin el convencimiento de que en el faro vive una loca asesina.

Las lágrimas volvieron a correr por el rostro de la escritora, que tardó unos segundos en volver a abrir la boca.

—¿Por qué tanto odio? —quiso saber, aunque sabía que Amparo difícilmente podría contestarle a aquella cuestión.

No obstante, la anciana parecía tener las ideas bien claras respecto a Felisa.

—Siempre estuvo enamorada de Xabier. Lo quería para ella —apuntó.

—Pero si se llevan un montón de años —la interrumpió Leire.

—No tantos. Felisa parece mayor, pero no tiene más de cuarenta y dos o cuarenta y tres años —aclaró la tabernera—.

No era la única. Todas las jóvenes del pueblo estaban enamoradas de Xabier. No había mejor remero ni chico más guapo en todo San Pedro. Sin embargo, él se fue a estudiar a Bilbao y, cuando regresó, lo hizo contigo.

—¿Tú crees que eso es suficiente para odiarme así después de tanto tiempo?

—En una mente normal no, pero Felisa es muy rencorosa. No creo que te lo perdone nunca.

La escritora dejó vagar la vista por el establecimiento. Un viejo espejo de licor 103 presidía la pared del fondo, de la que colgaban varias boyas de cristal y un par de remos de madera. Varias latas antiguas de queso en salmuera se amontonaban en una esquina. Iba a echar de menos aquel lugar.

—¿Quién crees que puede haber sido capaz de algo así? —preguntó con la mirada perdida.

A pesar del repentino cambio de tema, Amparo supo inmediatamente a qué se refería.

—No lo sé. Algún loco de esos de las películas. —Hizo una pausa para pensar antes de continuar—. Es que hay que estar muy mal de la cabeza para destripar a unas pobres chicas. Matarlas ya es una barbaridad, pero sacarles los higadillos... ¡Un demente, como te decía!

Leire hizo un gesto afirmativo.

—¿Qué te parece José de la Fuente? —Decidió ir directamente al grano.

La tabernera torció el gesto.

—No me gusta ese hombre. Por aquí no viene nunca. Ahora bien, la gente habla y parece que todo lo que construye lo hace con sobornos de por medio. —Amparo bajó la voz antes de continuar—. Eso sí, si piensas en él como asesino... No sé, no veo el motivo por el que pudiera hacer algo así, la verdad sea dicha.

—El puerto —apuntó la escritora—. Ambas víctimas eran de Jaizkibel Libre y él tiene grandes intereses en la obra; lo mismo que los hermanos Besaide.

Una sombra cruzó de pronto por el rostro de la anciana, cuya mirada se perdió en una red enmarañada que colgaba de una esquina.

—Los Besaide... —murmuró con un hilo de voz, rota repentinamente por el peso de la vida.

Leire guardó silencio, a la espera de que Amparo continuara, pero la dueña de la Bodeguilla se limitó a exhalar un profundo suspiro.

—¿Pasa algo? —La escritora no lograba entender su reacción.

—Los Besaide son unos monstruos. Si ellos han matado a esas mujeres, no serían desde luego sus primeras víctimas. —Leire frunció el ceño intentando comprender a qué se refería—. Son muchos, demasiados, los jóvenes de este pueblo a los que asesinaron hace años. Lo hicieron lentamente y sin armas, pero los mataron. —Los ojos de Amparo se llenaron de lágrimas.

La escritora creyó comprender.

—¿La droga? —preguntó acariciando la arrugada mano de su interlocutora.

Una lágrima se deslizó por la cara de la anciana. A esa primera siguieron muchas más. Leire tuvo la certeza de que no eran las primeras que derramaba al recordar el pasado.

—Mis hijos eran lo más importante de mi vida. Crecieron sanos y felices. Anita era una preciosidad; de pequeña todo el mundo se quedaba prendado de sus ojazos claros y su risa contagiosa. Y Txetxu... ¿Qué puede decir una madre de sus hijos? —Su voz se iba apagando a la misma velocidad que se encorvaban sus hombros—. Si no fuera por esos perros aún los tendría aquí. Solían sentarse en esa mesa del fondo a hacer los deberes al salir de clase —explicó con un atisbo de melancólica sonrisa.

—Lo siento. No pretendía hacerte pasar un mal rato —se disculpó Leire.

La tabernera negó con un gesto y rebuscó en el bolsillo del delantal hasta dar con un pañuelo arrugado con el que secarse las lágrimas.

—Los Besaide me los arrebataron. Esos malditos desalmados inundaron este pueblo con esa mierda que no había joven que no quisiera probar. Y los míos no fueron los únicos; otras muchas familias quedaron destrozadas, con sus hijos enterrados antes de tiempo.

—Lo siento. Es terrible. Cada vez que alguien me habla de los años ochenta, la heroína es la protagonista de la historia. Tuvo que ser espantoso —comentó Leire.

—Lo fue. Una horrible pesadilla que jamás debió ocurrir. Anita murió de sobredosis con solo veinte años. —Un sollozo le rompió la voz antes de que pudiera continuar—. Su hermano, uno de los mejores marineros que ha dado esta tierra ingrata, vivió algo más, pero no llegó a los treinta. Una hepatitis se lo llevó a la tumba cuando los armadores comenzaban a confiarle el mando de sus pesqueros. Compartían jeringuillas, ya sabes... —Amparo se recorrió las arrugas de las manos con la mirada—. Esa mierda no perdona. Se llevó a cuadrillas enteras de jóvenes con ganas de vivir. Y mis niños tenían muchas ganas; vaya si tenían.

La escritora tragó saliva con dificultad. Ella no tenía hijos a los que echar de menos, pero algo le decía que no sería capaz de soportar tanto dolor como había tenido que sufrir aquella mujer.

—Menos mal que mi Peio consiguió un trabajo en tierra —continuó la tabernera—. Si hubiera seguido pasando los meses lejos de casa, allá por los caladeros del norte, no habría podido aguantarlo. ¿Qué habría hecho yo sola con tanta pena?

Leire no pudo evitar una sonrisa al recordar al marido de Amparo. Sus chistes eran los peores que hubiera oído jamás, pero resultaba imposible no estallar en carcajadas cuando aquel hombretón insistía, una y otra vez, en la gracia, acompañando sus explicaciones con palmadas en la espalda y risotadas. Todo San Pedro sintió su pérdida cuando un par de años atrás murió de un infarto fulminante. El propio cura que ofició el funeral logró que los vecinos esbozaran una sonrisa al intentar homenajearle con un chiste que resultó aún peor que los que contaba el fallecido.

—Así que crees que los Besaide son capaces de los asesinatos de estos días —insistió Leire volviendo al tema.

—Esos cerdos no tienen corazón —sentenció Amparo poniéndose en pie para dar por acabada la charla.

Al verla acercarse a la puerta y girar la llave en la cerradura, la escritora comprendió que su tiempo allí había acabado. Mientras se incorporaba, dejó vagar la vista por aquel lugar en el que tan buenos ratos había pasado; tanto que incluso en sus novelas existía una Bodeguilla que no difería mucho de aquella. Después, caminó despacio hasta la salida, intentando no guardar rencor a la mujer que le vetaba la entraba para proteger su única fuente de ingresos.

—Algún día se aclarará todo —dijo en cuanto salió a la calle, donde había comenzado a caer un persistente sirimiri.

—Ten cuidado, bonita. Son peligrosos —le aconsejó la anciana antes de cerrar de nuevo la puerta.

Un día de 1983

La lluvia y el viento, que azotaban persistentes al Gorgontxo, complicaban la orientación. La luz amiga del faro de la Plata permanecía oculta tras las densas cortinas de agua, pero el Triki lo prefería así. Las patrullas costeras tampoco verían a más de dos palmos, por lo que las posibilidades de dar con sus huesos en la cárcel disminuían notablemente. Al fin y al cabo, con la ayuda de la brújula podría enfilar hacia el puerto sin problemas. Tal vez se desviara ligeramente de su ruta. Tal vez, pero en cuanto estuviera cerca de la bocana, los faros quedarían a la vista y no le sería difícil rectificar el rumbo.

Se sentía turbado. Gracias al caballo que el Kuko le había facilitado apenas unas horas antes en la Katrapona, había logrado superar el mono y, ahora, podía pensar con cierto sentido de la realidad.

«La has cagado, Triki», se repetía una y otra vez.

El compromiso adquirido había sido claro: debía entregar todo el dinero que Besaide le pagara por la travesía para saldar su deuda. Sin embargo, sabía que si lo hacía así, no podría comprar más droga y, sin ella, el mono no tardaría en aparecer de nuevo.

Solo de imaginar que pudiera ocurrir, se quería morir. No lo soportaba. No podía con aquellos temblores, náuseas y dolores inconcretos, aunque lo peor eran los delirios y la espantosa sensación de angustia.

«La has cagado, tío».

Cuanto más se acercaba a la costa, mayor era su sensación de pánico. Durante horas, y bajo la influencia de las dos dosis de heroína que contenía la papelina, había olvidado el dilema al que se enfrentaba. Ahora, en cambio, era consciente de que después de tantos días esperando la travesía para poder contar con dinero para comprar droga, seguiría sin un miserable duro.

«Todo por meterte en deudas», se regañaba a sí mismo.

Una ola rompió de pronto contra el costado de estribor de la txipironera, levantando una nube de espuma que cayó sobre sus pantalones. Poco importaba; estaban empapados por la lluvia.

El Triki aferró con fuerza el timón y corrigió el rumbo para evitar que nuevas olas impactaran lateralmente contra el Gorgontxo. A pesar de que no había mar de fondo, el viento levantaba un oleaje que podía resultar peligroso si no se sabía esquivar.

Las olas siempre de popa o de proa, nunca de costado. Era lo poco que había aprendido de su padre cuando salían juntos a pescar en las tardes de verano.

Los esperados destellos del faro de la Plata se dejaron ver por fin. A sus pies, como antesala de la bocana, las balizas verdes y rojas que flanqueaban el canal de aproximación también se dibujaron a pesar del aguacero. El Triki se permitió una sonrisa triunfal al comprender que apenas se había desviado de su rumbo. Un ligero giro a babor y no tardaría en encontrarse en la seguridad del puerto.

No había pasado miedo. Nunca lo hacía. Solo temía al mono. En realidad, era más que eso; era un auténtico terror. La idea de volver a encontrarse sin caballo lo angustiaba tanto que tenía ganas de echarse a llorar como un niño pequeño. A veces lo hacía, hecho un ovillo, en la soledad de su sofá, allá en la fábrica abandonada.

—¡Mierda! ¡Joder, joder, joder! —exclamó atropelladamente en cuanto pasó junto a la baliza de luz verde que marcaba el límite de estribor del canal de aproximación.

Sin pensarlo dos veces, el Triki giró bruscamente el timón. Debía salir de allí cuanto antes para perderse en las sombras de los acantilados de Ulia. Con un poco de suerte, no lo habrían visto. Al fin y al cabo, tras el Gorgontxo se extendía la negrura del mar; en cambio, tras la unidad de vigilancia costera se hallaba la iluminada rada de Pasaia, que recortaba la inconfundible silueta de la patrullera. Por eso había sido capaz de verla antes de que fuera demasiado tarde.

En cuanto se hubo alejado lo suficiente, aflojó la mano que manejaba el acelerador para estudiar la situación. El barco de la Guardia Civil no se había movido de la bocana. Estaba detenido entre los espigones de las puntas Cruces y Arando.

—¡Hijos de perra! —gritó con rabia.

Estaban bloqueando la entrada a puerto. Alguien debía de haberse ido de la lengua. Al pensar en ello, recordó la charla de aquella tarde en la Katrapona. Todos sabían que esa noche se esperaba la visita del barco nodriza.

Suspiró desanimado.

«Y ahora ¿qué?», pensó dirigiendo la mirada hacia los fardos que portaba bajo los bancos.

Sin poder entrar a descargar, debía buscar rápidamente alguna solución. No podía quedarse allí durante horas a merced de las olas.

¿O quizá sí?

Tal vez no había mejor alternativa que aguardar a que la patrullera se retirara. Lo valoró durante unos instantes, pero hubo algo que le hizo descartar la idea: si la Guardia Civil seguía allí cuando se hiciera de día, no sería fácil mantener oculto el Gorgontxo. La oscuridad de la noche era, de hecho, su única arma contra ellos, de modo que debía aprovecharla.

Solo había una opción viable y pasaba por descargar los fardos en alguna cala solitaria y ocultarlos. Después, solo restaría llevarlos por tierra hasta el almacén de Bacalaos y Salazones Gran Sol.

Lejos de amainar, el temporal parecía haber ganado intensidad. A pesar de las trombas de agua, el Triki logró atisbar la costa de Ulia. Conocía bien aquel monte, y sabía que existían varias calas en las que podría echar el ancla. En momentos así, las accidentadas formas de la costa vasca eran una suerte. Solo las desembocaduras arenosas de los ríos permitían establecer poblaciones, por lo que la gran mayoría del litoral permanecía virgen, indómito y a merced de los contrabandistas.

«Vamos allá», se dijo decidido, capitaneando el Gorgontxo hacia la negra silueta del monte.

Poco a poco, las olas se hicieron más agresivas, señal inequívoca de que el fondo estaba más cerca, de modo que el Triki se vio obligado a bajar la velocidad. Sabía que aquel era el momento crítico. Si lograba manejar la situación y esquivar las rocas que le salieran al paso, llegaría a la costa; si no lo hacía, la txipironera de su padre encallaría y podría acabar en el fondo. Con ella, se irían a pique los fardos y su propia vida, porque, aunque consiguiera salvarse, los Besaide vengarían sin dudarlo la pérdida de la mercancía.

Por un momento, olvidó el mono, sus agobiantes deudas y la heroína. Las olas eran su peor enemigo; su única preocupación.

Una de ellas arrastró al Gorgontxo hacia una enorme roca que parecía flotar sobre las enfurecidas aguas del Cantábrico. Con un golpe de timón, el Triki enderezó la embarcación en el último momento y esquivó el impacto, aunque no pudo evitar un leve rasguño en el casco.

—¡No me jodas! —protestó imaginando la cara de su padre cuando lo descubriera.

Con un poco de suerte, pensaría que se lo había hecho algún vecino de pantalán al maniobrar con su txipironera.

Apenas hubo dejado atrás aquel peligro, el Triki enfiló sin titubeos hacia una diminuta playa que logró entrever en la oscuridad. No contó, sin embargo, con el problema que suponía la fuerza del oleaje, que batía con fuerza contra los acantilados cercanos. Las olas que iban se encontraban con las que volvían hacia el mar tras impactar contra aquellas inexpugnables murallas de piedra, creando una especie de remolino en el que el Gorgontxo resultó ingobernable.

En cuestión de segundos, la txipironera fue zarandeada a uno y otro lado antes de impactar contra unas afiladas rocas donde quedó varada.

El Triki se puso en pie a duras penas. Estaba magullado. Sabía que al día siguiente estaría lleno de moratones, pero ese iba a ser el menor de sus problemas.

Con lágrimas de impotencia en sus ojos, alzó la vista hacia el faro de la Plata. La gigantesca linterna iluminaba tímidamente la noche desde lo más alto del acantilado, impertérrita ante su desgracia. Después, miró alrededor. No sabía exactamente dónde se encontraba. Por la situación de la torre de luz, calculó que no muy lejos de la fuente del Inglés. Por primera vez aquella noche, sintió frío. Un frío tan intenso que le castañetearon los dientes. ¿O quizá era miedo?

«No te ofusques. No ahora», se pidió a sí mismo.

Sacando fuerzas de flaqueza, abandonó la falsa seguridad de la txipironera rota, en la que las rocas habían abierto un boquete considerable, y saltó al mar. Tal como esperaba, no cubría más que hasta la rodilla, aunque las olas, incesantes en su ímpetu destructivo, elevaban el nivel del agua hasta más allá de la cintura y amenazaban con hacerlo caer. Aun así, podría llegar sin problemas hasta tierra firme, de donde no lo separaban más de cuatro metros de distancia. Claro que no era lo mismo caminar sobre una superficie lisa que hacerlo sobre rocas resbaladizas y de formas irregulares.

Impulsándose sobre la borda con los brazos, volvió al interior del Gorgontxo. La ropa le pesaba. Estuvo a punto de desnudarse, pero se arrepintió en el último momento. La necesitaría para ir caminando hasta el pueblo o el viento lo mataría de frío.

«Eso si no me muero también a pesar de estar vestido», se dijo oyendo como entrechocaban sus dientes.

Uno a uno y con sumo cuidado, arrojó por la borda los cuatro fardos. No pesaban más de cinco kilos cada uno, de modo que no le fue difícil que llegaran hasta la orilla. Después, retiró las llaves del contacto, las metió en el bolsillo de su chubasquero y saltó al agua.

Apenas había puesto los pies en ella cuando una ola lo revolcó como a un pelele, golpeándolo contra las piedras del fondo. Tragó agua y se sintió dolorido, especialmente en el hombro derecho y en ambas rodillas, pero logró avanzar a cuatro patas hasta la orilla.

La arena gruesa y empapada que se extendía en los escasos metros que abarcaba aquella cala le pareció al tacto la más hermosa de las sedas. Se dejó desplomar sobre ella y cerró los ojos para evitar la incomodidad de las gotas de lluvia y lloró. Lloró como solo puede hacerlo quien no sabe si dar gracias por estar vivo o sentirse el hombre más desgraciado del mundo por no haber muerto en el accidente.

16

—¡Yo por ahí no bajo! —protestaba una anciana aferrada a la barandilla.

—Que sí. ¿Cómo no va a ser capaz de bajar? —Una mujer de alrededor de cincuenta años, seguramente su propia hija o alguna sobrina, discutía con ella con gesto desesperado.

Leire observó la pasarela, comprendiendo en el acto la inseguridad de aquella señora. Pocas veces había visto tan inclinado el pontón que llevaba al embarcadero. Su estructura móvil se adecuaba a las fluctuantes mareas del Cantábrico, afrontando un mayor desnivel cuanto más bajo estuviera el nivel del mar. Y aquel frío mediodía de finales de noviembre estaba muy bajo por la influencia de las mareas vivas, que traían consigo pleamares exageradas y bajamares que dejaban al descubierto zonas habitualmente inundadas.

—Yo las ayudo —se ofreció, tendiendo la mano hacia la anciana.

—Gracias, pero mi madre es una cabezota y, si se ha empeñado en que no quiere bajar, dudo que logremos que dé un solo paso —apuntó la más joven de las dos suspirando con impotencia.

—Cabezota es quien me quiere hacer bajar por ahí a mis años. ¿Acaso pretendes que acabe en el agua? —protestó la anciana.

—Venga, señora. Entre las dos la ayudaremos y bajaremos poco a poco —intentó convencerla Leire.

—¡He dicho que no! ¡Yo por ahí no bajo!

La escritora dirigió la mirada hacia la hija, que se llevó las manos a la cabeza.

—Me tiene usted harta. Ni sus nietos me dieron tanto trabajo... ¿Cómo pretende que pasemos si no es en motora?

Leire recorrió con la vista el perímetro de la bahía de Pasaia, un magnífico fiordo natural que se internaba en la tierra y que el devenir de la historia había convertido en uno de los principales puertos del Cantábrico. Solo el transbordador permitía cruzar rápidamente de una orilla a la otra. Si aquella mujer se empeñaba en no tomarlo, el rodeo que tendría que dar era considerable.

—¿Todavía estáis así? —La voz de Txomin sobresaltó a la escritora, que no había reparado en que la motora acababa de arribar al muelle.

—No llegaremos nunca —protestó la hija—. Menos mal que es a ella a la que esperan en la otra orilla. Si no llega a su comida mensual con sus amigas, no será mi problema.

La anciana hizo un gesto al barquero.

—Sube tú, que tienes más fuerza —pidió.

Txomin se ajustó la txapela antes de saltar al muelle y subir por la rampa.

—Vamos. No me haga perder tiempo, que es mi último trayecto antes de parar para comer —advirtió asiendo a la anciana por un brazo mientras su hija lo hacía por el otro.

—Usted lo que quería era que un hombre la tocara —se burló la hija en cuanto alcanzaron la motora.

—¡Calla, blasfema, que yo ya estoy muy vieja para esas cosas! —protestó la madre antes de soltar una carcajada que más parecía el sonido de una carraca vieja.

Una vez que las tres pasajeras estuvieron a bordo, Txomin soltó amarras y la motora se deslizó lenta pero incansable hacia San Juan. La madre y la hija se perdieron en el interior de la cabina; Leire, en cambio, se sentó en el exterior.

—Llevo en pie desde las seis de la mañana —se quejó el barquero bostezando.

Leire no contestó. Con la mirada fija en el agua, pensaba en su visita a la Bodeguilla y en la advertencia de Amparo. No era la primera vez en apenas un par de días que alguien la avisaba de que los Besaide eran peligrosos.

Un repentino escalofrío le hizo castañetear los dientes.

—¿Estás bien? —inquirió Txomin mirándola con extrañeza.

—Sí. Solo pensaba en mis cosas —musitó restándole importancia.

—Déjame adivinar... —El barquero se rascó el bigote en un gesto divertido—. Andas a vueltas con los asesinatos.

Leire asintió torciendo el gesto.

—Amparo me acaba de pedir que no entre a la Bodeguilla.

Txomin tomó el cabo en su mano y lo ligó al embarcadero de San Juan.

—¿También ella? —preguntó extrañado.

—No, Amparo no cree que haya sido yo, pero no quiere perder a sus clientes.

—Hasta luego, señoras —se despidió el barquero ayudando a desembarcar a la anciana.

—Luego no creo que me veas. Con una vez he tenido suficiente. Me pagaré un taxi si es necesario —anunció la señora, logrando un gesto de hastío de su hija.

—Pobre Amparo. No le habrá sido fácil pedírtelo, pero la pensión de viudedad que le quedó de su marido es una miseria y sin su taberna lo pasaría muy mal. No se lo tengas en cuenta.

Leire asintió. Txomin era uno de los parroquianos habituales de la Bodeguilla. Siempre que le tocaba el turno de la tarde, almorzaba allí a media mañana. Un par de gildas, un taco de bonito en escabeche y media botella de sidra. No eran pocas las veces que ambos habían coincidido en la tasca de Amparo y la escritora solía reírse al ver que la tabernera servía lo suyo al barquero sin preguntarle siquiera qué quería tomar.

—Voy a dar una vuelta a ver si ordeno un poco mi cabeza. Hace días que no logro escribir ni un párrafo —anunció Leire al bajar de la motora.

—¿Hacia Puntas?

La escritora movió afirmativamente la cabeza. No se le ocurría un rincón mejor en el que estar a solas consigo misma que el lugar donde la bocana se encontraba con el mar.

—¿Te importa que vaya contigo? Acabo ahora mi turno y me apetece airearme antes de volver a casa —propuso Txomin señalando una segunda motora que acababa de arrancar sus motores en la orilla de San Pedro.

Leire se encogió de hombros. No era el plan previsto, pero no le vendría mal poder charlar con alguien.

El suave viento del norte arreciaba en las revueltas más expuestas del camino, pero la lluvia había dado paso a amplios claros. A través de ellos, asomaba tímidamente un sol que templaba el ambiente. Aun así, Leire echó de menos algo más abrigado; la chaqueta de punto no era lo mejor para enfrentarse a la brisa marina. En mala hora había dejado el chubasquero en la Vespa.

—¿Sabes quién me da lástima? —preguntó frotándose los brazos para entrar en calor. El barquero negó con la cabeza esperando a que continuara—. Xabier.

—¿Tu exmarido? —Txomin parecía verdaderamente sorprendido.

—Sí. Sé que soy tonta por preocuparme por él, pero me lo imagino allá solo en las costas de Somalia, en un atunero vigilado de cerca por piratas y recibiendo la noticia de que su pareja ha sido asesinada... Me da pena. Debe de estar destrozado. Supongo que, en cierto modo, todavía queda algo de cariño —reconoció.

El barquero se giró para llamar a Rita, que se había entretenido ladrando a un pescador. Después, caminó con la mirada perdida, como si analizara la confesión de la escritora.

—¿Sigues convencida de que la construcción del puerto está detrás de los asesinatos? —inquirió en cuanto dejaron atrás las últimas casas de San Juan—. ¿Te has planteado que pueda tratarse de una mera coincidencia y que el autor de las muertes ni siquiera supiera que las dos pertenecían a Jaizkibel Libre?

La escritora se detuvo unos instantes, pensativa, antes de continuar.

—Podría ser, pero es el único vínculo que encuentro entre las dos mujeres.

—No lo es —apuntó el barquero sacando del bolsillo de su chubasquero una pipa que se llevó a los labios.

Leire esperó impaciente a que cargara el cacillo.

—¿Cómo que no lo es? —inquirió mientras él acercaba un mechero al tabaco.

Txomin dio una calada. Después, expulsando el humo lentamente, negó con un movimiento de cabeza.

—No; no es el único vínculo. Xabier también lo es.

—¿Xabier? ¿Mi ex? —La escritora no daba crédito.

—Dicen las malas lenguas que Josune y él tenían un rollete. Ya sabes... un *affaire* que dirían nuestros vecinos gabachos —explicó sosteniendo la pipa con los dos únicos dedos no mutilados de la mano derecha.

Leire llenó los pulmones con el aire cargado de salitre que llegaba del mar. Intentando eliminar la tensión, exhaló lenta y ruidosamente.

—¡Si estaba con Amaia! —objetó, aún a sabiendas de que Xabier era capaz de eso y de mucho más. La entrepierna le podía.

—Yo mismo puedo confirmarlo. Hará menos de dos meses, antes de que se embarcara para ir a pescar atunes, pasé a los dos en la motora. Era viernes por la noche. Venían bastante bebidos y se hacían arrumacos, ya me entiendes... —dijo el barquero haciendo un gesto divertido—. Una vez en San Juan, tomaron el camino de la casa de la entrenadora. Él se aferraba a sus nalgas como si no hubiera un mañana y Josune parecía encantada. Me quedé mirándolos mientras se alejaban del embarcadero y me sorprendió que fueran tan poco discretos. Pasaia es un pueblo y la gente habla, ya sabes.

Leire asintió. ¡Vaya si lo sabía! Y más en los últimos días, cuando estaba sufriendo en sus carnes una auténtica caza de brujas que no merecía.

—No sé. Puede que sea la pareja menos fiel del mundo, narcisista y egoísta, pero no un asesino. Además, ni siquiera está aquí —apuntó pensativa.

El motor de una txipironera reverberó entre los muros naturales de la bocana. Al pasar a la altura de ellos en su camino hacia mar abierto, su único tripulante alzó el brazo a modo de saludo.

—¡Buena pesca, bribón! —le deseó Txomin alzando la voz.

—¡Tú sí que has pescado bien! —replicó el arrantzale señalando a Leire.

El barquero torció el gesto, incómodo. Después dio una larga calada a la pipa. El aroma del tabaco, una sutil mezcla acre con toques de vainilla, se mezcló con las notas saladas que emanaba el mar. Conforme el sonido de la chalupa se fue perdiendo en la distancia, el chapoteo de una cascada cercana ganó en intensidad. Tras una curva cerrada, apareció ante ellos. El torrente caía con fuerza desde las laderas de Jaizkibel, salpicando el camino cementado antes de pasar por un paso subterráneo para precipitarse al mar.

—Yo no estaría tan segura de que esté en Somalia. Hace unos días me pareció verlo por aquí, aunque no te puedo garantizar que fuera él —confesó Txomin tras un largo silencio.

La escritora sintió un gran peso sobre los hombros. Todo aquello comenzaba a desbordarla.

—¿Cómo habéis llegado a distanciaros tanto? ¿De verdad lo crees capaz de estar detrás de los crímenes? —inquirió Leire.

—Yo no he dicho tal cosa —protestó el barquero—. Solo apuntaba otros vínculos que unían a las víctimas.

—¿Y por qué razón iba a matarlas?

El barquero chasqueó la lengua, molesto.

—Te repito que no he dicho que haya sido él.

Leire suspiró desanimada mientras estiraba la mano derecha para empaparla en la cascada. Estaba fría. Se la llevó a la cara y se refrescó la frente. No, Xabier no podía haber sido. Había dormido demasiados años con él como para saberlo.

Esperaba no equivocarse.

—Es todo muy complicado —protestó—. Solo quiero que me dejen vivir en paz. No es fácil salir a la calle y sentir que todo el mundo cuchichea a tus espaldas. No me dejan remar, me miran mal cuando voy a comprar, no puedo salir a tomar unos potes... ¡Estoy harta! —El sonido de su teléfono móvil la interrumpió—. Hola, Jaume... No, no tengo el ordenador delante... Sí, de paseo en busca de inspiración... Aún no... No te pongas así, que a gritos no conseguiremos nada... Claro que llegaremos a tiempo, no te preocupes... Ahora no puedo. Te llamo en un rato, ¿vale?... Sí, hasta luego, Jaume. *Agur*.

Mientras hablaba, habían alcanzado el merendero. Una decena de mesas de piedra con bancos corridos se alineaba junto al acantilado, ofreciendo una de las panorámicas más deseadas en las tardes de verano, cuando el bar permanecía abierto y tener la suerte de dar con una mesa libre era una auténtica lotería. Ahora, en cambio, cuando el otoño estaba a punto de ceder el testigo al invierno, la sencilla caseta de madera que hacía las veces de chiringuito estival estaba cerrada a cal y canto.

—¿Hola? —saludó la escritora al comprobar que había una pequeña camioneta junto a él.

Un rostro conocido se asomó desde la parte posterior. Se trataba del albino que trabajaba para el Ayuntamiento. Solo entonces, Leire reparó en el escudo municipal que rotulaba el vehículo.

—Hola —replicó secamente el otro cargando una manguera.

—¿Te importa que nos sentemos un rato? —preguntó Leire dejándose caer en uno de los bancos.

—Vosotros sabréis. Hay lejía —anunció el albino cerrando el portón trasero.

La escritora se puso en pie como un resorte dirigiendo la vista al banco y llevándose una mano al trasero.

—Tranquila, este no lo ha limpiado todavía —dijo Txomin señalando otros que se veían mucho más claros.

El empleado municipal arrancó el motor y, sin despedirse, condujo la furgoneta de vuelta a San Juan.

—Don simpatías —murmuró el barquero viéndolo perderse en la distancia.

—¡Ya te digo! El día que hable más de dos palabras seguidas igual hacemos una fiesta —añadió Leire.

Txomin descargó su bolso de mimbre, que dejó en el suelo, junto a la mesa.

—¿No te pesa? —preguntó la escritora.

—¿El cesto? Un poco, pero me gusta, ya sabes... Perdona —se disculpó apartando la pipa tras comprobar que Leire intentaba esquivar la trayectoria del humo.

—Deberías probar con una mochila.

—¡Qué dices! —El barquero parecía realmente ofendido—. Cambiar mi bolso de arrantzale por una mochila de estudiante... ¡Vaya ideas de bombero!

Leire se rio. Hacía muchos años que conocía a Txomin y siempre lo había visto pegado a aquel cesto, que portaba colgando del hombro con una recia cinta de tela.

—La construcción del galeón va a toda máquina —comentó la escritora señalando con el mentón hacia las instalaciones de Ondartxo, varadas en la orilla opuesta de la ría—. Será una gozada poder navegar en un barco que hizo historia; en una de las naves que llevaron a nuestros antepasados hasta las costas de Canadá.

—Quizá debería apuntarme al astillero, pero no tengo tiempo —murmuró Txomin antes de señalar hacia la subida al faro de la Plata, que se dibujaba en las laderas de la orilla de San Pedro—. Míralo, ahí tienes a ese cabrón —anunció.

Leire dirigió la mirada hacia allí. Entornando los ojos para intentar ver a qué se refería el barquero, creyó divisar a alguien caminando en dirección al faro, pero los árboles le robaron rápidamente la visión.

—Uno de los Besaide; supongo que Gastón, el menor —explicó Txomin apuntando con la mano hacia la mansión de los hermanos—. Cada día a esta hora sale a pasear. No falla. Siempre a la misma hora y siempre en la misma dirección. Lo veo desde la motora cuando me toca turno de tarde. Sale de su casa y sube por la carretera del faro. Tú también debes de verlo cuando pasa junto a tu casa, ¿no?

La escritora negó con un gesto. No necesitaba hacer memoria para saber que aquel hombre esquivo, con el que hacía días que quería intercambiar unas palabras, no pasaba jamás frente al faro de la Plata.

—Debe de dar la vuelta antes de llegar —musitó.

El barquero sacudió extrañado la cabeza.

—No puede ser. Si quieres, esperamos a que regrese, pero no creo que pasen menos de dos horas; tiempo suficiente como para llegar al collado de Mendiola y volver.

—Pues te aseguro que no pasa por el faro.

Txomin contempló pensativo los diques que protegían la bocana. El oleaje batía con fuerza contra ellos, lanzando columnas de espuma hacia el cielo.

—Qué pequeños somos, ¿verdad?

A Leire le costó comprender a qué se refería.

—Es un espectáculo inigualable —replicó al reparar en la furia del mar.

El barquero asintió. Después, girándose hacia ella y bajando el tono como quien cuenta un secreto, explicó:

—Hay un sendero secundario que une la carretera con la fuente del Inglés sin pasar por el faro. Tal vez lo tome para evitar encontrarse con nadie. Ese tío es muy raro, ya sabes, siempre esquivando a la gente.

La escritora conocía aquella senda. Alguien le contó tiempo

atrás que fueron los vecinos de San Pedro los que la abrieron durante los oscuros años de la dictadura franquista para evitar el paso por el faro, custodiado día y noche por militares. No es que estuviera prohibido el tránsito junto a él, pero no era plato de gusto para nadie tener que responder a mil y una preguntas, ni aguantar las impertinencias de aquellos hombres de verde. De ese modo, el sendero que, a través de los acantilados del monte Ulia, unía Pasaia con Donostia, podía ser recorrido sin necesidad de soportar tantos controles.

—Nunca lo he tomado, pero debe de ser bastante abrupto —apuntó la escritora.

—Desde luego que no parece lo más recomendable para dar un paseo. Sobre todo cuando existe una alternativa bastante más sencilla, especialmente para los que ya vamos teniendo una edad.

—¿Cuántos años tiene? ¿Sesenta?

—¿Besaide? ¿El pequeño? No tantos. Andará por los cincuenta y cuatro como mucho. Dos o tres más que yo.

—¿Adónde irá? —preguntó Leire sin esperar respuesta.

—Cada día y a la misma hora, la de comer —remarcó el barquero vaciando en el suelo la ceniza acumulada en la pipa—. Casualidad o no, el momento del día en el que menos personas caminan por las sendas de Ulia.

Una nube ocultó momentáneamente el sol, haciendo arreciar la brisa. Leire alzó la vista hacia el cielo. Tras el faro de la Plata, arrastrados por los vientos del noroeste, densos nubarrones amenazaban la bahía de Pasaia.

—Va a llover —anunció Txomin guardando la pipa en el bolsillo.

La escritora se puso en pie al tiempo que se frotaba los brazos para entrar en calor.

—Habrá que volver —decidió—. No me gustaría llegar empapada.

El barquero se colgó del hombro el bolso de mimbre. Después, se caló la txapela y señaló hacia San Juan.

—¿Vamos? —inquirió.

—Cuando quieras —replicó la escritora.

En el camino de regreso, que discurrió entre conversaciones triviales, una idea fue madurando en la cabeza de Leire: tan pronto como pudiera, seguiría a Gastón Besaide para abordarlo allá donde no pudiera negarse a entablar conversación. En la soledad de la montaña, sin la protección de la puerta tras la que se parapetaba cuando estaba en su casa, no podría negarse a responder a las preguntas que hacía días que quería hacerle. Sin embargo, las advertencias de Iñaki, Amparo y el propio Txomin sobre la peligrosidad de aquellos hermanos, le hicieron replantearse el plan. Desde luego que el hecho de encontrarse a solas, en pleno monte, con un narcotraficante y posible asesino, no parecía la mejor de las ideas. Aun así, cuando alcanzaron las primeras casas de San Juan había tomado una decisión: si quería que su investigación dejara de estar estancada, era necesario afrontar el peligro y enfrentarse a los hermanos Besaide.

«Mañana mismo. Allí estaré», se dijo dirigiendo la vista hacia su mansión mientras Txomin le hacía algún comentario sobre el tiempo que quedó sin respuesta.

17

El teléfono sonaba, pero no pensaba contestar. Estaba harta de él. ¿Acaso no comprendía que cuanto más insistiera más le costaría concentrarse en aquella maldita novela? Sus llamadas comenzaban a convertirse en una auténtica pesadilla. En los últimos dos días se habían repetido con una cadencia enfermiza. Cada vez que descolgaba el teléfono, Leire tenía que soportar reproches y presiones que iban a más.

Había logrado cerrar el primero de los capítulos de la novela. No se sentía especialmente satisfecha del resultado, pero al menos había podido entregar algo a la editorial. Sin embargo, lejos de relajarse, Jaume Escudella se había vuelto más insistente. Quería más capítulos, y los quería cuanto antes.

Leire dejó de mirar un mercante que se aproximaba lento pero imponente a la bocana para bajar la vista hacia la pantalla. La hoja del procesador de textos estaba en blanco. Luchando contra el desánimo, comenzó a escribir. Sus manos parecían haber olvidado la velocidad con la que pulsaban las teclas hacía apenas unos meses, cuando el ordenador se convertía en un piano a las órdenes de una genial compositora. Ahora, en cambio, apenas llegaba a presionar una docena de teclas seguidas cuando se detenía para borrarlo todo y volver a empezar.

Era frustrante.

La pegadiza música del móvil volvió a sonar. Echó un vistazo a la pantalla para confirmar lo que ya sabía: era Jaume. Se llevó las manos a la cara, desesperada. Después, pulsó el botón verde del terminal.

—Dime —saludó fríamente.

—¿No pensabas contestar? —El tono de voz del editor era más amigable que en las últimas llamadas.

—Estoy escribiendo. Cada vez que me llamas, me distraes —explicó Leire.

—Te distraes muy fácil últimamente.

Leire se mordió la lengua para no contestar. La sacaba de quicio cuando adoptaba el papel de la maestra que regaña al alumno por no hacer los deberes. Solo le faltaba decir que pensaba hablar con sus padres para que la castigaran.

—Están pasando cosas muy serias por aquí —se defendió sin querer entrar en una guerra.

—Por eso te llamo.

—¿Por qué? ¿Por los asesinatos? —Leire no comprendía a qué se refería.

—Por todo. Creo que te vendrá bien desconectar.

«Mierda. Por favor que no sea lo que estoy pensando».

—He cogido un billete para el avión de este sábado a primera hora. Iré a hacerte un poco de compañía —anunció el editor.

—No, Jaume. De verdad que no es lo que necesito ahora mismo. Te lo agradezco, pero... —Leire intentaba ocultar su irritación. De buena gana le propinaría un puñetazo en los morros a ese metomentodo. ¿Qué se había creído? ¿Quién era él para autoinvitarse a su vida?

—Es lo que hay, Leire. No pienso cancelar el viaje. Ver caras nuevas te ayudará. Seguro que se nos ocurren ideas para que puedas desconectar de ese asunto de los asesinatos —dijo con una risita.

La escritora se apartó el móvil de la oreja y lo observó con rabia. Estuvo tentada de abrir la ventana y arrojarlo al mar, pero se limitó a colgar.

—¡Hijo de perra! —exclamó desahogándose.

Era lo único que le faltaba. Como si no tuviera ya pocos problemas. Ahora encima tendría que aguantar al pesado de Jaume merodeando por allí.

—¡Al diablo con la señorita Andersen! —espetó bajando la pantalla del ordenador de un manotazo.

Dirigió la mirada al reloj de pared. La una del mediodía. Aún estaba a tiempo de ir tras Gastón Besaide. Sintió que los nervios le agarrotaban el estómago, pero sabía que debía hacerlo. Solo así lograría hablar con el esquivo empresario.

Bajaba las escaleras hacia la planta baja para ir a su encuentro cuando le llegó del exterior el sonido de la puerta de un coche al cerrarse. Asomada a la ventana, comprobó que se trataba de un Mercedes oscuro.

—¡Leire Altuna! —la llamó una potente voz que le sonó familiar a pesar de no ser capaz de reconocerla.

La llamada se repitió, acompañada esta vez de varios manotazos en la puerta.

Leire reparó en que podía oír los latidos de su propio corazón, que galopaba en su pecho como una yegua desbocada. Pidió consejo a su intuición, pero se encontraba tan asqueada por la anunciada visita del editor que era incapaz de pensar.

«¿Quién me mandaría a mí vivir en un faro solitario?».

Hacía días que le rondaba por la cabeza la misma pregunta. La que en su día le pareciera la idea más romántica y encantadora del mundo, ahora se le antojaba arriesgada y temeraria.

—Venga, Leire, sé que estás aquí dentro. Quiero hablar un momento contigo.

La escritora se imaginó al visitante presionando insistentemente el timbre, que, al menos desde que ella vivía en el faro de la Plata, no funcionaba. Tampoco lo echaba en falta, porque rara vez recibía visitas. Solo algunos compañeros de Ondartxo subieron una vez, al poco de mudarse a vivir allí. Tenían ilusión por conocer desde dentro la torre de luz que los guiaba cada vez que se hacían al mar con sus réplicas.

Antes de abrir la puerta, tecleó en el móvil el teléfono de emergencias y mantuvo el dedo pulgar de la mano derecha sobre el botón de llamada para poder presionarlo si era necesario.

Con la mano libre, asió el pomo metálico y lo giró. La puerta se abrió con un chirrido.

—Estaba a punto de darme por vencido —comentó José de la Fuente con una sonrisa.

De todas las personas que Leire había esperado encontrar allí plantado, el constructor era sin duda el último. Lejos de ser amenazador, su gesto resultaba ridículo, con una falsa sonrisa dibujada en el rostro y una rosa roja en la mano derecha.

—Hola —saludó la escritora fríamente rechazando la flor con un gesto de la mano.

El constructor exageró aún más su sonrisa, que resultaba tan postiza que le hacía parecer un tiburón en plena caza.

—Vente a cenar conmigo.

La escritora aún jugueteaba con la tecla verde. Aquel tipo no le inspiraba ninguna confianza. Dos mujeres habían sido asesinadas en los últimos días y De la Fuente no era precisamente el último en sus quinielas de culpables.

—¿Para qué? —preguntó secamente.

—Para conocernos mejor, para pasarlo bien... —Las venillas que se le dibujaban en las aletas de la nariz se veían más marcadas que en el encuentro anterior. Tal vez fuera efecto de la luz natural.

—Déjelo estar, De la Fuente —espetó Leire reprimiendo una náusea.

El hombre estiró el brazo e introdujo la rosa en el bolsillo de la sudadera de la escritora. Después se palmeó la barriga, oculta bajo una camisa azul pálido.

—Conozco buenos sitios. ¿Qué tal una mariscada en el Cámara? ¿O quizá prefieras los lujos de Arzak?

—Estoy muy liada. Tengo un libro a medio acabar y no puedo dedicarle más tiempo —murmuró Leire acompañando sus palabras con un gesto de despedida.

Adivinando sus intenciones, José de la Fuente dio un rápido paso al frente y colocó un pie en el quicio de la puerta, de modo que no pudiera cerrársela en las narices.

—Te recuerdo que fuiste tú quien vino a verme. Algo querrás de mí para hacerte pasar por una periodista. —De alguna manera, el constructor se las arreglaba para que sus palabras sonaran amistosas—. ¿Seguro que no quieres cenar conmigo esta noche?

Leire dejó de presionar la puerta y estudió detenidamente a aquel hombre de rostro de dinosaurio. A pesar de que era evidente que estaba realizando un enorme esfuerzo por parecer amable, sus dejes autoritarios saltaban a la vista. Las manos, cerradas en un gesto crispado y los movimientos de tensión en los maxilares, delataban que no se encontraba cómodo. José de la Fuente estaba acostumbrado a mandar y ser obedecido; en ningún caso a tener que cortejar pacientemente a alguien.

No sabía qué hacer. Por un lado, una cena sería una buena ocasión para seguir indagando sobre él. Saltaba a la vista que el constructor era un buen bebedor, lo que facilitaría que soltara la lengua y hablara más de la cuenta. Por otro, y Leire no precisaba de sus estudios de Psicología para darse cuenta, De la Fuente no tenía buenas intenciones. La cena era para él una mera excusa para poder llevársela a la cama. Solo imaginarlo, la escritora prefería saltar desde los acantilados sobre los que se asentaba el faro. Y aún había una posibilidad peor y en ningún caso descartable: si aquel hombre tuviera algo que ver con la muerte de las dos mujeres, todo podría ser una trampa para acabar con ella. Saber que la escritora lo andaba investigando podía ser suficiente para que quisiera eliminarla.

—¿Qué me dices? —insistió el constructor—. ¿Te paso a buscar esta noche a las nueve?

Leire suspiró asqueada.

—¿Sabe qué? —replicó malhumorada—. Tal vez otro día. Hoy estoy cansada y no tengo ganas de moverme de aquí.

Una mueca de desprecio eliminó todo rastro de sonrisa del rostro del constructor.

—Tú sabrás —masculló—. Otro día igual es demasiado tarde. A José de la Fuente no se le dice cuándo sí y cuándo no.

Leire empujó suavemente la puerta, pero el pie seguía allí. No parecía tener intención de quitarlo. De la Fuente miró a un lado y a otro, como si quisiera asegurarse de que no había nadie por allí. La escritora sintió que se le volvía a acelerar el corazón. Se sentía en peligro. Sin pensarlo dos veces, pulsó la tecla de llamada. Sin embargo, antes de que tuviera tiempo de llevarse el móvil a la oreja para aguardar la respuesta, el constructor retiró el pie y dio un paso atrás mientras ella cerraba el portón con fuerza.

La escritora se dejó caer lentamente, arrastrando la espalda contra la puerta, hasta quedar sentada en el suelo.

—Emergencias, dígame —saludó una voz metálica a través del auricular del teléfono.

Leire observó la pantalla iluminada. Sentía unas ganas histéricas de echar a correr y dejar todo atrás... el faro, las muertes, su editor y aquel constructor.

—Dígame. ¿Hay alguien? —insistió la voz del teléfono.

Exhalando un lento suspiro, Leire pulsó la tecla que cortaba la comunicación. Se sentía agotada.

Al otro lado de la puerta, el motor del Mercedes se puso en marcha. Su sonido se fue apagando conforme se alejaba para dejar el faro de la Plata sumido en un tenso y agobiante silencio.

18

Caía una lluvia fina, un sirimiri que empapaba la cara de Leire y resbalaba en forma de finos regueros por su chubasquero. Su tela roja era el contrapunto de aquel día gris en el que los colores alegres quedaban apagados bajo el yugo del estridente chirrido de las grúas que descargaban chatarra en los muelles de Antxo.

A pesar de que el tiempo no acompañaba para el paseo, la escritora se había obligado a salir a caminar. Necesitaba aclarar su cabeza, embotada en un mundo irreal donde se entremezclaban las ficticias aventuras de su novela con los dramáticos sucesos de aquellos días. Desde antes del amanecer, había estado tecleando en su portátil, o al menos intentándolo. Terminar *La flor del deseo* seguía siendo más una tortura que un trabajo, pero peor aún había sido la inquietante visita de José de la Fuente. Tan agobiada había quedado tras su marcha que se olvidó por completo de Gastón Besaide. Para cuando lo recordó, era demasiado tarde para salir a su encuentro. En cualquier caso, se dijo intentando perdonarse el despiste, podría abordarlo al día siguiente. Al fin y al cabo, era una suerte que el millonario realizara cada día el mismo recorrido y a la misma hora.

«Vaya desastre», se lamentó Leire al comprobar que había metido el pie izquierdo hasta el tobillo en un barrizal que se extendía junto al solar de la lonja del pescado.

El viejo edificio había sido demolido para ser reemplazado por otro más moderno. Algo más allá, junto a los muros del pabellón que acogía temporalmente sus instalaciones, centenares de cajas de plástico de color verde se apilaban a la espera de ser embarcadas en alguno de los muchos pesqueros amarrados a sus muelles.

Al reparar en el bosque de pilares que conformaban el esqueleto de la nueva lonja, Leire sintió nostalgia. Cada vez quedaba menos de ese Pasaia gris, repleto de edificios con las paredes desconchadas, envejecidas por la cercanía del mar y la falta de recursos para su mantenimiento. Sabía que el pueblo que emergía sería mejor, más habitable, más limpio, más humano..., pero el encanto decadente del viejo Pasaia la había cautivado siempre.

Apenas una veintena de metros más allá, en un emplazamiento que cualquier promotor inmobiliario calificaría como el mejor de todo el puerto, se alzaba el almacén de Bacalaos y Salazones Gran Sol. Su estado de conservación no era mejor que el de la propia lonja antes de su derribo, a pesar de que constituía el epicentro del negocio de los Besaide. Un simple vistazo a sus muros descoloridos y a las letras del rótulo destrozadas bastaba para comprender que también ellos esperaban un derribo inminente.

«Eso si la nueva dársena llega a hacerse algún día», se dijo Leire. De lo contrario, el terreno no sería recalificado para construir viviendas en él.

Esquivando varios palés de color rojo que alguien había abandonado en el muelle, la escritora continuó su camino. Al hacerlo, dio una patada a una piedra que rodó hasta caer al agua. Una gaviota alzó el vuelo y fue a posarse sobre una farola. Estaba encendida. Hasta entonces no había reparado en que comenzaba a anochecer. Los sonidos del día iban apagándose, otorgando todo el protagonismo a los chirridos de las grúas, que formaban, incansables, humeantes montañas de chatarra al pie de los cargueros amarrados a los muelles de Antxo.

Con la mirada perdida en un pesquero en el que varios marineros, pertrechados con trajes de agua, disponían todo para hacerse a la mar, Leire tardó unos instantes en percatarse de que su móvil estaba sonando.

—Hola, Íñigo —saludó tras echar un rápido vistazo a la pantalla.

—Ya pensaba que no ibas a coger.

—Es que hay mucho ruido por aquí.

—Oye, no me dijiste que el asesino se hubiera llevado el tejido adiposo de las víctimas. —El tono de voz incluía un reproche.

—¿No te lo dije? No sé, supongo que no le di importancia. ¿Te parece poco que les abrieran la tripa en canal? ¿Y que sospechen de mí? Eso sí que te lo dije, ¿verdad? —inquirió Leire con un deje de rabia del que se arrepintió al instante, pues el profesor no era culpable de que todo Pasaia pareciera haberse vuelto de pronto en su contra.

—Eh, tranquila. Tengo novedades —anunció Íñigo—. El asunto de la grasa puede tener su importancia. Si, tal como creo, hay un asesino en serie detrás de las muertes, es más que posible que ese sea precisamente el móvil de los crímenes.

—¿El sebo? —lo interrumpió Leire con una mueca de asco.

El insistente graznido de varias gaviotas, que seguían a una txipironera en su regreso a puerto, le impidió oír con claridad la respuesta de Íñigo.

—¿Cómo dices?

—Que si has oído hablar del Sacamantecas.

Una sirena policial resonó en la distancia. A ella siguió otra y enseguida otra más. En apenas unos segundos, el sonido de las grúas había pasado a un segundo plano.

—¿El Sacamantecas? —inquirió extrañada—. ¿Un cuento para asustar a los niños, ¿no? Como el hombre del saco o el loiras... Personajes que se usan para que los críos no vayan con extraños. Bueno..., eso era antes, ahora no creo que se les cuenten esas cosas a los pequeños. Igual te llevan a juicio si lo haces.

—Sí, más o menos, pero no solo eso. —Iñigo hizo una breve pausa antes de continuar—. El Sacamantecas existió y me temo que podamos estar ante un imitador.

El sonido, cada vez más fuerte, de las sirenas hacía difícil seguir la conversación. Leire miró a uno y otro lado intentando averiguar de dónde provenía, hasta que divisó un resplandor azul en la carretera que unía Errenteria con San Juan.

—¿Quién era? ¿Qué hacía ese tío? —inquirió intrigada.

—¿Dónde estás que hay tanto ruido? —protestó el profesor—. Necesitaría verte para explicártelo. Tengo algunos recortes de periódicos de la época.

Las luces azules de los coches patrulla recorrían a toda velocidad la orilla opuesta de la ría. Las casas de San Juan las ocultaron mientras recorrían el pueblo, pero volvieron a quedar a la vista al abandonarlo para tomar el camino de la bocana.

Leire supo de inmediato que algo grave había ocurrido. De pronto, las grúas enmudecieron, la gaviota alzó el vuelo y los pescadores detuvieron sus quehaceres para volver la vista hacia San Juan.

—Ha pasado algo —musitó con un hilo de voz.

Iñigo no la oía.

—¿Puedes pasarte mañana por Deusto? —preguntó el profesor—. Si es lo que creo, puede haber más muertes. La tercera fue una niña. Espero equivocarme, pero esta mierda no se ha acabado.

Los coches patrulla se detuvieron tras dejar atrás el último edificio habitado del camino de la bocana. Más allá solo estaba el merendero, una cala salvaje y un sinuoso sendero que llevaba hasta el lugar donde la ría se abría definitivamente al Cantábrico. Unas nuevas sirenas llamaron su atención hacia la carretera que llegaba de Errenteria. Una cuarta patrulla de policía y una ambulancia se dirigían también hacia San Juan.

—Iñigo, tiene muy mala pinta. Algo malo está pasando.

Leire estaba aterrorizada. Nunca antes, hasta que ocurrieron los dos asesinatos, había visto un despliegue policial semejante en Pasaia.

—¿Qué tiene mala pinta? ¿Qué pasa? —El profesor no entendía nada.

Unos gritos desgarrados llegaron apagados por la distancia.

—Creo que ha vuelto a pasar —tartamudeó—. Lo ha vuelto a hacer.

—¡Mierda! Lo sabía. Escúchame... Vete al faro y no te muevas de allí. Yo estoy en un seminario y no voy a poder salir de Bilbao, pero te llamaré en un rato. ¿De acuerdo?

Víctima de un repentino cansancio, Leire se dejó caer sobre el empapado cemento del muelle. Durante unos minutos, no fue capaz de apartar la vista de las hipnóticas luces azules que teñían los acantilados de la bocana. La propia geografía del lugar, con laderas empinadas a ambos lados de la ría, amplificaba los aullidos de dolor que llegaban desde la otra orilla.

La tercera... una niña. Aquellas palabras de Iñigo vinieron una y otra vez a la mente de la escritora. Ojalá no fuera más que una falsa alarma, pero todo apuntaba a que había vuelto a ocurrir. Quienquiera que estuviera sembrando de cadáveres la bahía de Pasaia, había vuelto a actuar.

Un día de 1983

Seguía lloviendo. Al menos, el viento gélido del noroeste llegaba aplacado por las rocas que envolvían la cala; las mismas que habían destrozado el Gorgontxo. No hacía muchos minutos, tal vez no más de cinco, que el Triki yacía sobre la arena, pero estaba aterido de frío.

«Tengo que ponerme en marcha», se dijo incorporándose.

Al hacerlo, comprobó que le dolía todo: los huesos, los músculos y, sobre todo, el alma.

Necesitaba meterse una dosis. Solo así podría aguantar todo aquello. Temía la reacción de los Besaide, pero ese temor no era nada comparado con la sensación de tristeza que le embargaba al imaginar la reacción de su padre. Había destrozado su única fuente de ingresos, la única con la que lograba llevar algo de sustento a la familia desde que un ajuste de plantilla lo dejara sin su empleo en la planta metalúrgica de Luzuriaga. No iba a ser fácil salir bien parado de su ataque de furia cuando se enterara de la suerte que había corrido su amada txipironera. A pesar de que el Triki no pensaba contarle nada, al viejo lobo de mar no le sería difícil imaginar que el yonqui de su hijo estaba detrás de todo.

El rugido de las olas, cuya espuma, mezclada con el agua de la lluvia, le salpicaba constantemente, le resultó atronador al ponerse en pie. Tumbado había tenido la impresión de que rompían más lejos. Contó los fardos, que se hallaban desperdigados por los alrededores. Cuatro. Estaban todos. Tres sobre la arena y el cuarto en una poza de esas que quedan al descubierto con la bajamar. El agua lo cubría casi por completo.

—Droga salada, droga saldada —murmuró en voz alta mientras se apresuraba a sacarlo de allí.

Con aquella simple rima celebraban en la Katrapona las ocasiones en las que algún barco de arrastre pescaba con sus redes algún fardo perdido. Decían las malas lenguas que había decenas en el fondo marino, fruto de las persecuciones de la Guardia Civil a los narcotraficantes, que se veían obligados a arrojar toda posible prueba por la borda antes de ser apresados. Aquella droga, normalmente hachís, era a menudo vendida por los propios pescadores a precios de risa con los que sacarse un sobresueldo.

El Triki comprobó que no había sendero alguno que remontara la escarpada ladera, pero decidió que no le sería difícil abrirse paso a través de los helechos y la árgoma. Su objetivo era llegar cuanto antes al camino principal para poder avanzar a buen ritmo. No quería hacer esperar a los Besaide.

Antes de comenzar el ascenso, escondió tres de los fardos entre la maleza, lejos del alcance de las olas. Después, se colocó el restante bajo el brazo derecho y empezó a trepar entre arbustos espinosos.

Le llevó más tiempo de lo esperado alcanzar la senda que unía San Pedro con Donostia a través de la fachada marítima de Ulia. Las continuas cárcavas del terreno y los auténticos muros de maleza le obligaron a dar inacabables rodeos. Cuando comenzaba a pensar que nunca saldría de aquel laberinto natural, desembocó en el camino. Exhausto, se giró hacia el mar para contemplar el trecho recorrido.

Las amables formas onduladas que se extendían en un primer plano se quebraban de pronto para dar paso a acantilados que se precipitaban sobre un mar teñido de un extraño color gris metálico.

Alzó la vista extrañado. Hasta entonces no se había dado cuenta de que estaba amaneciendo.

—Vaya nochecita... La madre que parió a los picoletos —se quejó por lo bajo.

Palpando los bolsillos de la chaqueta de cuero que llevaba por debajo del chubasquero, dio con el paquete de Celtas cortos. Estaba empapado; los cigarrillos se habían echado a perder.

—¡Mierda de vida! —exclamó.

Necesitaba fumar. Necesitaba meterse un chute. Necesitaba volver a su fábrica abandonada y olvidarse de todo. No podía más.

Se dejó caer de rodillas. Estaba desesperado.

Entonces se le ocurrió.

No sería difícil. Al fin y al cabo, las rocas, con sus aristas afiladas y sus moluscos aferrados, podrían rasgarlo sin problemas. Con un alivio creciente, comprendió que estaba ante la solución a todos sus problemas.

Observó el fardo, que había dejado caer sobre el camino, y esbozó una tímida sonrisa antes de sacar su oxidada navaja del bolsillo del pantalón.

«Se enterarán; seguro que lo harán», se dijo con una punzada de temor en cuanto comenzó a rasgar el plástico negro que lo envolvía.

Apartó arrepentido la navaja. Si los Besaide descubrían que les había robado, no tendrían ningún reparo en matarlo. Aunque, quizá, la muerte sería la mejor de las opciones, pues había quien hablaba de terribles torturas sufridas por quienes se atrevían a desafiarlos.

Una segunda capa de plástico, en este caso transparente, quedó a la vista a través del tajo. El Triki introdujo el dedo por él con la esperanza de poder identificar la droga. Sin embargo, se encontraba tan prensada y tan bien protegida por el envoltorio que le fue imposible.

Parecía marrón. ¿Hachís? ¿Heroína?

El corazón del Triki comenzó a cabalgar desbocado. Hasta entonces jamás se había detenido a pensar en lo que llevaba encima en cada travesía. Sabía, por supuesto, que en aquellos fardos negros había droga, pero para él no significaban más que el dinero que los Besaide le pagaban por su transporte. Era como si el plástico que recubría la mercancía le ocultara a su vez su verdadero significado.

Ahora, en cambio, era consciente de que el paquete que tenía ante sí podía contener cinco kilos de heroína. ¡Cinco kilos! Eso era mucho dinero. Muchísimo más de lo que acumulaban sus deudas. Y, por supuesto, mucho más de lo que podría meterse en toda una vida.

Quizá merecía la pena jugársela. Era, obviamente, una apuesta al todo o nada, a vida o muerte, pero un juego en el que tan posible era perderlo todo como salir vencedor.

Observó en silencio el camino. De un lado, San Sebastián; del otro, Pasaia. No tenía más que tomarlo hacia la capital y huir de allí tan lejos como le fuera posible. Sopesó la idea unos instantes y llegó a ponerse en pie para tomar aquella dirección, pero algo lo frenó en el último momento.

«No puedo. Si lo hago, acabarán encontrándome. No permitirán que los demás les pierdan el respeto por mi culpa», pensó angustiado.

Sin embargo, la excitación había despertado a la bestia que llevaba dentro. Con una congoja creciente, comprobó como los síntomas del mono iban apareciendo. Solo necesitaba estirar la mano para cogerla. La tenía allí, a su alcance. Un mínimo corte y podría meterse todo el caballo que quisiera.

Fue superior a sus fuerzas. Con un movimiento rápido, hundió la navaja en el fardo. Una vez salvado el escollo del plástico, la hoja penetró fácilmente. No le hizo falta extraerla para saber que, tal como había fantaseado, era heroína; el hachís habría opuesto mayor resistencia.

«Ya es tarde, demasiado tarde», se dijo al sentir un amago de arrepentimiento.

Con movimientos ansiosos y de manera burda para imitar el corte que realizaría la arista de una roca, golpeó repetidamente con la navaja la parte del paquete que acababa de rasgar. Varios pedazos de heroína se desprendieron y fueron a parar al camino. No era mucho, apenas un puñado, pero solo eso ya suponía una cantidad enorme de dinero. Gracias a él, podría saldar sus deudas y aún le quedarían algunos gramos para poder pasar un par de semanas sin tener que recurrir al Kuko.

«Debería llevar siempre encima una jeringa», decidió palpándose los bolsillos para comprobar que no contaba con ninguna.

Introdujo cuidadosamente la droga robada en el precinto de plástico que aún cubría la parte inferior del paquete de tabaco y se la guardó en los calzoncillos. Allí estaría segura. Después, golpeó repetidamente la hendidura del fardo con una piedra. Tras comprobar que algunas partículas de arenisca se habían desprendido y habían quedado adheridas a la heroína, volvió a ponérselo bajo el brazo y echó a andar hacia San Pedro.

Por primera vez en mucho tiempo, el Triki estaba exultante. Poco le importaba ya el Gorgontxo y el enfado de su padre. Los Besaide se tragarían la historia de que el fardo se había reventado cuando la txipironera chocó contra las rocas y él podría olvidarse por fin de las amenazas del Kuko. Una nueva vida se abría ante sus ojos; una vida en la que dejaría de tener que vivir angustiado por las visitas de aquellos matones.

El faro de la Plata, oculto hasta entonces tras una cresta de roca, le lanzó un guiño cómplice en cuanto dejó atrás la fuente del Inglés y su acueducto. Tras él, al este de las antenas que coronaban el monte Jaizkibel, las nubes se estaban rompiendo y el cielo comenzaba a teñirse de los colores rosáceos que anteceden a la salida del sol.

19

La tercera fue una niña. Se llamaba Iratxe. Iratxe Etxeberria. Tenía trece años y había ido al merendero de Puntas al salir del colegio. En un momento dado, sus amigas la echaron en falta, pero no le dieron mayor importancia. Cuando comenzó a llover, regresaron al pueblo sin preocuparse por ella, convencidas de que habría vuelto sola. Supieron que no era así en cuanto su madre, que regentaba una tasca en la plaza de San Juan, se asomó a la puerta del establecimiento y les preguntó por Iratxe. Tras un primer momento de confusión y de carreras histéricas hasta la casa de la víctima, quedó claro que la muchacha no se encontraba en el pueblo.

Fue una pareja de excursionistas la que dio con el cadáver en la rocosa cala de Alabortza, a escasos metros del merendero, que permanecía cerrado en aquella época del año. Los padres de la niña y algunos clientes de su taberna, movilizados espontáneamente para acudir en su busca, llegaron al lugar instantes después, cuando los paseantes acababan de dar aviso de su hallazgo a la Ertzaintza.

—¡Tenemos que parar esta mierda! ¡Ni una muerte más! —Las palabras del comisario Santos sonaron llenas de rabia.

El forense le acababa de confirmar que el asesino había seguido el mismo patrón que en los dos crímenes anteriores: estrangulamiento, abdomen completamente desgarrado y tejido adiposo rebanado a cuchillo.

—Esta vez parece haberse ensañado aún más. Hay intestinos por todos lados. ¡Es un animal! —se horrorizó el comisario.

—Aquí hay un riñón —señaló uno de los agentes haciéndose a un lado para vomitar.

Antonio Santos apretó la mandíbula en un gesto de contención mientras observaba el pequeño órgano.

—No toquéis nada. Los de la Policía Científica vienen de camino y quieren el escenario intacto —advirtió Gisasola.

—¿Por qué huele tanto a lejía? —inquirió Santos con gesto de extrañeza.

—Son las mesas —explicó Cestero señalando el merendero con el mentón—. El Ayuntamiento las limpia cuando acaba la temporada.

—Pues parece que lo hacen a conciencia. ¡Vaya tufo! —protestó el comisario.

—Todavía no hay muestras de rigor y la temperatura corporal es de 35 ºC. No lleva muerta más de dos horas —anunció Gisasola apartándose de la víctima y secándose las gotas de lluvia que le resbalaban por el rostro.

Santos se acercó a él en un intento de comprender sus palabras. Los desgarradores gritos de dolor de la madre de la víctima, a la que varios agentes retenían tras el cordón policial, hacían difícil entenderse. Ajena a todo, y a pesar de la atrocidad del crimen, el rostro de la víctima parecía tranquilo, como si durmiera.

—Qué ironía, ¿verdad? En esta cala se llevaba a cabo el sangrado y despiece de las ballenas —apuntó el agente Ibarra contemplando el cadáver.

El comisario le dedicó una mirada desaprobadora antes de girarse hacia los ertzainas que buscaban posibles pruebas entre los guijarros de la cala.

—García, busca a la escritora. Quiero saber dónde ha pasado la tarde.

—Enseguida —replicó el policía alzando la vista hacia el faro de la Plata, que dominaba la bocana desde las alturas del acantilado. A pesar de que la oscuridad aún no era absoluta, los rítmicos guiños de su linterna anunciaban la inminencia de la noche.

—¿Cómo que enseguida? ¡Ahora mismo! —exclamó Santos.

—Ya va, ya va —masculló García con una mirada desafiante.

El comisario se fijó una vez más en la pequeña Iratxe. Trece años, casi los mismos que contaba él al frente de la comisaría de Errenteria y jamás se había enfrentado a una mente tan maquiavélica.

Sin pensarlo, se agachó junto a la víctima y estudió sus facciones. Parecía un ángel. ¿Quién podía ser capaz de hacer algo así a una niña? No pudo evitar imaginar a su propia hija en aquella situación.

¿Cuántos años tenía Carola? ¿Once? ¿Doce?

Se maldijo entre dientes. Siempre lo olvidaba. Tampoco sabía en qué curso estaba. ¿Cuarto de EGB? No, ya no se llamaba así. ¿Cuarto de primaria? Sí, eso era.

Sintió una punzada de culpa mientras sus compañeros embolsaban el cadáver de Iratxe. Por un momento, la cara de su Carola se dibujó sobre los rasgos de la niña muerta y tuvo miedo. Miedo de que alguien pudiera hacer algo así a su hija, pero miedo también de seguir perdiéndola día a día.

«Tengo que conseguir que se sienta orgullosa de ser hija mía», se dijo volviendo la vista hacia el grupo cada vez más numeroso de vecinos que clamaba justicia tras el cordón policial.

—¡A ver si hacéis algo de una vez! —le increpó uno de ellos.

La pescadera que le había puesto tras la pista de la farera tampoco quiso callarse.

—¿Cuántas más van a tener que morir? —inquirió a gritos.

Santos recorrió con la mirada a aquellos lugareños exaltados. Tenían motivos para estarlo, de eso no había duda, pero ¿y si entre ellos se encontrara el propio asesino?

La muerte de la niña le rompía los esquemas. ¿Dónde estaba ahora la conexión con la farera? No parecía haber en este caso ningún tipo de relación entre ellas. No había cuentas pendientes ni odios viscerales como en los otros dos asesinatos. El padre de la víctima le había explicado que ni su mujer ni él habían cruzado jamás una palabra con la sospechosa.

—Paso, por favor. Abran paso. —Un guardia municipal apartaba a los curiosos para que una unidad móvil de televisión pudiera maniobrar sin precipitarse al mar.

Antonio Santos no pudo reprimir una mueca de fastidio. La prensa comenzaba a llegar y no iba a poder ofrecerles ninguna novedad en la investigación

—Comisario —lo llamó una hermosa joven de ojos verdes que sostenía un micrófono de Telecinco—. ¿Puedo hacerle unas preguntas?

El policía no necesitó pensar la respuesta. Siempre era la misma.

—Espere unos minutos hasta que lleguen sus compañeros. Una vez que estén todos presentes, haré una valoración para todos los medios.

La periodista asintió. Estaba acostumbrada a que fuera así, sabía que insistir no serviría de nada. Después, se giró hacia los vecinos antes de hacer una señal al cámara, que se dispuso a grabar sus denuncias sobre la inseguridad en la que se había instalado el pueblo.

Iluminada por el foco de la cámara, Antonio Santos observó una pancarta sostenida por varias personas de todas las edades: JAIZKIBEL LIBRE CON LAS VÍCTIMAS. LOS ASESINATOS NO NOS PARARÁN.

—¿También la niña era de la plataforma? —inquirió extrañado al forense.

Gisasola leyó el cartel y negó con la cabeza. Él no lo sabía.

—Sí, y no un miembro cualquiera. —Fue la agente Cestero quien apuntó el detalle—. El pasado domingo fue la encargada de leer un manifiesto al término de una manifestación contra el puerto. Sus palabras hicieron llorar de emoción a más de uno.

Santos torció el gesto. Tres víctimas con un mismo nexo en común eran demasiadas para tratarse de una simple casualidad.

—¿Y tú cómo sabes eso? —inquirió.

La ertzaina bajó la mirada.

—Vivo aquí —se limitó a decir.

—¿No andarás tú también en esas algaradas contra el puerto? —quiso saber el comisario.

El forense Gisasola carraspeó incómodo.

—Ahí llega García —anunció señalando al ertzaina que había enviado en busca de Leire.

Santos se giró hacia el recién llegado.

—¿Ya estás aquí? —preguntó extrañado.

—He llamado por teléfono. Demasiado rodeo para ir a hacer unas preguntas —explicó recibiendo una reprobadora mirada del comisario—. Dice que a esa hora estaba escribiendo. En el faro.

—Ya, para variar —lo interrumpió Santos—. Siempre es lo mismo.

—Tampoco parece tener vínculo alguno con la cría —apuntó Gisasola.

El comisario lo fulminó con la mirada. No necesitaba que nadie se lo recordara.

—Después, bajó a los muelles y estuvo paseando un rato para inspirarse —continuó García.

—Sola, claro. Sin nadie que pueda corroborarlo —apuntó sarcástico Santos—. ¿Y eso a pesar de este tiempo de perros? —insistió estirando una mano para cazar algunas gotas de lluvia.

—Pues a mí me gusta pasear bajo el sirimiri. Sobre todo por la playa —apuntó Gisasola.

El comisario se rio por lo bajo.

—La gente no es tan rara como tú.

Antonio Santos se sacudió las gotas que llevaba en el chubasquero y se encaminó hacia los periodistas. Eran ya tres televisiones y unos cuantos medios más los que lo esperaban.

—Está bien, señores —comenzó a explicar obligándose a parecer seguro de sí mismo—. La investigación sigue su curso y no descansaremos hasta dar con el asesino. No hay mucho más que pueda decirles, pero les aseguro que no volverá a matar.

—Eso mismo dijo usted tras el asesinato de Josune Mendoza. ¿No puede añadir nada nuevo? —espetó la reportera de Telecinco.

Santos masculló un juramento entre dientes antes de dibujar su mejor sonrisa.

—Me temo que no. Mis palabras podrían entorpecer la investigación en curso y no creo que sea eso lo que ustedes desean, ¿verdad?

—¿Sigue Leire Altuna siendo sospechosa? —inquirió la periodista de Euskal Telebista.

El comisario negó con gesto contrariado.

—No recuerdo haber mencionado yo a ningún sospechoso.

—¿Es verdad que el asesino se lleva la grasa de las víctimas? ¿Qué puede moverle a hacerlo? —preguntó otro reportero.

Santos se giró contrariado hacia el lugar donde trabajaban sus hombres. ¿Quién sería el imbécil que se había ido de la lengua?

Antes de que pudiera contestar, el locutor de la radio local se abrió paso con su micrófono.

—¿Qué opina de la denuncia de la plataforma contra el puerto sobre un complot contra sus miembros? —preguntó.

Antonio Santos se llevó las manos a la cara. Comenzaba a estar harto de esos entrometidos.

—Mire, sinceramente, no les puedo contestar nada más. Les agradecería que dejaran de especular sobre los crímenes. Esto no es ningún juego.

—¿Cree que volverá a matar? —Los focos de las cámaras impidieron al comisario ver quién realizaba la pregunta.

—Escúchenme bien. Les garantizo que, sea quien sea, el criminal que haya hecho esta salvajada pagará por ello y lo hará antes de lo que esperan.

Sus declaraciones habían terminado.

A pesar de la insistencia de los periodistas por obtener más información, Santos se perdió en las sombras de la noche. Protegido por el cordón policial, descendió hasta la cala y se sentó sobre los guijarros. El suave oleaje que batía contra las piedras lo aisló del incesante trajín que se vivía en la escena del crimen. Vecinos, reporteros, agentes, focos, micrófonos... decididamente, aquello comenzaba a superarle.

Volvió la vista hacia lo alto. En las alturas del monte Ulia, el faro de la Plata brillaba en la oscuridad, guiando con su infatigable luz a los barcos que surcaban el Cantábrico. Hasta entonces había tenido clara la culpabilidad de la escritora, pero sus certezas comenzaban a desdibujarse con el crimen de la pequeña Iratxe. Durante largos segundos, fijó la mirada en los hipnóticos guiños de la torre de luz. Después, la dejó vagar más arriba, donde todo acababa y solo las estrellas profanaban el silencio del cielo negro de la noche.

Con una desagradable sensación de impotencia recorriéndole las entrañas, pensó en su hija y en el vientre desgarrado de la niña que acababan de embolsar. Aquella mierda se le estaba yendo de las manos. Sus superiores no estarían muy contentos. Seguro que los de la Unidad de Investigación Criminal no tardarían en invadir su comisaría para hacerse cargo de todo. Hasta el momento, se habían limitado a prestarle apoyo logístico y a cederle medios materiales y humanos, pero tres muertas eran demasiadas.

Su orgullo, sin embargo, le obligó a pensar en positivo. Él, el comisario Antonio Santos, todavía estaba a tiempo de tomar las riendas. No necesitaba que nadie viniera a inmiscuirse en la resolución de un caso que iba a cubrirlo de gloria ante los medios de comunicación y ante la propia sociedad.

20

—Esto es un lío de tres pares de cojones. En mala hora nos ha caído encima este caso. —El comisario llevaba un buen rato ante la pizarra sin atreverse a escribir nada más.

Había convocado la reunión a primera hora de la mañana. Esperaba que, entre todos, pudieran dar con algún hilo del que tirar para poder dar caza al desalmado que estaba sembrando de muerte y terror la bahía de Pasaia. Sin embargo, lo único que habían conseguido por el momento era enmarañar más la investigación, porque el asesinato de la pequeña Iratxe lo había puesto todo patas arriba.

Tapando el rotulador negro, Santos se giró hacia los tres agentes que permanecían sentados formando una media luna alrededor de la pizarra blanca. Era una pena que Gisasola no estuviera entre ellos, pero el forense había sido requerido esa mañana en la Unidad de Investigación Criminal, que tenía su sede en Oiartzun.

—¿No pensáis decir nada? —inquirió molesto por su escasa participación.

La agente Cestero fue la primera que se animó a abrir la boca.

—Yo me inclino por la línea de investigación alrededor de la construcción del puerto —apuntó.

El comisario observó sus propias anotaciones en la pizarra. Tres nombres: Amaia Unzueta, Josune Mendoza, Iratxe Etxeberria. Junto a cada uno de los dos primeros aparecían dos vínculos que los unían: Leire Altuna y Jaizkibel Libre. En cambio, a la niña, lo único que parecía relacionarla con los otros dos crímenes era su pertenencia a la plataforma contraria al puerto exterior. Le costaba reconocerlo, porque suponía asumir que había perdido un tiempo precioso siguiendo una línea errónea, pero todo apuntaba a que Cestero tenía razón.

—Yo no estaría tan seguro —anunció Ibarra. Sus ojos grises estaban fijos en la pizarra, como si buceara entre aquellos nombres—. Sería un error descartar tan rápidamente a la que hasta ahora ha sido la principal sospechosa.

—La única. Te recuerdo que para nuestro comisario no había otra —lo interrumpió García esbozando una sonrisa sarcástica.

—Eso no es verdad. Solo era la línea prioritaria, pero nunca he descartado otras —se defendió Santos haciendo un gesto a Ibarra para que continuara.

—Como decía —carraspeó el agente—, me parece un error cambiar de repente nuestra línea de investigación. ¿Qué os parece que haría un criminal que se ve acorralado por la policía? —Hizo una pausa para esperar una respuesta que no llegó—. Pues buscar la manera de que el foco de atención gire hacia otro lado. ¿No os parece?

El comisario movió afirmativamente la cabeza a pesar de que le parecía demasiado rebuscado.

—Podría ser —murmuró.

—Es una locura. Para nada —dijo la agente Cestero con un deje de irritación en la voz—. ¿Por qué iba a matar a una cría solo para desviar la atención?

Antonio Santos tomó aire lentamente. Lo que defendía aquella chica recién salida de la academia parecía razonable.

—Está bien —aceptó sentándose en la única silla libre que quedaba—. Explícanos tu punto de vista, por favor.

Los ojos de gato de la joven lo miraron extrañados. No era habitual ver al comisario reculando.

—Una cosa es matar a dos personas adultas con las que estás enfrentado y otra muy diferente asesinar a una niña contra la que no tienes nada. Está claro que hay que estar muy tocado de la cabeza para ir por ahí destripando a la gente, pero de verdad que no me creo esa historia de que se cargara a la cría solo para que nuestras sospechas giren hacia otro lado.

—Pues yo no pondría la mano en el fuego —señaló Ibarra.

—¿Y no te parece más lógico que la mano negra que está detrás de estos crímenes sea un cabrón que lo único que quiere es acabar con los movimientos en contra del puerto exterior? El asesinato de la niña que se acababa de convertir en el símbolo de la protesta parece bastante claro —defendió Cestero.

Santos la miró con interés. Realmente no había ninguna incoherencia en lo que decía. No era fácil aceptarlo, pero cada vez le gustaban más las argumentaciones de Ane Cestero. Si seguía así, llegaría a ser una buena policía.

—¿No será que te estás dejando llevar por tus ideales? —inquirió Ibarra—. Todos los aquí presentes hemos visto la pancarta contra el nuevo puerto colgando de tu balcón.

La agente enrojeció de rabia.

—¿De qué vas, tío? ¿Quién te manda hurgar en mi vida?

Antonio Santos observó divertido que el aro plateado que la agente llevaba en la aleta derecha de la nariz destacaba más sobre la tez enrojecida por la ira.

—No me jodas, que eres policía —espetó Ibarra—. No deberías ir mostrando tus reivindicaciones por ahí. ¿No ves que, gracias a ese cartel, nadie en el cuerpo se fiaría de ti si tuviéramos que ir a disolver una manifestación contra la nueva dársena?

—No le falta razón —añadió García.

—¿A vosotros os parece bien que se carguen los preciosos acantilados de Jaizkibel para construir esa aberración? ¿Y qué me decís del dineral que se va a tirar por el desagüe, ahora precisamente que no estamos para grandes alegrías? —La agente Cestero estaba cada vez más indignada.

—Traerá muchos puestos de trabajo —musitó Ibarra.

—Mis ideas sobre ese tema me las guardo para mí. Yo no voy por ahí pregonando mis filias ni mis fobias —repuso García condescendiente.

Muy a su pesar, Antonio Santos reconoció que aquel insolente tenía razón. Cuando se era ertzaina, era mejor dejar las opiniones en casa.

Mientras discutían, otro agente entró a la sala y se acercó a Santos.

—Ya está aquí —anunció en voz baja.

—Hazlo pasar. Vosotros callaos de una vez, que ya está aquí el criminólogo —ordenó en tono cortante.

La puerta volvió a abrirse para dejar pasar a un hombre que no pasaba por mucho de los cincuenta años. Su cuidada perilla gris parecía reptar por la mandíbula hasta alcanzar las patillas en un claro intento de desviar la atención de un ojo que bizqueaba.

—Gracias por venir, señor Irigoyen —lo saludó el comisario antes de girarse hacia sus compañeros—. Chicos, no desaprovechemos esta visita. No todos los días se tiene aquí a un experto de su talla. Su ayuda ha sido clave en la resolución de casos que estaban enquistados desde hacía tiempo.

A pesar de sus palabras de bienvenida, Antonio Santos no se sentía a gusto con aquella visita. Se trataba de una imposición de los responsables de la Unidad de Investigación Criminal, que asistían preocupados a los escasos avances que estaba realizando su comisaría. Sin embargo, el temido desembarco de sus oficiales en la comisaría de Errenteria no se había producido; al menos por el momento.

García cruzó una mirada con el criminólogo, que le devolvió la sonrisa. El gesto no pasó desapercibido para el comisario.

—Francamente, me desconcierta —reconoció el experto una vez que fue informado de los pormenores del caso—.

A priori, estamos claramente ante un asesino en serie de manual. Sin embargo, ese vínculo entre las tres víctimas con el tema del puerto me descoloca.

Antonio Santos asintió. A él también.

—La grasa. Es ahí donde deberíamos centrarnos por el momento —murmuró pensativo Irigoyen—. Estamos ante una mente que disfruta con lo que está haciendo, que goza al desgarrar el vientre de sus víctimas y desparramar sus intestinos.

—¿Quién puede disfrutar haciendo algo así? —preguntó Cestero con una mueca de asco.

Irigoyen tomó aire antes de responder.

—Me inclinaría a pensar que es alguien solitario que busca intimar con las mujeres a las que asesina. Tal vez incluso se sienta despechado y quiera demostrarse a sí mismo que puede estar más cerca de ellas de lo que jamás hubiera creído.

—No hay violación —objetó Santos.

—No es necesaria —apuntó secamente el criminólogo—. En su mente enferma, el asesino puede sentir que no hay manera mejor de conocer la intimidad de una persona que mirando en su interior. Y lo hace literalmente. Estoy seguro de que cuando se asoma a sus vientres destrozados se siente plenamente realizado.

—¿Por qué se lleva la grasa, entonces? ¿Qué hace con ella? —inquirió Ibarra.

—Probablemente, nada —aclaró el criminólogo—. Parece un patrón más propio del siglo diecinueve que del siglo veintiuno, pero la clave del asunto está realmente en ella. ¿Qué os parece que puede inducirle a llevársela? —preguntó recorriendo a todos con la vista.

El comisario le mantuvo incómodo la mirada sin saber a cuál de los dos ojos debía mirar.

—Yo me inclino a pensar que es un trofeo —dijo poco convencido.

El criminólogo negó con un gesto y se giró hacia García.

—El mito de los untos —apuntó el agente.

—Así es —asintió Irigoyen.

«Seguro que es amigo de su padre», se dijo contrariado el comisario.

—A finales del siglo diecinueve se extendió una espantosa creencia según la cual la grasa humana tenía poderes casi milagrosos —comenzó a explicar el experto—. Con ella se podían hacer pociones, ungüentos y cataplasmas que supuestamente sanaban enfermedades que la medicina tradicional no era capaz de curar. Horrible, ¿verdad?

Antonio Santos se limitó a lanzar una mirada de circunstancias a García, que sonreía satisfecho. Eso mismo lo había explicado él días atrás. Seguro que había estado en contacto con el criminólogo desde el primer momento.

—Muchas gentes de clase alta estaban dispuestas a pagar grandes sumas por estos productos. ¿Habéis oído hablar de la Vampira del Raval? —Al ver que los ertzainas negaban con la cabeza, Irigoyen continuó su relato—. Durante más de diez años se dedicó a secuestrar en las calles de Barcelona a niños a los que, después de prostituir, asesinaba para elaborar con sus restos todo tipo de remedios curativos. De aquellos críos, que algunos no eran más que bebés de teta, aprovechaba todo: la sangre, los cabellos, los huesos y, especialmente, la grasa. Sus mejunjes, como os decía, eran muy apreciados entre gentes de buena posición social, que buscaban en ellos la cura a la tuberculosis, tan temida en aquella época y a otros muchos males incurables.

—¡Qué dice! —exclamó Ibarra con una mueca de asco.

García se giró hacia su compañero.

—¿Qué os decía yo de los untos?

Santos estuvo tentado de intervenir para meter en vereda a aquel listillo, pero Irigoyen continuó con sus explicaciones.

—Es espeluznante, lo sé. Cuando en mil novecientos doce detuvieron a aquella mujer, hallaron en su casa restos de doce críos. Nunca llegó a saberse con exactitud a cuántos había matado porque los hacía desaparecer inmediatamente para convertirlos en sus remedios. La policía halló en su casa unas cincuenta jarras y botes con restos humanos en conservación: grasa convertida en manteca, sangre coagulada, esqueletos de manos, polvo de hueso... Por si fuera poco, fue hallada una libreta con los nombres de sus clientes. Desgraciadamente, las autoridades se ocuparon de que desapareciera, pero no tardó en correr el rumor de que en ella aparecían médicos, banqueros, políticos y empresarios ilustres de la capital catalana.

—¿Qué le hicieron? —preguntó Cestero—. ¿La mataron?

Irigoyen dibujó una enigmática sonrisa antes de responder.

—Sí, pero no del modo que se esperaba. La gente estaba deseosa de que fuera juzgada para que contara la verdad sobre sus clientes. Todos esperaban que la condenaran a morir en el garrote vil, pero antes de que se celebrara el juicio sufrió una brutal paliza en la cárcel y murió sin que jamás se supiera toda la verdad. Si se hubieran llegado a contabilizar sus asesinatos, estaríamos probablemente ante la mayor asesina de la historia de España. —Se detuvo unos instantes para fijarse en Santos—. Y todo para fabricar sus remedios a base de untos y otros macabros ingredientes.

—Por eso dice que estamos ante un patrón más propio de otra época —apuntó el comisario.

Irigoyen se limitó a asentir.

—Parece improbable que alguien hoy en día confíe en las propiedades curativas de la grasa, ¿no? —comentó Cestero.

—En realidad, este caso me recuerda más al del Sacamantecas —reconoció el experto acariciándose la perilla—. Solo os hablaba de Enriqueta Martí para que comprendierais el interés que los untos despertaban hace poco más de un siglo.

—¿El Sacamantecas? —inquirió Ibarra con una sonrisa burlona—. ¿Ahora hablamos de cuentos infantiles en la Ertzaintza?

—¿Es que no has visto hoy el periódico? —espetó García.

Antonio Santos asintió con una mueca de rabia. Él lo había leído mientras desayunaba en la cafetería de enfrente de la comisaría y no le hacía ninguna gracia que la prensa comenzara a darle ese enfoque al caso. Lo único que podía aportar airear ese tipo de vínculos con el pasado era extender más el miedo, cada vez más patente, que se estaba adueñando del entorno de la bahía de Pasaia.

Ante los gestos de extrañeza de sus compañeros, el criminólogo hizo un gesto a García para que fuera él quien desgranara la historia de Juan Díaz de Garayo, el asesino que tuvo en vilo durante años a los habitantes de los alrededores de Vitoria y que fue condenado a muerte en 1881.

—¿Se llevaba la grasa de sus víctimas? —inquirió Cestero con una mueca de repugnancia.

—¡Me parece tan absurdo buscar a un ladrón de sebo! —protestó Ibarra.

El agente García mostró una mueca de desprecio.

—Veo que no has entendido nada —espetó contrariado—. Nadie ha dicho que estemos ante un ladrón de grasa, sino ante un imitador del Sacamantecas vitoriano. —Santos asintió, eso era precisamente lo que decía el periódico—. En realidad, y tal como defiende ella —continuó García señalando a la agente Cestero—, yo también creo que debemos buscar al asesino entre los impulsores de la dársena exterior. Solo que debemos tener en cuenta que no buscamos a una especie de terrorista que defiende sus ideas a cuchillo. No; a quien buscamos es a un perturbado que está copiando los crímenes de Juan Díaz de Garayo, valiéndose de la excusa del puerto para justificar los asesinatos ante su mente enferma.

—Exactamente —corroboró el criminólogo remarcando cada sílaba.

Antonio Santos se giró hacia la pizarra para ocultar su impotencia. No cabía duda de que su padre, el superintendente de la provincia, estaba ayudando a García con la investigación. Probablemente, fuera él quien evitaba que la Unidad de Investigación Criminal monopolizara las pesquisas para permitir a su hijo marcarse un tanto con la resolución del caso.

Como no consiguiera darle la vuelta a la situación y retomar las riendas del equipo, el asesino iba a acabar también con su cargo al frente de la comisaría de Errenteria. Tras inspirar a fondo, volvió a girarse hacia los agentes. Ibarra fruncía el ceño como si aún estuviera asimilando la información y Cestero asentía convencida.

—Está bien —anunció esforzándose por no titubear—. Vamos a cambiar nuestra línea de investigación preferente. A partir de ahora —hizo una pausa para suspirar—, trabajaremos con la teoría de que el asesino es alguien empeñado en que la obra del puerto se lleve a cabo.

Irigoyen torció el gesto como si algo en sus palabras no le convenciera.

—Sin olvidar en ningún momento —dijo alzando el dedo a modo de advertencia— que es un psicópata para el que tal vez sea más importante la imitación del personaje al que idolatra que la construcción del puerto que parece defender con la elección de sus víctimas.

Antonio Santos se sintió cansado. Estaba harto de que cuestionaran su autoridad. De buena gana mandaría a la mierda a García y su amigo el criminólogo, pero eso nada ayudaría.

—Quiero a toda la comisaría investigando a quienes hayan tenido enfrentamientos con Jaizkibel Libre a cuenta de la dársena exterior —ordenó haciendo oídos sordos a la opinión del experto—. ¿Cuántas mujeres has dicho que mató el Sacamantecas vitoriano? —inquirió posando la mirada en García.

—Seis. Lo intentó con alguna más, pero asesinó a seis.

El comisario imaginó fugazmente el cataclismo mediático que supondrían tantas víctimas.

—Esta vez lograremos pararlo antes —aseguró con un hilo de voz.

21

—Por más vueltas que le doy, no me entra en la cabeza. —Leire hizo una pausa, pensativa, antes de continuar—. ¡Era una cría! ¿Quién puede estar tan loco como para matar a una niña?

Iñigo señaló un estanco que había a su derecha.

—¿Te importa que compre tabaco?

La escritora se encogió de hombros y lo siguió al interior. El aroma le resultó embriagador. Siempre le había fascinado aquel olor a tabaco seco que flotaba en los estancos. En aquel, además, se sumaban los toques acres de la madera añeja y desgastada que cubría el suelo.

—¿Qué va a ser? —El dependiente tampoco resultaba mucho más moderno. Con su bata tres cuartos, sus gafas para ver de cerca colgando del cuello y su pelo cano, parecía recién salido de una película de la posguerra.

—Una cajetilla de Camel —pidió Iñigo depositando unas monedas sobre el mostrador de vidrio—. ¿Quién? Pues alguien que se juegue mucho con la construcción del puerto exterior —explicó volviéndose hacia Leire.

El estanquero le entregó el paquete y alzó el mentón saludando al siguiente cliente.

—¿Qué va a ser?

—Por mucho interés que tenga en el puerto, tiene que estar loco —apuntó la escritora volviendo a la calle.

Iñigo se detuvo un instante para tirar el precinto de la cajetilla en una papelera.

—Eso por descontado. No te quepa duda de que estamos ante una mente enferma. Muy enferma —señaló llevándose un cigarrillo a la boca.

—Dame uno —pidió Leire.

El profesor la miró con un gesto de extrañeza.

—¿Desde cuándo fumas?

La escritora dibujó una mueca de disgusto.

—¿Me vas a dar un pitillo o no?

Mientras lo encendía y sentía que el humo tranquilizador le llegaba a los pulmones, contempló que la calle Somera estaba animada. Se acercaba la hora de comer y, pese a que los comercios continuaban abiertos, los bares comenzaban a llenarse. A diferencia de otras zonas de Bilbao y del resto del Casco Viejo, aquella zona se había salvado de la invasión turística y Leire aún reconocía los negocios de toda la vida. No había aún rastro de las tiendas de recuerdos y baratijas que comenzaban a adueñarse de otros rincones de la ciudad.

—¿Qué es eso que querías contarme? —inquirió la escritora.

Iñigo la había citado para ponerla al día sobre sus hallazgos sobre el Sacamantecas. Estaba seguro de que se encontraban ante un imitador.

—Cómo te dije, la tercera también fue una muchacha. Y también tenía trece años —expuso con gesto grave.

—¿La tercera? Pero ¿a cuántas mató ese tío? —Leire estaba hecha un lío.

El profesor movió negativamente la cabeza.

—Perdona. Comenzaré por el principio —anunció—. Cuéntame todo lo que sepas del Sacamantecas.

—Poca cosa. Creía que era un personaje de cuento hasta que he visto hoy el periódico. Tampoco he podido leer gran cosa; tendrás que contármelo —dijo dando una última calada al cigarrillo antes de pisarlo.

—¿No irás a dejarla ahí? —inquirió el profesor señalando la colilla que Leire acababa de abandonar en mitad de la calle—. ¿Tú, que vives en un paraje idílico y que tanto adoras la naturaleza, vienes a Bilbao y tiras las colillas al suelo? ¡No me fastidies!

Leire torció el gesto avergonzada y se agachó a recogerla.

—Está bien —comenzó a explicar Iñigo deteniéndose en plena calle—. El Sacamantecas no es un monstruo imaginario para asustar a los niños, como creías. Bueno, sí lo es, pero su origen es desgraciadamente mucho más espantoso.

Leire asintió.

—Un asesino —apuntó.

—Supongo que has oído hablar de Jack el Destripador. Seguramente te tocó algún ejercicio sobre él en mis clases. —Iñigo hizo una pausa para señalar el bar que tenían ante ellos—. Pili hace una mermelada de pimientos extraordinaria. ¿Qué te parece si llenamos un poco la tripa?

Leire miró el reloj. Casi la una y media. Aunque lo último que le apetecía en aquel momento era pensar en comer, entró a la taberna. Estaba ansiosa por saber más sobre aquel criminal cuyo nombre había traspasado su época para convertirse en leyenda.

La camarera del K2 dejó de lado los vasos que estaba colocando en el lavavajillas para acercarse a los recién llegados.

—Queremos un par de ensaladas con queso de cabra y una buena dosis de mermelada —pidió el profesor sin dar tiempo a que la escritora mirara la carta.

La joven esbozó una sonrisa y se perdió por la puerta que llevaba a la cocina.

—Venga, cuéntame —suplicó Leire dando un afectuoso empujón en el brazo de Iñigo.

—Ya va, ya va —protestó él—. Pues bien, el Sacamantecas fue algo así como el Destripador pero en versión vasca.

—¡Joder! ¿En serio?

El profesor asintió, al tiempo que sacaba varias fotocopias de una carpeta. Se trataba de antiguos recortes de periódicos del siglo XIX.

—Ese tío, que se llamaba en realidad Juan Díaz de Garayo, tuvo aterrorizada la Llanada Alavesa durante diez años.

—¿Cuándo? —Leire buscó la fecha en las noticias que Iñigo le mostraba—. ¿Mil ochocientos setenta y nueve? ¿Está bien esto?

—Así es. Su primer crimen fue en realidad en el setenta. En abril, concretamente. Hubo cinco más, siendo el último de ellos en el setenta y nueve. Todos con un patrón semejante: todas sus víctimas fueron mujeres y sus cuerpos sufrieron heridas similares a las que se están viendo estos días en Pasaia.

Leire torció la boca en un gesto de asco.

—¿Las abría en canal?

—Exactamente. Garayo se ensañaba con el vientre de sus víctimas, que desgarraba con una saña solo posible en una mente muy perturbada. En alguna ocasión, llegó a extraer órganos para abandonarlos después junto al cadáver.

La escritora sintió un escalofrío.

—Joder, es espeluznante.

—Más de lo que crees —confirmó Iñigo—. Si lees las noticias verás que te he ahorrado los detalles más escabrosos.

Una mujer que pasaba por poco de los cincuenta años se asomó por la puerta de la cocina con una ensalada en cada mano. Al reconocer al profesor, dibujó una sonrisa y acercó los platos a la barra.

—Cuando he oído lo de la mermelada sabía que eras tú —comentó dando un par de afectuosas palmadas en la mano del cliente.

—Es que no hay otra mermelada de pimiento como la tuya —repuso Iñigo.

—Ya será menos —se ruborizó la cocinera—. ¿Ya os han puesto de beber?

—Sí. Estamos servidos —mintió el profesor guiñando el ojo a la camarera.

—Ya veo, ya. Si no llego a decir nada, me parece que os morís de sed —protestó Pili—. Venga, mueve ese culo hermoso que Dios te ha dado y ponles un par de cañas a este par.

Leire se rio para sus adentros. Ensalada, cerveza... parecía que no habría manera de elegir por sí misma.

—Como te decía antes, la tercera víctima de Garayo fue también una cría. Igual que Iratxe Etxeberria. —El profesor hizo una pausa para permitir que Leire asimilara sus palabras—. Si hasta ahora tenía sospechas de que podíamos estar ante un imitador de aquel salvaje, ahora ya no me queda duda alguna. El malnacido que esté haciendo esto está copiando los crímenes del Sacamantecas.

—Por eso te parecía tan importante lo de la grasa —comprendió la escritora.

Iñigo se llevó a la boca un pedazo de queso cubierto de mermelada.

—Delicioso —murmuró—. En realidad no creo que Garayo se llevara el sebo de sus víctimas, pero las supersticiosas mentes de la época necesitaban buscar un motivo para tanta crueldad.

—¿Y las otras muertes? —quiso saber Leire.

—Las otras eran mujeres de mayor edad. Algunas, prostitutas; otras, señoras de escaso nivel económico, labriegas o criadas. A todas ellas las abordaba en mitad del campo o las engatusaba para que lo acompañaran a algún lugar apartado.

La escritora frunció el ceño.

—Joder, qué mal rollo.

Iñigo movió afirmativamente la cabeza.

—Lo único que no concuerda con aquellos crímenes es la violación. Garayo violentó sexualmente a todas sus víctimas. De hecho, ese parece ser el verdadero móvil de sus asesinatos. En cambio —hizo una pausa para beber un trago de cerveza—, su imitador no parece movido por el mismo ímpetu sexual.

—Por eso creen que el asesino puede ser una mujer. La falta de violencia sexual... —aceptó Leire.

—Así es. Además, tienes que reconocer que estás fuerte y no tendrías problemas para arrastrar un peso muerto —apuntó el profesor llevando una mano al bíceps de su antigua alumna.

Leire se apartó incómoda, no tanto porque la tocara como por el comentario.

—¿No irás a subirte tú también al carro de los que me creen la asesina?

Iñigo se rio. Al hacerlo, estiró de nuevo la mano y la apoyó en la espalda de la escritora, que sintió un extraño escalofrío. Hacía demasiado tiempo que nadie le mostraba su afecto físicamente. Una caricia, una palmada de apoyo... Hasta aquel momento no se había detenido a pensar en lo mucho que lo echaba de menos.

—¿Cómo iba a pensar eso de ti? —La sonrisa del profesor parecía sincera. Sus labios entreabiertos enmarcaban unos dientes tan blancos y ordenados como los recordaba. Por un momento, rememoró con un atisbo de nostalgia los tiempos en los que no tenía que conformarse con mirarlos, sino que podía besarlos, fundirlos con los suyos.

—Cuéntame todo lo que sepas sobre el Sacamantecas —pidió obligándose a abandonar aquellos pensamientos.

Una sombra de decepción pareció cruzar por el rostro de Iñigo. Quizá también él había sentido ese acercamiento y no esperaba un final tan cortante. Sin embargo, se recompuso al instante, sacó una libreta del bolsillo, la abrió por una página que tenía marcada y se dispuso a comenzar.

—Juan Díaz de Garayo era hijo de labradores y dedicó toda su vida a los menesteres propios de esa condición, trabajando como criado para diferentes familias de los pueblos de los alrededores. Eran tiempos duros, de hambre y pena, sumido como estaba el territorio en la tercera guerra carlista. En una ocasión, sirviendo de criado, conoció a una viuda terrateniente, con la que se casó y tuvo cinco hijos. Solo tres sobrevivieron; como te decía —explicó alzando la vista de sus apuntes—, eran tiempos jodidos. El matrimonio duró trece años, hasta que Garayo quedó viudo y se casó con una nueva mujer. Aquel nuevo casamiento fue un fracaso y los hijos de la primera esposa se enfrentaron continuamente a la madrastra, hasta que acabaron huyendo de casa y convirtiéndose en vagabundos. El propio Garayo tampoco acabó mejor: los años que pasó junto con ella lo volvieron taciturno y solitario. Aquella señora murió tras siete años de matrimonio y nuestro querido Sacamantecas se unió a una tercera, que era alcohólica y murió en extrañas circunstancias.

—¿Su primera víctima? —inquirió Leire.

—No —repuso Iñigo—. Al menos no se le acusó de la muerte, aunque no me extrañaría que fuera así. Murió asfixiada en compañía del propio Garayo, que explicó que todo ocurrió de repente, sin que él pudiera hacer nada por ayudarla. Lo curioso es que solo un mes después se casaba con su cuarta mujer.

—¿Otra más? —lo interrumpió la escritora.

Iñigo se rio.

—Ya ves, y nosotros nos preocupamos porque nuestro primer matrimonio no ha salido bien —apuntó divertido—. ¡Cuatro mujeres tuvo el tío! Parece que fue con la cuarta con la que perdió definitivamente el juicio, dando inicio a un frenesí de muerte y salvajismo.

Leire miró extrañada al que había sido su primer novio. ¿Acaso también él se había separado? Las últimas noticias que le llegaron sobre él hablaban de una vida feliz junto con su mujer, también profesora en Deusto, y sus dos hijos. Aunque de aquello hacía al menos dos o tres años. Por aquel entonces, también Xabier y ella formaban una pareja perfecta, así que todo era posible. En cualquier caso, era extraño que no se lo hubiera contado y que lo dejara caer como algo sin importancia.

—Fue la tercera muerte, la de la niña —Leire reparó en que Iñigo continuaba con la historia y se obligó a prestar atención—, la que comenzó a tejer el mito del Sacamantecas. Se hablaba de un personaje que había perdido el aspecto humano para convertirse en un fantasmagórico engendro que habitaba en alguna cueva secreta, que muchos colocaban en el parque vitoriano de la Florida. Decían que castigaba la infidelidad de las aldeanas y que recorría los campos con su presencia infernal. Muchos lo pintaban como un fantasma que se arrastraba por los labrantíos con la velocidad del viento, con largas melenas flotantes y dejando tras de sí un intenso olor a azufre en su misión de castigar a las mujeres infieles o a las jóvenes extraviadas. Mil versiones, vaya —apuntó Iñigo negando con la cabeza—, pero todas con un nexo en común: nadie dudaba de que la finalidad última de sus crímenes no era otra que arrancar las grasas de las víctimas para preparar con ellas pócimas secretas.

La escritora hizo una mueca de asco antes de apartar de su vista la ensalada que apenas había llegado a probar.

—Por eso lo de Sacamantecas —masculló.

—Eso es. Un temible monstruo que se dedicaba a extraer las mantecas de sus víctimas. ¿No quieres más? —Al ver que Leire negaba con la cabeza, Iñigo se acercó el plato y comenzó a untar pan en la mermelada—. Piensa que, en aquella época, las supersticiones eran muy fuertes, de modo que las habladurías acrecentarían hasta el esperpento el mito de aquel ser terrorífico.

—¿Cómo acabaron con él?

—Fue curiosamente su cuarta mujer quien lo delató tras verse obligada a pagar a una anciana a la que Garayo había atacado. Intentó protegerlo para que no lo denunciara, pero parece que después se arrepintió y fue ella misma quien lo hizo —explicó el profesor sin dejar de rebañar el plato—. De no ser por ella, vete a saber a cuántas mujeres más habría asesinado aquel animal. Nadie imaginaba que aquel bracero empobrecido, que había dedicado la vida al cultivo de la tierra, podía ser en realidad el Sacamantecas.

Leire suspiró.

—Y ahora algún loco se empeña en imitarlo —musitó.

—Eso parece. ¿Quieres café?

—No, preferiría tomar un poco el aire —replicó la escritora, que sentía vértigo ante la situación en la que, sin quererlo, se había visto involucrada.

—Vamos. Te llevaré al nuevo mercado de La Ribera. ¿Lo conoces? —se interesó Iñigo empujando la puerta de salida.

—¿La Ribera? Claro. A veces creo que se te olvida que, hasta que me mudé a Pasaia, viví toda la vida en el Casco Viejo. Iba a la compra cada sábado con mi madre. Aún recuerdo aquel olor en el que se mezclaban los matices amables de la verdura fresca con la podredumbre —replicó Leire.

El profesor se rio.

—Qué forma más literaria de describir el olor a mugre —se burló—. Ya veo que no lo conoces. La Ribera ya no es el mercado sucio de antaño. Las caseras siguen allí; lo mismo que los carniceros, pero hace un par de años que lo abrieron después de una reforma impresionante.

Leire pensó en los mercados de la Brecha y San Martín de San Sebastián, que había conocido antes y después de que la especulación urbanística los desmantelara para convertirlos en fríos centros comerciales modernos.

—Me parece que no quiero verlo. Prefiero recordarlo tal como era.

—No es lo que crees —se defendió Iñigo—. Ya verás como te gusta.

El mercado se encontraba al final de la calle Somera, donde se alzaba como un barco varado a orillas de la ría. Leire se deleitó con las vistas. Pese a la belleza de las nuevas zonas ganadas a los antiguos muelles para convertirlas en paseos y museos de renombre internacional, aquel era el tramo del Nervión que más le gustaba. Era allí, donde la ría discurría encajonada entre edificios de dudosa belleza, donde aún se vislumbraba el Bilbao de su niñez.

Había sido feliz en aquella ciudad.

—¿Por qué no vuelves? —preguntó Iñigo adivinando sus pensamientos.

Leire se limitó a encogerse de hombros. Ni siquiera ella misma tenía clara la respuesta.

—¿Entramos? —propuso para cambiar de tema.

La puerta automática se abrió en cuanto se acercaron a la entrada. En el interior, una cálida luz iluminaba un sinfín de puestos de venta que mostraban delicias que a aquella hora resultaban extremadamente tentadoras para los compradores. Al menos una veintena de ellos deambulaba ante los mostradores, llenando sus bolsas con lechugas, puerros, calabaza y otros productos de temporada. No eran los únicos que estaban a la venta, porque existían tenderetes bien surtidos de vituallas llegadas de todos los rincones del mundo. Bacalaos secos, aceitunas, frutas tropicales, ahumados...

Paseando entre los diferentes puestos, Leire se sentía extraña. No sabía si le gustaba más aquel mercado luminoso o el decadente edificio que recordaba de su niñez, pero no cabía duda de que la esencia era la misma. La Ribera seguía siendo el vientre de la ciudad, el lugar donde comprar los productos de los caseríos cercanos y, ahora también, lo más exótico; nada que ver con las espantosas remodelaciones de los mercados donostiarras, que habían recluido en el sótano los puestos de alimentación para echarse en brazos de las multinacionales.

—Me encanta este puesto —explicó Iñigo deteniéndose ante un mostrador donde se ordenaban dos docenas de cestos con diferentes variedades de setas.

Leire se detuvo junto a él.

—¿Crees que volverá a matar?

—Estoy seguro de ello. Está desatado y no parará hasta que alguien lo detenga.

—¿Y de verdad sigues creyendo que detrás de los crímenes está la construcción del puerto?

El profesor asintió.

—Tres víctimas; todas ellas relacionadas con la plataforma Jaizkibel Libre. La última, una cría que se había convertido en musa del movimiento contra el puerto... Pocas veces lo he visto más claro.

—¿Por qué entonces tanta parafernalia? ¿Por qué imitar al Sacamantecas? ¿Por qué llevarse la grasa?

Iñigo pidió al dependiente medio kilo de cantarelas antes de responder.

—Porque estamos ante un demente. El puerto se ha convertido en una excusa para él. Su verdadera obsesión no es la nueva rada, sino matar. Y en esa locura, siente veneración por el más terrible de los asesinos en serie que se ha conocido jamás en el País Vasco; siente una absoluta devoción por Juan Díaz de Garayo, el Sacamantecas.

—Es espantoso —murmuró Leire.

El profesor asintió.

—Probablemente, ahora esté en la soledad de su casa observando extasiado la grasa que le hará recrearse una y otra vez en el subidón de adrenalina que le provoca matar.

Leire reprimió un escalofrío.

—¿Quién fue la cuarta? ¿Cómo fue? —preguntó.

—¿La cuarta víctima de Garayo? Una mujer de mala reputación, de veintitantos años y escasos recursos, como la mayoría de las que asesinó. Curiosamente, no la destripó, como a las demás, sino que, después de estrangularla, le clavó una aguja de pelo en el corazón.

—¿Una horquilla?

—Sí, una de esas con las que os recogéis el moño. Aquella chica la lucía sin imaginar que acabaría siendo el arma ideal para un loco sanguinario.

Leire se estremeció.

—Deberías venir a Pasaia. Yo no sé por dónde seguir.

El profesor dibujó una leve sonrisa.

—Pues tienes muchos hilos de los que tirar, empezando sin duda por esos hermanos de los que me hablaste.

La escritora se disponía a contestar cuando su móvil comenzó a sonar. Exhalando un suspiro de resignación, sacó el terminal del bolso y se fijó en la pantalla.

Jaume Escudella; su editor.

—¡Mierda! —exclamó con un gesto de rabia.

—Deberías dejarla y escribir una obra policiaca —bromeó Íñigo adivinando sus pensamientos.

Esbozando una sonrisa de compromiso, Leire rechazó la llamada.

—Uno de los hermanos sale cada día a pasear —explicó volviendo a centrarse en el tema—. El mismo recorrido, la misma hora...

—Muchos viejos lo hacen. Necesitan la rutina de conocer cada paso del paseo para sentirse bien —repuso Íñigo.

Leire asintió pensativa. Sabía que tenía razón, pero había algo que no acababa de encajar. ¿Por qué un sendero tan abrupto para estirar las piernas? ¿Por qué tanto afán por esquivar cualquier posible encuentro con sus vecinos?

—Mañana iré tras él —anunció contemplando la ría desde las cristaleras.

—Ten cuidado. Deberías ir acompañada —sugirió Íñigo apoyándole una mano en la espalda.

—Ven —propuso Leire—. Mañana a las dos del mediodía. Es su hora.

—No puedo —protestó el profesor acariciándola y aferrándola con suavidad por el hombro—. Ya sabes que me es imposible faltar a clase.

La escritora se encogió de hombros.

—Creo que es hora de regresar —murmuró reprimiendo a duras penas el deseo de corresponder a las caricias de Íñigo. ¿Acaso no había insinuado que también él se había separado? Tal vez pudieran... No, mejor no revolver el pasado.

—¿Y qué hay del constructor ese? —inquirió el profesor haciendo ver que no había oído sus palabras.

—¿De la Fuente? Ayer se presentó en el faro. Quería invitarme a cenar.

—No me gusta nada toda esta historia. Te estás metiendo en una jaula llena de leones, y no precisamente de los que hay en San Mamés. Cada cual parece peor.

La escritora echó a andar hacia la salida. Un grupo de turistas japoneses acababa de entrar al mercado y curioseaba entre los diferentes puestos. Las caseras bromeaban con ellos y los vendedores de queso hacían el agosto con sus piezas de Idiazabal envasadas al vacío.

—¿Qué perfil psicológico dirías que tiene el criminal que estamos buscando? —preguntó sin dejar de caminar.

Íñigo se lo pensó unos instantes antes de hablar.

—Me atrevería a decir que es alguien con una importante carencia de autoestima, que se siente poderoso al decidir cuándo otra persona debe o no debe morir —aventuró.

—Sin pareja —añadió Leire.

—Eso por descontado —ratificó el profesor—. El acto de entretenerse con las vísceras como colofón a cada crimen indicaría una necesidad de establecer una relación íntima con la víctima. Además, sería muy difícil para alguien casado o con familia llevar esa doble vida sin despertar sospechas.

La escritora asintió con un suspiro. Parecía como buscar una aguja en un pajar.

—Es hora de volver a Pasaia —anunció sacudiéndose disimuladamente de encima la mano del profesor—. ¿Me acompañas al tranvía?

—¿Qué dices? Había pensado invitarte a cenar un revuelto de setas —protestó Íñigo mostrando la bolsa de papel en la que llevaba las cantarelas—. Es mi especialidad. ¿Seguro que no te apetece quedarte?

Leire se fijó en la expresión de su rostro. Parecía decepcionado. Estuvo tentada de aceptar su invitación, pero algo le decía que no era una buena idea. Bastantes problemas tenía últimamente como para empezar a remover el pasado.

—Otro día —declinó acelerando el paso.

—Está bien, otro día —repitió Iñigo mientras la puerta automática se abría para permitirles el paso al exterior.

Apenas hubo tiempo para mayores despedidas, pues el tranvía estaba detenido en la parada. Leire se dejó engullir por aquella enorme oruga verde que recorrería toda la orilla del Nervión hasta vomitarla en Garellano, donde tomaría el autobús hacia tierras guipuzcoanas.

Desde sus amplios ventanales, vio desfilar las calles del Casco Viejo y sintió una punzada de culpa al reconocer Barrenkale, la calleja en la que había crecido y donde aún vivían su madre y su hermana. Movida por los remordimientos, pulsó el botón para solicitar que el tranvía se detuviera. Sin embargo, cuando se abrieron las puertas, fue incapaz de dar el paso que la separaba de una cita con una realidad que era más fácil ignorar. Tras comprobar por el retrovisor que nadie descendía, el conductor apretó contrariado el acelerador y continuó su camino.

22

Comenzaba a sentir las piernas entumecidas cuando lo oyó. Al principio pensó que podía tratarse de algún pájaro rebuscando comida en la orilla del camino, pero el sonido de los pasos sobre la gravilla fue pronto evidente. A pesar de saberse bien oculta entre los zarzales que flanqueaban la carretera del faro, contuvo el aliento cuando Gastón Besaide llegó a su altura. Apenas lo entreveía entre las ramas, pero sus ropas negras y anticuadas no dejaban lugar a dudas: el menor de los hermanos más ricos y esquivos de Pasaia estaba ante ella.

«Me ha descubierto», pensó Leire al verlo detenerse y husmear desconfiado a su alrededor.

Su rostro frío y sin arrugas ni marcas de expresión le resultó extrañamente inquietante. Daba la impresión de que el tiempo no pasara para él del mismo modo que para el resto de los mortales. La escritora pensó de inmediato en el mito de los ungüentos de grasa humana, pero prefirió convencerse de que una piel tan tersa debía de ser normal en alguien que se pasaba gran parte del día en la soledad de su mansión, a resguardo de los rayos del sol.

Tras unos instantes en los que dudó entre ponerse en pie y presentarse ante él o continuar agazapada, Gastón pareció convencerse de que no había nadie a la vista. Solo entonces, se llevó las manos a la txapela para ajustársela y tomó la estrecha vereda que abandonaba el asfalto.

Leire se sintió aliviada. Sin embargo, acababa de echar por tierra su propio plan, que no era otro que abordarlo en aquel lugar. Ahora, solo tenía dos opciones: o lo esperaba allí hasta su regreso, o intentaba interrogarlo en la soledad del sendero secundario.

«En realidad, en la carretera tampoco hay mucha más gente», se dijo mirando a uno y otro lado para comprobar que no había nadie a la vista.

Sin pensarlo dos veces, abandonó su escondrijo para seguir los pasos del menor de los Besaide. La senda serpenteaba ganando altura entre jóvenes robles de ramas enmarañadas. El incendio que asoló aquella ladera años atrás diezmó el último robledal centenario que aún resistía en el monte Ulia, de modo que los árboles eran ahora raquíticos ejemplares que buscaban abrirse paso entre mares de helechos y árgoma.

«¿Qué necesidad tendrá de venir por aquí?», pensó Leire intrigada al comprobar el mal estado del camino.

El firme extremadamente abrupto y la enorme pendiente no hacían de aquella senda el lugar ideal para pasear. Si Gastón Besaide, el enigmático Gastón Besaide, la tomaba cada día debía de tener algún motivo para hacerlo. Convencida de ello, la escritora decidió no abordarlo aún. Se limitaría a seguirlo para descubrir adónde se dirigía. Solo así lograría comprender qué movía al menor de los hermanos a realizar tan extraño recorrido cada mediodía.

Las revueltas del sendero, que trazaba un perfecto zigzag para remontar la pendiente, dieron paso a una recta libre de arbolado al llegar al alto. A pesar de que el camino parecía precipitarse directamente hacia el Cantábrico, que golpeaba embravecido contra los acantilados, Leire sabía que no era así. Aquel camino secundario, que los brezales y las ortigas se empeñaban en ocultar, no tardaría en alcanzar la fuente del Inglés, donde desembocaría en la ruta principal. A la derecha, la inconfundible silueta del faro de la Plata recortaba su tono blanco contra un cielo que iba tornándose plomizo por momentos.

Gastón se detuvo a media bajada para escudriñar alrededor.

«Está obsesionado con que nadie lo vea», comprendió Leire agazapándose tras una mata de brezo.

Durante unos instantes que parecieron eternos, Besaide permaneció en un absoluto silencio. Desde su escondrijo, la escritora no lograba verlo, pero sabía que estaba tan quieto como un halcón en busca de una presa. Parecía que intuyera que alguien espiaba sus movimientos.

«No te muevas, no te muevas», se repitió Leire luchando por evitar el más mínimo ruido.

A pesar de que al menos diez metros la separaban de él, alcanzaba a escuchar su respiración. Era profunda y lenta.

Conteniendo el aliento para evitar delatar su escondrijo, Leire se llevó una mano al bolsillo derecho. Allí estaba; no había perdido el aerosol de pimienta con el que pretendía repeler al dueño de Bacalaos y Salazones Gran Sol si intentaba agredirla. Sabía perfectamente que no era el arma ideal para enfrentarse a un posible asesino despiadado, pero al menos le brindaría algo de tiempo para poder escapar.

Gastón Besaide reemprendió su camino. Sus pasos entre los matorrales sonaron cada vez más lejanos, hasta que se diluyeron prácticamente en la distancia.

Leire lo observó alejarse sin atreverse a abandonar su escondite. La falta de árboles en la fachada marítima del monte la obligaba a ser más cauta que durante la subida, de modo que esperó hasta que lo vio tomar el camino principal, un sendero de tierra de poco más de un metro de anchura que unía el faro, por el este, con Donostia, por el oeste.

Besaide desapareció momentáneamente al internarse entre los escasos árboles que crecían alrededor de la fuente del Inglés. La escritora aprovechó el momento para salir a terreno abierto y recuperar parte de la distancia que los separaba.

Con el rumor del agua como telón de fondo, Leire reparó en que no había nadie en los dos diminutos huertos que varios vecinos de San Pedro cultivaban aprovechando el agua del manantial. Era lo que había supuesto.

«Conoce sus horarios. Por eso elige la hora de comer. No quiere testigos, pero ¿por qué?», pensó observando como Gastón cruzaba con cuidado el estrecho acueducto que salvaba una vaguada.

A partir de allí, y hasta llegar al collado donde se asentaba el caserío Mendiola, el paisaje era una sucesión de pequeños valles paralelos horadados por exiguos torrentes que se precipitaban al mar. Leire lo conocía bien, de modo que decidió esperar hasta que Besaide pasara a la siguiente vaguada antes de continuar. Así podría mantenerse fuera del alcance de su vista.

Al llegar al pequeño alto que separaba ambos valles, la escritora comprobó que Gastón ya había completado el ligero rodeo que trazaba la senda desde que uno de los arcos del acueducto que salvaba aquella segunda vaguada sucumbiera años atrás. De hecho, debía de haber pasado ya al tercero de los vallecitos, porque en el segundo no se veía ni su sombra.

«Camina más rápido de lo que esperaba», se dijo Leire avanzando más deprisa.

Para su sorpresa, tampoco había rastro de Besaide en el tercero. Corrió hasta el cuarto, y aún más allá, hasta la ensenada de Ilurgita y el collado de Mendiola, pero no había ni rastro de él.

Gastón Besaide se había esfumado.

Un día de 1984

La persistente lluvia se empeñaba en teñir de gris un paisaje que de por sí ya lo era. Las casas tristes del distrito de Antxo lograban disimular su pena cuando el sol invitaba a tender las ropas limpias de los balcones. Tampoco es que los tonos de los tejidos acostumbraran a ser muy alegres, pues abundaban los monos de faena y la ropa interior blanca, pero rompían la monotonía cromática de los edificios. Aquel día, sin embargo, los continuos chaparrones se ocupaban de borrar cualquier nota de color, cualquier atisbo de alegría.

Apoyado en la pared junto a la puerta de la Katrapona, el Triki daba unas caladas a un porro de hachís mientras observaba los chorros que se deslizaban del toldo para estamparse con estrépito en la acera.

—¡Qué asco de tiempo! —protestó Manolo empujando con un palo de escoba la bolsa de agua que se adivinaba sobre la lona.

El agua cayó en tromba, salpicando los pies de un viejo que fumaba un puro sentado en una silla.

—¡Joder, Manolo! —exclamó molesto—. Podías estarte quietecito.

—¿Qué quieres, que venza el peso y se te caiga encima? —se defendió el tabernero.

El Triki se fijó en los oxidados anclajes del toldo. No estaban para muchos trotes, pero de momento cumplían su labor, que no era otra que protegerlos de la lluvia. Jamás había visto aquella tela desplegada en días soleados; siempre en jornadas lluviosas. Era precisamente en días así cuando la Katrapona estaba más concurrida, porque gran parte de las gentes de mala vida que pasaban el día merodeando por la calle buscaban refugio en ella.

El impermeable amarillo de una señora cargada con bolsas de la compra profanó por un momento el reino del gris. Sus rápidos pasos quedaron enmudecidos por la lluvia cuando cruzó la calle para evitar pasar por delante de la Katrapona. El Triki la siguió con la mirada y descubrió sin sorprenderse que, pocos pasos más allá, volvía a la acera inicial para perderse en el interior de un portal. Era habitual. La mala fama de la taberna de Manolo, o mejor dicho, de su clientela, obraba esos milagros.

—¿Cuántos días hace que llueve? —inquirió el tabernero contemplando el charco que se estaba formando junto a una alcantarilla atascada—. ¿Cinco? ¿Seis? Diréis lo que queráis, pero en mi tierra no llueve tanto.

—Eso no te lo crees ni tú. Toda mi vida la he pasado en la mar y no conozco un lugar con peor clima que tu querida Galicia —apuntó el viejo sosteniendo el puro en la comisura de los labios—. Recuerdo una vez en Ferrol del Caudillo...

—No empieces, Paco. Si lo sé no digo nada —se lamentó Manolo perdiéndose en el interior de la taberna.

El Triki dio una calada al porro y dejó vagar la vista sin rumbo. El traqueteo lejano de un tren silenció por un momento el chapoteo del agua que caía desde los canalones rotos de las viejas fachadas de los edificios. No eran casas ricas, sino todo lo contrario; moradas humildes de trabajadores portuarios y marineros que malvivían de los exiguos ingresos que obtenían tras meses en alta mar.

«Por lo menos, ellos tienen casa», se dijo el Triki buscando con la mirada la chimenea de la fábrica abandonada que había convertido en una suerte de hogar.

La última noche había sido especialmente dura. Alguien encontró muerto a Gorka. Nadie supo cuánto tiempo llevaba así; tal vez dos días, o quizá más. La hepatitis, o lo que fuera, había podido con él. En realidad era algo que sabían que iba a pasar antes o después; no había más que ver lo demacrado que estaba, así como el color amarillo de su piel y los brutales accesos de tos que sufría en los últimos tiempos.

Como muchos otros habitantes de la fábrica, el Triki no había sentido pena por él, sino por sí mismo. Una extraña mezcla de autocompasión y miedo a acabar abandonado y sin nadie alrededor. Lo peor de todo no fue la muerte en sí, sino la reacción del resto de quienes vivían en las naves de la factoría abandonada. A pesar de que algunos trataron de impedirlo, la mayoría decidió que sería mejor sacar de allí el cadáver para que la policía no entrara al edificio. Casi ninguno dudaba de que eso acarrearía un desalojo que los dejaría sin un techo bajo el que guarecerse. De modo que, antes de que rompiera el alba, el Triki y otros tres más se ocuparon de llevar a Gorka hasta las afueras de Pasaia, allá donde el arroyo de Molinao trazaba los boscosos límites con el extrarradio donostiarra.

Las sirenas, que retumbaron entre los durmientes edificios de Antxo pocas horas después, confirmaron que la policía había descubierto el cadáver.

Nadie se acercó por la fábrica a hacer preguntas. Un yonqui muerto era, al fin y al cabo, un problema menos del que preocuparse.

—¿Te queda algo? —La voz de Peru lo sacó de su ensimismamiento.

—¿Ya habéis acabado la partida? ¿Quién ha ganado? —quiso saber el Triki señalando hacia el interior del bar.

—Macho. Ocho a dos. Oye, estoy pelado. Solo necesito un par de picos. Mañana podré pillar algo y te lo devolveré —insistió Peru apoyándole una mano en el hombro.

El Triki se apartó incómodo.

—No tengo. Ojalá tuviera, pero me queda solo un chute. Después, estoy jodido —dijo buscando la papelina en el bolsillo.

—Podríamos compartirlo —sugirió el otro con una sonrisa que resultó patéticamente desesperada.

—No. Es todo lo que tengo.

—¡Vete a tomar por culo! ¿Me oyes? Ya vendrás algún día pidiendo ayuda —espetó Peru indignado volviendo a perderse en el interior de la Katrapona.

El Triki jugueteó con la heroína sin sacarla del bolsillo. Le daba seguridad sentirla tan cerca. Sabía que, en el momento que la necesitara, no tendría más que fundirla en una cucharilla para inyectársela. Aun así, no estaba tranquilo. No podía estarlo. Las cosas no le iban bien. En apenas unas horas, no dispondría de más caballo y tampoco se le ocurría ningún modo de conseguirlo.

Hacía casi dos meses que no sabía lo que era encontrarse en esa situación. La droga robada a los Besaide le había regalado un precioso tiempo de abundancia y tranquilidad. Los empresarios se creyeron a pies juntillas la historia de que el fardo se había golpeado contra la arista de una roca. Aquella misma noche, una de las txipironeras que realizaban la travesía entre el barco nodriza y el almacén de Bacalaos y Salazones Gran Sol había sido apresada por la patrullera con la preciada mercancía a bordo, de modo que la pérdida de un puñado de heroína no les supuso ningún desvelo.

Gracias a aquel pequeño hurto, el Triki logró saldar su deuda con el Kuko, que no quiso ni oír hablar de cobrarla en caballo, pero no fue difícil venderla en la fábrica para obtener dinero con el que pagarle. Sin embargo, ahora volvía a encontrarse en la misma situación. Las dosis que se guardó para su propio consumo no tardaron en acabarse, debido, entre otras cosas, a que tenerla tan a mano le inducía a pincharse más a menudo. Hacía ya casi cuatro semanas que toda la droga que corría por sus venas provenía, una vez más, del Kuko. Sin apenas darse cuenta, volvía a estar endeudado hasta las cejas.

Lo peor de todo era que ya no disponía del Gorgontxo. Acabó destrozado por las olas contra los acantilados de Ulia. Le sorprendía no haber tenido noticias de su padre. Sabía por Manolo, el de la Katrapona, que unos pescadores encontraron los restos de la txipironera y que la reconocieron por el nombre que llevaba grabado en el casco, así que su familia estaba al corriente.

En cierto modo, le decepcionaba que su padre no lo hubiera buscado para echarle en cara el desastre, porque si de algo no le cabía duda alguna era de que el viejo lobo de mar tendría bien claro quién estaba detrás de aquel suceso. No parecía más que una confirmación de que sus padres se sentían tan defraudados que preferían evitar todo tipo de encuentro con él.

Estaba solo. Y, en apenas unas horas, estaría solo y desesperado.

Sin el Gorgontxo, no podría hacer travesías; y, sin ellas, no habría dinero con el que comprar heroína.

Por si fuera poco, el Kuko había empezado a ponerse pesado. Quería su dinero o no habría más droga.

—¿Es que no piensa parar de llover? —exclamó Manolo asomándose por la puerta.

Con un bufido de hastío, empujó una vez más el toldo con el palo de escoba. La bolsa de agua cayó sin previo aviso, salpicando una vez más al viejo del puro.

—¡Me cago en la puta!

—No me toques los huevos, Paco. ¿Qué quieres que haga, que deje que el toldo se te venga encima por el peso? —preguntó indignado el tabernero.

—Tú lo que quieres es que me vaya a casa. ¡Ya te habrá pagado mi señora! —murmuró el otro tirando la colilla a un charco.

—Venga, hombre. A ver si dejas de decir chorradas. Como la próxima vez vuelvas a quejarte, me lío a bastonazos contigo —sentenció Manolo mostrando el palo antes de volverse al interior del bar.

El Triki se fijó en el extremo de la calle. Tres hombres se acercaban por allí. Sin paraguas ni capuchas a pesar de la lluvia. Con una punzada de angustia, reconoció al Kuko y a dos de los canallas que lo acompañaban normalmente.

Tragó saliva.

—¿Qué tal, muchacho? —lo saludó el traficante esbozando media sonrisa chulesca.

Aquello no pintaba bien.

—¿Te ha comido la lengua el gato? —se burló uno de sus acompañantes mientras el Triki buscaba algo que decir.

—Igual prefiere que vayamos al grano —apuntó el Kuko alzando su puño derecho a modo de amenaza—. ¿Qué hay de mi dinero? ¿Lo tienes ya?

Anticipándose a lo que estaba a punto de ocurrir, el viejo del puro se levantó y se escabulló en el interior de la Katrapona, cerrando la puerta tras de sí. El Triki miró a uno y otro lado. La calle estaba desierta. El chirrido lejano de una de las grúas del puerto y el intenso tráfico de la carretera nacional, que separaba Antxo de la zona portuaria, eran la única compañía.

Sin testigos, estaba perdido. De hecho, tal vez lo estuviera también aunque los tuviera.

Respondiendo a un gesto del camello, sus dos compañeros retuvieron con fuerza al Triki; uno por cada brazo. El Kuko se rio por lo bajo.

—Quiero que me escuches bien —dijo sacando del bolsillo una navaja imponente—. Mi paciencia se agota. No pienso seguir esperando. ¿Me entiendes? ¿Quieres conocer al Sacamantecas? —masculló entre dientes a medio palmo de su oreja.

El Triki vio como las cortinas de las ventanas de enfrente se movían. Algunos curiosos miraban la escena, ocultos en el anonimato de la distancia. Seguramente eran los mismos que cruzaban al otro lado de la calle para no pasar ante la taberna de Manolo. De buena gana los habría increpado. Malditos cotillas.

No tuvo tiempo de preocuparse más por ellos. El pinchazo que sintió junto al ombligo le hizo olvidarse de ellos para doblarse de dolor.

—Te avisé de que te destriparía —le susurró con rabia el Kuko sin dejar de presionarle el abdomen con la navaja—. ¿Sabes lo que se siente al ver que tus intestinos se desparraman por el suelo? —El camello hablaba muy lentamente, como si mascara las palabras con deleite—. Pues si no quieres saberlo, más vale que me pagues mañana mismo. ¿Me has entendido?

El Triki asintió con lágrimas en los ojos. Mientras luchaba por zafarse de los brazos que le impedían moverse, observó que una densa mancha de sangre le empapaba la camiseta.

—Tranquilo. Es solo superficial. Un par de puntos y listo —se burló el Kuko apartando la navaja ensangrentada—. Mañana no lo será. O tienes mi dinero, o juro que te sacaré las mantecas.

A una orden del traficante, sus dos compañeros soltaron al Triki, que se llevó las manos a la barriga para ver el alcance de la herida.

—Manolito, trae un poco de agua oxigenada para este —dijo en tono jocoso el Kuko mientras se alejaba de allí—. Ah, por cierto —apuntó dirigiendo de nuevo la mirada hacia el Triki—, lo tienes fácil. Hoy los Besaide tienen noche movidita. Travesías y eso, ya me entiendes.

El Triki se hurgó con los dedos en la herida. Sangraba abundantemente, pero el corte no era profundo. Por un momento, se había visto en la tumba. Cuando volvió a alzar la vista, el Kuko había girado ya la esquina. Un suspiro de alivio brotó de su garganta al tiempo que tomaba una decisión. Esa noche volvería a hacerse a la mar; lo haría aunque tuviera que matar para poder hacerlo.

23

—¿Crees que la terminaremos a tiempo? —inquirió Leire sin dejar de lijar. Aunque intentaba participar en la conversación, en realidad, su mente estaba a bastante distancia de allí, en la vertiente marítima de Ulla, donde apenas unas horas atrás había perdido de vista al menor de los Besaide. Aún no lograba explicarse dónde se había metido durante la hora y media que tardó en volver a verlo, esta vez regresando sobre sus pasos hacia su casa. Le había costado contenerse las ganas de abandonar su escondite junto a la fuente del Inglés y asaltarlo para hacerle todas las preguntas que tenía pendientes, pero decidió que antes quería averiguar dónde había estado. Al día siguiente volvería a seguirlo. Y en esta ocasión no lograría darle esquinazo.

—Pues espero que la terminemos. Vaya vergüenza como no lo hagamos —apuntó Mendikute dando un par de palmadas cariñosas en el casco de la nao San Juan.

—Esta vez hay demasiados ojos mirándonos —añadió Miren, que se había tomado el día libre en la empresa papelera porque tenía consulta en la clínica de fertilidad.

A sus cuarenta años, llevaba cinco intentando quedarse embarazada, pero por más tratamientos que su marido y ella habían probado, aún no lo había conseguido. Cada vez que alguna de aquellas tentativas fallaba, pasaba una mala temporada y la escritora solía convertirse en su paño de lágrimas. En realidad, era algo que hacían mutuamente, porque Leire se refugió en ella cuando se separó de Xabier y, ahora, con los asesinatos, no eran pocos los wasaps que la ingeniera le enviaba para intentar levantarle el ánimo.

«Ojalá la tuviera más cerca», pensó Leire.

Desde hacía casi un mes, Miren dormía casi cada noche en Amorebieta. El exceso de trabajo no le dejaba otra alternativa, de modo que no podían tomar juntas ni un miserable café. Lejos quedaban los días en los que salían a tomar una caña y acababan a las tantas de la madrugada, cuando los bares cerraban. Por aquel entonces, también estaba Idoia, pero los avatares de la vida la llevaron a Barcelona, donde se había casado y no parecía probable que regresara a Pasaia.

—Dos mil dieciséis está a la vuelta de la esquina —murmuró Mendikute calafateando la madera cercana a la quilla.

No era el único que tenía esa fecha en la mente. La presión de contar con un plazo límite para completar el trabajo agobiaba a los voluntarios del astillero, acostumbrados a tomarse su colaboración como un entretenimiento en el que su único compromiso era con ellos mismos y sus compañeros. En esta ocasión, sin embargo, todos los focos apuntarían hacia Ondartxo cuando el veinte de enero de dos mil dieciséis, día grande de la capital guipuzcoana, el galeón zarpara desde la bahía de la Concha para iniciar un largo periplo por Europa.

—Queda tiempo —trató de animarlo Leire. Sus palabras reverberaron en el casco de la nave.

—¿Ya estáis otra vez a vueltas con lo mismo? —protestó Iñaki asomándose de puntillas al interior del casco—. ¿Cómo llevas tus investigaciones? —inquirió dirigiéndose a Leire.

La escritora alzó la vista sorprendida. Había demasiados colaboradores en aquellos momentos en Ondartxo como para hablar tan abiertamente de ello.

—¿Tienes ya documentada toda la travesía del galeón? —matizó Iñaki comprendiendo de pronto su turbación.

Aliviada, Leire esbozó una sonrisa.

—Está casi lista. La verdad es que los arqueólogos que encontraron sus restos en Red Bay hicieron un excelente trabajo y me lo han dado todo hecho. Por eso estoy ayudando con esto —apuntó mostrando la lija.

—¿Es verdad que se hundió con la bodega cargada de saín? —preguntó Mendikute.

—Hasta los topes —confirmó Leire—. Casi mil barricas de grasa. La nao estaba lista para emprender el viaje de regreso cuando una tormenta rompió sus amarras y la arrastró contra las rocas. Se fue a pique con una carga millonaria: el aceite de alrededor de veinticinco ballenas.

—Vaya desastre —se lamentó el pintor.

—No para nosotros. Gracias al hundimiento, hemos podido saber mucho más sobre el galeón que si jamás se hubiera ido a pique —aclaró Leire—. Los marineros demandaron al armador por un desacuerdo con el reparto de los beneficios que se obtuvieron por la venta de las barricas que se pudieron rescatar. El juicio generó una importante cantidad de documentación, que, cuatro siglos después, permitió dar con la nave y conocer su historia al detalle.

Iñaki arrugó la nariz.

—No sé cómo podéis aguantar ahí dentro. Es horrible.

—Pues todavía queda —se burló Mendikute mostrando la brocha con la que untaba la brea—. La San Juan es enorme y van a hacer falta todavía muchos kilos para impermeabilizarla.

—¡Vaya mareo! Menos mal que Ondartxo está bien ventilado... —Iñaki se pinzó la nariz con dos dedos antes de alejarse de allí.

—¡Qué exagerado! Deberías venir a la fábrica. Allí sí que ibas a flipar. Este olor es gloria comparado con aquello —se rio Miren. Al hacerlo, dejó la lija sobre el casco y se sacudió las virutas de madera que le cubrían la cara. Tenía unos bonitos ojos negros en forma de almendra y unos labios que cualquiera tildaría de sensuales. Era guapa, aunque no tan alta como a ella le gustaría, de modo que siempre llevaba zapatos de tacón, que cambiaba por unas sencillas deportivas al llegar al astillero.

Leire decidió llevar la conversación a su terreno.

—He visto que uno de los acueductos de Ulia ha perdido uno de sus arcos. ¿Ya lo sabíais?

—Sí que paseas poco por allí, ¿no? —se extrañó Mendikute—. Hace por lo menos un par de años de eso.

La escritora ya lo sabía. La falta de mantenimiento de una infraestructura que llevaba tiempo abandonada sentó la base del deterioro y las raíces de una higuera que algún pájaro plantó inconscientemente sobre sus piedras hicieron el resto. Sin embargo, no encontraba otra manera de hablar de aquel lugar sin que a sus compañeros les resultara extraño.

—Es una pena —añadió Miren—. Esos puentes deberían haberse catalogado de interés histórico antes de que la desidia los devorara.

—Es uno de los parajes más hermosos de Ulia —apuntó Leire.

Miren se agachó para intentar alcanzar un recoveco al que no llegaba con la lija.

—Es más que eso. —Su voz sonaba distorsionada por el eco—. Es historia. Historia como la de estos barcos que recuperamos aquí, pero en piedra en lugar de madera.

—¿Para qué servían exactamente? —quiso saber la escritora.

—Agua. Creo que la de Donostia, ¿no? —musitó Mendikute apoyando el pincel en el bote de brea antes de incorporarse. Al hacerlo, se llevó las manos a la zona lumbar y dibujó una mueca de dolor—. Este barco acabará con mis riñones.

—Funcionaban como conducciones para llevar agua a San Sebastián —explicó Miren—. Aprovechaban los manantiales que brotaban en los alrededores de la fuente del Inglés y canalizaban su caudal hasta la ciudad. Todavía se conserva el enorme aljibe que la almacenaba. Está en Ategorrieta, allí donde comienza la subida a Ulia por carretera.

—Una obra faraónica —reconoció la escritora.

—Ya lo creo, pero hoy ya es inútil. Hará poco menos de cien años, la ciudad se hizo con una enorme finca que antiguamente perteneció a la colegiata de Roncesvalles. Habrás oído hablar de Artikutza. —Leire asintió con un gesto. Sus bosques de hayas y ferrerías abandonadas eran uno de sus lugares preferidos para el paseo—. La presa que construyeron allí aseguraba el abastecimiento incluso en tiempos de sequía.

—¿Y el agua que llegaba de Ulia? —quiso saber la escritora.

La ingeniera negó con gesto apenado.

—Con la de Artikutza había de sobra, de modo que no tenía sentido seguir manteniendo las viejas conducciones de Ulia.

—Y así, hasta hoy —añadió Mendikute, deseoso de aportar algo—. Por cierto, ¿sabéis de dónde viene el nombre de la fuente del Inglés? Me lo explicó hace años mi abuelo. Parece ser que por allí tenían alguna avanzadilla defensiva los ingleses cuando las guerras contra los franceses. Napoleón y todo eso, vaya.

Leire asintió, dándose por enterada.

—La verdad es que tengo a un paso del faro vestigios históricos apasionantes. Creo que iré a indagar más sobre el terreno. Debe de haber un montón de recuerdos de aquella época por la zona —anunció.

Una serie de martillazos apagaron sus palabras. Algunos voluntarios habían comenzado esa misma tarde a reforzar la base donde iría sujeto el palo mayor.

—No creas. —El gesto de Miren era de decepción—. No queda mucho de todo aquello. Hubo quien desmontó las canalizaciones para aprovecharlas en otros lugares. Solo quedan en pie los acueductos y, dentro de poco, no quedará ni eso. Es una lástima; una maldita lástima.

—Ya te digo —apuntó Mendikute.

Leire dejó la lija y se sacudió el polvo de las manos, que sintió ásperas y secas. Tendría que embadurnarlas de crema al llegar a casa.

—¿Hay algún camino que abandone el principal entre los dos acueductos? —preguntó.

—¿A qué te refieres? —El pintor la miró largamente como si intentara averiguar qué pretendía—. ¿Para qué quieres más caminos? Solo hay uno en esa zona: el que va desde el faro hasta San Sebastián. Mucho más abajo, al borde de los acantilados, hay otra senda que discurre en paralelo a la principal, pero desde luego que ninguna más.

La escritora le escuchó con atención. Una segunda senda al borde del mar... Tal vez ahí tenía la respuesta al enigma.

—¿Dónde comienza ese otro sendero?

—Yo no lo cogería. Es peligroso. Y más con mala mar —señaló Miren.

Mendikute hizo un gesto con la mano, como si barriera de un plumazo las advertencias de la ingeniera.

—No es para tanto, pero en Pasaia se le ha tenido siempre respeto porque es el que seguían los contrabandistas cuando desembarcaban en las calas. Aquí hubo mucho de eso. Tabaco americano, drogas...

Leire se dijo que esa historia ya la había oído en los últimos días. Demasiadas veces, de hecho, y los Besaide tenían siempre un papel protagonista.

—¿Hay alguna manera de llegar desde la zona de los acueductos hasta el camino de los acantilados? —insistió.

Mendikute volvió a mirarla con extrañeza.

—¿Y para qué quieres hacerlo así? Vaya manera de complicarte. Si quieres recorrer el sendero de abajo, haz como todo el mundo y comienza en el faro. ¡Si precisamente vives allí!

Leire decidió continuar.

—Claro, pero me gustaría unir las dos vías a medio camino. Seguro que hay alguna vereda que me permita hacerlo.

—Mira que sois raras las mujeres —murmuró el pintor.

—Y las escritoras ni te cuento. —La voz de Iñaki llegó apagada desde el exterior del casco.

Leire se sintió incómoda al descubrir que quienes se encontraban fuera del galeón estaban siguiendo la conversación.

—Que yo sepa, entre la senda principal y la de los acantilados solo hay una conexión a la altura del collado de Mendiola. Por lo demás, no hay manera de llegar de una a otra. Las zarzas y los barrancos se ocupan de hacerlo imposible —apuntó Mendikute recuperando la seriedad.

La escritora torció el gesto antes de tomar de nuevo la lija. Mientras frotaba con ella la madera, pensó en todo aquello. Los contrabandistas, la droga, la senda del acantilado, los hermanos Besaide... Todo parecía estar lógicamente unido. Sin embargo, solo estaba segura de algo: Gastón Besaide no podía haber alcanzado el collado de Mendiola sin que ella lo viera.

Era en otro lugar, mucho antes de llegar allí, donde el dueño de Bacalaos y Salazones Gran Sol se había volatilizado.

Convencida de ello, desahogó su impotencia rascando con fuerza la madera. Era en momentos así cuando echaba de menos los remos de la Batelerak. Nada mejor que una buena tarde de remo para mitigar la tensión. Tal vez, se dijo, debería buscarse otro deporte, aunque no tardó en descartarlo, pues en la nao San Juan aún quedaban largas sesiones de lijado terapéutico.

24

Esa noche, Leire se despertó sobresaltada, envuelta en sudores y con el corazón encabritado. En cierto modo, fue un alivio ver el techo del dormitorio, ya que solo entonces comprendió que no había sido más que una horrible pesadilla.

«Parecía tan real», pensó angustiada.

En el sueño, los hermanos Besaide la perseguían sobre un acueducto interminable del que no podía permitirse caer. A sus pies solo se abría un abismo infinito y, ante ella, la siniestra boca de un túnel tan estrecho que parecía difícil que alguien pudiera entrar en él. Sin embargo, no llegó a comprobarlo, porque en el preciso momento que lo alcanzaba, los Besaide se echaron sobre ella. Con una horrible carcajada, el mayor, de rostro borroso, le señaló la tripa con un cuchillo de enormes dimensiones. Entonces, se despertó.

Se arrebujó bajo el edredón nórdico. Estaba helada. El sudor frío que empapaba las sábanas tenía buena culpa de ello. La cálida luz del faro que se filtraba por la ventana bañaba con un tenue resplandor las formas de la habitación. La lámpara de cristal de roca que pendía sobre la cama dibujaba una sombra alargada en el techo. Cada cierto tiempo, que la escritora sabía que eran cuatro segundos exactos, la oscuridad ganaba la partida, pero tras un corto instante, la luz del faro volvía a dibujar el contorno de los objetos.

En el exterior, las gaviotas comenzaron a graznar con fuerza. No era habitual que lo hicieran en plena noche, salvo que algo las sobresaltara. Y esta vez parecían especialmente nerviosas.

«¿Qué hora será? ¿Las tres?», calculó sin decidirse a mirar el reloj de la mesilla.

Un escalofrío la hizo temblar al recordar el odio con el que la perseguían los dos hermanos. Querían matarla; como a las otras chicas. Por más que se esforzó en asegurarse a sí misma que no era más que una pesadilla, no lograba quitarse de encima la horrible sensación de peligro.

«Debería volverme a Bilbao», se planteó agobiada antes de repetirse una vez más que no había sido real.

Le iba a resultar difícil volver a conciliar el sueño. Estaba demasiado alterada para hacerlo. Exhaló un lento suspiro y se incorporó. Sintiendo el frío del suelo en las plantas de los pies, llegó hasta el cuarto de baño y bebió, casi de trago, un vaso de agua. Después, abrió de nuevo el grifo y se refrescó la cara. Sabía que si se miraba en el espejo se vería horrible, pero no lo hizo por no desvelarse. Nada de luces o sería incapaz de volver a dormir.

De vuelta a la cama, se fijó en la hora. Los números rojos del radioreloj marcaban las dos y media. Todavía quedaban bastantes horas hasta que amaneciera. Comprobarlo la calmó ligeramente. Poco a poco y a pesar de los graznidos de las gaviotas, logró que el sueño venciera la partida hasta quedar profundamente dormida.

Tanto que no oyó ruido de pasos acercándose por la explanada, ni el chasquido sordo que emitió la barandilla de madera que protegía a los paseantes del acantilado cuando alguien la soltó, ni tampoco el leve golpe que dio aquel tablón al ser apoyado contra la pared del faro.

No oyó nada; ni siquiera la respiración jadeante de aquella

silueta que, encaramada a lo alto de la madera, escudriñó con una excitación enfermiza a través de su ventana y se deleitó contemplando su rostro sereno.

Y, por supuesto, tampoco sintió ningún temor ante aquella mirada ansiosa que luchó contra sus instintos, que pugnaban por romper la ventana y entrar, para obligarse a seguir esperando.

25

—¿Y dices que se esfumó? ¿Así, sin más? —Txomin se aferraba la txapela con fuerza para evitar que el viento se la llevase.

—Tal como lo oyes. Estoy segura de que no pudo darle tiempo a llegar a Mendiola sin que yo lo viera —insistió Leire alzando la voz para hacerse oír por encima de los chirridos del embarcadero.

Aquel día se sentía segura de sí misma, orgullosa de haber llamado a su editor a primera hora para obligarlo a cancelar el vuelo. Sin permitirle réplica, le había asegurado que si quería su maldita novela, debía dejarla en paz; aunque solo fuera por unos días.

El temporal golpeaba la costa cada vez con mayor violencia, lanzando fuertes embates contra los acantilados y haciendo bailar las aguas, habitualmente calmas, del interior del puerto. La flota pesquera permanecía amarrada ante el riesgo de hacerse a la mar en condiciones tan hostiles. En el exterior de la bocana, a una distancia prudente de la línea de costa, dos cargueros aguardaban a que el mal tiempo diese una tregua para poder iniciar las maniobras de aproximación a la dársena. Sin embargo, el frágil transbordador de Txomin funcionaba como cualquier otro día, pasando incansable de un lado a otro de la ría.

—Debió de esconderse en algún sitio. Se daría cuenta de que alguien lo seguía —apuntó el barquero.

Los pasajeros escaseaban en días así. Solo en hora punta, cuando los vecinos de un lado que trabajaban en la otra orilla volvían a casa, había algo de movimiento. El resto de la jornada, los habituales paseantes ociosos se echaban en falta. Solo algunos, bien pertrechados de chubasqueros y botas de lluvia, se animaban a enfrentarse a la travesía. El tedio y el frío eran los principales protagonistas en días como aquel, de modo que Txomin agradecía especialmente la compañía de la escritora. Al menos, el tiempo parecía discurrir más rápido que cuando esperaba sentado en la cabina a que llegara algún viajero.

—No sé. Parece difícil que pudiera esconderse por allí. Está todo pelado; ni árboles, ni nada que sirva de escondrijo —objetó Leire poco convencida.

—Ese tío es un viejo zorro. Conoce bien los caminos de Ulia y no le costaría dar con algún sitio donde pasar desapercibido. —Tras asegurarse de que no había nadie esperando en el embarcadero, el barquero la invitó a entrar en la cabina—. Aquí al menos no hace viento.

Leire tomó asiento en uno de los bancos corridos que flanqueaban la estructura de madera y vidrio que protegía a los pasajeros de los elementos. Txomin ocupó un lugar frente a ella, acomodando el codo derecho sobre su inseparable bolso de mimbre. El balanceo de la motora era allí más evidente que en el exterior.

—Explícame de nuevo dónde lo perdiste de vista —pidió el barquero mientras llenaba de tabaco el cacillo de la pipa.

La escritora narró una vez más cómo lo había seguido hasta los acueductos, donde Besaide se había volatilizado como por arte de magia. Txomin la escuchaba atento, dando largas caladas y asintiendo cada pocas palabras. Algunas olas salpicaban las ventanas de la cabina tras romper contra los muelles. ¿O quizá era lluvia?

—Allí no hay ningún sendero que abandone el camino

principal. Eso está claro —murmuró el barquero con la mirada perdida más allá de la ventana—. Quizá bajara a la base del acueducto para ocultarse entre sus columnas.

—Imposible. Ya lo pensé, pero está todo cubierto por zarzales tan densos que nadie podría avanzar entre ellos.

—¡Qué poco curras, Domingo! —El recién llegado subió trabajosamente a la embarcación.

Leire le saludó con un gesto de cabeza mientras Txomin se acercaba a echarle una mano. Miguel era uno de los cuatro o cinco jubilados que pasaban las tardes en el banco de la plaza criticando a todo el que pasaba por delante.

—¿Cómo eres tan pesado? —le regañó el barquero—. ¿Cuántas veces te tendré que pedir que no me llames así? Como vuelvas a hacerlo no te paso en mi motora.

Miguel soltó una risotada que se vio de pronto interrumpida por un ataque de tos.

—No me jodas, hombre. Todo el mundo sabe que en tu carnet de identidad pone Domingo. Que tú pretendas ser más vasco que Arzalluz, haciéndote llamar Txomin, no es mi problema.

El barquero se mordió la lengua mientras soltaba amarras. Cuanto antes llevara a aquel impertinente a San Juan, antes podría deshacerse de su desagradable compañía.

—Son setenta céntimos —informó estirando la mano hacia el pasajero.

—¿Y esa no paga? —inquirió el otro con una sonrisa socarrona.

—Esa ya ha pagado —zanjó Txomin acelerando.

El ronquido del motor y el vendaval hizo imposible entenderse durante los dos minutos que duró la travesía. Sin embargo, en cuanto la motora alcanzó el muelle de San Juan, Miguel miró fijamente a Leire y volvió a lanzar uno de sus dardos envenenados.

—¿Por qué las mataste? —La sonrisa sarcástica que dibujaron sus labios resultó aún más hiriente que las palabras.

Leire dudó entre contestar o no hacerlo. Por un momento, estuvo tentada de propinarle a aquel viejo decrépito un puñetazo en la boca, pero logró contenerse, asegurándose que lo mejor sería ignorarlo.

—¿No te bajas? —inquirió el anciano desembarcando—. Ay, madre, creo que tenemos noviazgo... ¡Qué callado te lo tenías, Domingo! —se burló con una desagradable carcajada.

En lugar de contestar, el barquero soltó el cabo que ligaba la motora al embarcadero y aceleró para alejarse de allí cuanto antes.

—Es un imbécil. No le hagas caso —explicó elevando la voz para hacerse oír por encima del ruido. A Leire le pareció que su amigo se había ruborizado.

—Tranquilo; lo conozco de sobra. Aunque a veces lo parezca, no soy nueva en este pueblo. Llevo demasiados años aquí como para que la lengua de Miguel me saque de mis casillas.

Txomin aminoró la marcha para dejar paso libre a la trainera de San Pedro, que enfilaba hacia la bocana. El viento, que soplaba de mar, silbaba al peinar los remos cada vez que los remeros los sacaban del agua para completar la bogada.

—Vaya día más feo para remar —comentó Leire secándose una salpicadura de agua de mar que había impactado en su rostro.

—Así se hacen fuertes. No hay como entrenar en condiciones duras para rendir a tope en las regatas —defendió el barquero.

La escritora observó la trainera cabalgando sobre el oleaje hasta que la aproximación de la motora al muelle le robó las vistas. Sentía una mezcla de nostalgia y rabia por su expulsión del club de remo, aunque, decididamente, no echaba de menos hacerse a la mar en días como aquel.

—¿Dónde estábamos? —inquirió Txomin regresando al interior de la cabina.

—No sé. —Leire se encogió de hombros—. En los acueductos, creo.

—Eso es. La verdad es que solo se me ocurre una posibilidad: el túnel, pero hace tiempo que está cerrado por una verja.

Leire frunció el ceño sin comprender a qué se refería.

—No me digas que nunca lo has visto. —Txomin parecía sorprendido—. Después de pasar por los acueductos, el agua era canalizada hasta el otro lado del monte Ulia por un largo túnel. De niños solíamos jugar por allí, pero el abandono lo llevó a la ruina. Alguna parte llegó a hundirse.

—Nunca lo he visto. ¿Dónde está la boca?

—Poco después del segundo acueducto. Hace tiempo que no voy por allí, pero estará oculta entre los matorrales. Desde que lo cerraron para evitar riesgos, ni siquiera los niños lo usan como escondite.

La escritora sintió que se le aceleraba el pulso. Por fin acariciaba con los dedos una explicación lógica a la desaparición de Gastón Besaide.

—¿Crees que puede utilizar el túnel para llegar a algún lugar? —inquirió.

—Imposible. Como te decía, el techo se desplomó en algún punto. Además, es muy estrecho. Lo justo para que una persona pueda adentrarse a duras penas para llevar a cabo las tareas de mantenimiento. —Txomin negó ostensiblemente con un gesto—. No solo eso, sino que está cerrado con una verja de hierro para evitar accidentes.

Leire se sintió decepcionada.

—Pero has dicho que solo se te ocurría el túnel como escondite —objetó.

El barquero se puso en pie para salir a la cubierta. Una pareja, a la que un plano de la zona delataba como turistas, se disponía a embarcar. Junto a ellos, el limpiador albino rascaba con una espátula los chicles que alguien se había entretenido pegando en la barandilla. Lo hacía con tal meticulosidad que Leire sospechó que estaba intentando oír lo que decían.

—Es que no se me ocurre otra opción. Quizá Besaide descubrió que ibas tras él y se ocultó aprovechando la oquedad que forma la entrada al túnel —explicó Txomin saludando a los pasajeros con un gesto de la mano que no tenía mutilada—. A no ser que haya conseguido una llave de la verja, claro está —añadió antes de girarse hacia Rita, que había saltado al mar desde el pantalán—. ¡Ven aquí! ¡Sube! ¿No ves que te ahogarás con tan mala mar?

Con la mirada perdida en las olas que batían contra los muelles, Leire intentó comprender los motivos de tan extraño comportamiento. Por más que lo pensaba, no lograba acertar qué movía a Gastón Besaide a evitar a toda costa cualquier encuentro. O bien no estaba en su sano juicio, o bien tenía algo que ocultar. Y todo apuntaba a que la clave podía estar en el propio túnel abandonado. Por un momento, se imaginó una lóbrega sala de torturas a la que llevaría a sus víctimas, pero la imposibilidad de llegar de otra forma que a pie, le hizo desechar la idea.

—Siempre han sido unos excéntricos —apuntó Txomin adivinando sus pensamientos una vez que los pasajeros hubieron subido a bordo. A pesar del mal tiempo, la pareja prefirió quedarse en cubierta para hacer fotos durante la travesía—. Y no solo eso; no son buena gente. Conviene andarse con cuidado con ellos; todo Pasaia lo sabe. Eres muy valiente por seguir a ese tipo por sendas solitarias.

La escritora asintió ausente al tiempo que se ponía en pie para abandonar la cabina. Al dirigir la vista hacia el muelle, comprobó que el albino había desaparecido.

—Gracias, Txomin. Creo que ya es hora de que vuelva al faro a intentar escribir un par de páginas. —Al mencionar la novela, sintió una punzada de angustia, pero su mente estaba ahora en otro sitio. Sacó el móvil del bolsillo y miró la hora. No llegaría a tiempo de seguir de nuevo a Gastón Besaide, pero sí para ir en busca del túnel antes de que anocheciera. Tenía que dar con él y descubrir si los hermanos guardaban algún secreto en su interior.

El barquero la tomó por los hombros y la miró fijamente.

—No hagas ninguna tontería. —Su voz sonó firme y, al mismo tiempo, suplicante.

Leire sintió una mezcla de incomodidad y gratitud. Hacía tiempo que nadie se preocupaba así por ella. Y menos en aquel pueblo donde la mayoría parecía haberse coaligado para hacerle la vida imposible.

Las manos de Txomin no la soltaban. Esperaban una respuesta, unas palabras tranquilizadoras, pero ella no podía dársela; no la que él quería oír. Porque Leire solo tenía una idea en la cabeza: encontrar el túnel y comprender de una vez por todas adónde iba Gastón Besaide con tanto secretismo cada mediodía.

El barquero no necesitó que la escritora abriera la boca para comprenderlo. Con un suspiro de impotencia, apartó sus manos. Sus ojos negros, habitualmente tristes, brillaban con mayor intensidad. Leire supuso que era un reflejo de la inquietud que sentía.

—Tengo que irme —insistió abrochándose el chubasquero para enfrentarse al mal tiempo.

Antes de desembarcar, se giró por última vez hacia Txomin y le propinó un beso en cada mejilla. El bigote del barquero le rascó la comisura de los labios al hacerlo.

—Gracias —murmuró saltando al embarcadero.

El petardeo de la motora al alejarse la despidió conforme subía la rampa hacia los muelles de San Pedro. Comprobó que le costaba tragar saliva. Estaba nerviosa. Intuía que cada paso que diera rumbo a aquel túnel la estaría acercando a la resolución del caso.

Un día de 1984

Cuatro segundos de luz fija y una ocultación de un segundo. El faro de la Plata intentaba guiarlo con sus guiños cómplices, como cada vez que se hacía a la mar. Sin embargo, aquella noche el Triki solo tenía ojos para otra luz más lejana: el faro del cabo Higuer.

Sus dos cortos destellos seguidos de diez segundos de oscuridad marcaban el extremo más lejano del monte Jaizkibel. Era allí adonde dirigía la txipironera que había robado poco después de la medianoche, cuando no quedaba un alma en los muelles de San Pedro.

No había sido difícil. Solo un candado, que había descerrajado en cuestión de segundos con ayuda de una palanca, ligaba la embarcación al viejo embarcadero de madera. Su nombre, clavado en letras de chapa dorada al casco, se le había antojado un inmejorable vaticinio. ¿Cómo no iba a lograr su objetivo en una chalupa llamada Libertad?

El Cantábrico estaba en calma y, salvo un petrolero que aguardaba la marea alta para entrar a puerto y descargar combustible en los depósitos que Campsa tenía entre Lezo y Errenteria, no se cruzó con nadie de camino al barco nodriza. Por si fuera poco, había dejado de llover y hacía horas que las últimas nubes se habían disipado.

Todo parecía muy fácil. Sin duda, una buena noche para la travesía, pero el Triki estaba tan nervioso como si fuera la primera vez que se hacía a la mar.

No era para menos.

—¡Vamos, Libertad! —exclamó acelerando al máximo—. ¡Vamos allá!

El faro de Higuer aún estaba lejos, pero el motor de la txipironera tronaba con fuerza. A ese ritmo, no tardaría mucho en alcanzar el cabo. A estribor, las luces rojas titilaban sobre las antenas que coronaban el monte Jaizkibel. Por encima de ellas, un sinfín de estrellas rompía la oscura negrura de la bóveda celeste. El Triki alzó la vista hacia ellas. No le costó dar con la Osa Mayor. Tampoco con Casiopea. A medio camino entre las dos, la estrella polar marcaba el norte. Era lo poco que sabía interpretar del cielo estrellado, pero era suficiente. Sabiendo eso, cualquiera podía orientarse sin necesidad de brújula.

«Ojalá me hubiera servido también para guiarme en mi propia vida», se dijo con un suspiro. Sin embargo, sabía que ahora todo sería diferente.

Los nervios le agarrotaban el estómago, como si un enorme puño de hierro le estrujara las tripas con saña. Sabía que jugaba al todo o nada.

Muchas veces había fantaseado con la idea, pero jamás hasta ese día se había atrevido a dar el paso.

—Maldito cabrón —musitó llevándose la mano izquierda al abdomen.

Todavía lo tenía dolorido. En el ambulatorio le habían dado seis puntos que habían logrado que dejara de sangrar, pero el dolor había ido a más.

—Al cicatrizar te dolerá porque los puntos tiran de la herida, pero no te preocupes, es superficial —le explicó la asustada enfermera, que desapareció de su vista tan pronto como le hubo cosido el tajo. Nadie quería tener trato con yonquis.

Si todo iba bien, nunca más volvería a ver al Kuko. Tampoco a los Besaide, ni a Manolo, ni siquiera a su madre. Pensaba huir tan lejos como pudiera.

Volvió a mirar hacia el cabo Higuer. Sus formas de pico de ave comenzaban a hacerse visibles, al destacar sobre las iluminadas calles de Hendaya. Era allí adonde se dirigía. Pensaba desembarcar en la larga playa y cargarse a la espalda tantos fardos como pudiera para llegarse hasta la estación de tren. Tras el cabo, se escondía el Bidasoa y, con él, la muga. En la otra orilla, allá donde se encontraba Hendaya, estaba Francia. Otro país, otra lengua, otra moneda... otra vida.

Comenzaría de cero, pero los fardos le permitirían hacerlo con ventaja. Con su venta obtendría tanto dinero que podría pagarse el alquiler de un apartamento desde el que controlar su nuevo negocio. Porque las pocas horas pasadas desde que esa tarde en la Katrapona el Kuko amenazara con sacarle las mantecas habían sido suficientes para planear su futuro inmediato.

No había como un poco de miedo y un mucho de heroína en vena para pensar con claridad.

En la estación de Hendaya tomaría la Palombe Bleu, el tren que, cada noche, realizaba el largo trayecto hasta París. Una vez allí, no tenía más que dedicarse a la actividad más lucrativa que conocía: el tráfico de drogas. No le hacía falta un esfuerzo muy grande para verse a sí mismo convertido en un Kuko que manejara a sus anchas el cotarro en un barrio con carácter. El Chino le había hablado de Montmartre. Lo había llamado el barrio de las putas y, según él, estaba infestado de yonquis.

¿Qué mejor lugar para un camello?

—Como nuestra fábrica abandonada pero en un barrio entero —le había asegurado.

Si el Chino lo decía, debía de ser así. El Triki no conocía a nadie más viajado que él. Había estado en París, en Roma y en Venecia. ¿O era Viena?

En realidad, todos los marineros de Pasaia habían estado en lugares mucho más lejanos y exóticos que el Chino, pero eso, para el Triki, no contaba. No era lo mismo viajar por trabajo que hacerlo, como su vecino de la fábrica, para dormir en hoteles y visitar museos.

A veces sentía lástima por él. No entendía que alguien con unos padres ricos, que podían permitirse pagarle viajes e incluso un coche de segunda mano, hubiera abandonado su hogar para irse a vivir a esa fábrica infestada de ratas y cucarachas. Sin embargo, la respuesta no solía tardar en brotar de su mente y siempre era la misma: la heroína. Aquella droga no entendía de clases sociales, ni de pobreza o riqueza. Todos empezaban igual, coqueteando con ella en divertidas reuniones de amigos para acabar destrozados por dentro y marginados en aquella fábrica desgraciada.

«Ojalá no la hubiera conocido nunca», se dijo con la mirada fija en las anaranjadas luces de Hendaya, pero no había vuelta atrás; hacía años que sin heroína no era más que un trapo viejo, un angustiado cadáver viviente.

Acostumbrado a guiarse por el faro de la Plata, de luz fija con ocultaciones cortas, le resultaba extraño seguir el de Higuer, que permanecía a oscuras salvo cuando lanzaba sus grupos de dos destellos. A veces lo perdía de vista y trataba de adivinar dónde se encendería la próxima vez, para descubrir que siempre erraba ligeramente el cálculo. No era fácil orientarse a oscuras, y menos en una txipironera que las olas, suaves aquel día, se empeñaban en hacer cabecear ligeramente.

La luz cada vez se veía más cerca. Tanto que creía intuir las formas de la propia torre del faro. No tardaría mucho en llegar hasta él. Después, lo dejaría a estribor y seguiría de frente para rodear el cabo y atravesar la línea invisible que separaba los dos países. Con suerte, no llamaría la atención de ninguna patrullera y podría varar la chalupa sin problemas en los arenales de Hendaya.

El motor rugía. La Libertad era más potente que el Gorgontxo. Tal vez fuera ese el motivo de que, de pronto, la txipironera emitiera una tos ronca y se detuviera en seco.

—No puede ser. Es imposible, estaba lleno —se lamentó el Triki en voz alta mientras abría el depósito.

Con la ayuda de una linterna, comprobó que estaba vacío. La gasolina se había agotado.

Llevándose las manos a la cabeza, el Triki maldijo una y otra vez su suerte. Con el Gorgontxo jamás le hubiera ocurrido algo semejante. La chalupa de su padre apenas consumía combustible, pero acababa de comprobar que no podía decirse lo mismo de todas las demás.

Desesperado, dirigió la vista hacia Hendaya. Los edificios más grandes del barrio de la playa comenzaban a tomar forma tras el anaranjado resplandor de las farolas, pero aún faltaba un largo trecho para llegar hasta ellos. Ni siquiera había logrado alcanzar el cabo. Girándose hacia la popa, divisó la luz amiga del faro de la Plata. Brillaba apagada por la distancia, o quizá fuera por la tristeza de verlo fracasar en su huida en pos de la libertad.

Las luces del nuevo día aún no asomaban por el este y el Triki supo que le esperaban unas horas difíciles, con la única compañía del mar, a merced de las corrientes y de que la suerte decidiera girarse de su lado.

Sin mucho más que poder hacer, se dejó caer pesadamente sobre un fardo.

Al menos, tenía heroína, montones de heroína, para poder pasar mejor el mal trago.

26

La monótona cantinela del agua en la fuente del Inglés, el suave crujido de los helechos secos mecidos por el viento, los graznidos lejanos de las gaviotas... Todos los sonidos parecían hábilmente escogidos para una amable película costumbrista hasta que el estridente timbre del móvil profanó la quietud. Leire no se sobresaltó. Esperaba la llamada.

—¿Dónde estás? —inquirió tras pulsar la tecla verde.

—Cerca. En media hora estoy allí. —La voz de Iñigo sonaba entrecortada.

La escritora no necesitó comprobar el indicador de cobertura para saber que era la de su móvil la que fallaba. La cercanía del mar actuaba como un espejo que distorsionaba a su capricho la calidad de la comunicación. Alguien en Ondartxo le explicó los motivos técnicos hacía tiempo, pero no llegó a comprenderlos. Lo único que sabía era que la cobertura era caprichosa en toda la vertiente marítima del monte Ulia y que podía haber una recepción perfecta en un lugar donde minutos después no había siquiera señal.

—Deja el coche en el faro y sigue el sendero. Yo estoy llegando al primer acueducto. Te espero por aquí; en la entrada al túnel —explicó Leire sin dejar de caminar.

—Sí que estabas impaciente. ¿No podías esperarme en el faro? —musitó Iñigo antes de colgar.

Había tardado más de lo previsto en salir de Bilbao porque no le fue fácil dar con una llave que pudiera abrir el candado de la verja; y menos en domingo. Aunque guardaba una buena colección de ganzúas de sus años como colaborador de la Ertzaintza, ninguna era tan avanzada como para poder abrir la cerradura de seguridad que mostraba la foto enviada por Leire. Afortunadamente, un contacto en los bomberos le ayudó a dar con un cerrajero que, a regañadientes, accedió a prestarle una llave maestra electrónica.

Apenas veinte horas antes, y a pesar de las indicaciones de Txomin, a la escritora le resultó difícil dar con el túnel. Estaba a punto de darse por vencida cuando, ya de noche, reparó en una leve corriente de aire frío que surgía de unos zarzales. La maleza cubría la entrada, pero la apartó con un par de manotazos para descubrir que el cierre de la oxidada verja que la protegía había sido inutilizado. En su lugar, un pesado candado moderno se ocupaba de mantener alejados a los posibles intrusos. De inmediato, llamó a Iñigo. Iba a necesitarlo para abrir la cerradura y, además, contaría con su compañía en el oscuro interior del paso subterráneo.

Leire dejó atrás el primer acueducto y remontó la ligera pendiente que llevaba a la segunda vaguada. Un águila pescadora alzó el vuelo y aleteó sobre ella antes de planear hacia el mar. La siguió con la mirada mientras sentía como el corazón le latía desbocado. En cuanto Iñigo llegara, podrían entrar por fin al pasadizo y descubrir qué era lo que escondía Gastón Besaide. Con un poco de suerte, lograrían alguna prueba que lo incriminara en las muertes. La pesadilla, no solo de la escritora, sino de toda la bahía de Pasaia, podía estar a punto de acabar.

Pensaba en ello cuando el timbre del móvil volvió a sonar.

—¿Qué pasa? —preguntó al ver que era de nuevo el profesor quien la llamaba.

—Leire, no te lo vas a creer...

La comunicación se cortó de repente. El indicador marcaba que no había cobertura. Con los nervios atenazándole el estómago, Leire se detuvo junto al arranque del segundo acueducto y configuró el móvil para que buscara otros operadores. Durante poco más de un minuto, en la pantalla del terminal parpadearon unos puntos suspensivos. Después, apareció una lista de tres compañías. Todas francesas. Solía ocurrir. La cercanía de Francia, a apenas quince kilómetros de allí, y la caprichosa geografía de la zona, hacía que la cobertura de los operadores del país vecino fuera a menudo mejor que la de las redes locales.

Eligió una al azar y llamó a Iñigo.

—¿Qué pasa? ¿Estás en una cueva o qué? —dijo el profesor a modo de saludo.

—Parecido —apuntó Leire.

—Joder... Han denunciado la desaparición de otra mujer. Me acaban de avisar desde la comisaría de Deusto.

—¿Otra...? ¿Dónde? —La escritora apenas lograba hablar con un hilo de voz.

—En San Pedro. Una pescadera. Esta mañana no ha abierto la tienda. Nadie la ha visto desde que salió de casa para ir a la lonja.

Leire tragó saliva.

—Felisa —murmuró.

—Sí, Felisa Castelao. ¿La conoces? —preguntó el profesor—. ¡Joder, qué pregunta! Si eso es un pueblo. ¿Cómo no vas a conocerla?

—Más de lo que imaginas —explicó Leire antes de detenerse en seco—. ¡Está abierta! —exclamó antes de bajar la voz hasta convertirla en un susurro—. Iñigo, la verja está abierta.

Dejando atrás el acueducto, acababa de llegar al túnel. Era la primera vez que lo veía a la luz del día. Al aproximarse a él, sintió que una corriente de aire frío le erizaba el cabello. Echó un vistazo al reloj que ocupaba la esquina superior de la pantalla del móvil.

Poco más de las cuatro de la tarde.

Fiel a sus horarios, Gastón Besaide debería encontrarse ya en casa, de vuelta. Era extraño, muy extraño.

—Qué raro. ¿No me dijiste que era a las dos de la tarde cuando hacía su visita diaria? —inquirió el profesor.

—Sí. No entiendo nada —musitó Leire—. ¡Espera! Hoy es domingo.

—¿A qué hora es la misa? —quiso saber Iñigo.

—¿Aquí? No sé... Creo que a la una... ¡Joder! Seguro que los domingos va a misa y cambia sus horarios. ¿Cómo no se me habrá ocurrido?

—O también puede haber variado su horario habitual porque está en plena carnicería. No olvides a la mujer desaparecida.

Leire asintió con un movimiento de cabeza. La visión de la verja abierta le había hecho olvidar a Felisa. Dio un par de pasos para asomarse al túnel. No se oía nada. Solo algunas gotas al desprenderse del techo y caer en el suelo embarrado.

—Creo que voy a entrar —anunció en un susurro.

—No entres. Espérame. ¿Me oyes? Ni se te ocurra entrar sola —balbuceó Iñigo al otro lado de la línea.

Era demasiado tarde. Leire no pensaba dejar pasar la oportunidad.

—Voy a entrar —murmuró antes de cortar la comunicación.

La linterna de bolsillo apenas alumbraba un par de metros por delante de ella. Más allá, todo era tan negro como un pozo sin fondo. Por si fuera poco, las estrechas paredes del túnel hacían rebotar la luz, de modo que Leire caminaba deslumbrada. Los escasos rayos de sol que se filtraban por la entrada se diluyeron en cuanto el pasadizo trazó una leve curva a la izquierda.

«¿Hasta dónde tengo que seguir?», se preguntó Leire tras un par de minutos avanzando por el subsuelo.

No sabía gran cosa de aquel lugar. Solo que antiguamente servía para canalizar agua al otro lado de la montaña y que algún derrumbe lo hacía impracticable. Sin embargo, no se ha-

bía detenido a preguntarse qué era exactamente lo que esperaba encontrar allí. Conforme avanzaba, se iban difuminando
sus expectativas iniciales. Al ver la verja abierta, había pensado
vagamente que tal vez fuera allí donde Gastón Besaide llevaba
a sus víctimas. Quizá Felisa se encontrara retenida en aquella
vieja conducción de agua.

«Aquí no hay nada. Solo barro y humedad —se dijo deteniéndose a escuchar en la oscuridad—; pero entonces ¿por qué
viene cada día?».

La única respuesta que obtuvo fue un silencio turbador,
roto tan solo por las rítmicas gotas de agua que rompían por
doquier contra el suelo encharcado. Pasado el arranque de decisión de los primeros minutos, Leire comenzó a sentirse angustiada. No era para menos; el pasadizo era tan estrecho que sus
hombros tocaban contra ambas paredes en la mayoría de los
tramos y el techo resultaba tan bajo que la obligaba a flexionar
ligeramente las rodillas para no golpearse la cabeza. Por si fuera poco, el firme irregular y embarrado la zancadilleaba continuamente. Sin embargo, lo peor no era eso, sino la impenetra-
ble oscuridad y la incertidumbre.

«¿Y si es una trampa? —se dijo de pronto—. ¿Y si ese cabrón ha cerrado la verja y está fuera, celebrando que la presa ha
mordido el anzuelo?».

Se detuvo unos instantes para recuperar el aliento. No recordaba haberse sentido jamás tan asustada. Intentó escuchar
en el silencio, pero los latidos de su corazón retumbaban con
tal fuerza en sus sienes que fue incapaz de oír nada. El olor a
humedad era intenso.

«Un buen lugar para cultivar champiñones», pensó intentando aflojar la tensión.

Pero no era el único olor. Entre las notas acres de la humedad destacaban unas más dulzonas, casi perfumadas. Leire hizo
un esfuerzo por descubrir de qué se trataba, pero no lo logró.
Intrigada, volvió a ponerse en marcha. Cuanto más avanzaba,
más penetrante era aquel aroma. En cierto modo, le resultaba

familiar, como si lo tuviera registrado en su memoria olfativa como un olor habitual.

«¡Maldita sea! Tengo que reconocerlo. Lo conozco..., lo conozco bien», se dijo para sus adentros.

Los pasos la acercaban claramente a la fuente. La esperanza de dar con algo más que oscuridad y humedad volvió a renacer en ella. Tal vez estuviera llegando al lugar donde Besaide llevaba a cabo sus macabros asesinatos, o a donde retenía a Felisa, si es que no estaba ya muerta. Fuera como fuese, convenía evitar un encuentro con él. Iba a resultar difícil porque, seguramente, estaría allí dentro. La verja abierta no sugería otra cosa.

Apagó la linterna para evitar que la luz la delatara. Avanzar a tientas en un lugar tan estrecho le resultó más fácil de lo que esperaba. Solo tenía que apoyar una mano en cada pared para poderse guiar, pero la oscuridad era tan absoluta que el miedo la bloqueaba.

¿Cuánto tiempo llevaba allí dentro? Probablemente no más de cinco minutos, decidió, pero comenzaban a resultarle eternos.

«Debería haber esperado a Iñigo».

De pronto, un ruido interrumpió sus pensamientos. Alguien se había movido unos pasos más allá. O tal vez fuera solo producto de su imaginación. Por unos momentos, dudó entre seguir adelante o dar marcha atrás. Se iba a volver loca si continuaba mucho tiempo en aquel maldito túnel. Aún cavilaba indecisa cuando volvió a oír algo. Se encontraba cerca; a no más de cuatro o cinco pasos de ella.

Encendió la linterna.

Dos puntitos rojos se dibujaron fugazmente en la oscuridad antes de desaparecer a la carrera por el pasadizo.

—Ratas —musitó aliviada. Nunca antes hubiera creído que la presencia de aquellos asquerosos roedores pudiera resultarle tranquilizadora.

De nuevo a oscuras, continuó su avance a tientas. Las goteras comenzaron a hacerse más molestas. Cuanto más avanzaba, más abundantes eran. Tanto que el goteo que en los primeros metros de túnel era una amable y lenta cantinela se había convertido ahora en un sonido persistente, como un chaparrón que rompe sobre el asfalto. El barro del suelo se le adhería a la suela de las botas, que se hacían más pesadas a cada paso. Además, su anorak no contaba con capucha, de modo que aquella gélida lluvia subterránea le estaba empapando el pelo. Tenía frío. En realidad era más que frío: estaba helada.

«Debería regresar», pensó una vez más, arrepentida por no haber esperado al profesor.

En caso de encontrarse con Besaide, no tenía arma alguna con la que defenderse. Seguramente, Iñigo tampoco.

«Al menos, seríamos dos contra uno. ¿Y ese maldito olor? Cada vez es más intenso. Me estoy acercando. No puedo dar la vuelta ahora. No, no todavía».

Se obligó a continuar unos pasos más. Las paredes rezumaban agua y le empapaban las manos al buscar apoyo en ellas. Pensó en Felisa. Era una indeseable, pero nadie merecía morir, y menos a manos de un desalmado destripador. Imaginó su pescadería esa mañana, con la puerta cerrada, las luces apagadas y los vecinos preguntando por ella.

«Solo me faltaba esto», se dijo contrariada.

Ahora que muchos de los que antes la señalaban comenzaban a creer que tras los crímenes se hallaba algún enemigo de Jaizkibel Libre, la desaparición de aquella mujer que tanto había insistido en su culpabilidad la devolvería al centro de todas las miradas.

De pronto, el túnel se dibujó levemente ante los ojos de Leire. Un tímido resplandor brotaba de la pared derecha a apenas unos pasos de donde se encontraba. Conforme se fue acercando, comprendió que allí había algún tipo de habitáculo. La luz que se filtraba desde el interior oscilaba, creando un enigmático baile de sombras a través del vano, en el que no había puerta alguna. Al reparar en ello, comprendió por fin que aquel olor tan familiar no era otro que el de la cera fundida de las velas.

Haciendo grandes esfuerzos para que las piernas le obedecieran a pesar del pánico que sentía, Leire logró acercarse a aquella abertura en la pared.

Entonces, lo oyó.

Era un leve lamento gutural; una especie de sollozo que apenas se identificaba como humano y que parecía surgir de las entrañas de la tierra, aunque Leire supo de inmediato que salía de aquella inesperada cámara lateral. Había alguien ahí dentro y parecía estar llorando.

Pensó en Felisa; pensó también en Gastón; y, armándose de un repentino coraje, se asomó.

27

Domingo, 1 de diciembre de 2013

—¡Maldita sea! ¿Cómo que no está? —Antonio Santos estaba indignado—. ¿Seguro que habéis buscado bien?

—Sí, jefe. Aquí no hay nadie. —El agente Ibarra señaló a sus dos compañeros, que salían en aquel momento por la puerta del faro de la Plata, para intentar compartir la ira del comisario con ellos.

Santos maldijo de nuevo. Si la farera no estaba allí, debía de haber huido tras asesinar a la dueña de la pescadería.

«Eso en el caso de que la haya matado ya. Quizá aún esté torturándola», pensó con un atisbo de esperanza. Si la encontraba viva, el caso no sería tan grave.

Giró la cabeza hacia el aparcamiento, donde un agente impedía el paso a los tres periodistas a los que el comisario se había quedado dando largas mientras sus hombres entraban al faro.

—Voy a entrar yo —anunció—. Ibarra, García, venid conmigo.

Santos estaba decidido a parar esa sangría. Se habían acabado las medias tintas y los miramientos. Cuanto antes metiera entre rejas a Leire Altuna, antes se acabaría aquella pesadilla que comenzaba a desacreditarlo en la Ertzaintza. Porque si algo tenía claro era que, tras su careta de escritora romántica, se escondía una criminal de sangre fría y mente retorcida. Tenía que reconocer que había logrado hacerlo dudar al elegir solo a integrantes de Jaizkibel Libre para sus macabros crímenes, pero la desaparición de Felisa Castelao lo aclaraba todo. Aquella mujer se había destacado en los últimos días por su valentía a la hora de denunciar a la farera como la mano que estaba detrás de los crímenes. Desgraciadamente, todo indicaba que lo había acabado pagando.

—Pensaba que sería más grande —comentó Santos decepcionado tras echar un primer vistazo a la planta baja del edificio. El exterior almenado y las formas de castillo apuntaban a una construcción de grandes dimensiones.

—Arriba es algo mayor —apuntó Ibarra señalando la escalera de madera que subía a los pisos superiores.

El comisario no contestó. Estaba demasiado ensimismado como para hacerlo. A la satisfacción de entrar por fin al faro, se sumaba la rabia impotente de haber sido tan poco inteligente. Había sido necesaria la desaparición de la pescadera para que reparara en que aquel edificio no era propiedad de Leire Altuna. Con una sencilla llamada de teléfono, la Autoridad Portuaria de Pasaia le había abierto la puerta.

Un rápido barrido visual le hizo reparar en la humedad que desconchaba las paredes de la fachada norte, que carecían de ventanas. No hacía falta ser arquitecto para comprender que el edificio se adaptaba a la cresta rocosa sobre la que se apoyaba. Solo tres de las cuatro fachadas contaban con ventanas, al estar la cuarta adosada a la propia roca en un claro intento de proteger el faro de los fuertes vientos provenientes del mar.

—¿Habéis mirado aquí? —preguntó asomándose a la cocina, cuya puerta se abría al pie de la escalera.

Un microondas y una encimera vitrocerámica eran los únicos artefactos modernos en aquel lugar que al comisario le recordó vagamente a su abuela.

«Tiene los mismos azulejos que su cocina», comprendió al instante fijándose en los dibujos geométricos que los caracterizaban.

Un sentimiento de añoranza le trajo el recuerdo de sus guisos. Su delicioso aroma le despertaba el apetito mientras miraba los toros —su abuelo siempre veía corridas de toros— en la televisión esperando a que diera la hora de cenar. Por desgracia, aquello no duró muchos años, porque la entrañable mujer regordeta cayó enferma cuando él apenas contaba diez años de edad. Ahora, treinta y tres años después, apenas lograba recordar su rostro.

—Sí, jefe. Hemos mirado todo —replicó el agente Ibarra.

—¿Y los cuchillos? —Santos señaló hacia los cajones situados a la derecha de la fregadera—. ¿Se os ha ocurrido comprobar que no tengan rastro de sangre?

Ibarra y García cruzaron una mirada de circunstancias. No esperaban un registro tan exhaustivo.

—Pues ya lo estáis haciendo —espetó el comisario de malas formas—. Yo voy a inspeccionar el resto. Como lo hayáis revisado todo tan mal, no me extrañaría encontrar a la pescadera y a todo Pasaia en los armarios de los pisos superiores.

El salón comedor y el trastero que completaban la planta baja no mostraron nada sospechoso, de modo que Antonio Santos remontó los dos tramos de escaleras que lo separaban del primer piso.

—¿De dónde saca ese idiota que es mayor que el de abajo? —murmuró en cuanto puso los pies en él.

Un recibidor en el que se abría una ventana hacia el sur daba paso a dos habitaciones y un cuarto de baño. Solo una de las estancias parecía habitada: el dormitorio de Leire Altuna, con sus paredes y mobiliario tan blancos que resultaban deslumbrantes. La otra apenas contaba con muebles, y los pocos que había estaban cubiertos con sábanas viejas.

Uno a uno, Santos los inspeccionó todos. En algún lugar tenía que haber alguna prueba que evidenciara que allí vivía una asesina. Sin embargo, no halló en ellos más que polvo y telarañas viejas.

—Algo se te escapa, Antonio. Algo se te escapa —se repetía en voz alta una y otra vez.

Asomado a la ventana del dormitorio de la escritora, contempló la explanada que se abría ante el faro. Allí seguían, de pie junto a los coches patrulla, los periodistas. Debía encontrar algo antes de salir del faro o no tendría ningún avance que ofrecerles.

No le costaba imaginar la apertura de los informativos de esa misma noche con la foto de Felisa Castelao como portada y la secuencia de su equipo, con él mismo a la cabeza, abandonando el faro sin haber encontrado ninguna pista.

—¿Está ahí, comisario? —La voz del agente Ibarra lo devolvió al mundo real.

—¿Hay sangre? —inquirió esperanzado Santos asomándose a la escalera.

—Nada —apuntó García con un deje que al comisario le pareció burlesco—. Aquí no hay nada. Además, estos cuchillos son una mierda. Dudo mucho que alguien pueda abrir a nadie en canal con uno de ellos. Bastante será si logra cortar un pedazo de queso.

Su compañero rio la ocurrencia, pero Antonio Santos no estaba para gracietas.

—Subid y ayudadme aquí arriba —ordenó.

Entre los tres, no tardaron en completar la inspección de la primera planta.

—Ya te habíamos dicho que no había nada —dijo García mientras subían al último piso.

Santos se detuvo furioso.

—¡No me jodas, García! No habéis tardado ni cinco minutos en revisar todo el edificio. Ahora, al menos, lo estamos haciendo a fondo. Si no entro con vosotros, os rascáis los huevos.

García abrió la boca para replicar, pero Ibarra le propinó un empujón para que la mantuviera cerrada. Cuando el comisario estaba de mala uva era mejor no tentar a la suerte. Un par de meses atrás condenó a digitalizar todos los casos antiguos a un agente que le discutió una argumentación insignificante. El muchacho, que acababa de salir de la academia y tenía ganas de comerse el mundo, se pasó semanas escaneando papeles amarillentos que se amontonaban en desordenados archivadores de cartón. Y, si Santos no podía castigar a García por ser hijo de quien era, alguien se comería las consecuencias de su enfado, e Ibarra, por estar allí, tenía todos los boletos de la rifa.

Solo dos estancias formaban la tercera planta. La situada a la derecha de la escalera estaba vacía; tanto que al hablar sus paredes devolvían las palabras en forma de eco. La de la izquierda, en cambio, era el despacho de la escritora.

—¿Solo tiene esto? —inquirió García señalando el portátil de color blanco frente al que Leire pasaba largas horas cada día—. ¿Y la máquina de escribir? ¿Y la botella de whisky? Esta tía de escritora no tiene nada.

Antonio Santos evitó contestar. Con mirada inquisitiva, recorrió cada rincón del austero escritorio dispuesto al pie de una ventana que mostraba una panorámica a vista de pájaro de la costa. En aquellos papeles desordenados repletos de garabatos y esquemas debía de estar la clave. En la mayoría de ellos aparecían nombres que jamás había oído: Andersen, Hunter...

—¡Aquí está! —exclamó tomando en la mano un folio con un sinfín de apuntes.

A diferencia de los otros, los nombres que podían leerse en aquel papel eran bien conocidos para el comisario. Demasiado incluso en los últimos tiempos.

—Amaia, Josune, Iratxe... —leyó en voz alta entusiasmado por su hallazgo—. ¿Os suenan estos nombres? Y esperad, que hay más: Gastón Besaide, José de la Fuente, Felisa Castelao... ¡Joder, la pescadera también! —Santos estaba eufórico—. ¿Veis como no sabéis buscar?

—No son más que unos nombres garabateados en un folio. No veo que eso la inculpe —repuso García.

—¡Los nombres de las víctimas! ¿Te parece poco? —espetó el comisario mostrando el papel.

García echó un vistazo al folio antes de fruncir el ceño.

—No sé, a mí no me cuadra. Esa tía sabe que es sospechosa. Quizá haya estado haciendo cábalas para intentar comprender qué está pasando aquí —apuntó.

—¡Vaya chorrada! —se burló Santos—. ¿Quieres que te diga lo que ha estado haciendo? —inquirió sacudiendo el papel—. Planeando más muertes. Vete tú a saber por qué aparecen aquí Besaide y De la Fuente. Si te descuidas, también piensa cargárselos. ¿Tú qué opinas, Ibarra?

—¿Yo? —El agente pareció pensárselo antes de responder—. Que sí.

—¿Que sí, qué?

—Que tienes razón —aseguró Ibarra.

—Muy bien. Meted el ordenador y todo lo demás en bolsas y llevadlo al coche. Esta vez la tenemos —sentenció Santos antes de suspirar aliviado.

—Solo nos falta encontrarla a ella —apuntó García con sorna—. A ella y a la pescadera, si es que no está muerta ya.

Antonio Santos le dirigió una mirada fulminante.

—Desde luego que si dependiera de vosotros ni siquiera habríamos dado con esta prueba —le echó en cara. Después, mordiéndose la lengua para no decir una sola palabra más, se escabulló por el pasillo que llevaba hasta el torreón.

La rabia le carcomía las entrañas cuando llegó a la enorme linterna del faro. Cuánto daría por poner en su sitio a aquel advenedizo.

—¿Hay algo ahí? —preguntó Ibarra desde el otro extremo del pasillo.

Santos negó con un gesto a pesar de que nadie podía verlo.

—Nada; pero vosotros deberíais saberlo, ¿no? ¿O acaso no habíais mirado aquí? —preguntó irónico—. Podemos irnos. Ya tenemos bastante —anunció mientras dejaba vagar la vista desde aquel impresionante otero acristalado.

Una gaviota planeó alrededor del faro, recordando al comisario que era un privilegiado por poder contemplar el mundo desde aquellas alturas. Sin pensarlo dos veces, se apoyó en la campana de cristal y olvidó por unos momentos la investigación. De un lado, la sinuosa costa de Ulia; del otro, los imponentes acantilados de Jaizkibel; a sus pies, la entrada al puerto de Pasaia; y más allá, hasta donde abarcaba la vista, el infinito manto azul del Cantábrico.

«Ojalá ella también pudiera verlo», deseó antes de enfadarse consigo mismo por seguir teniendo ese tipo de pensamientos. Ella nunca volvería con él. Tal vez si hubiera sido capaz de disfrutar de cosas así no la habría perdido. Ahora, ya era tarde.

La enorme lámpara del faro se encendió con un leve zumbido. Aún era de día, pero a pesar de que las nubes impedían ver el sol, se adivinaba que el ocaso estaba próximo. Antonio Santos infló de aire sus pulmones y se obligó a dejar de pensar en su mujer. Los periodistas lo esperaban.

Conforme bajaba las escaleras hacia la salida, las palabras de García volvieron a su mente. ¿Y si Leire Altuna no fuera la asesina? Realmente, la prueba hallada entre sus papeles no era tan consistente como le había parecido en un primer momento. No tanto, al menos, como para dar por hecho su culpabilidad ante la prensa.

Con la desagradable sensación de saber que no contaba con un buen titular que regalar a los periodistas, abandonó el faro y se dirigió hacia ellos.

28

Media docena de cirios brindaban su luz oscilante a una estancia de no más de cuatro metros cuadrados en la que todo parecía dispuesto para crear una siniestra atmósfera. Presidiéndola desde la pared del fondo, un pequeño altar construido con tablones sostenía una pila de huesos humanos. La coronaban dos calaveras que clavaron sus inexistentes ojos en la recién llegada. Postrado ante ellas, de espaldas a Leire, Gastón Besaide, inconfundible por sus ropas negras y su cabellera completamente blanca, siseaba una monótona letanía. Parecían salmos, pero la escritora no lograba comprender las palabras. Guardaba su inseparable txapela entre las manos, en señal de respeto.

«Está rezando en latín», dedujo reprimiendo un escalofrío.

El menor de los Besaide no se había percatado de su presencia. Era como si estuviera en trance; ensimismado por sus oraciones y por el ambiente terrorífico de aquella cripta.

«No es para menos», pensó Leire sintiendo un repentino deseo de alejarse cuanto antes de aquel lugar que olía a muerte.

La cámara que Besaide había aprovechado para establecer su particular templo del horror estaba revestida de ladrillos, como el resto del túnel. Debía de haber sido construida por los propios artífices de la canalización subterránea, probablemente para guardar las herramientas necesarias para los trabajos periódicos de mantenimiento. Seguramente, no sería el único habitáculo del mismo estilo a lo largo del pasadizo.

Leire buscó con la mirada alguna puerta lateral tras la que pudiera encontrarse Felisa, pero allí no había más que paredes desnudas. De una de ellas manaba una considerable cantidad de agua que resbalaba sobre los ladrillos hasta alcanzar el suelo. Besaide había dispuesto allí fragmentos de la vieja conducción para canalizarla hacia el pasadizo principal y evitar así que su cripta secreta se inundara.

—*In nomine patris...* —El volumen de los salmos se hizo de pronto más audible mientras Gastón se movía levemente, como quien despierta de un sueño ligero.

Al hacerlo, pareció reparar en algo que le hizo detener en seco sus letanías. Sin despegar sus rodillas del suelo, olfateó el ambiente girando la cabeza a un lado y otro.

Leire dio un paso atrás maldiciéndose para sus adentros.

«Mi colonia... No debería haberme perfumado».

En un lugar en el que el único olor era el de la humedad y en el que la cera fundida se olía a decenas de metros de distancia, las escasas gotas de esencia de violeta que se aplicaba cada mañana en el cuello debían de sentirse como una mofeta en medio de un jardín de rosas.

Antes de que Besaide pudiera girarse hacia la entrada, Leire se apartó del alcance de su vista, apoyando la espalda contra una de las frías y empapadas paredes del túnel. Por unos instantes, estuvo a punto de echar a correr por el pasadizo, pero en el último momento decidió que sería mejor permanecer tan quieta como pudiera. A pesar de que ella era más joven y ágil que Gastón, él recorría cada día aquel lugar y sabría moverse rápidamente entre sus techos bajos y paredes claustrofóbicas. Era más que probable que, en caso de que la persiguiera, pudiera darle caza antes de que alcanzara la salida. Además, siempre quedaba la opción de que decidiera que el olor a flores era producto de su imaginación y volviera a sus quehaceres sin asomarse siquiera al túnel. Esa era, a todas luces, la única posibilidad de la escritora de poder escapar de allí sin caer en las manos de aquel desalmado.

Los segundos pasaron muy lentamente. Tanto que Leire temió que aquel mal rato no acabaría nunca. Pensó en los huesos. Al menos había dos cadáveres sobre el macabro altar. Eso si es que no había algún otro cráneo perdido entre el montón de huesos. La Ertzaintza tendría un buen entretenimiento para dar con las víctimas en el listado de personas, seguramente mujeres, desaparecidas en la comarca durante los últimos años. Porque si algo tenía claro Leire era que de la pescadera no podían ser. La desaparición era demasiado reciente como para que no fuera ya más que un esqueleto.

¿Dónde la tendría escondida?

Del interior de la cripta solo le llegaba un silencio en el que resonaba el roce de las ásperas ropas de Besaide al moverse para olfatear alrededor. Cubriéndose el cuello con ambas manos, en un desesperado intento de frenar la propagación de su perfume, la escritora deseó que todo aquello no fuera más que una pesadilla.

¿Qué hacía ella en medio de un largo pasadizo subterráneo con un asesino que almacenaba huesos humanos y rezaba en latín?

Gastón Besaide volvió a entonar su incomprensible letanía. Con voz monótona y cadencia lenta, los salmos volvieron a fundirse con el murmullo del agua que caía por doquier.

La escritora respiró aliviada y se giró para buscar la salida del túnel. Antes de hacerlo, reparó en que un par de metros después de la improvisada cripta, un hundimiento del terreno impedía continuar más allá. Si aún le quedaba alguna duda sobre la posibilidad de que Felisa Castelao estuviera prisionera en algún otro habitáculo que pudiera haber más adelante, se le disipó por completo. Allí no había nadie más. Solo Besaide y un montón de huesos humanos.

Leire, sin embargo, no se dio por vencida. Iba a encontrar a la pescadera aunque tuviera que remover cielo y tierra.

Pero no sería necesario hacerlo. Tenía muy claro dónde buscar y su intuición le decía que esta vez la encontraría.

Había luz en el piso superior. A pesar de que aún era de día, la claridad comenzaba a perder fuerza ante la proximidad de la noche, por lo que Marcial Besaide debía de haber encendido la lámpara de su habitación. Escondida tras los arbustos que flanqueaban la carretera, Leire observó que la silueta del hermano mayor se recortaba tras su ventana preferida; la única del piso superior cuya contraventana no estaba siempre cerrada a cal y canto. Su rostro, oculto tras unos raídos visillos de color amarillento, se adivinaba a duras penas, pero no cabía duda de que allí había alguien.

«Y todavía pensará que nadie sabe que se pasa el día ahí, espiando a todo el que pasa», se dijo Leire contemplando la sombra de aquel hombre sobre la cortina.

Aún le faltaba el resuello. La carrera desde el túnel la había dejado agotada. Para ganar tiempo, tomó el sendero secundario, aquel que cada día seguía Gastón Besaide desde la fuente del Inglés hasta la carretera del faro. Solo quería llegar antes que él a la mansión para poder buscar en ella a Felisa. Si todo iba bien, contaba con bastante margen, porque el menor de los hermanos había seguido rezando, quién sabe por cuánto tiempo.

Se disponía a reptar entre los arbustos para buscar un ángulo muerto en el que Marcial Besaide no pudiera verla cruzar al otro lado de la carretera, el que ocupaba el edificio, cuando sonó su móvil.

«¡Mierda! —pensó alzando la vista hacia la ventana iluminada—. Espero que no lo haya oído».

Un suspiro de alivio se le escapó en cuanto comprobó en la pantalla que se trataba de Íñigo. Al salir del túnel descubrió quince llamadas perdidas suyas, pero al devolverle la llamada, su terminal aparecía fuera de cobertura.

—¿Cuándo llegas? —inquirió en un susurro a modo de saludo.

—¡Joder, menos mal! —Su voz sonaba preocupada—. ¿Dónde estabas? ¿No habrás entrado?

—Sí. Ya te explicaré, ahora no hay tiempo. ¿Estás ya por aquí?

—¿Has descubierto algo? Joder, qué mal rato me has hecho pasar.

—¿Llegas o no? —lo interrumpió Leire impaciente.

—No. Estoy en un atasco de campeonato. La Guardia Civil ha montado un control de esos que a veces les da por organizar en el peaje de Zarautz, pero ya me toca pasar. Llegaré en veinte minutos; media hora a lo sumo.

—¡Mierda! Pues cuando llegues, búscame en la casa de los Besaide. Voy a entrar.

—¿Qué dices? No puedes hacer eso. No se puede entrar en las casas así como así. —El profesor hablaba atropelladamente—. Al final vas a acabar en la cárcel por toda esta historia.

—Tengo que hacerlo, Iñigo. Ahora es el momento. Tengo una corazonada. Estoy segura de que la pescadera está aquí dentro. Tú también lo creerías si hubieras visto aquella cripta.

—¿Qué cripta? ¿De qué hablas?

Leire suspiró.

—Da igual. Luego te cuento. Lo que importa es que estoy convencida de que el criminal que está sembrando el terror en la bahía de Pasaia es Gastón Besaide. Probablemente, con la ayuda de su hermano. Y, si es así, ¿qué mejor lugar para cometer sus asesinatos que esta mansión en la que nadie entra desde hace años?

—Si tan segura estás, llama a la policía. No hagas más tonterías.

—No. Voy a entrar. La Ertzaintza perderá demasiado tiempo entre que comprueba lo del túnel y consigue la orden judicial. Podría ser demasiado tarde. —Leire evitó decir que había otro motivo para hacerlo: estaba ansiosa por ver con sus propios ojos lo que estaba ocurriendo allí dentro.

—No seas idiota. Espérame, al menos.

—No puedo. No tengo mucho tiempo. Gastón podría volver en cualquier momento. —Mientras hablaba, Leire revisaba las ventanas de la planta baja. Había logrado cruzar la carretera y colarse en la parte trasera de la casa, la que quedaba fuera del alcance de la vista de Marcial Besaide.

—¿Y el otro hermano? ¿No estaba siempre en casa?

—Ese no me preocupa tanto. Se pasa el día sentado ante la ventana. Me da que tiene dificultades para moverse, porque apenas se aparta de allí.

—Da igual. Puede estar armado y pegarte un tiro en cuanto asomes el morro. Haz el favor de no entrar. Es una jodida locura.

—¡Premio! —musitó Leire al comprobar que la tercera ventana tenía un cristal roto. Solo era una esquina, pero al menos podría introducir por ella la mano para abrirla.

—El siguiente coche soy yo —anunció Iñigo—. Aguanta un momento y no cuelgues, por favor... Buenos días, agente. ¿El maletero? Ahora mismo. ¿Apago el motor?

Leire pulsó la tecla de cortar la comunicación y apagó el terminal. El pedazo de bolsa de plástico que los Besaide habían pegado en el roto de la ventana no fue traba alguna para sus intenciones. Una vez despegado, introdujo el brazo derecho por el agujero y giró la manilla. Después, solo necesitó impulsarse con fuerza y saltar al interior de lo que resultó ser una cocina.

Todo en ella tenía un cierto regusto rancio, anticuado. Paredes blancas, revestidas de azulejos hasta cierta altura, armarios de formica, una mesa de madera y cuatro sillas de plástico naranja... Aquel lugar parecía detenido en el tiempo.

Leire aguzó el oído. No se oía movimiento alguno. Abrió la puerta, que emitió un sordo quejido y salió a un recibidor. Fotos en blanco y negro cubrían las paredes, que aparecían empapeladas con motivos florales de otra época. Una ornamentada vitrina de madera junto a la puerta principal, aquella por la que entraba la gente civilizada que no accedía a las casas por las ventanas traseras, era el único mueble a la vista. El resto no eran más que entradas a otras estancias y el arranque de una escalera que subía a la segunda planta.

«Tranquila. Marcial está dos pisos más arriba», se dijo intentando calmarse antes de comenzar a inspeccionar todos los rincones de la planta baja.

La escritora no necesitó más de dos minutos para comprobar que no había rastro de Felisa por allí. El salón aparecía ordenado, con una enorme alfombra persa cubriendo el suelo y una colección de jarrones chinos de pésimo gusto ocupando todos los estantes del mueble principal. La televisión, una Samsung de pantalla plana, debía de ser lo único que tenía menos de treinta años. Todo lo demás le recordó a Leire la sala de estar de su abuela antes de que la renovaran. Y de eso hacía ya mucho tiempo.

Un minúsculo trastero, un sencillo cuarto de baño y un comedor con una enorme lámpara de cristal de roca completaban aquella planta.

Decepcionada por sus escasos avances, Leire se dispuso a subir al siguiente piso. Sin embargo, en cuanto apoyó el pie en el primer peldaño de la escalera, la madera emitió un fuerte crujido. Con una enorme sensación de congoja, la escritora comprendió que era imposible que Marcial Besaide no lo hubiera oído.

29

Domingo, 1 de diciembre de 2013

—Esperad un momento. Hay compañeros vuestros que están de camino —apuntó Antonio Santos señalando la unidad móvil de televisión que afrontaba las últimas curvas de la carretera del faro.

Estaba nervioso. En un par de horas, los informativos abrirían con sus palabras. Tenía que elegirlas muy bien, lo mismo que el fondo sobre el que apareciera su imagen—. Vosotros poneos por ahí, como si buscarais algo en la verja de entrada —les ordenó a sus agentes.

—¿En la verja? —protestó Cestero.

—No somos monitos de feria, comisario. Somos policías —enfatizó lentamente García.

Santos no les prestó atención. Observaba la estampa que ofrecía el faro y se la imaginó en la pantalla. La linterna encendida, sus rítmicos guiños y el horizonte teñido de los colores cálidos de la puesta de sol ofrecían un marco perfecto para sus palabras. Se imaginó a su hija y a su mujer; y, ya puestos, también al remero de Trintxerpe con el que las malas lenguas decían que se acostaba, ante el televisor. El presentador del informativo anunciaría los titulares y, justo después, aparecería él, Antonio Santos, como el héroe salvador de la bahía de Pasaia, anunciando que la Ertzaintza estaba a punto de resolver el caso. Tal vez no fuera verdad, pero necesitaba ese golpe de efecto. No podía seguir apareciendo en los periódicos como el responsable de una investigación enquistada que no llevaba a ninguna parte.

Tal vez Itziar se lo pensara de nuevo y le brindaba una nueva oportunidad. Tal vez ahora comprendiera que hubiera sido un marido tan poco atento, pues se debía a la sociedad en su conjunto y no solo a su familia. Tal vez su hija olvidara que jamás recordaba los nombres de sus amigas. Tal vez.

—Ya están aquí —anunció la periodista de la televisión vasca.

La furgoneta recién llegada desplegó la antena parabólica que llevaba en el techo. El logotipo de la agencia Atlas delataba su alcance nacional.

—Colóquense ahí. Así aparece el faro como fondo —les dijo Santos.

Contó tres televisiones, cuatro radios y dos diarios. Nunca antes había hablado ante tantos medios. El caso de la escritora asesina acabaría por hacerlo famoso.

—Míralo cómo se pavonea —oyó burlarse a alguien a sus espaldas. No necesitó girarse para saber que se trataba de García. ¿Quién si no?

Estuvo a punto de llamarlo al orden, pero decidió que algún día tendría ocasión de devolverle todos sus desplantes. Y ese momento podía estar a punto de llegar. Algunos rumores, que él deseaba que fueran ciertos, hablaban en los últimos tiempos de que su padre sufría una enfermedad degenerativa. Si aquello era cierto, y el superintendente dejaba el cargo, no tardaría en llegar el día en que podría por fin pisotear a García como a una miserable cucaracha.

«Ojalá sea pronto», se dijo para sus adentros.

—¿Empezamos? —inquirió impaciente uno de los reporteros.

Antonio Santos se repasó el uniforme con la mirada. Todo correcto. Iba a aparecer impoluto.

—Señoras, señores, hoy es un día importante para la investigación —comenzó con gesto solemne.

—¿Ha aparecido ya Felisa Castelao? —lo interrumpió la periodista de la agencia Atlas.

—Todo a su tiempo, señorita. Todo a su tiempo —musitó Santos con una falsa sonrisa. No pensaba permitir que lo llevaran a su terreno—. Como les decía, hoy es un día importante. Estamos más cerca de la resolución del caso. No creo que tardemos mucho en poder dar la noticia que todos esperamos: la de la detención del criminal que está sembrando el pánico en nuestra comarca.

—¿Han hallado algo en el faro? —quiso saber el reportero de Onda Vasca.

Por un momento, Santos estuvo tentado de decirles que sí, que él y los suyos tenían clara la culpabilidad de la farera, que esta vez no se les iba a escapar, pero se contuvo.

—Como comprenderán, no puedo darles más detalles, pero estén seguros de que Pasaia no tendrá que llorar más asesinatos —apuntó a la defensiva.

—¿Y Felisa Castelao? —insistió la periodista de Atlas—. ¿La han encontrado? ¿Está viva?

—Aún no hemos dado con ella, pero no tardaremos en hacerlo —aventuró el comisario dejando vagar la mirada por su escote.

—¿Tienen pistas sobre el paradero del Sacamantecas?

—Eso son detalles que no puedo compartir con ustedes. Supongo que lo comprenderán —explicó uniendo las manos como había visto hacer a algunos políticos importantes en la televisión.

Estaba comenzando a sulfurarse. Tenía que dar por terminada la rueda de prensa cuanto antes. Cuantas más preguntas le hicieran, cuantas más intentara contestar, más saltaría a la vista que no tenía ni idea de por dónde comenzar. ¿Dónde se habría metido la escritora? ¿Dónde tendría retenida a Felisa Castelao? ¿La habría matado ya?

Los periodistas guardaban silencio a la espera de que respondiera a una pregunta que Santos, absorto en sus pensamientos, no había escuchado. Volvió a perder la vista en los pechos de la reportera de Atlas, que una camiseta ceñida de color amarillo resaltaba entre aquel mar de micrófonos.

—¿Cómo decía? —preguntó sin apartar la vista de allí.

—Que si descartan ya cualquier tipo de complot contra Jaizkibel Libre —inquirió alguien—. ¿Han encontrado en el faro pruebas que incriminen a Leire Altuna?

Antonio Santos se sobresaltó al descubrir que su voz no venía de aquellas tetas, sino del muchacho imberbe que sostenía una grabadora con una pegatina de Radio Euskadi. Volviéndose hacia él, tragó saliva avergonzado. Seguramente, las cámaras habrían recogido su pérdida de atención.

«Soy imbécil», se lamentó al comprender que la estudiada puesta en escena con la que pretendía convertirse en el héroe del informativo se estaba yendo al traste.

—Señoras, señores, me temo que no puedo dedicarles más tiempo. La investigación me espera —explicó zanjando secamente la ronda de preguntas.

—¿No piensa responder a mi cuestión? —insistió el muchacho de Radio Euskadi.

Santos le dedicó una mueca de desagrado.

—Quizá prefiera usted que perdamos un tiempo que podría resultar precioso para dar con Felisa Castelao con vida —le espetó con una cínica sonrisa.

Tras permanecer en silencio unos segundos en los que nadie se atrevió a abrir la boca, se giró hacia el faro, en cuya entrada lo esperaban apoyados sus agentes.

—¿Podemos irnos? —quiso saber la agente Cestero en cuanto lo vio acercarse.

Antonio Santos asintió con un gesto al tiempo que maldecía su vida para sus adentros. Su esperado golpe de efecto en la tele había resultado un fiasco. Los periodistas querían detenciones, no anuncios grandilocuentes y vacíos de contenido.

¿Qué le estaba ocurriendo? No hacía mucho, su agilidad mental le habría ayudado a salir airoso de aquel trance, pero ya no era capaz de anticiparse a los movimientos de los demás. Con un profundo sentimiento de frustración, comprendió que ese mismo motivo era el que le estaba complicando tanto la resolución del caso. Algo le decía que cinco años atrás habría dado caza al asesino, antes incluso de que matara a su segunda víctima. Desgraciadamente, eso era cuando era el otro Antonio Santos, el que disfrutaba estando con la gente, el que sabía llevar el buen ambiente al equipo de trabajo... En resumen: al que los avatares de la vida no habían convertido en un amargado.

—Vamos a la comisaría. Tengo ganas de ver qué hay en el ordenador de Leire Altuna —murmuró desganado. Algo le decía que todo aquello aún podía complicarse.

La realidad no tardaría en darle la razón.

30

Domingo, 1 de diciembre de 2013

«Lo ha oído. Seguro que lo ha oído», pensó Leire levantando con suavidad el pie.

A pesar de que le tentó la idea de salir de allí a la carrera, logró calmarse lo suficiente como para mantenerse quieta y escuchar la reacción de Marcial Besaide.

Nada, ni un solo ruido. No parecía haber movimiento escaleras arriba. Debía de estar acostumbrado a los repentinos crujidos de la casa. Era habitual en edificios con estructura de madera. Leire recordó con un amago de sonrisa los días de verano de su infancia, aquellos que pasaba en el caserío que su familia materna tenía en Oialde. En aquella pequeña aldea bañada por las límpidas aguas del Urbeltza, todas las casas contaban con vigas de madera que crujían al anochecer, cuando el frío las obligaba a contraerse.

«Vamos. Poco a poco», se propuso buscando el borde de la escalera, donde tenía la esperanza de que crujiera menos.

Uno tras otro, muy despacio y conteniendo el aliento, logró remontar los tres tramos de peldaños que llevaban al primer piso. Se sentía cada vez más nerviosa. Si no lograba moverse con rapidez, no tendría tiempo de abandonar la casa antes de que Gastón Besaide regresara. No iba a ser fácil. El suelo de madera, formado por recias láminas nudosas, probablemente centenarias, protestaría si no lo pisaba con cuidado.

Leire contó cuatro puertas; todas abiertas. El pasillo era similar al de la planta inferior, con viejas fotografías familiares cubriendo las paredes y un enorme reloj de pie cuyo péndulo se resistía a oscilar. Frente a él, presidiendo la pared opuesta, un enorme espejo le devolvió su imagen.

«Hasta yo parezco antigua en este lugar», pensó al verse enmarcada por el óvalo dorado.

La primera habitación a la que se asomó tenía la cama sin hacer. La ropa negra amontonada en una esquina y un vaso con agua sobre la mesilla delataban que se trataba del dormitorio de uno de los hermanos. Probablemente, de Gastón, porque Leire sospechaba que el hermano mayor vivía en el piso superior. Su dormitorio debía de ser aquel con los postigos abiertos y tras cuyos visillos creía haberlo visto hacía apenas unos minutos.

El armario, cuya puerta de doble hoja contaba con tantos agujeros de carcoma que parecía a punto de desintegrarse, solo guardaba un puñado de chaquetas y pantalones colgados de sencillas perchas de alambre. Todos negros, como las prendas del montón de ropa sucia.

Abrió un cajón.

Calcetines. También negros. Entre ellos, un pequeño frasco llamó su atención. Al examinarlo, y a pesar de que el color tintado del vidrio dificultaba ver su interior, comprobó que contenía líquido. No había etiqueta alguna que delatara su contenido.

«Medicinas», pensó dejándolo de nuevo en su sitio.

La siguiente habitación era la de los padres. La cama de matrimonio no dejaba lugar a dudas. En su cabecera, un enorme Cristo crucificado hecho de punto de cruz clavó suplicante la mirada en la escritora. No era la única muestra de fervor religioso: sobre el tocador había una réplica de la Piedad de Miguel Ángel y una imagen con agua de Lourdes.

Leire recorrió la estancia con la mirada. Hasta el propio aire parecía detenido en el tiempo. Seguramente, nada había cambiado allí desde la desaparición de los viejos Besaide, como si sus hijos esperaran que, de un momento a otro, regresaran de Filipinas o de cual fuera que fuese el lugar al que habían escapado para evitar la más que segura condena.

En cualquier caso, nada de lo que buscaba la escritora; ninguna pista sobre las mujeres asesinadas.

Una vez completada sin éxito la inspección de la primera planta, Leire subió con sumo cuidado las escaleras hacia el piso superior.

«Tiene que ser aquí. Por eso tienen las contraventanas cerradas. Es aquí arriba donde torturan y asesinan a sus víctimas. O quizá Marcial vigile por la ventana mientras su hermano perpetra los crímenes», se dijo con el corazón en un puño.

Su nerviosismo iba en aumento. Sentía que le costaba respirar. No era para menos; Marcial Besaide estaba allí arriba. Podría aparecer en cualquier momento. Tal vez la esperaba agazapado para echarse sobre ella en cuanto la tuviera al alcance.

No había pisado aún el último peldaño cuando un ruido la sobresaltó. Venía del piso inferior y no era difícil identificarlo: una puerta se acababa de cerrar.

Gastón Besaide estaba de vuelta.

Lo siguiente que oyó le heló la sangre. El crujido de la escalera resultaba inconfundible.

Estaba subiendo.

Debía darse prisa si no quería que la encontrara allí plantada.

Solo tres puertas se abrían al distribuidor de aquel último piso. Dos de ellas estaban cerradas y, a través del vano de la tercera, la única abierta, se filtraba una cálida luz anaranjada que Leire atribuyó al crepúsculo. Era allí, sin duda, donde se encontraba Marcial Besaide. No recordaba haber visto ninguna otra contraventana abierta desde el exterior.

Los pasos se acercaban. El menor de los hermanos debía de estar a punto de alcanzar el primer piso. Solo unos escalones más y la vería por el hueco de la escalera.

Leire sintió ganas de desaparecer, de que la tierra se la tragara de repente. Si abriera las puertas, el sonido alertaría a ambos hermanos. Si no lo hiciera, solo podría escabullirse en la habitación de Marcial. Buscó con la mirada algún lugar donde esconderse en el propio descansillo, pero no había nada. Las paredes estaban desnudas. Solo el papel pintado con motivos florales se atrevía a romper la monotonía.

Por un momento, mantuvo la esperanza de que Gastón Besaide no siguiera subiendo y se quedara en su habitación, pero no fue así. Sus pasos hicieron crujir los primeros peldaños que llevaban al piso superior.

No había tiempo que perder. Leire se asomó a la única habitación abierta con la esperanza de que el hermano mayor estuviera tan absorto mirando por la ventana que no reparara en ella. Era su única oportunidad.

Lo que vio, sin embargo, la dejó petrificada.

—¿Sabes? Hoy olía a flores allá dentro. —La escritora se llevó angustiada las manos al cuello, luchando por evitar que su perfume llegara hasta Gastón—. Eran las flores que le gustaban a la *ama*. ¿Te acuerdas? Esas moradas que ponía en un jarrón junto a la puerta. —Un suspiro—. Entonces sí que olía bien esta casa. ¿Te acuerdas? Pues hoy olía así en el templo. Creo que es cosa de ella. ¿De quién si no?

Besaide dio un paso al frente para asomarse por la ventana. La escritora supuso que desde fuera debían de verse ahora dos siluetas.

—De camino, he visto varios coches de policía en el faro. —Leire sintió una punzada de rabia. Mientras ella se metía en la boca del lobo para dar con el asesino, Santos perdía el tiempo persiguiéndola—. Supongo que los habrás visto pasar. Desde aquí lo ves todo. —Gastón hizo una pausa para beber un trago de una copa que había sobre la mesa camilla que estaba junto a la mecedora que ocupaba su hermano. El vidrio tintineó contra un candelabro metálico cuando volvió a dejarla sobre el tapete bordado—. Andan con lo de esas perras. A este paso, no van a quedar ecologistas en Pasaia. Se van a dar todos de baja.

Desde debajo de la cama, Leire observaba la escena sin decidirse a dar el paso de intentar huir. Debía salir de allí cuanto antes y avisar a la Ertzaintza para que detuvieran a Gastón Besaide. Demasiadas pruebas lo incriminaban. Sin embargo, no había manera de abandonar su escondrijo sin ser vista.

—Aquí también huele a flores. ¿No habrá venido la *ama* a verte? Siempre te quiso más a ti, no sé cómo lo hacías.

Leire se hizo un ovillo al comprobar que Gastón comenzaba a moverse por la habitación, husmeando como un perro sabueso en busca de la fuente del olor.

—Ha estado en la cama —murmuró mientras sus pies se acercaban a la escritora—. Creo que se ha tumbado —apuntó sentándose sobre el colchón.

El viejo somier se combó bajo su peso, aprisionando el cuerpo de Leire.

«¿Me ha descubierto?», se preguntó con el corazón en un puño.

—Echo de menos cuando estábamos todos —dijo Gastón sin moverse de la cama—. Tú también, ¿verdad?

Su hermano no contestó.

—Ya nada es lo mismo. ¿Te acuerdas cuando nos temían? Me encantaba. Todos nos respetaban. Ya no. Pasaia ha cambiado. —El sonido de una campana interrumpió sus palabras. Alguien había pulsado el timbre. Ojalá fuera Iñigo—. ¿Quién viene? Desde ahí deberías verlo. ¿Un coche? —preguntó Gastón Besaide poniéndose en pie para acercarse a la ventana—. ¿Quién es ese tipo?

Las campanas volvieron a resonar. El corazón de Leire cabalgaba encabritado. Era el momento.

«Ahora o nunca», se dijo reptando apresuradamente para abandonar su escondite.

Al ponerse en pie lanzó una última mirada hacia la ventana. De pie ante ella, el menor de los Besaide la miraba con gesto de estupor. A su lado, en la misma postura que lo vio por primera vez, el cadáver incorrupto de su hermano se balanceaba suavemente en la mecedora. Dos velas blancas se ocupaban de proyectar levemente su sombra contra los visillos de la ventana.

—¿Quién eres tú? —inquirió Gastón.

Pero Leire no estaba dispuesta a perder un solo segundo en explicaciones. Con el sonido de fondo de una sirena policial, bajó de dos en dos las escaleras y se precipitó hacia la puerta de salida.

31

Santos dio un largo trago de agua para empujar la pastilla de ibuprofeno hasta el estómago. Sabía que no sería suficiente para calmarle el dolor de cabeza, pero sería mejor que nada. Estaba desbordado; sus neuronas trabajaban a toda velocidad para lograr entender el giro que, en apenas unos minutos, había dado el caso.

—¿Vamos para allá? —dijo girándose hacia el agente Ibarra.

El otro se limitó a asentir con un gesto. Sabía que no era una pregunta, sino una orden. El receso había acabado.

Tampoco llevaban mucho tiempo interrogando a Gastón Besaide; apenas media hora, pero estaba resultando agotador. No todos los días detenían a un sanguinario asesino en serie.

Antonio Santos sentía una mezcla de satisfacción y rabia. Satisfacción por saber que la cadena de asesinatos que tanto estaba desgastando su reputación acababa con la detención de Besaide; rabia porque no había sido capaz de descubrir al asesino por sus propios medios, sino que había sido su propia sospechosa quien se lo había servido en bandeja.

—Qué puta vergüenza —murmuró mientras abría la puerta de la sala de interrogatorios.

—¿Perdón? —Ibarra no sabía a qué se refería.

—Nada, que es todo una mierda —apuntó tomando asiento frente a Gastón Besaide.

El menor de los hermanos permanecía cabizbajo, con la mirada perdida en sus manos, que sostenían su txapela negra. Al igual que durante su detención, no se estaba mostrando violento durante el interrogatorio. Tampoco arrepentido.

—¿Dónde está Felisa Castelao? No se lo preguntaré más veces. —No había titubeos en la voz de Santos—. O colabora, o será peor.

Besaide alzó la mirada hacia él. Estaba vacía, como si la vida hubiera huido de aquellos ojos negros mucho tiempo atrás.

«Parece un enterrador», pensó Santos reprimiendo un escalofrío.

—Tampoco yo se lo repetiré más veces: no conozco a esa señora y no tengo nada que ver con su desaparición —espetó pausadamente, sin ningún tipo de emoción en la voz.

El comisario se puso en pie para pasear lentamente por la sala, un cuadrado perfecto que apenas medía cuatro pasos de lado. Sus paredes desnudas no ofrecían entretenimientos en los que recrearse, a excepción en una de ellas de un espejo tras el que otros agentes podían seguir los interrogatorios.

Al llegar junto al detenido, Santos se sentó en una esquina de la mesa y se agachó para acercar su rostro al de Besaide.

—El único que decide en esta sala cuántas veces se repiten las cosas soy yo —sentenció dando una sonora palmada en la madera—. ¿Entendido?

Aquel hombre no se inmutó. Sus ojos estaban fijos de nuevo en sus manos, que caracoleaban entretenidas su ajada txapela.

—¿Entendido? —clamó Santos herido en su orgullo.

Besaide se limitó a desafiarlo con la mirada.

—Tu soberbia no te valdrá de nada. Esta vez has ido demasiado lejos —apuntó indignado el comisario—. Puede que hace años tú y tu familia lograrais escabulliros de la justicia con aquel asunto del narcotráfico, pero estos crímenes no te van a salir gratis.

Gastón Besaide propinó un manotazo en la mesa con gesto hastiado.

—Ya le he dicho que no tengo nada que ver con los asesinatos de esas mujeres —repitió alzando la voz.

—¡Pues menos mal! —exclamó Santos sarcástico—. Si llegas a tener algo que ver, igual hay que ampliar el cementerio.

Ibarra se rio por lo bajo.

—Solo soy un pobre viejo —se defendió el detenido. Sus palabras sonaban tranquilas, amistosas, pero la fuerza con la que retorcía la txapela delataba una enorme rabia—. ¿Cómo iba yo a matar a nadie?

—Te has montado una cripta en un túnel abandonado, conservas un montón de huesos humanos y compartes tu casa con el cadáver de tu propio hermano... ¿Y todavía te parece que eres un pobre viejo? —El comisario hizo una pausa para esperar una respuesta que no llegó—. ¿Cuántos años tienes?

—Demasiados —murmuró Besaide sin alzar la vista del suelo.

—Cincuenta y cuatro —apuntó Ibarra mirando la ficha del detenido.

Antonio Santos escrutó extrañado a aquel hombre. A pesar de su falta casi total de arrugas y marcas de expresión, le habría calculado más. No sabía por qué, tal vez fuera por sus ojos vacíos de vida o quizá por las ropas anticuadas que vestía, pero parecía más viejo; mucho más viejo.

—Si fueras mayor, lograrías esquivar la cárcel, pero con esa edad estás jodido. Te vas a pasar el resto de tu vida entre rejas —espetó acercando su rostro al de Gastón Besaide.

—Eso lo dirá usted.

—Yo no. La justicia será quien lo diga. Y más te vale, porque si vuelves a poner los pies en Pasaia, te matarán tus propios vecinos. Hay que ser malnacido para matar a una cría.

El gesto de desdén del detenido obligó al comisario a hacer un esfuerzo para frenar el impulso de reventarle la cara a puñetazos.

—Yo no la maté. Ni a ella ni a ninguna de las otras —sentenció Besaide.

Antonio Santos se llevó las manos a la cabeza. Era demasiado. Iba a necesitar algo más fuerte. Un Nolotil, quizá.

Aún no. El interrogatorio sobre las otras víctimas podía esperar, pero todavía había una persona desaparecida y, con un poco de suerte, aún la encontrarían con vida.

—¿Dónde está Felisa Castelao? —preguntó una vez más. Esta vez lo hizo apoyando una mano en el hombro del detenido y mirándolo fijamente a los ojos.

Su teléfono móvil comenzó a sonar. Echó un vistazo a la pantalla.

—Dime, Gisasola. —Esperaba aquella llamada.

—Se confirma que los cadáveres de la cripta son dos. —El agente estaba en el Instituto Anatómico Forense de San Sebastián, adonde habían sido trasladados los huesos hallados en el túnel y el cadáver de Marcial Besaide—. Hace años que están allí, no son recientes y pertenecen a un hombre y una mujer de unos cincuenta años. El hombre podría ser algo mayor.

—¿Un hombre? —inquirió Santos sorprendido.

—Sí, sin ningún lugar a dudas.

—¿Me puedes adelantar algo de la causa de la muerte?

—Aparentemente, no hay signo alguno de violencia, pero aún es pronto para saberlo. Necesitaremos más tiempo. La prueba de tóxicos está también en marcha.

—Buen trabajo, Gisasola —lo felicitó el comisario antes de colgar el teléfono—. Un hombre y una mujer —murmuró alzando la vista hacia el detenido, que se había puesto la txapela como si se dispusiera a salir a la calle—. ¿Quiénes eran?

Gastón Besaide lo miró desafiante.

—Ni idea. Los encontré allí y me pareció que debía honrarlos y rezar por sus almas como cualquier criatura de bien se merece.

Antonio Santos sintió ganas de agarrarlo por el cuello y estrangularlo hasta que vomitara toda la verdad. Estaba harto de aquel interrogatorio que no llevaba a ningún sitio.

El teléfono volvió a sonar. Esta vez era la agente Cestero. Ella y otros compañeros registraban aún la casa de los Besaide.

—¿Qué pasa? —saludó el comisario.

—Tenemos problemas. Una ambulancia viene de camino —anunció la ertzaina—. Ese cabrón guardaba un frasco de cloroformo en un cajón. García lo ha abierto para comprobar su contenido mediante el olfato y se ha desplomado.

—¿Muerto?

—No. Lo tenemos aquí roncando —se rio la agente—. Los demás hemos tenido que salir porque el cloroformo se ha derramado.

Santos se rio por lo bajo. Ojalá se quedara dormido una buena temporada.

—¿Dónde lo guardaba? —preguntó.

—¿El cloroformo? En un cajón de su habitación, entre un montón de calcetines negros.

—¿Han llegado los de la Científica? —quiso saber el comisario.

—No. Todavía están en la cripta.

Santos asintió. Les esperaba una noche intensa con tantos escenarios.

—Gracias, Cestero. Podéis volver a la comisaría. —Se despidió antes de girarse hacia Gastón Besaide—. Ya me dirás para qué quiere alguien cloroformo. ¿O prefieres que te lo explique yo? —El detenido le dedicó una mirada inexpresiva—. Pues verás: para dormir a sus presas y poderlas llevar a un lugar donde poder asesinarlas y destriparlas sin que nadie lo vea.

Besaide dibujó una sonrisa burlona.

—Muy interesante —admitió con sorna.

El comisario se llevó las manos a la cara para intentar calmarse. Uno, dos, tres, cuatro...

—Está bien. Dime de una puta vez dónde está Felisa Castelao —espetó levantando la voz.

Un tenso silencio se adueñó de la sala de interrogatorios durante unos segundos.

—Felisa Castelao está aquí.

No fue Besaide quien lo anunció, sino una voz metálica que brotaba del intercomunicador.

Santos se llevó la mano derecha a las sienes, que presionó firmemente.

—Lo que faltaba. Algún tonto tocándome las pelotas.

El agente Ibarra se adelantó en la silla para pulsar la tecla roja del interfono.

—¿Dónde dices que está? —inquirió acercando la boca al aparato.

Una interferencia distorsionó las palabras del otro agente y lanzó un estridente chirrido que retumbó en la cabeza del comisario.

—¿Cuándo piensan arreglarnos esta mierda de aparato? —protestó Santos abriendo la puerta—. ¿Qué dices? ¿Dónde dices que está la pescadera? —preguntó furioso.

La explicación llegó de nuevo a través del intercomunicador.

—Aquí, en la comisaría. Acaba de llegar. Dice que quiere poner una denuncia por secuestro contra Leire Altuna.

Antonio Santos volvió al interior de la sala de interrogatorios y se dejó caer pesadamente en la silla. Después, hundió la cara entre sus manos y deseó que todo aquello no fuera más que una pesadilla; una horrible y rocambolesca pesadilla. Durante unos largos instantes, no supo si alegrarse por la aparición con vida de la pescadera o lamentarse por el laberinto sin salida en el que volvía a entrar la investigación.

Entre tantas dudas, solo tuvo lugar en su agotado cerebro para una certeza: la noche iba a ser larga. Y ojalá fuera solo la noche.

—Le dije que yo no sabía nada de esa señora. —La voz de

Gastón Besaide le hizo sobresaltarse. Había olvidado que aún estaba allí, al otro lado de la mesa.

Santos asintió con la mirada perdida. Exhalando un suspiro de impotencia, se puso en pie para abandonar la sala de interrogatorios y acercarse al botiquín. Solo una buena dosis de Nolotil le permitiría aguantar lo que aún estaba por llegar.

32

—Le juro que fue así. Esa tía está loca. No sé a qué esperan para detenerla. —Felisa Castelao caminaba sin parar de un extremo a otro de la sala de interrogatorios. Apenas cuatro pasos de una pared a otra y vuelta a empezar.

—¿Quiere hacer el favor de sentarse? —le pidió Santos llevándose una mano a las sienes.

—No, gracias. Esa zorra me ha tenido sentada demasiadas horas. ¡Mire, fíjese en las marcas de las cuerdas! —señaló mostrando las muñecas al comisario.

—¿Y hasta qué hora dice que la ha retenido en el faro? —inquirió Santos frunciendo el ceño.

—Hasta ahora mismo. He conseguido huir cuando ya era noche cerrada. En cuanto escapé, bajé a la carrera a San Pedro y mi hija me trajo en coche hasta aquí.

—¿Cómo me puede odiar tanto? —murmuró Leire observando a la pescadera a través del espejo.

—No se preocupe —intentó tranquilizarla la agente Cestero—. Nosotros somos testigos de que lo que dice no es cierto. Hemos estado en el faro toda la tarde y allí no había nadie. Ni Felisa ni usted.

—No me trates de usted, por favor —pidió la escritora.

Cestero asintió.

—Tenías que habernos avisado. Eso de entrar a ese túnel sola no ha sido muy prudente. Y lo de ir entrando a casas ajenas tampoco —apuntó sin apartar la vista de la sala de interrogatorios en la que el comisario continuaba escuchando las mentiras de Felisa.

Leire sabía que tenía razón, pero no dijo nada. Había sido una suerte que Íñigo llegara antes de que Gastón Besaide la descubriera.

—Le dije que me esperara, pero como si hablara a la pared —protestó el profesor—. Me ha hecho venir desde Bilbao para nada.

—Eh, eso no es verdad. Si no llegas a aparecer, todavía estaría debajo de aquella cama. Estaba aterrada. ¡Ese tipo hablaba con su hermano muerto!

Al otro lado del falso espejo, la pescadera vociferaba y gesticulaba explicando los horrores que Leire le había hecho pasar.

—No paraba de repetirme que me mataría esta misma noche y que arrojaría mi cadáver a las gaviotas. Es terrible. ¡Y usted ahí sentado sin hacer nada! —lloriqueó deteniéndose ante la silla que ocupaba el comisario—. ¿Es que no piensa moverse? ¿Sabe lo que es que una asesina te ate a una silla y te amenace de muerte? ¿Sabe lo que es eso? —insistió alzando la voz.

Antonio Santos hundió la cara entre las manos. Aquella jornada dominical se estaba alargando demasiado. Su cabeza parecía a punto de explotar.

—¿Haréis algo contra Leire? —inquirió Íñigo.

Cestero se giró extrañada hacia él.

—¿Por qué?

El profesor apartó la mirada de la sala de interrogatorios para fijarse en la agente. La luz que se filtraba a través del cristal hacía brillar el aro que llevaba en la nariz. No debía de ser mucho mayor que sus alumnas de cuarto de Psicología, pero el uniforme la hacía parecerlo.

—Por entrar en casa de los Besaide —explicó.

La agente barrió el aire con un movimiento de la mano derecha.

—No creo. Si no llega a hacerlo, hoy seguiríamos teniendo un asesino por ahí suelto. Vete a saber por cuánto tiempo. Así que, por lo que respecta a nosotros, no creo que le demos ninguna transcendencia.

Leire sintió la mano de Iñigo en su hombro.

—Has tenido suerte. Ya te veía entre rejas por cabezona.

La escritora no respondió. Escuchaba ensimismada a la pescadera. Por más vueltas que le daba, no lograba entender por qué la odiaba tanto.

—¿Se sabe algo de los huesos del túnel? —preguntó Iñigo.

—Son de hace bastantes años —apuntó Cestero sin apartar la vista de la escena que se desarrollaba al otro lado del cristal—. Es inquietante saber que ese tío ha andado por ahí matando gente sin que nadie sospechara nada, ¿verdad?

—Mujeres —remarcó Leire—. Matando mujeres.

La agente se giró hacia ella.

—Sobre todo, pero también algún hombre. Uno por lo menos.

La escritora frunció el ceño.

—¿Quién? ¿Cuándo ha sido eso?

—En el túnel había dos esqueletos. Uno de ellos es de un hombre —explicó la ertzaina.

Iñigo y Leire cruzaron una mirada de extrañeza. El Sacamantecas vitoriano solo había asesinado a mujeres.

—Quizá se cruzara en su camino. Una víctima colateral, un testigo incómodo... —señaló el profesor—. ¿Se ha interrogado al detenido sobre el objetivo de extraerles el tejido adiposo del abdomen? —inquirió dirigiendo la mirada hacia la agente.

—La verdad es que yo no he estado presente en el interrogatorio —se disculpó—, pero tengo entendido que lo ha negado todo. Dice no saber nada de esas mujeres ni de la plataforma Jaizkibel Libre. Y, por supuesto, ni idea de quién es el Sacamantecas —añadió con un gesto de incredulidad.

La escritora exhaló un suspiro de cansancio.

—Es lo habitual —la animó Iñigo—. ¿No pretenderás que lo reconozca todo en un primer interrogatorio?

—Lo tenemos pillado por los huevos. Dos cadáveres en un túnel, su hermano también muerto escondido desde hace años en casa... Ese cabrón no se va a escapar —sentenció Cestero—. Yo no sé si es un demente imitador del Sacamantecas o un especulador sin escrúpulos dispuesto a todo con tal de hacer dinero, pero lo que es seguro es que se va a pasar el resto de su vida entre rejas.

Leire sonrió para sus adentros. Le gustaban el carácter y el desparpajo, hasta cierto punto descarado, de aquella agente. Ojalá todos fueran como ella. El profesor debía de sentir lo mismo, porque observaba a la ertzaina admirado. ¿O quizá era atracción? La escritora intentó quitarse la idea de la cabeza, pero no lo logró. Con el rabillo del ojo, observó como Iñigo pretendía cruzar una mirada cómplice con la agente. Tras varios intentos, y después de intercambiar con ella comentarios sobre la investigación, lo logró. Su estudiada sonrisa ladeada, que él sabía que le confería un toque irresistible, apareció al tiempo que Cestero reía un comentario suyo sobre el comisario Santos.

La escritora sintió ganas de zafarse de la mano que el profesor apoyaba en su hombro y salir de allí dando un portazo, pero se obligó a calmarse.

«¿Qué estoy haciendo? Hace años que no estoy con él —se regañó para sus adentros—. Además, no estoy interesada en intentarlo de nuevo —se aseguró—; pero entonces ¿por qué me importa tanto lo que haga?».

—¡Siéntese! ¡Cojones ya! —La voz del comisario desvió su atención.

Antonio Santos se había levantado y aferraba a Felisa Castelao por un brazo para obligarla a tomar asiento.

—Ya he oído bastantes mentiras. ¿Me entiendes? —espetó acercando su rostro al de ella. Ahora era él quien estaba de pie—. Desde que has entrado por esa puerta no has hecho más que mentir. Una mentira tras otra. Y todo para intentar inculpar a Leire Altuna en los asesinatos de esas mujeres. —Felisa lo miraba extrañada; no esperaba una reacción así del comisario. Hasta aquel día, había dado crédito a todas sus acusaciones—. Tengo una mala noticia que darte —continuó Santos pulsando el botón rojo del intercomunicador—. Traed unas esposas —ordenó acercándose al aparato.

El agente Ibarra no tardó en aparecer con unas que, a un gesto del comisario, se dispuso a colocar en las muñecas de Felisa Castelao.

—¿Qué hacéis? Yo solo soy la víctima. ¡Quería matarme! —protestó la pescadera.

—Quedas detenida por simulación de secuestro —anunció Santos levantándose para ir en busca de otro calmante para su jaqueca—. Tenemos pruebas suficientes de que es así. Nosotros mismos hemos pasado la tarde en el faro y tenemos perfectamente localizada a Leire Altuna durante las últimas horas. No solo eso, sino que el asesino que nos ha tenido en vilo ha sido detenido.

El comisario desapareció unos segundos por la puerta, para volver poco después con un vaso y una pastilla que engulló antes de beber el agua de un solo trago.

—¿Y bien? —le preguntó a Felisa Castelao, que mantenía el gesto altivo—. ¿Me vas a explicar a qué se debe tu comportamiento? ¿Por qué tanto afán por inculpar a alguien inocente?

La pescadera le mantuvo desafiante la mirada, pero Santos no estaba para bromas.

—¡O me explicas todo o te involucro en los asesinatos y te pasas el resto de tu mierda de vida entre rejas! —espetó dando un puñetazo que hizo temblar la mesa.

La gallega no tardó en venirse abajo. Todo su plan se acababa de ir al traste.

—Esa zorra está empeñada en amargarme la vida. No solo a mí, sino también a mi pobre Agostiña —explicó con lágrimas en los ojos—. Primero me robó al chico que tenía que haber sido para mí. Si no hubiera sido por ella, una desgraciada que seguro que en Bilbao no tenía donde caerse muerta...

—¡Si han pasado casi quince años de aquello! —musitó Leire incrédula.

Cestero, ensimismada por el repentino ataque de sinceridad de Felisa, asintió mecánicamente.

—Y ahora, la toma con mi niña —continuó la pescadera. Leire no entendía a qué se refería—. Mi pobre Agostiña, recién casada y tener que vivir en casa de su madre... Eso es imperdonable. ¡Como si ella no ganara bastante dinero con la mierda de novelas que escribe como para comprarse una casa!

—¿De qué hablas? —inquirió Antonio Santos llevándose las manos a la cara. Iba a recordar aquel agotador domingo durante toda su vida.

—El faro de la Plata. Cuando el viejo Marcos se jubiló, la casa del farero tenía que haber sido para mi hija. Acudí a la Autoridad Portuaria, pero esa bruja se me había adelantado. ¿Usted cree que hay derecho a que le cedan la casa del farero a alguien de fuera? —protestó indignada—. Por más que les exigí los derechos de Agostiña por haber nacido en Pasaia, aquellos meapilas no quisieron escucharme. ¡Seguro que esa guarra se los ha tirado a todos! —Felisa se secó las lágrimas con la manga del jersey.

Leire tragó saliva angustiada. ¿De modo que la dueña de la Bodeguilla tenía razón y ese era el motivo de tanto odio? Parecía increíble que alguien pudiera llevar tan lejos una rivalidad como para fingir su propio secuestro, pero la gallega no era conocida precisamente por su mesura. Además, su razonamiento carecía de toda lógica, pues Agostiña era auxiliar de enfermería y trabajaba a menudo en el turno de noche, algo incompatible con el puesto de guardiana del faro. Este requería pasar en el edificio las horas de funcionamiento de la torre de luz por si se daba algún tipo de contratiempo.

Felisa continuó escupiendo palabras envenenadas, dardos dañinos a los que Leire prefirió hacer oídos sordos.

—¿Qué condena le caerá? —quiso saber dirigiendo la vista hacia la agente Cestero.

—No mucho. De momento, pasará un par de días en el calabozo. Después quedará en libertad y un juez tendrá que decidir su pena, pero no creo que pase de unos meses y, probablemente, algún tipo de indemnización para ti.

—¿Para mí? —preguntó Leire mostrando una mueca de incredulidad—. Pues todavía tendrá un motivo más para odiarme.

Al otro lado del cristal, Ibarra hizo ponerse en pie a la detenida para conducirla al calabozo. Santos se llevó las manos a la nuca y se reclinó en la silla, resoplando hastiado. Antes de abandonar la sala de interrogatorios, Felisa Castelao clavó la vista en el espejo.

—¿Puede vernos? —preguntó Leire al sentir que su fría mirada la traspasaba.

—No. Ella solo ve su reflejo —explicó Cestero.

Durante unos segundos, la pescadera pareció contemplar a la escritora. En un momento dado, alzó el mentón en un ademán de soberbia y sonrió con malicia. Después, se giró con una mueca de desdén y abandonó la sala.

—Fin de la historia —celebró Iñigo.

—Eso espero —murmuró Leire sintiendo un escalofrío—. Eso espero.

Un día de 1984

Al principio era solo un pequeño punto blanco, apenas una mota sobre la inmensidad del mar, pero conforme se acercaba, el Triki comprendió que se trataba de una lancha fueraborda.

Era rápida.

En apenas unos minutos se había acercado tanto a la txipironera a la deriva que sus formas comenzaron a dibujarse. Era pequeña; no más de cuatro metros de eslora y sin cabina alguna.

«Con una así podría haber llegado hasta Biarritz», pensó con una punzada de angustia.

Hacía seis horas que la Libertad flotaba a merced de las corrientes, que se empeñaban en arrastrar la chalupa de vuelta a Pasaia. El cabo Higuer cada vez estaba más lejos y, con él, se escapaban sus sueños. París y su anhelada nueva vida se desdibujaban en la distancia.

Durante horas, había fantaseado con la idea de que el viento o la fuerza del mar empujaran la txipironera hacia Francia. Daba igual arribar a la playa de Hendaya que a los traicioneros acantilados de Sokoa; cualquier lugar al otro lado de la frontera sería un éxito. Sin embargo, en aquella época del año las corrientes circulaban hacia el oeste, a diferencia de los seis meses fríos, cuando lo arrastraban todo hacia el este.

Todo había salido mal.

A pesar de que el sol no era molestia alguna, se colocó la mano derecha a modo de visera y entornó los ojos para intentar identificar a los dos únicos tripulantes de la lancha. Cada segundo que pasaba estaba más asustado.

¿Debía arrojar la droga por la borda?

Intentó calmarse. La Guardia Civil no tenía ese tipo de barcos en Pasaia, de modo que difícilmente podría tratarse de ellos. Y menos aún de algún pescador.

En realidad, el Triki tenía demasiado claro quién podía ser, pero solo pensarlo le aterrorizaba tanto que prefería barajar cualquier otra opción.

El motor de la fueraborda fue pronto audible, un rugido bronco que hendía como un afilado cuchillo el armónico silencio del mar. Los rostros de sus ocupantes no tardaron en dibujarse.

Juan Besaide y su hijo Gastón.

El Triki sintió que le costaba tragar saliva. Lo que estaba a punto de ocurrir no iba a resultar nada agradable.

—¿Qué cojones haces aquí? —inquirió furioso el padre en cuanto la lancha estuvo suficientemente cerca—. ¿Tienes todos los fardos?

—Todos —acertó a decir el Triki señalando los que estaban más a la vista.

Con el motor al ralentí, Juan Besaide maniobró con suavidad para que su hijo pudiera abordar la txipironera.

—Es verdad —anunció Gastón—. Están todos aquí.

Su padre clavó una mirada de desprecio en el Triki, que se sentó acobardado en el fondo.

—¡Por favor! ¡No me hagáis nada! —suplicó lloriqueando.

—Todavía no me has contestado —insistió Juan Besaide. La fina barba blanca que le cubría el mentón disimulaba solo en parte las cicatrices que la viruela había dejado en sus mejillas—. ¿Por qué no volviste a puerto?

El Triki escondió la cara entre las manos. Estaba desesperado. El propietario de Bacalaos y Salazones Gran Sol no era ningún imbécil. Si le mentía, lo sabría inmediatamente; si no lo hacía, aún sería peor. ¿Cómo iba a reconocer que pensaba huir con su heroína?

—La gasolina... —balbuceó—. Fue la gasolina. Se agotó a medio camino y el viento me arrastró hasta aquí.

Juan Besaide alzó las cejas en un gesto de incredulidad.

—¿El viento? —inquirió mirando al cielo despejado—. ¿Qué viento?

—No sé. Las corrientes... el viento... Yo no sé nada. Se acabó la gasolina y ahora me encuentro aquí.

Gastón Besaide pasaba en silencio los fardos de la txipironera a la fueraborda. De vez en cuando, lanzaba alguna mirada despectiva al Triki, que lloriqueaba sentado en el fondo de la embarcación.

—No me lo creo, muchacho —advirtió su padre—. Todo esto me huele muy mal. Tienes suerte de que los fardos estén intactos. De lo contrario te rebanaría el pescuezo aquí mismo.

—¿Has visto? —lo interrumpió su hijo asomándose por la borda para señalar el casco de la txipironera.

Juan Besaide se dio un manotazo en la frente.

—¡La madre que te parió! ¿Cómo se te ocurre robar la Libertad? Cuando mi cuñado se entere, te cortará los huevos. A estas horas, debe de estar buscándola como un loco por todo Pasaia.

El Triki no podía creer su mala suerte.

—Levanta, vamos —espetó Gastón Besaide propinándole una dolorosa patada en los riñones.

—¿Qué vais a hacerme? Por favor, dejadme vivir —suplicó apoyándose en la borda para ponerse en pie.

El padre soltó una carcajada.

—Que lo dejemos vivir... ¡Vaya chiste! —exclamó entre risas.

—¿Lo tiro? —preguntó Gastón asiéndolo con fuerza por la nuca.

—¡No, por favor! —El Triki luchó por zafarse de él, pero lo tenía bien sujeto.

—Espera —ordenó su padre entregándole un chaleco salvavidas—. Dale esto, que me da pena. Vete a saber si dice la verdad. Eso sí —dijo tirando del pelo del Triki para que levantara la vista—, se te ha acabado el trabajar para nosotros. Y agradece durante el resto de tus días que te hayamos perdonado la vida.

—Gracias, señor —musitó el Triki a duras penas.

—Tampoco sé si te hacemos un favor. Con la mierda de vida que tienes, yo preferiría estar muerto.

Fue lo último que oyó antes de sentir como lo arrojaban al mar.

—¡No me dejéis aquí! —suplicó tragando una bocanada de agua salada—. ¡Me ahogaré!

Los Besaide no perdieron más tiempo. Ligaron la Libertad a la fueraborda y aceleraron rumbo a Pasaia.

—¡Por favor, socorro!

El rugido del motor se fue apagando en la distancia.

«Volverán. Solo quieren asustarme», se repetía el Triki una y otra vez.

La comitiva que formaban la lancha y la txipironera, en cambio, navegó decidida hacia los altos acantilados sobre los que se alzaba el faro de la Plata, el inexpugnable guardián de la bocana.

Lo habían abandonado en medio del mar.

Presa de una congoja creciente, buscó con la mirada la costa más cercana, que desaparecía de su vista cada vez que se encontraba en una depresión entre dos olas. No eran grandes, cualquier marinero habría dicho que el mar estaba en calma, pero desde el agua la perspectiva era diferente.

Calculó alrededor de una milla náutica hasta la costa de Jaizkibel. Sin el salvavidas, que tiraba de sus hombros hacia arriba, se habría ahogado irremediablemente. Gracias a él, su único enemigo sería el frío. Tal vez Besaide lo hubiera hecho a propósito para que muriera de hipotermia, un final indudablemente más lento que el ahogamiento.

Obligándose a no perder más tiempo en pensamientos que no llevaban a ninguna parte, comenzó a nadar hacia Jaizkibel. Los brazos se le cansaron enseguida, de modo que optó por mover solo las piernas.

«A este paso no llegaré nunca —se lamentó—. Ya lo sabían esos cabrones».

Dirigió la vista hacia el faro de la Plata con la esperanza de que se lo hubieran pensado de nuevo y volvieran en su busca.

Lo que vio le rompió los esquemas. A pesar del frío que le atenazaba los músculos y del pánico que le bloqueaba el entendimiento, supo de inmediato que algo no encajaba.

Junto a la doble mancha blanca que formaban las dos embarcaciones de los Besaide, había un tercer barco de mayor tamaño. Por sus formas y los tonos verdes que se intuían a pesar de la distancia, el Triki creyó reconocer la patrullera de la Guardia Civil.

33

Las gotas caían con una lenta cadencia que contagiaba serenidad. Una tras otra, rompían contra la lámina de agua, trazando una sucesión de círculos concéntricos que se disipaban conforme iban creciendo. De vez en cuando, Leire los observaba ensimismada, dejándose llevar por su perfecta geometría, pero su mirada estaba más pendiente del libro que estaba leyendo. Era apasionante; un niño desaparecido en la niebla, una casa solitaria junto al mar... Todos los ingredientes necesarios para no poder parar de leer ni para respirar. Nunca había sido muy aficionada a la novela negra, pero era lo único que leía su madre, de modo que no había nada más en casa. Los libros de su juventud, aquellos de El Barco de Vapor o Los Hollister, ya no estaban en las estanterías de la que había sido su habitación. Tampoco era que le apeteciera leerlos, pero le sorprendió descubrir que su madre los hubiera donado, sin preguntarle su opinión, a una ONG que organizaba una tómbola anual para recaudar fondos para Etiopía.

—¿Te has ahogado? —inquirió una voz femenina al otro lado de la puerta.

—¿Tú qué crees? —se burló Leire estirando las piernas.

Le encantaba la sensación del agua caliente en su cuerpo. Su mente se relajaba al mismo ritmo que lo hacían sus músculos, regalándole un bienestar impensable en cualquier otra circunstancia. En la bañera, olvidaba sus preocupaciones y su pensamiento se volvía más positivo, como si el agua limpiara cada rincón de su cerebro para permitirle pensar con mayor claridad.

—Dice la *ama* que la cena estará lista en un cuarto de hora —anunció su hermana.

—Ahora salgo —aceptó con desgana.

Los últimos meses había vivido a su aire, sin tener que adaptarse a los horarios de nadie, sin tener que dar explicaciones de por qué iba o por qué venía. El regreso a la casa de su madre, en cambio, conllevaba adaptarse a la vida familiar. Tal vez por eso le había resultado tan difícil dar el paso de volver a Bilbao, pero la necesidad de dejar atrás la tensión vivida hacía necesario salir de Pasaia. Quería olvidar las acusaciones de Felisa, los asesinatos, el horror de la casa de los Besaide y, aunque solo fuera por unos días, la trilogía inacabable. Todo ello había pesado más que la pereza de regresar a la casa de la que salió hacía doce años y a la que nunca pensó que se vería obligada a volver. En Navidad y otras fechas señaladas, acudía cada año a pasar unos días, pero no era lo mismo. No, esta vez era diferente.

«Al menos, aquí tengo bañera», se dijo en un intento de buscar algo positivo.

Sabía que exageraba, pero en cierto modo era cierto. Si algo había echado en falta en el faro era poder bañarse. En cambio, en Bilbao podía quedarse a remojo hasta que se le arrugara la piel. Solo echaba en falta una cerveza bien fría, como acostumbraba a hacer cuando vivía con Xabier. Sin embargo, no se le ocurriría hacerlo en una casa donde el alcohol era fuente de problemas de difícil solución y horribles estragos.

Lamentaba reconocerlo, pero si algo no había echado de menos en Pasaia era a su madre, Irene Gabilondo. La vida con ella era un infierno. Seguramente ese era el motivo por el que su hermana, la antaño siempre alegre Raquel, se había vuelto tan huraña. Leire no lograba entender por qué una muchacha joven y atractiva —aunque empezaba a marchitarse lentamente— no se echaba un novio, o una novia, tanto daba, y se marchaba de la casa familiar. A veces sospechaba que, en el fondo, Raquel era una de esas personas que han nacido para sentirse mártires, para quejarse continuamente de la vida que les ha tocado vivir sin hacer nada real por cambiarla.

—¿Sales ya? —insistió su hermana.

La escritora exhaló un lento suspiro haciendo un esfuerzo por no mandarla a la mierda y se incorporó para envolverse en la toalla.

—Ya voy. Me estoy secando.

—Pues date prisa, que a este paso nos vamos a acostar a las mil —protestó Raquel.

La televisión estaba a todo volumen. Un hombre al que le faltaban varios dientes del maxilar superior suplicaba a una novia de su juventud que volviera con él. En medio del plató, una pantalla con un sobre proyectado en ella les impedía verse frente a frente.

«¿La abrimos? ¿Retiramos el sobre?», preguntó el presentador creando una emoción un tanto postiza.

La mujer pareció pensárselo, pero finalmente negó con la cabeza.

—No. Llevo treinta años felizmente casada y me alegro de haber vuelto a verlo. Nada más —explicó con acento andaluz.

—¡Pobre hombre! —exclamó Irene sin soltar el tenedor—. Pues parece bien majo.

—¡Qué dices! ¿Tú has visto qué boca tiene? —se burló Raquel.

Leire cenaba con la vista fija en el plato, evitando en lo posible dirigir la vista hacia la televisión. Hacía meses que no las veía y ahí estaban, como siempre. Nada había cambiado durante su ausencia. A pesar de que había fantaseado con un reencuentro diferente, tenía asumido que sería así. Por primera vez en mucho tiempo, cenaba con su madre y su hermana, pero era igual que hacerlo sola. O peor. Sí, decididamente, aquello era mucho peor. Así había sido siempre y, por lo visto, así seguiría siendo. Eran las normas de la casa de su madre. Normas no escritas, no habladas, pero que todas cumplían a rajatabla.

En casa de Irene Gabilondo se veía la tele hasta a la hora de desayunar. Nunca una conversación iba más allá de las trivialidades del día a día y, en eso, la tele era una gran cómplice de su madre. Parecía haber decidido, hacía ya muchos años, que era preferible pensar en los problemas de aquellos personajes parapetados tras un sobre que en los suyos propios.

Jamás se oía un ¿qué tal te encuentras?, ni una petición de ayuda. Jamás. En aquella casa, en la que Leire había crecido y que tanto había llegado a aborrecer, imperaba la ley del silencio. Un silencio ruidoso, pero un silencio al fin y al cabo.

No sabía a ciencia cierta cuándo había cambiado todo. Al principio eran una familia normal; quizá no la más feliz del mundo, pero tampoco la más triste. Recordaba las tardes en la playa, los paseos por el monte y hasta algunas escapadas de acampada; pero de todo aquello hacía ya muchos años. En todos aquellos recuerdos aparecía su padre, así que debían de ser de, al menos, veinte años atrás. Después, todo aparecía cubierto por un velo gris. La muerte del *aita* lo había cambiado todo.

—Solo quiero darte un abrazo. Sentir que vuelves a ser mía, aunque solo sea por un par de minutos —murmuraba el desdentado.

—¡No! Que tú tenías la mano muy suelta y enseguida se te iba a las nalgas —le replicó la mujer.

—¡Qué cachonda! —se rio su madre con una carcajada.

Leire no podía más. Aquello comenzaba a ser superior a sus fuerzas.

—Creo que me voy a dormir —anunció introduciendo sus platos vacíos en el lavavajillas.

—Vale, hija —contestó Irene alzando una mano a modo de despedida.

—Hasta mañana —se despidió Raquel.

Ninguna de las dos apartó la mirada de la pantalla para verla alejarse asqueada por el pasillo.

«¿Abrimos el sobre? ¿Seguro que no quieres darle una oportunidad?», oyó todavía al presentador mientras cerraba la puerta de su habitación.

34

Antonio Santos se sentía pletórico. Por fin, un triunfo propio después de la vergüenza de quedar en evidencia ante los medios de comunicación. Hubo incluso canales de televisión que interrumpieron su programación habitual para dar en directo la rueda de prensa posterior a la detención de Gastón Besaide, en la que, por más que se esforzó en simular lo contrario, quedó patente que había estado dando palos de ciego desde el principio. El desmedido interés informativo no era para menos, ya que, a los tres asesinatos de los últimos días, se sumaban de repente tres nuevos cadáveres, dos de ellos aún sin identificar. En las tertulias televisivas se había llegado a vaticinar que el empresario podía ser el culpable de muchas de las desapariciones acaecidas en la zona en los últimos años. La figura de Besaide, el hombre de la mirada vacía, se había convertido ya en un auténtico mito del mal que se grabaría a fuego en la memoria colectiva, como Antonio Anglés o José Bretón.

Pero dos días después de la vergüenza sufrida, Santos estaba eufórico.

El detenido había comenzado a confesar sus crímenes. Solo había hecho falta darle a elegir entre la bolsa y la bañera para que se viniera abajo. La agente Cestero le había reprendido con la mirada por insinuar el uso de torturas, pero a Santos le traía al pairo. La coraza de Besaide se había resquebrajado y eso justificaba cualquier método. Porque, si a algo no estaba dispuesto el comisario, era a que acabaran las cuarenta y ocho horas que podía mantenerlo detenido en comisaría sin que hubiera reconocido sus crímenes. Ya que no había sido capaz de darle caza por sus propios medios, esperaba, por lo menos, hacerle confesar hasta la última gota de sangre vertida antes de que aquel monstruo pasara a disposición judicial.

—Está bien; volvamos a lo de tus padres. —Antonio Santos se felicitaba por haber aclarado un enigma que sobrevolaba Pasaia desde hacía muchos años—. ¿Qué fue lo que te impulsó a hacerlo?

Besaide apretó la mandíbula con fuerza. Sus ojos, por primera vez a lo largo del interrogatorio, brillaron con cierta intensidad. Parecía estar rememorando el momento.

—Me despreciaban. Me hacían continuamente de menos. ¿Sabe lo que es eso para un hijo? No, claro que no lo sabe. Pues yo sí. —Por un momento, Santos creyó que iba a romper a llorar, pero Besaide recuperó la compostura—. Durante mucho tiempo fui yo el que tiró del carro de la familia. No era más que un crío de veinte años que estudiaba en el seminario y ya sabía cómo sacar adelante la empresa. ¿Sabe que Bacalaos y Salazones Gran Sol estaba arruinada? Sí, arruinada. Mi padre se lo jugaba todo. Las malditas traineras se llevaron el imperio que mi bisabuelo había construido con paciencia. Y solo a mí, un mocoso al que querían convertir en cura, se me ocurrió cómo salvarlo.

—¿Con la heroína? —lo interrumpió Santos.

Gastón Besaide no respondió. Se limitó a lanzar un bufido de desdén y a apoyar las manos sobre la mesa. Al hacerlo, las esposas lanzaron un tintineo metálico.

—En pocos años, las arcas de Gran Sol volvieron a ser las más llenas de Pasaia. ¿Y sabe qué? —inquirió golpeando con los nudillos en la mesa—. Antes del juicio por narcotráfico, mi padre nos reunió para explicarnos cómo se haría el reparto del imperio familiar. Para mí, la casa; para Marcial, el negocio. El muy cabrón me premiaba así lo que hice por salvar el imperio de los Besaide. Me sentí estafado, ninguneado... Y todo, según mi padre, porque era el primogénito quien debía dar continuidad a la saga familiar. Así se había hecho siempre en esta tierra y así debía seguir haciéndose.

—Así pues, fue una venganza... un crimen casi pasional —apuntó Antonio Santos lanzando una mirada a la agente Cestero, que tomaba notas frente a él.

—Fueron tiempos raros —siguió explicando Besaide—. El juicio iba a comenzar y mis padres parecía que iban a ser condenados. Así lo creía todo el mundo, al menos. Me pareció el momento ideal para deshacerme de ellos, porque sería fácil correr la voz de que habían huido a Filipinas para evitar acabar entre rejas. Nadie en Pasaia dudaría de la historia, y menos teniendo en cuenta que mi tío Jorge era misionero en aquellas tierras.

—¿Y tu hermano? —preguntó el comisario—. ¿Cómo pensabas hacerlo para que también él se tragara lo de Filipinas? ¿No lo matarías también por eso?

Gastón Besaide le dirigió una mirada impertinente.

—¿Quiere dejarme terminar? ¿No quería explicaciones? —protestó visiblemente cansado—. Marcial estaba en La Rochelle. Lo habían mandado allí para sacarse el título de capitán de barco. ¡Como si aquí no hubiera un Instituto de la Marina! Mi padre decía que el propietario de Gran Sol tenía que ser capaz de gobernar personalmente sus naves y que ningún sitio como Francia para aprender a hacerlo. ¡Será por las veces que él se hizo a la mar! —Se detuvo unos instantes para llevarse a duras penas un vaso de agua a los labios—. Podría quitarme las esposas. No muerdo... Como ve, mi hermano no era ningún problema; le expliqué lo de Filipinas, igual que al resto. Sin embargo, no conté con un detalle: mis padres tenían previsto auto inculparse en el juicio para salvarnos a nosotros de la cárcel, de modo que habían dejado todo bien atado. Mi hermano era ya, sobre el papel, el dueño de la empresa familiar.

—Llegaste tarde —apuntó Santos con sorna—. Así que lo asesinaste para heredar. A falta de hijos, el heredero de tu hermano eras tú. Aquí tenemos la confesión —anunció satisfecho haciendo un gesto a Cestero para que lo apuntara.

—¿Mi hermano? ¿Marcial? No, él no está muerto. Vive conmigo.

El comisario se llevó una mano a la frente y apoyó el codo en la mesa. La confesión comenzaba a torcerse.

—¿Cómo los mató? —La agente Cestero decidió intervenir.

Gastón Besaide dirigió una mirada inquisitiva a Santos, que le invitó a responder a la pregunta con un gesto de la mano.

—Los sedé con cloroformo. Después, solo hizo falta inyectarles una dosis letal de heroína pura. Cada mes, algún muchacho de la zona moría por sobredosis, de modo que no fue difícil dar con un arma limpia y que todos teníamos al alcance de la mano.

—Unos más que otros —musitó Santos—. Vosotros os hicisteis de oro gracias a ella.

—Eso nunca se ha probado. No ponga en mi boca cosas que yo no he dicho —advirtió el detenido señalando el cuaderno de Cestero.

—No se preocupe, está todo registrado —señaló la agente apoyando la mano en la grabadora que había sobre la mesa.

—¿Por qué la cripta? —quiso saber Santos.

—¡Eran mis padres! —exclamó Besaide abriendo las manos—. No podía abandonarlos así, sin más, como quien tira unos huesos de pollo. —Mientras lo explicaba, abría tanto sus ojos glaciales que la agente Cestero reprimió un escalofrío—. ¡Yo los quería! Los he honrado durante todos estos años. Cada día, lloviera o no, he acudido a la cita y he rezado ante sus restos.

El teléfono móvil del comisario comenzó a sonar.

«Tengo que cambiar esa sintonía de *Verano azul* que me puso Carola», pensó avergonzado. Hacía semanas que pretendía hacerlo, pero la pereza de perderse en los menús de configuración del aparato le vencía.

—Dime —saludó al comprobar que se trataba del forense.

—Tengo novedades. Las pruebas toxicológicas practicadas al cadáver de Marcial Besaide dan positivo en heroína en una cantidad muy superior a la que el organismo puede asimilar.

—Sobredosis —resumió Santos—. Igual que los padres.

—No lo sé. El análisis de los huesos nos llevará más tiempo, pero estamos en ello —aclaró el forense.

—Tenemos la confesión del acusado —le informó el comisario—. También los padres murieron por sobredosis. Los análisis lo confirmarán. ¿Algo más?

—Sí. También hemos hallado restos de formaldehído en los tejidos. Es evidente que alguien tenía interés en que el cadáver no se descompusiera.

—¿Lo momificó? —preguntó Santos.

—Algo así, pero de forma muy burda. Lo correcto para una buena conservación habría sido drenar toda la sangre y rellenar el sistema circulatorio con formol, pero en el caso de Marcial Besaide no se hizo tan a conciencia. Quienquiera que lo hiciera, se limitó a inyectar el conservante en diferentes partes del cuerpo. De ese modo, se frenó la descomposición y el cadáver aguantó durante años sin corromperse, aunque su aspecto es realmente desagradable.

El comisario lo felicitó y pulsó la tecla que cortaba la comunicación. Después, se inclinó hacia Gastón Besaide con una mueca de desagrado.

—Parece que tu hermano también murió por sobredosis.

—Sí, ya se lo he dicho —admitió el detenido frunciendo el ceño—. Lo dormí y luego le inyecté la droga.

Cestero cruzó con el comisario una mirada de extrañeza.

—Entonces ¿lo mató usted? —inquirió la agente, decidida a aprovechar aquel repentino ataque de claridad mental de Besaide—. ¿Exactamente igual que a sus padres?

El detenido asintió sin mostrar ningún tipo de emoción.

—Cuando regresó de La Rochelle, le conté que habían huido a Filipinas y no pareció extrañarle, la verdad. Fue entonces cuando me mostró el acta notarial de donación por la que él se había convertido en el nuevo propietario de Bacalaos y Salazones Gran Sol. El muy cabrón me invitó a volverme al seminario. —Por primera vez, Besaide mostró algún tipo de emoción con un rictus que delataba la rabia contenida.

—Y decidiste acabar con él —lo interrumpió Santos, impaciente por llegar al final del asunto.

Besaide bebió un nuevo trago de agua. Al hacerlo, la cadena de las esposas tintineó contra el vaso.

—El muy cerdo me tenía una sorpresa guardada. —El detenido suspiró lentamente antes de continuar—. Mientras la heroína hacía su efecto, estuve revisando los papeles del notario. ¿Saben qué había junto con la escritura de propiedad de Gran Sol? —preguntó apretando con fuerza los puños—. Ese hijo de perra había hecho testamento. ¡Aún no tenía cuarenta años y ya lo había hecho! ¿Y saben a quién legaba la empresa que había pertenecido a la familia durante generaciones y que yo había salvado de una ruina segura? —Hizo una pausa para clavar la mirada en los ertzainas. Estaba fuera de sí. En ese momento, Gastón Besaide parecía capaz de cualquier atrocidad. Ni siquiera resultaba difícil imaginarlo desgarrando el vientre de una niña de trece años—. ¿Saben a quién? ¿Lo saben? —Santos y Cestero negaron con un gesto—. Al pueblo de Pasaia. ¿Y saben por qué? —inquirió dando una palmada en la mesa—. Para reparar el daño causado con el tráfico de drogas. Eso decía el cabrón en el escrito.

Un tenso silencio se adueñó de la sala de interrogatorios. La confesión era contundente.

La primera en hablar de nuevo fue la agente Cestero:

—Por eso ocultó el cadáver durante todos estos años —apuntó pensativa—. Si alguien hubiera sabido que su hermano estaba muerto, la herencia se habría ejecutado y todo su imperio habría pasado a manos del municipio.

Antonio Santos alzó una mano para interrumpirla.

—¿Y las mujeres? —preguntó devolviendo la conversación al presente—. ¿Por qué las has matado?

—Por intereses económicos —se adelantó Cestero—. Como sus anteriores crímenes. Pretendía asustar a los opositores al puerto exterior, ¿verdad?

—Yo no he matado a nadie —protestó Besaide con un gesto de desprecio.

—¿La bolsa o la bañera? Tú decides —lo amenazó Santos a bocajarro—. Seguro que las aplicaste alguna vez en tus años de narcotraficante, así que sabrás perfectamente lo horrible que es sentir que te asfixias y que nada puedes hacer para remediarlo.

Gastón Besaide pareció a punto de derrumbarse.

—¿Cómo les tengo que decir que yo no sé nada de esos crímenes? —preguntó indignado.

—¿No me negará que confesó a varios vecinos que su muerte no le producía pena alguna? —insistió Cestero.

—Ahora resultará que también es un crimen alegrarse de la muerte de unas activistas que solo ansían que la sociedad no avance y vivamos anclados en el pasado. ¿Es eso un delito? Porque si lo es, ya puede detenerme. ¡Confieso que soy un criminal! ¿Es eso lo que quiere?

—No me hace falta detenerlo por eso —espetó Cestero con rabia—. Estará el resto de su vida en la cárcel aunque se empeñe en reconocer solo los asesinatos de sus padres y su hermano.

Gastón Besaide la miró con un gesto de sorpresa.

—¿Mi hermano? ¿Marcial? —inquirió frunciendo el ceño—. Mi hermano no está muerto. Vive conmigo, en el piso de arriba —explicó con un tono que expresaba seguridad en sus palabras.

Santos cruzó una mirada de cansancio con Cestero, que comprendió el mensaje y apagó la grabadora.

El interrogatorio había acabado. Su tiempo también. Gastón Besaide pasaba a disposición judicial.

35

Miércoles, 4 de diciembre de 2013

Leire dio un nuevo sorbo al café. Su penetrante aroma le acarició primero las fosas nasales y después todos los rincones de la boca. Apenas unos segundos más tarde, se sintió más despierta. Sabía que era cosa de su imaginación, porque la cafeína necesitaba su tiempo para hacer efecto, pero siempre le ocurría.

—¿Cómo puede gustarte sin azúcar? —se burló Iñigo con una exagerada mueca de asco.

Leire observó el contenido del vaso de papel y se encogió de hombros.

—Sin azúcar y sin leche. Negro como una noche sin luna —reconoció dando una calada al cigarrillo que tenía en la mano.

En realidad, le gustaba más el té. El café le resultaba demasiado excitante como para ponerse a escribir, pero aquella noche apenas había pegado ojo y necesitaba algo que despertara a un muerto.

—¿Qué tal la vuelta a casa? —quiso saber el profesor.

Leire no contestó. En su lugar, recorrió la plaza con la mirada. Allí estaba, como había estado siempre, la iglesia de Santiago, legado de la época dorada del Camino del Norte a Compostela. Tras siglos de olvido, los peregrinos volvían ahora a recorrerlo. Resultaba extraño, pintoresco en cierto modo, ver a aquellos fatigados caminantes perdidos en las calles de la ciudad con sus pesadas mochilas a la espalda y sus vieiras como único ornamento. En Pasaia, con el ambiente portuario y la cercanía de la naturaleza, se fundían más con el paisaje, como si hubieran estado siempre allí, pero en Bilbao, entre el Guggenheim y las modernas bocas de metro, ofrecían una estampa realmente anacrónica.

—Está bueno el café —comentó Leire echando un vistazo al vaso.

Iñigo asintió.

—Mejor que el de la máquina de la facultad —bromeó.

Habían estado a punto de sentarse en alguna de las muchas terrazas de la plaza Nueva, pero no habían logrado ponerse de acuerdo sobre cuál elegir. A Leire, el Víctor Montes, con sus camareros con pajarita y camisa bien planchada, se le antojaba demasiado elegante; el profesor, en cambio, no quiso ni oír hablar del Café Bilbao y sus azulejos antiguos, tan apreciados por los turistas extranjeros. De modo que el paseo los llevó hasta la plazuela Santiago, a unas pocas manzanas de allí. El café para llevar del Panchito había resultado una alternativa de consenso, de modo que ahora lo disfrutaban en los escalones de la propia iglesia.

—Toca bien, ¿verdad?

Al principio, Iñigo no supo a qué se refería, pero enseguida reparó en la melodía que se oía de fondo. Un flautista callejero interpretaba el *Ave María* en una de las esquinas de la plaza, allá donde desembocaba la calle Correo.

—¿Crees que se puede vivir de eso? —inquirió pensativo el profesor—. De la música callejera, ya me entiendes.

Leire se rio.

—¿No querrás dejar las clases?

—No. ¿Por qué siempre crees que hay mensajes ocultos entre líneas? —protestó el profesor—. Solo era curiosidad.

La escritora esbozó una sonrisa y dejó vagar la vista sin rumbo. Estaba a gusto con Iñigo. En realidad, siempre lo había estado. Si él no fuera tan aficionado a andar en busca de aventuras con otras chicas, lo suyo podría haber funcionado. Lamentablemente, los años que pasaron juntos acabaron siendo un tormento en el que había más tiempo para las sospechas, demasiadas veces confirmadas, y las discusiones amargas que para el amor.

—Acabo de volver y ya estoy deseando irme —confesó Leire—. No las aguanto.

El profesor le apoyó la mano en la espalda.

—Deberías buscarte un piso. Si quieres... —Hizo una pausa, negando al mismo tiempo con la cabeza—. No, iba a decir una tontería.

—Dila —le pidió Leire con una sonrisa cómplice—. Así me puedo reír.

—Nada. No tiene importancia —masculló incómodo—. Era solo una propuesta. Desde mi separación vivo solo. Me mudé a un apartamento en la calle Autonomía y, si quisieras, lo podríamos compartir. Es demasiado grande para un hombre solo.

La escritora se hizo la sorprendida, aunque era exactamente lo que esperaba oír.

—¿Ves como no merecía la pena que te lo dijera? —protestó Iñigo, aunque sus ojos no decían lo mismo. Parecían expectantes; esperaban una respuesta y deseaban con todas sus fuerzas que fuera positiva.

—¿Me estás pidiendo que vuelva contigo? —preguntó Leire con una divertida mueca desafiante.

El profesor la miró directamente a los ojos, como si intentara averiguar su respuesta antes de meter la pata. Iba a abrir la boca para decir algo cuando el móvil de Leire comenzó a sonar.

—¡Mierda! El pesado de mi editor —aventuró la escritora buscando el terminal en su bolso. Si era Jaume, no pensaba atender la llamada. Había decidido tomarse una semana entera libre para poder relajarse y pensar en todo. Lo necesitaba. Mientras su vida estuviera patas arriba, no conseguiría escribir una novela en condiciones—. Pues no es él. Es un móvil, pero no me suena de nada. —Pulsó la tecla de descolgar y se acercó el aparato a la oreja—. ¿Sí?

—¿Leire Altuna? —La voz masculina hizo una pausa para esperar que ella confirmara que era correcto—. Soy el mensajero de MRW. Tengo un paquete para usted, pero no hay nadie en la dirección indicada. ¿A qué hora le va bien que regrese?

La escritora miró el reloj. Las diez y media de la mañana. Su madre debía de haber salido a la compra; su hermana, a trabajar.

—¿Dónde está ahora?

—¿Yo? —preguntó el repartidor—. En su portal, en la calle Barrenkale.

Estaba cerca, a apenas cinco minutos a pie de allí.

—¿Le importaría acercarse a la plazuela Santiago? Estoy aquí, sentada en la entrada de la iglesia.

—Estupendo. Así no tengo que volver más tarde. Ahora mismo me paso por allá —confirmó el mensajero.

—Gracias —respondió Leire colgando el teléfono—. ¿Dónde estábamos? —inquirió con una sonrisa girándose hacia el profesor.

El tono bronceado de su piel hacía parecer rubia la barba de dos días que lucía. Le quedaba bien. En realidad, todo le quedaba bien. Era innegable que era atractivo. A pesar de los años pasados, la escritora seguía encontrándolo irresistible.

—Vente a vivir conmigo —insistió Iñigo.

La furgoneta de reparto de MRW se detuvo ante ellos.

—¿Es usted la señora Altuna? —preguntó por la ventanilla el transportista, un joven sudamericano de rasgos amables y tez morena.

Leire se puso en pie. Estaba intrigada. ¿Quién le enviaba un paquete al hogar en el que hacía doce años que no vivía? Desde luego que Jaume no podía ser, porque la única dirección que conocía era la de Pasaia.

—Firme aquí —señaló el mensajero acercándole una tableta—. Ha sido una suerte encontrarla. A partir de las once, el Casco Viejo se cierra al tráfico y habría tenido que volver a su casa a pie.

—*Eskerrik asko* —agradeció Leire tomando en sus manos un paquete de plástico con los logotipos de la compañía de transportes—. Que tenga un buen día.

—Usted también —se despidió el empleado arrancando el motor.

La escritora se sentó de nuevo junto a Iñigo. Revisó el paquete, que apenas pesaba, pero no vio remitente alguno. Tampoco en el justificante que le había entregado el mensajero. Solo el membrete de la oficina de origen daba una pista.

—¿Qué pasa? —preguntó el profesor al verla tan extrañada.

—No sé. Viene de Pasaia —apuntó torciendo el gesto.

—¿No piensas abrirlo?

Leire asintió, comenzando a rasgar el plástico. Mientras lo hacía, y de manera inconsciente, contuvo el aliento. Aquello no le daba buena espina.

—Son papeles —anunció asomándose al interior.

Una vez abierto el envoltorio, extrajo un canutillo hecho con varios folios enrollados y sujetos con una goma. El transporte los había aplastado ligeramente, de modo que no formaban un tubo perfecto.

—¿Qué es? —inquirió Iñigo.

Leire se encogió de hombros. Como no fuera algo de Ondartxo, no se le ocurría de qué podía tratarse.

Soltó la goma, que salió despedida hacia la puerta de la iglesia, y desenrolló los documentos.

Conforme pasaba, una a una, las seis hojas, la expresión de su rostro se fue nublando.

—¿Quién me envía esto? —preguntó horrorizada.

Las fotos habían sido tomadas en el faro de la Plata. En ellas, aparecía la escritora en la intimidad de su habitación. En algunas, dormía; en otras, se vestía o aparecía envuelta en una toalla tras la ducha.

—Algún cabrón te ha estado espiando. Están hechas desde el exterior, a través de alguna ventana —masculló Iñigo revisando las imágenes, salidas de una impresora doméstica de baja calidad.

—¡No puede ser! —El miedo se reflejaba en sus ojos—. Alguna vez, he creído ver a alguien en la ventana, pero esto es una maldita locura. —Mientras hablaba, Leire comprobó los datos del resguardo—. Fue enviado ayer. No ha podido ser Besaide.

—Ni se te ocurra volver por allí —dijo el profesor sin apartar la vista de aquellas instantáneas—. Alguien te está acosando. Está obsesionado contigo.

La escritora contempló una de las fotos que la mostraba dormida. Su rostro aparecía completamente relajado, con una ligera sonrisa dibujada en los labios. Probablemente, soñara con algo hermoso, ajena a la violación de la intimidad que estaba sufriendo en ese preciso instante.

—Es espantoso —alcanzó a decir, casi sin voz, dejando caer las hojas en su regazo.

Iñigo se limitó a asentir en silencio; un silencio tenso y áspero que solo el *Ave María* se atrevió a profanar.

Un día de 1984

—¿En medio del mar? —La cara del Chino mostraba su perplejidad—. ¿Así, sin más?

El Triki asintió con un gesto de hastío. No tenía ganas de hablar. Solo quería cerrar los ojos y olvidarse de todo. Sentía que la heroína comenzaba a hacer su efecto y quería disfrutarlo, no pensar más en los dos últimos días, que había pasado en una cama limpia del Instituto de la Marina, recuperándose de la hipotermia. Fue una suerte que aquel pescador de chipirones lo encontrara flotando a escasas brazadas de la recortada costa de Jaizkibel. Si no llega a ser por él, habría muerto de frío o reventado por las olas contra las rompientes.

Pero no quería pensar más en ello.

Cerró los ojos y perdió de vista la lúgubre estancia que ocupaba en la fábrica abandonada. Lástima que no pudiera hacer lo mismo con el hedor que despedía aquel sofá ni con los hirientes sonidos que lanzaban las bolsas de plástico que cubrían las ventanas desnudas al ser agitadas por el viento.

—Tuviste suerte —murmuró el Chino—. Mucha suerte.

El Triki exhaló un suspiro llevándose una mano a la frente.

¿Cómo pedirle que lo dejara en paz, que desapareciera, que se callara de una puñetera vez?

Se moría de ganas de mandarlo a la mierda para quedarse

solo. Él y el caballo. No necesitaba nada más. Desgraciadamente, sabía que no podía hacerlo. Estaba pelado. No tenía ni droga ni dinero y dependía del Chino si quería chutarse. Solo él le prestaría unas cuantas dosis. Al menos, mientras supiera explotar la pena que parecía causarle su fracasada huida a Francia.

—¿Por qué te llaman Chino? —le preguntó sin abrir los ojos.

La respuesta tardó unos segundos en llegar.

—Cosas de familia —dijo finalmente—. Mi padre me tomaba el pelo de pequeño. Decía que tenía ojos rasgados y que parecía oriental. —Hizo una pausa y, cuando volvió a hablar, se le quebró ligeramente la voz—. En octavo, me regaló un disfraz de chino y lo llevé al cole en carnavales. Fue divertido. Desde entonces todos me llamaron Chino.

El Triki abrió los ojos. Uno de los plásticos de la ventana estaba rasgado. Tendría que cambiarlo. Alguna bolsa encontraría bajo el sofá.

Después lo haría. Ahora solo quería disfrutar de cada instante.

—¿Por qué estás aquí, en la fábrica? —le preguntó al Chino.

—La vida..., ya sabes —contestó el otro a la defensiva.

El Triki guardó silencio. Si no quería hablar, mejor para él. Podría disfrutar en silencio del efecto del narcótico. Se disponía a volver a cerrar los ojos cuando el Chino se decidió a abrir la boca.

—A veces, yo mismo me lo pregunto —confesó el Chino—. Cuento los días que llevo en esta maldita fábrica. ¡Ciento veintidós días con sus noches! —El Triki se fijó en que los ojos se le humedecían—. Si no fuera por mi orgullo, volvería a casa. Discutí con mi padre. Pretendía mandarme a Inglaterra a estudiar inglés, pero yo no quería. Si mis colegas también hubieran ido..., pero ellos se quedaban aquí. —Hizo una pausa—. ¿Sabes lo que pienso? Que lo único que pretendía era apartarme de ellos.

—Suele pasar —dijo el Triki. Sentía la mente embotada, adormecida en un duermevela placentero. Era el efecto de la heroína, pero sabía que pronto se pasaría. Cada vez duraba menos; cada vez necesitaba mayores dosis y más frecuentes—. A mí no me hizo falta que me separaran de ellos. La vida se ocupó de hacerlo.

No eran pocas las veces que recordaba a su cuadrilla, seis jóvenes muchachos con ganas de comerse el mundo y de divertirse transgrediendo las normas que fuera necesario. La heroína fue la última frontera. La probaron una tarde en casa de Iker, que se había quedado solo aquel fin de semana. Debían de tener diecisiete años, o quizá alguno menos.

Desde entonces no volvió a existir diversión sin ella.

Hasta que una noche, la droga que les pasaron resultó demasiado pura y dos de ellos murieron por sobredosis. Fue fulminante. El segundo no tuvo tiempo ni de apartarse la jeringuilla del brazo. En cierto modo, fue una suerte, porque los que esperaban su turno, salvaron su vida.

—Ojalá hubiera sido yo uno de ellos —murmuró el Triki. Era algo que pensaba cada vez que el mono se presentaba para hacerle desear que todo aquello acabara de una vez.

—¿Cómo dices? —preguntó el Chino sin obtener respuesta.

De los amigos que se salvaron, dos habían muerto después por otros motivos: hepatitis y otras enfermedades habituales entre toxicómanos.

Solo el Triki y Macho permanecían con vida. Ambos malvivían en la fábrica abandonada, olvidada su amistad y convertidos en supervivientes que solo tenían una cosa en mente: lograr, cada día, la heroína que necesitaban para poder seguir adelante.

—¿Me prestas tu jeringuilla? —le pidió el Chino, que disolvía una dosis en una cucharilla ennegrecida por la llama del mechero.

El Triki se llevó la mano derecha al lado izquierdo del cuerpo. Allí, apoyada en el sofá, junto al brazo, estaba la jeringa, que el Chino se apresuró a llenar con la droga.

—¿De dónde viene lo de Triki? —le preguntó mientras lo hacía.

—De Triquiñuelas —murmuró—. Ya sabes, pequeñas trampas, mangoneos... Fue el cabrón de Macho quien me lo puso.

—¿Te gusta?

El Triki jamás se lo había planteado, pero no sonaba mal.

—Ya me he acostumbrado.

Una discusión en el piso inferior interrumpió la conversación. Las voces no tardaron en subir por las escaleras.

—Me parece que tienes visita —apuntó el Chino poniéndose en pie.

—¿Dónde está mi dinero? —espetó directamente el recién llegado.

Era el Kuko. El Triki esperaba su visita. Sabía que llegaría antes o después, aunque no por ello sintió menos temor.

—Tú vete a chutarte eso a otro sitio, que nosotros tenemos que hablar —ordenó el camello dando un empujón al Chino, que se perdió rápidamente por el vano sin puerta.

Los minutos que siguieron no fueron fáciles. Golpes, amenazas, navajas acariciando los puntos aún recientes del abdomen del Triki... El Kuko y sus dos matones no se dieron por vencidos hasta comprobar que una mancha cálida se extendía rápidamente por los pantalones ajados de su víctima.

—La nenaza se ha meado —celebró el traficante—. Tiene miedo de que le saquemos las mantecas.

—¡Basta, por favor! ¡Parad ya! —sollozó el Triki.

—Mañana, a esta misma hora —anunció el Kuko alzando la albaceteña hacia su cuello—. Ni una hora más. O tienes los cinco mil duros que me debes, o te encontrarán flotando en el puerto con las mantecas arrancadas. Lástima que nadie pagaría por ellas. Con lo seco que estás, no creo que me dieran ni cinco duros. —Hizo una pausa para clavar en él una mirada de desprecio. Después, bajó el brazo, lo echó para atrás tomando impulso y le incrustó el puño en el abdomen con tanta fuerza como pudo.

El Triki bajó la vista aterrorizado. Esperaba ver una navaja allí clavada, pero enseguida comprendió que se había limitado a darle un puñetazo. De no haber sido porque los matones lo mantenían sujeto por los brazos, se habría derrumbado de dolor.

—¡Soltadlo! —ordenó el Kuko—. Recuerda, mañana a esta hora se agotará mi paciencia.

Con la mirada nublada por el dolor y el miedo, el Triki apenas los vio abandonar aquel antro que él llamaba habitación. Intentó llegar hasta el sofá, pero no lo logró. Tambaleante, dio un par de pasos y se derrumbó pesadamente en el suelo.

«Ojalá hubiera sido yo uno de ellos», se repitió una vez más recordando a sus amigos muertos por sobredosis.

36

A medida que avanzaba, Leire sentía que las gotas de sudor que le resbalaban por el rostro iban haciéndose más continuas. Las piernas comenzaban a mostrar signos de cansancio, pero su corazón y su mente aún pedían más. Hacía demasiados días que había dejado de remar y su cuerpo necesitaba liberar la tensión acumulada durante las últimas jornadas. Y más después de recibir aquellas inquietantes fotografías.

Una vez que su carrera alcanzó el puente Euskalduna, cruzó a la margen izquierda y comenzó el retorno por los muelles de Abandoibarra. Era la primera vez que corría por ellos. En sus años de estudiante en Deusto, el Campo Volantín y la avenida de las Universidades eran el escenario de sus escasas carreras. La otra orilla no era más que un amplio espacio portuario decadente en el que los únicos edificios eran viejas naves en desuso. Entre ellas, apenas comenzaban a tomar forma tímidamente el Guggenheim y el Palacio de Congresos.

Ahora, sin embargo, aquel espacio había sido tomado por los bilbaínos, convertido en el corazón de una urbe reinventada, donde hacer deporte al aire libre era casi una obsesión. Observó con una punzada de envidia a los muchos remeros que surcaban el Nervión y esquivó a varios patinadores que aprovechaban aquella zona sin pendientes para sus entrenamientos, pero lo que más abundaba eran los corredores. La climatología jugaba a su favor. El cielo estaba despejado, pero hacía un frío intenso, algo normal a esas alturas del año y a esas horas del día, con la luna asomando sobre el monte Artxanda.

Aún no había llegado a la altura del puente de La Salve, cuando el teléfono móvil comenzó a sonar.

«Debería haberlo dejado en casa», se dijo malhumorada mientras soltaba la cinta que lo asía a su brazo izquierdo.

—Dime —dijo deteniéndose al comprobar que era su hermana quien la llamaba.

—¿Dónde estás? —preguntó secamente Raquel.

—He salido a correr —informó Leire con un acceso de tos. Los pulmones se quejaban por su renacida adicción al tabaco.

—¿Es que ni siquiera cuando estás aquí sabes dedicar un rato a la *ama*?

—¿La *ama*? Si me ha dicho que de seis a ocho le tocaba adoración perpetua —se defendió la escritora apoyándose en la barandilla que protegía el Nervión—. Nos hemos despedido en el portal; ella iba a la iglesia y yo a correr.

—Pues ya puedes ir volviendo a casa —sentenció su hermana—. A quien ha estado adorando es a la botella de ginebra. Empiezo a estar hasta el moño de que pases de todo. ¿Estás muy lejos?

Leire miró instintivamente el reloj a pesar de que la respuesta no estaba en él.

—No mucho. Quince o veinte minutos a lo sumo.

—Pues aprieta el ritmo —dijo Raquel con desgana—, que yo me voy a dar una vuelta a ver si me calmo un poco.

—¿Dónde está?

—Cuando llegues lo verás. Es tan patético como siempre. El pan nuestro de cada día. ¿O debería decir el pan mío? ¿Tienes llaves? —Leire contestó afirmativamente—. Pues date prisa.

Sumida en una desagradable sensación de impotencia, la escritora guardó el móvil y forzó el ritmo. Ella sí que estaba harta. Harta de todo y de todos. ¿Es que no iba a haber un solo lugar donde pudiera estar tranquila?

Mientras atravesaba a la carrera el Zubizuri, la pasarela peatonal que salvaba la ría frente a las altivas torres de Isozaki, pensó en Iñigo. Tal vez no era tan descabellada la idea de irse a vivir con él.

—Ten cuidado, que esto patina más que una pista de hielo —le avisó un vendedor de lotería ambulante al verla resbalar sobre una de las baldosas de vidrio.

Sin llegar a caer de bruces, Leire logró recuperar el equilibrio. Avergonzada, frenó la carrera y se obligó a caminar a paso ligero. Imitó al resto de los viandantes y apoyó la mano en una de las barandillas del puente. Así, no correría peligro de caerse.

—¡Vaya obras que hacen! —masculló una anciana a su lado—. ¿A que el puente de Deusto o el del Ayuntamiento no resbalan? Antes las cosas se hacían bien. Ahora importa más el diseño que quienes lo cruzan. ¡Son todos un hatajo de mangantes!

Leire quiso reírse, pero no tenía ganas de hacerlo. Quería llegar cuanto antes a casa y, al mismo tiempo, deseaba no hacerlo nunca. La idea de encontrar a su madre tan bebida que la propia Raquel, acostumbrada a convivir con ella, perdía los nervios, no la cautivaba lo más mínimo.

En cuanto completó el paso del puente, recuperó el ritmo. Las Siete Calles estaban ya cerca. Un saxofonista callejero tocaba una melodía triste en el Arenal. Parecía una sinfonía creada expresamente para su estado de ánimo, porque bastante tenía con lo suyo como para enfrentarse con la triste realidad del alcoholismo de su madre. Para colmo, los de la compañía de transportes no habían sido capaces de aclararle quién era el remitente. Tras una larga discusión telefónica, solo le habían confirmado lo que ya sabía: que el paquete había sido enviado desde Pasaia. Al parecer, había sido entregado en la propia oficina, pero nadie allí recordaba quién lo había enviado.

La encontró en la cocina. Con un nudo en la garganta y las lágrimas pugnando por abrirse camino, Leire observó en silencio a aquella mujer que treinta y cinco años atrás la había traído al mundo. Era una imagen devastadora, tan lamentable y humillante que parecía absurdamente irreal, como si no estuviera ocurriendo.

—*Ama* —la llamó la escritora—. ¿Estás bien?

La mujer apenas emitió un sonido gutural, una especie de gruñido ahogado por la propia postura. Sentada en el suelo, con las piernas abiertas para poder abrazarse al cubo de la basura, Irene dormía con la cabeza colgando hacia delante.

El sonido de una llave en la cerradura hizo que Leire se girara hacia la puerta de entrada.

—¿Ves a qué me refería? —inquirió su hermana empleando un tono que incluía un reproche—. Así estamos cada día. Bueno, tal vez no cada día, pero sí demasiado a menudo. Y me promete que lo dejará, y me jura que nunca volverá a beber, pero siempre vuelve a pasar.

—Es terrible. —Leire sintió el calor de las lágrimas deslizándose por su cara.

—Lo peor es cuando me dice que no tiene problemas con el alcohol, que es cosa de mi imaginación —lloró Raquel señalando a su madre con las llaves—. ¿Tú crees que se puede vivir así?

La escritora se acercó a su madre y se agachó a su lado. Hedía a alcohol y a vómito.

—No, claro que no —admitió acariciándole la espalda—. No me esperaba algo tan horrible.

—Pues no será porque yo no te lo he explicado una y otra vez. Es más cómodo hacer oídos sordos, ¿verdad? —le recriminó su hermana con cara de circunstancias.

Leire se sintió avergonzada. Raquel tenía razón.

—Perdóname por no haber estado más pendiente —dijo girándose hacia ella, que seguía de pie junto a la puerta—. Tenemos que acabar con esto de una vez. Y tenemos que hacerlo juntas o no lo lograremos.

37

El segundo paquete llegó solo un día después.

Pasaban pocos minutos del mediodía y Leire estaba en la cocina, preparando algo para comer cuando el mensajero llamó al timbre.

—Hoy sí que la encuentro en casa —la saludó simpático entregándole un sobre de plástico repleto de logotipos.

La escritora apenas cruzó con él un par de palabras de cortesía mientras firmaba el recibo. Después, se apresuró a cerrar la puerta murmurando un adiós. Estaba demasiado asustada como para perder tiempo en conversaciones banales. ¿Quién estaba detrás de esos envíos? ¿Qué quería de ella?

—Espere —pidió volviendo a abrir la puerta. El repartidor se giró hacia ella desde las escaleras, que había comenzado a bajar—. ¿Me podría decir quién es el remitente?

El chico abrió su carpeta y miró el resguardo.

—Lo tiene aquí —explicó señalando una esquina del documento.

Leire comprobó la copia que le había entregado el mensajero. Esta vez, la casilla reservada al remitente no estaba en blanco. El nombre que leyó en ella no resultaba del todo inesperado, pero no por ello le causó menos desasosiego.

JOSÉ DE LA FUENTE.

—Oh, es verdad. Gracias —musitó volviendo a encerrarse en casa.

Jamás hasta entonces lo había hecho, ni siquiera cuando, de niña, se quedaba sola, pero pasó todos los cerrojos. Después, contempló el paquete con una mezcla de impotencia y curiosidad.

Lo sopesó.

Esta vez pesaba más que la anterior. También parecía más voluminoso.

¿Más fotos?

La idea de volver a verse retratada en su intimidad, de saber que aquel asqueroso la había estado espiando en la soledad del faro de la Plata, la bloqueaba. Se sentía incapaz de abrir aquel regalo envenenado que sabía de antemano que la turbaría hasta niveles impensables. Aún no había digerido la recepción de las fotos y ya tenía ante sí una nueva entrega de aquel perturbado que espiaba su intimidad.

Al menos, ahora sabía quién estaba detrás de aquellos envíos.

«Me voy a volver loca», se dijo desesperada mientras marcaba en el móvil el número de Iñigo. Necesitaba estar acompañada, aunque solo fuera a través del teléfono.

«El número al que llama está apagado o fuera de cobertura».

—Mierda —musitó sin apartar la vista del sobre.

Tenía que abrirlo. Cuanto antes supiera lo que había en su interior, antes dejaría de hacerse extrañas conjeturas.

Tomó aire, luchó por calmar los latidos desbocados de su corazón y rasgó el plástico para descubrir que, en lugar de un canutillo de folios, esta vez contenía un cilindro de plástico transparente. Dentro no había fotos. Solo una flor; una preciosa orquídea del color morado más intenso que jamás hubiera visto.

La observaba fijamente cuando el timbre del móvil la sobresaltó.

Pulsando la tecla de descolgar, se dejó caer pesadamente en

la silla que su madre tenía en la entrada para ponerse los zapatos antes de salir.

—Ha llegado otro paquete —dijo a modo de saludo.

—¿Cómo? —inquirió Íñigo—. ¿En serio? ¿Estás bien?

Leire le explicó cuáles eran el contenido y el remitente.

—¿El constructor? Ese tipo está obsesionado contigo. Deberíamos denunciarlo.

—Ni siquiera sé cómo ha sabido la dirección de mi madre —protestó la escritora.

—¿Se la diste a alguien?

Leire repasó mentalmente sus últimos días en San Pedro.

—No recuerdo haberlo hecho, pero tampoco es ningún secreto. Igual aparece en mi ficha de la federación de remo o en cualquier otro lugar —masculló pensativa.

—¿Estás en casa? No te muevas de allí. Iré a buscarte en cuanto pueda y te llevaré a la comisaría. Hay que informar a la Ertzaintza de este acoso.

—No. Déjame solucionarlo a mí. Mañana mismo iré a ver a ese cabrón.

—¿Para qué está la policía? No se te ocurra acercarte a él. Puede ser peligroso —le advirtió Íñigo—. ¿Lo hablamos dando un paseo?

—Está bien —aceptó Leire—. Aquí te espero.

Apenas había terminado de hablar cuando la cerradura emitió un chasquido. Alguien había introducido la llave en el bombín y la estaba girando. Leire se puso en pie de un salto y se asomó por la mirilla.

Era su madre. Al encontrar los cerrojos pasados, llamó al timbre.

Uno a uno, la escritora retiró los cierres de seguridad. Nunca había entendido ese afán de su madre por proteger su casa como si de un castillo medieval se tratara. Se sintió ridícula por haberlos utilizado.

—¿Qué haces, hija? Toda la vida reprochándome los cerrojos y ahora te encierras tú. Sí que has cambiado en ese faro.

—¿Eh? Sí... Ya —murmuró Leire escondiendo la orquídea tras la cómoda.

Irene dejó las bolsas de la compra en el suelo y acompañó la puerta con la mano para que se cerrara. Después, miró fugazmente a los ojos de su hija y bajó la mirada inmediatamente.

—Siento mucho lo de ayer —se disculpó—. Me da mucha vergüenza lo que os estoy haciendo pasar. No lo merecéis. Nadie lo merece.

La escritora observaba a su madre debatiéndose entre intervenir o no. Por un lado, sentía la necesidad de parar cuanto antes aquella incómoda situación, murmurar un no te preocupes y escabullirse a su habitación; por otro, sabía que cuanto más difícil se lo pusiera, cuanto más avergonzada la hiciera sentir, antes buscaría la ayuda que necesitaba. Porque, si algo tenía claro, era que Irene necesitaba una ayuda que en casa difícilmente le podrían dar.

—Estamos hartas —decidió decir finalmente—. Si sigues así, te quedarás sola. Sola y en la calle. Raquel está agotada. Ayer la vi superada. Y yo cualquier día volveré a marcharme y no estaré aquí para aguantar tus borracheras.

—Lo sé, hija. Lo sé —musitó Irene sin atreverse a mirar a Leire a los ojos—. He decidido buscar apoyo. Vengo del médico y me ha recomendado que participe en las reuniones de Alcohólicos Anónimos. Esta misma tarde pienso acudir. —Alzó la vista hacia su hija. Su mirada, nublada por las lágrimas era suplicante—. Necesito que me acompañes. Solo hoy, solo el primer día. No me atrevo a ir sola.

Leire sintió un estremecimiento. Jamás la había visto llorar. Ni siquiera cuando los compañeros de su padre se presentaron en casa para comunicarle la terrible noticia, había derramado una sola lágrima. La escritora recordaba aquel momento como si hubiera ocurrido apenas un par de días antes y no cuando ella solo contaba catorce años. No tenía más que cerrar los ojos para volver a ver, con total nitidez, a aquellos dos hombres con el uniforme de los bomberos y el semblante triste, de pie ante la puerta de casa. Sus voces quedas murmuraban palabras de ánimo entremezcladas con detalles del accidente. Un incendio en el almacén de una fábrica siderúrgica, un techo derrumbado por la propia agua de las mangueras y tres bomberos aplastados por los escombros. Uno de ellos, su padre, que las había acompañado al colegio esa misma mañana y al que nunca más volverían a ver.

Ni siquiera entonces, con sus hijas hechas un mar de lágrimas, Irene Gabilondo había llorado.

—Por supuesto que te acompañaré —la animó Leire dudando entre abrazarla o no.

No recordaba la última vez que lo había hecho. ¿Cuándo se había vuelto su madre tan esquiva a las muestras de afecto? La escritora tenía vagos recuerdos en los que la acariciaba con cariño y le explicaba lo mucho que la quería, pero de eso hacía mucho tiempo; demasiado. Tal vez fuera la muerte de su padre la que la había cambiado. Del mismo modo que había enterrado las lágrimas, debió de enterrar también las emociones positivas.

—¡Lo siento tanto! Me da tanta vergüenza todo esto... —sollozaba Irene sin atreverse a levantar la vista del suelo.

Leire tomó aire. No sabía si estaba preparada para hacerlo, pero abrió los brazos y la abrazó con fuerza. La incomodidad inicial fue mitigándose al mismo ritmo que su madre cedía al primer impulso de zafarse de ella. El llanto creció en intensidad y los brazos de Irene se aferraron con fuerza a la espalda de su hija.

—¡Lo echo tanto de menos! —admitió entre sollozos—. Aquella mañana habíamos estado planeando las vacaciones. Queríamos alquilar un barquito y recorrer las rías gallegas. ¡Pero nunca más volví a verlo!

La escritora la abrazó con más fuerza. No dijo nada. No hacía falta hacerlo. Sabía que, por fin, tras más de veinte años de prohibirse el duelo, su madre había comenzado a desahogarse.

Los minutos pasaron lentamente. Leire sentía la camiseta de algodón empapada por las lágrimas de su madre. ¿O también eran las suyas? Poco a poco, los sollozos fueron apagándose mientras Irene recuperaba la entereza.

—Tendremos que comer —apuntó secándose las lágrimas con un pañuelo de papel.

Leire asintió. No tenía hambre. Aquel envío le había quitado el apetito, pero no quería explicárselo a su madre. No era el momento de abrumarla con sus problemas.

—¿A qué hora es la reunión? —inquirió la escritora.

—A las siete —musitó su madre echando un vistazo al reloj de pared—. ¡Si ya son las tres!

Buscó rápidamente el mando a distancia y encendió el televisor. Leire se rio para sus adentros. Había costumbres que no cambiaban.

—¿Sabes? —le dijo Irene girándose hacia ella—. Me alegro mucho de tenerte aquí. Tu hermana nunca viene a comer. Si no fuera por los del Teleberri —explicó señalando al informativo que comenzaba en la pantalla—, me sentaría sola a la mesa cada día.

Leire entró en la cocina y abrió el cajón de los cubiertos.

—¿Qué hay para comer? ¿Hacen falta cucharas? —Su madre no contestó—. ¿Me oyes? —insistió levantando la tapa de una cazuela donde humeaba un estofado de lentejas.

—Una nueva desaparición —anunció su madre desde el comedor—. Ven, corre.

La escritora se asomó por la puerta a tiempo para ver en la pantalla una imagen del puerto de Pasaia.

«La desaparición ha sido denunciada esta mañana, cuando la mujer no se ha presentado a su trabajo en la papelera de Amorebieta. Sus compañeros han explicado que siempre llegaba puntual y se han alarmado al comprobar que nadie respondía al llamarla por teléfono», explicaba la presentadora.

Leire dio un par de pasos hacia la pantalla y se apoyó en el respaldo del sofá. Sentía que le fallaba el equilibrio.

«Miren no, por favor».

—¿Estás bien, hija? —preguntó su madre apoyando una mano en su brazo.

La escritora asintió con un leve movimiento de cabeza, pero se sentía mareada. Acababa de reconocer en el televisor la foto de Miren Orduña.

«... en marcha un dispositivo de búsqueda —continuó explicando la reportera—, pero la Ertzaintza no descarta que se trate de una desaparición en falso, como la última vivida en Pasaia. —La imagen de Antonio Santos ante los micrófonos acompañaba sus palabras—. Ese es ahora mismo el deseo de todos los vecinos de la bahía, pero nadie oculta que se temen lo peor. En la sede de Jaizkibel Libre, plataforma a la que, igual que las tres mujeres asesinadas en las últimas semanas, pertenece la desaparecida, la desolación era patente esta mañana. —Imágenes de gente abrazada y llorando—. Su portavoz ha enviado un mensaje de apoyo a la familia y ha insistido en que el grupo ecologista no se doblegará ante estas presiones».

—Creo que no quiero comer —musitó Leire mientras luchaba por borrar de su imaginación una inquietante estampa de Miren con el vientre desgarrado.

—Deberías hacerlo. Aunque solo sean unas pocas lentejas, te va a hacer falta llenar un poco el estómago —insistió Irene.

La escritora seguía con la vista fija en la pantalla, pero su mente estaba muy lejos de ella, en una lluviosa ría de la costa guipuzcoana. Tan absorta estaba en sus sombríos pensamientos que apenas reparó en la noticia que siguió a la de Pasaia: un bloque cultural sobre la apertura en Durango de su multitudinaria feria del libro.

—No, de verdad que no tengo hambre —se disculpó incorporándose—. Voy a tomar un poco el aire. Era a las siete, ¿verdad? —preguntó antes de salir.

Se encontraba ya en el descansillo y se disponía a cerrar la puerta cuando algo la hizo volver al comedor.

—Te quiero, *ama* —murmuró propinando un sonoro beso en la mejilla de su madre.

Ahora sí, cerró la puerta y se perdió escaleras abajo.

38

El suave viento del noroeste se colaba por el cauce de la ría y remontaba la ladera, despeinando el flequillo de Iñigo, que no apartaba la mirada de la ciudad, cuyas calles se desparramaban en aparente desorden allá abajo.

—Hacía años que no subía —explicó en voz baja, como si no quisiera romper la quietud del lugar.

—Seguro que no tantos como yo. No se parece en nada a la última ciudad que vi desde aquí —apuntó Leire moviendo la mano derecha para abarcar con el gesto todo Bilbao.

Había sido idea suya. El funicular de Artxanda tenía su estación inferior a mitad de camino entre el Casco Viejo y la Universidad de Deusto y no se le ocurría un lugar mejor para airear su mente. Desde aquella montaña se disfrutaba de la mejor panorámica sobre la metrópoli.

—¿Te acuerdas del parque de atracciones? —preguntó el profesor.

La escritora se giró para buscarlo con la mirada, pero fue en vano. Los árboles habían crecido tanto que ocultaban los pocos edificios que quedaban en pie.

—Es una pena que lo cerraran. Aún recuerdo la casa encantada, aquella que tenía una cuesta que era imposible remontar. Y el gusano loco, claro.

—¿Y el laberinto de cristal?

—¿Qué ha sido de todo aquello? —quiso saber Leire.

—Todavía está aquí, pero después de tantos años cerrado, la maleza campa a sus anchas. Es una lástima.

La escritora imaginó el silencio flotando entre las atracciones en ruinas, los rótulos comidos por la hiedra y las risas de los niños congeladas en el tiempo. Parecía el escenario ideal para una película de terror.

—Voy a volver a Pasaia —anunció de repente. Lo había decidido tras ver la foto de Miren en las noticias.

—No. Ni se te ocurra —le advirtió Iñigo—. De la Fuente, o quienquiera que esté detrás dc todo esto, te tiene en el punto de mira. Si no ¿por qué iba a enviarte las fotos? —preguntó con gesto preocupado.

—Estaba convencida de que, con la detención de Gastón Besaide, se había acabado esta pesadilla —protestó—. Quiero terminar lo que he empezado. Quiero atrapar al cabrón que tiene a Miren.

—No. No deberías moverte de Bilbao —insistió el profesor—. Déjalo en manos de la policía. Tú ya has hecho bastante. Además, en cuanto entreguemos las fotos a la Ertzaintza, establecerán un protocolo de protección. Vete haciéndote a la idea de llevar escolta hasta que hayan detenido a ese desalmado.

—¿Escolta? ¡Ni hablar! Solo me faltaba eso. ¡Como si no me hubieran complicado suficientemente la vida con toda esa historia de que yo era la principal sospechosa! —El timbre del teléfono móvil la interrumpió. No conocía el número que aparecía en pantalla—. ¿Sí? —contestó intrigada.

—¿Te ha gustado la flor? —se oyó al otro lado de la línea a modo de saludo—. ¿Todavía te estás pensando lo de la cena? Conozco buenos restaurantes en Bilbao.

Leire frunció el ceño. Al principio le costó reconocer la voz, pero no tardó en identificar a José de la Fuente.

—¿Te ha comido la lengua el gato allá por el *Botxo*? —insistió el constructor con una risita burlona.

—Estoy harta, José. Harta de ti. ¿De qué vas, sacándome fotos a escondidas? —espetó la escritora haciendo un esfuerzo por no ser excesivamente brusca. Al fin y al cabo, era más que probable que necesitara volver a hablar con él si finalmente regresaba a Pasaia para seguir investigando. Era preferible aguantarse las ganas de mandarlo a la mierda.

—¿De qué coño hablas? ¿No te ha gustado la flor? A mí me pareció preciosa. —Su tono de voz resultaba extremadamente meloso.

—Déjate de tonterías. Esto no es ningún juego. La Ertzaintza va a saber hasta el último detalle de tus envíos —lo amenazó Leire.

De la Fuente guardó silencio unos segundos.

—¿La poli? —preguntó finalmente—. ¡Qué miedo, me meterán en la cárcel por enviarte una orquídea! ¿Y tú? ¿Seguro que estás en Bilbao? —inquirió el constructor en tono sarcástico—. Si estás allá, ¿cómo has podido hacer desaparecer a esa otra mujer?

Leire abrió la boca para responder, pero De la Fuente había colgado el teléfono sin esperar respuesta.

—¡Maldito hijo de...! —exclamó mirando con rabia la pantalla de su móvil.

—¿Era él?

—Era ese cerdo. Juega al despiste y no reconoce haber enviado las fotos. ¿De dónde habrá sacado mi número?

El profesor tomó aire ruidosamente.

—Del mismo sitio que tu dirección para enviarte las fotos y la flor —apuntó exhalándolo—. Está claro que sabe moverse.

—¿Sabes qué no me encaja? —preguntó Leire torciendo el gesto—. La falta de violencia sexual. Si De la Fuente fuera el asesino, creo que las habría violado. Siempre me mira las tetas y me da a entender que quiere acostarse conmigo. Parece que el sexo es demasiado importante para él como para ir por ahí descuartizando a mujeres sin detenerse siquiera a aprovecharse de ellas. No, no me cuadra.

Iñigo perdió la mirada en la distancia, allá donde la neblina desdibujaba los límites de las tierras vizcaínas y las cántabras.

—¿Y si De la Fuente solo fuera quien ordena los crímenes a un asesino a sueldo? —dejó caer el profesor.

Leire lo miró extrañada.

—Me estás poniendo a prueba, ¿verdad? —Él contestó a su pregunta con una sonrisa cómplice—. Una de las primeras cosas que aprendí en tus clases es que los sicarios matan limpiamente. Cuanto más rápido sea y menor contacto haya con la víctima, mejor. En este caso estamos ante todo lo contrario, ante un perturbado que obra de forma casi ritual, como si la profanación del cadáver fuera una parte tan importante como el propio crimen. ¡Que se lleva la grasa!

—Siempre te dije que deberías dedicarte a la criminalística —la alabó el profesor pasándole una mano por la espalda.

—¿Y Felisa Castelao? —propuso Leire reprimiendo las ganas de retirársela—. ¿Y si es ella la que está detrás de todo esto? Que fuera una mujer explicaría la falta de violación.

Iñigo abrió mucho los ojos, sorprendido.

—No sé. No me lo había planteado, la verdad. ¿Cuál sería el móvil?

Leire dudó unos instantes.

—Al principio, inculparme a mí. Lograr que me metieran entre rejas para que su hija pudiera ir a vivir al faro de la Plata. —El profesor asentía al oírla—. Aunque ahora no tengo ni idea. Tal vez le haya cogido el gusto —añadió poco segura.

Iñigo negó con la cabeza.

—No, no me convence. Creo que el camino lógico para la investigación sigue siendo el del puerto. Hasta el momento, todas las víctimas pertenecen a la plataforma contraria a la construcción. Incluida... ¿Cómo se llamaba?

—Miren. Miren Orduña —apuntó la escritora echando un vistazo al reloj. —Van a dar las seis. Tengo que marcharme o no llegaré a la reunión.

—Sí. Mejor que bajemos. Me ha gustado volver aquí —comentó el profesor—. Antes no te lo he dicho, pero la última vez que subí en este funicular fue contigo. Aún recuerdo la pasión con la que nos besamos aquel día aquí arriba, lejos de los cotillas de la facultad.

Leire evitó cruzarse con su mirada y se fijó incómoda en las suaves curvas que trazaba la ría, una fastuosa serpiente plateada bajo el cielo pálido del crepúsculo. La descomunal torre de Iberdrola se alzaba en sus orillas como una imponente espada de cristal que desafiara a las nubes. No lejos de sus cimientos, las arriesgadas formas del Guggenheim parecían un monstruoso animal futurista con sus escamas de titanio iluminadas ante la inminencia de la noche. El puente de la Salve, el Zubizuri y el de Deusto, que nunca más volvería a abrirse ante el paso de los barcos que antaño remontaban el Nervión, rompían la aparente continuidad de la culebra de mercurio.

Bilbao había cambiado. Poco quedaba de la ciudad ajada en la que Leire creció; solo el alma, hecha de hierro y de espíritu de sacrificio. Ella tampoco era la misma. Poco quedaba de la estudiante que se dejaba enamorar por unas palabras bonitas y una sonrisa insinuante. De buena gana se habría dejado llevar por la magia del momento para perderse en los brazos protectores de Iñigo, fundirse con él en besos de pasión y en algo más. No se le ocurría mejor final para aquel complicado día que pasar la noche con él, perderse en su cuerpo desnudo y olvidar Pasaia al ritmo de sus jadeos.

Pero la resaca no merecería la pena. Iñigo no tardaría en volver a fijarse en otros culos, más jóvenes y prietos, y ella se sentiría desgraciada en su mar de mentiras. Toda su vida la había pasado junto con hombres así. Primero, el propio profesor; después, Xabier. Hombres con unas palabras en los labios y otras, muy diferentes, en la mente; hombres más preocupados por alimentar su ego contabilizando las mujeres que lograban llevarse a la cama que por cuidar a su pareja. Junto con ellos, Leire se había ido marchitando, día tras día, falsedad tras falsedad, pero no iba a volver a permitirlo.

—Ahora todo sería diferente —murmuró él adivinando sus pensamientos.

La escritora suspiró. Las farolas que flanqueaban la ría se encendieron para resaltar aún más el espacio vacío de hormigón que ocupaba el cauce. La noche llamaba a las puertas de Bilbao.

La decisión estaba tomada.

—¿Bajamos? —propuso arrancando a caminar hacia la estación superior del funicular.

—Soy Irene Gabilondo y soy alcohólica. Llevo veintitrés horas sin beber.

La presentación de su madre ante el resto de los participantes en la reunión le puso a Leire los pelos de punta. Era la primera vez que la oía reconocer su alcoholismo. Sonaba terrible, pero no había mejor descripción para su enfermedad.

—Comencé a beber para superar la muerte de mi marido. No sé cuándo perdí el control, hace demasiados años de ello… —Lejos de sentirse avergonzada, como creía que ocurriría, Leire la escuchaba orgullosa de la fuerza que estaba demostrando con sus palabras.

Las lágrimas asomaron a los ojos de la escritora al oírla narrar lo mucho que había sufrido en silencio y no pudo evitar una punzada de culpa por no haber sabido estar a su lado. En su lugar, había optado toda su vida por tomar la senda fácil y huir de la patética realidad que se había instalado en su casa. Pasaia, Xabier y las novelas se habían convertido en magníficas excusas para no asomarse por la casa familiar salvo en las contadas ocasiones que hacían imposible no acercarse a Bilbao.

—Antes me fijaba en las marcas. Quería la mejor ginebra. Ahora cualquier cosa vale mientras tenga alcohol. Hace unas semanas, Raquel vació la casa de botellas y se aseguró de dejarme sin cartera antes de irse a trabajar. Al principio, creí que me volvería loca, pero enseguida descubrí que en casa había colonias y perfumes.

Leire sintió la vibración del móvil en su bolso, pero la intensidad de las palabras de su madre le impidió perder un solo segundo en mirarlo. Sin embargo, el zumbido se repitió insistentemente y algunos de los participantes en la reunión le dirigieron miradas de reprobación. Apretando los labios en un gesto de disculpa, abrió la cremallera y buscó el terminal. Se disponía a apagarlo cuando comprobó que tenía tres llamadas perdidas de Iñigo.

«Miren. Seguro que hay noticias», se dijo angustiada.

Seleccionó en la pantalla táctil la aplicación de mensajería instantánea y tecleó rápidamente unas palabras para el profesor:

No puedo coger.

Su respuesta no tardó en llegar:

La han encontrado. Junto a Ondartxo. Igual que las demás y con una horquilla de pelo en el corazón.

Leire tragó saliva con dificultad. Hasta aquel momento, había logrado mantener un hilo de esperanza. De pronto, todo se derrumbaba. Si Gastón Besaide no era el Sacamantecas, ¿quién estaba detrás de tanta atrocidad? ¿Realmente podía tratarse de De la Fuente?

—Siento vergüenza. Muchísima. Seguro que quienes estáis aquí me entendéis. —Su madre seguía en pie, hablando con voz clara—. Y estoy decidida a acabar con mi adicción para siempre. No quiero que siga destrozando mi vida ni la de mi familia. —Señaló a Leire con una mano abierta—. Sé que voy a necesitar vuestra ayuda para poder ser fuerte. La de mis hijas, sí; pero también la de todos vosotros, que sabéis el calvario por el que estoy pasando.

El hombre que dirigía la reunión, un señor de poco más de sesenta años que lucía una corbata con los colores del Athletic de Bilbao, se puso en pie.

—Soy José Luis y soy alcohólico. Llevo doce años, tres meses y un día sin beber —anunció mirando a todos los presentes antes de girarse hacia Irene—. Tu testimonio ha sido muy valiente, pero aquí lo que cuentan no son las palabras, sino los hechos. —Los demás, sentados en círculo a su alrededor, asintieron—. Todos nosotros hemos sido grandes mentirosos. Lo primero que aprende el adicto es a mentir para engañar a los demás y, muy especialmente, a uno mismo. Solo tus actos te juzgarán a partir de ahora, pero tu valentía al dar el paso de venir y hablarnos tan claro es el mejor comienzo.

Leire intentaba prestar atención a sus palabras. Sin embargo, su cabeza viajaba, muy a su pesar, hasta la bahía de Pasaia. Allí, en un lugar tan querido para ella como el astillero artesanal, debía de haber en aquel momento un espeluznante despliegue de policías, curiosos, periodistas y allegados de Miren. Todo ello envuelto en la fría luz azul de las luces giratorias de los coches patrulla y el desgarrador sonido del llanto. Se imaginó el dolor de su marido y de los compañeros de Ondartxo, y no pudo evitar que los ojos se le inundaran de lágrimas.

Disimuladamente, tecleó en su móvil la dirección web de la televisión vasca. La portada de la sección de noticias no dejaba lugar a dudas:

EL SACAMANTECAS DEJA EN PASAIA SU CUARTA VÍCTIMA

Una foto, en la que se veían varios coches de la Ertzaintza en el lugar donde había sido hallado el cadáver, ilustraba la noticia. Leire reconoció la fachada lateral del astillero y la vieja draga Jaizkibel, que permanecía en dique seco desde que el puerto dejara de utilizarla allá por los años noventa.

El recuadro situado al pie de la imagen despertó su interés:

Relevo en la investigación.

Las primeras consecuencias del nuevo crimen del Sacamantecas no se han hecho esperar. El comisario Antonio Santos, responsable hasta esta misma tarde de la investigación, ha sido apartado de su cargo en la comisaría de Errenteria. A pesar de las críticas de la prensa por su gestión del caso, la dirección de la Ertzaintza había mostrado su confianza en él. Hoy, sin embargo, la desaparición de Miren Orduña ha desatado los rumores sobre su cese, confirmado por la jefatura provincial tan pronto como se ha comunicado a los medios el hallazgo del cuerpo de la víctima.

El nuevo responsable de la policía vasca en la citada comisaría será a partir de hoy Ion García, que ha asegurado a los medios de comunicación que ninguna línea de investigación será descartada a pesar de que todo apunta a un ajuste de cuentas contra la plataforma contraria al puerto exterior.

Leire se felicitó por el cese de Santos. Llegaba demasiado tarde, pero estaba segura de que las pesquisas solo podían mejorar con aquel hombre tan obtuso lejos del caso. También fue motivo de alegría saber que la línea de investigación policial seguiría por fin la misma que había seguido ella desde un primer momento.

«Tarde, pero todo llega», pensó satisfecha.

—Gracias a todos por vuestros testimonios y bienvenida seas, Irene —oyó decir al moderador—. La reunión ha acabado.

También Leire había llegado a una conclusión. Debía volver cuanto antes a Pasaia. Sabía que, si lo hacía, correría un riesgo importante, pero era incapaz de quedarse en Bilbao con lo que estaba ocurriendo. Quería acabar lo que había comenzado y dar por fin con el Sacamantecas. Era una cuestión de orgullo personal; se sentía tan involucrada en el caso que estaba empeñada en encontrar al asesino le costara lo que le costara.

Sí, iba a regresar. Una última noche en Bilbao, una visita matinal a la feria del libro de Durango, donde se había comprometido a firmar ejemplares, y esa misma tarde volvería al faro.

Lo imaginó encendido, guiando con su luz a los barcos que no dormían. Ojalá también la orientara a ella. Al fin y al cabo, él sabía desde el primer momento quién era el asesino. Su torre lo había visto depositando el cadáver de Amaia Unzueta a sus pies, pero por el momento, permanecía mudo, envuelto en un silencio que ni siquiera los más avezados navegantes lograrían descifrar.

Un día de 1984

Estaba dolorido y magullado, pero su olfato aún funcionaba lo suficientemente bien como para detectar aquel olor. No era el habitual aroma putrefacto de la regata de Molinao, sino algo más sutil, pero más penetrante al mismo tiempo.

—¿A qué huele? —preguntó alguien en alguno de los habitáculos aledaños.

El Triki se apoyó en el sofá, que estaba a un par de pasos del duro suelo donde yacía, y se incorporó, no sin esfuerzo. La escasa luz que brindaban las farolas cercanas se colaba por el roto del plástico que cubría el ventanal, tiñendo de naranja el sucio despacho.

¿Qué hora era?

No debía de haber pasado más de una hora desde que el Kuko se marchara, pero la noche había caído de forma inapelable sobre Antxo.

—¡Chino! —llamó, pero no obtuvo respuesta. Su compañero debía de estar dormido. O tal vez hubiera salido a tomar algo en la tasca de Manolo.

El olor parecía ir a más por momentos. Era molesto.

¿Gasolina?

No, eso lo reconocería enseguida.

El Triki se imaginó alguna de las fábricas situadas arroyo

arriba realizando un vertido contaminante aprovechando la oscuridad de la noche. Tal vez fueran los de Luzuriaga, la fundición que ocupaba varias hectáreas de terreno algo más arriba.

¿Disolvente?

Sí, tal vez se tratara de eso. La factoría de pinturas Barcier, situada junto a la fábrica abandonada, lo usaba continuamente. Quizá habían tenido alguna fuga en el depósito y se había derramado hasta el arroyo.

—¡Qué asco! —se oyó una voz en la oscuridad—. ¿Quién anda con eso? ¡Huele fatal!

Del piso inferior de la vieja fábrica llegaba una música estridente que el hormigón diluía hasta hacer indescifrables sus letras. El Triki creyó reconocer una canción de La Polla Records, aunque después decidió que era de Eskorbuto. Tampoco importaba. Al fin y al cabo, le parecía lo mismo con diferente nombre. Nunca le había cautivado el rock radical, pero allí no se escuchaba otra cosa.

Se acercó a la ventana y apartó de un manotazo la bolsa rota. La esquina superior derecha quedó al descubierto y le permitió echar un vistazo al exterior.

No había movimiento. Las luces de Barcier estaban apagadas. Las de Luzuriaga no las veía, porque la fundición se encontraba al otro lado, lejos del campo visual de su ventana, pero las imaginó encendidas. Los altos hornos funcionaban día y noche, salvo cuando las huelgas, frecuentes y violentas, obligaban a pararlos.

Con una punzada de temor, vio al otro lado de la ría, en la orilla de San Pedro, el almacén de los Besaide. Aquel había sido durante los últimos años su único aliado a la hora de lograr dinero. Allí había descargado los fardos y cobrado las sustanciosas sumas que le pagaban por sus travesías nocturnas.

Pero aquello había pasado a la historia.

Los Besaide nunca más volverían a confiar en él. Difícilmente se habrían creído la historia de que habían sido las corrientes las que lo habían desviado de su ruta. Nunca más le confiarían ningún trabajo. Su última oportunidad de robarles algún fardo y huir a París había quedado truncada. Y aún podía dar gracias porque no lo hubieran matado.

De pronto, lo recordó.

Estaba tan exhausto después de estar a punto de morir ahogado que lo había olvidado.

Dos pequeñas embarcaciones blancas junto a la patrullera de la Guardia Civil.

¿No los habrían detenido?

—¡Chino! —volvió a llamar, esta vez con más fuerza. Tal vez él supiera algo.

—Está dormido —respondió otro—. Se ha metido un buen chute.

Un ruido procedente del exterior llamó la atención del Triki, que volvió a girarse hacia la ventana. Había alguien allí abajo. No se había fijado antes, pero un coche estaba aparcado en el espacio libre que se abría entre la fábrica de pinturas y el edificio abandonado. Era un Ford de color claro. Las farolas lo teñían de tonos anaranjados, pero parecía más bien amarillo, o quizá blanco. El modelo era inconfundible: un Fiesta, uno de esos que se habían adueñado de las carreteras españolas en los últimos años para desterrar a los Seat como el de su padre. En su 127 viajaban, una vez al año, hasta el Mediterráneo para pasar unos días de vacaciones; pero eso era antes de que el Triki se hiciera mayor y prefiriera la compañía de sus amigos a la de sus padres.

Un hombre estaba de pie junto al vehículo. A pesar de que la distancia no permitía ver sus rasgos con concreción, no reconoció a ninguno de los yonquis que compartían techo con él. Abrió el maletero e introdujo en él algo que parecían bidones de hojalata, de esos en los que se vendía habitualmente el aceite de motor. El Triki contó ocho latas, aunque tal vez fueran más. El sonido metálico que emitían delataba que estaban vacías. Después, se dirigió a la parte delantera y abrió la puerta del conductor para sentarse en el asiento. El sonido de un motor al arrancar ocultó por un momento el rock que provenía del piso inferior.

—¿Qué hace ese tío? —oyó preguntar a alguien desde alguna otra ventana.

Aún no había acabado. Salió de nuevo del coche en marcha y encendió una cerilla, que dejó caer al suelo. El fósforo se apagó antes de que el hombre tuviera tiempo de volver a perderse en el interior del coche.

—¡No me jodas! —exclamó alguien desde el piso de abajo—. ¡Que nos quema vivos!

Ajeno a los comentarios de los toxicómanos, el visitante volvió sobre sus pasos, encendió una nueva cerilla y, esta vez con más cuidado, la acercó al suelo. Un potente resplandor incendió la noche al tiempo que las llamas, al principio azuladas y enseguida naranjas, se extendían con una rapidez inusitada hasta la fábrica abandonada.

—¡Será hijo de puta! —exclamó el Triki apartándose de la ventana para echar a correr escaleras abajo—. ¡Ha dado fuego a la fábrica! ¡Afuera todo el mundo! ¡Vamos!

Fueron horas dantescas.

Espantosas lenguas de fuego salían por las ventanas conforme el incendio devoraba todos los rincones de la vieja factoría. Tres dotaciones de bomberos arrojaban agua, incansables, contra aquel fantasma de hormigón y cristales rotos. Los pocos que aún resistían tras años de desidia reventaron por efecto del calor y salieron disparados como peligrosos proyectiles.

—¿Alguien ha visto al Chino? —preguntó el Triki asomándose al interior de una precaria ambulancia de la DYA en la que dos enfermeras realizaban curas a algunos de los que, hasta aquella noche, habían compartido techo con él.

Nadie contestó.

No sabía cuántas veces había preguntado por él. Había perdido la cuenta.

Se sentía culpable por no haber dedicado un par de segundos a despertarlo. Era, en cierto modo, su único amigo allí. Al menos desde aquella misma tarde, cuando, por primera vez en mucho tiempo, había sentido cierta afinidad con alguien.

Ciento veintidós días, recordó que había reconocido el Chino.

Ciento veintidós días en aquel maldito infierno. Seguramente no pasaría ninguno más, pero desgraciadamente no sería por haber vuelto a su casa, sino por algo mucho peor.

El Triki se maldijo por no haberlo despertado. En algún momento le pareció sentir olor a carne quemada, pero intentó convencerse de que no era más que una broma macabra de su imaginación.

—No es el único que falta —apuntó una voz a sus espaldas.

Al girarse, el Triki reconoció a Peru. Llevaba una venda en el hombro derecho, donde su propia ropa en llamas le había infligido una quemadura.

—Macho —anunció—. Tampoco lo veo por ningún lado. Estaba ya fuera cuando ha vuelto a entrar a por su loro —explicó refiriéndose al radiocasete—. Hemos intentado evitarlo, pero ha sido imposible. Nadie lo ha vuelto a ver.

El Triki alzó la vista hacia la fábrica en llamas. Si Macho había caído, solo él quedaba de aquellos seis amigos que soñaban con un futuro mejor mientras coqueteaban con esa traicionera amante en la que se había convertido la heroína.

Su vida estaba destrozada. ¿Hasta cuándo estaba dispuesto a seguir esperando a que una sobredosis se lo llevara?

—¿Sabes lo de los Besaide? —le preguntó Peru.

El Triki negó con un movimiento de cabeza.

—Están detenidos. La Guardia Civil los sorprendió cuando regresaban a puerto con varios fardos de droga a plena luz del día.

Con una punzada de pánico, el Triki comprendió lo que había ocurrido. Los Besaide habían caído en manos de la policía por su culpa. Por un momento, se felicitó para sus adentros. Si no hubiera sido por ellos, era probable que tantos jóvenes pasaitarras no hubieran caído en las mortales garras de la heroína. Sin embargo, el miedo a las posibles represalias no tardó en adueñarse de él hasta casi impedirle respirar.

Decididamente, debía cambiar de vida.

Y debía hacerlo ya.

39

Densas nubes grises bailaban en el cielo, arrastradas por un viento sur que presagiaba tormenta, pero las horas pasaban y las primeras gotas no se decidían a caer. Cansada de resguardarse en el faro a la espera de la tempestad que no llegaba, Leire bajó a buen ritmo las empinadas escaleras de Senekozuloa. Si la inspiración no acudía a ella, tendría que ser ella quien fuera en su busca, de modo que se había echado a la espalda una mochila con el portátil y se dirigía decidida hacia un rincón que se le había antojado inmejorable.

«El mar, la roca, la montaña y el cielo... Ellos y yo. Nada más», pensó observando desde las alturas el solitario faro de enfilación que se levantaba al final de un espigón en la ensenada de Senekozuloa.

La pequeña torre de luz, pintada de blanco y verde, ayudaba a los barcos a enfilar correctamente la bocana, evitando así que encallaran en una peligrosa zona de bajíos. Solo los pescadores se aventuraban en aquel rincón solitario de la bahía de Pasaia.

No se le ocurría mejor lugar para reencontrarse con Pasaia. Los días pasados en su ciudad le habían desvelado que amaba esa bahía de la costa guipuzcoana mucho más de lo que jamás creyera. Su olor a salitre y chatarra oxidada, sus contrastes entre la industria pesada y la pesca artesanal, sus bulliciosos muelles y callejuelas empedradas, el euskera entremezclado con el acento gallego de sus vecinos... La idea de quedarse en Bilbao y no regresar jamás le rondó por la mente en un primer momento, pero no tardó en convertirse en una pesada carga sobre sus hombros. No supo reconocerla hasta que, dos días atrás, en la reunión de Alcohólicos Anónimos, tomó la decisión de volver.

Antes de afrontar el último tramo de escaleras, se detuvo y se apoyó en el murete que la protegía del acantilado. La panorámica era una delicia. De un lado, la roca de la montaña, a la que se había robado a pico el espacio necesario para los peldaños; del otro, una vertiginosa caída al vacío que acababa en el mar. Aquella escalera era una espectacular obra de ingeniería que a Leire la cautivó desde que la viera por primera vez desde la trainera.

No había nadie en el espigón. Mejor así. Aunque tampoco le hubiera importado la presencia de algún pescador. Al fin y al cabo, no conocía ninguno que no fuera gente de pocas palabras, de saludo huraño y poco más.

Avanzó con cuidado por el irregular firme del dique. Pequeños peces y quisquillas se escondían fugaces a su paso en las pozas que el oleaje había formado entre los desconchados del hormigón.

Le sorprendió la ausencia casi total de viento, que en las alturas de Ulia era intenso. En cambio, el mar, visto de cerca, parecía más nervioso que desde la distancia. No había olas que chocaran enfurecidas contra el dique, pero la superficie del agua estaba levemente agitada, como cuando un niño chapotea en una piscina hinchable.

—Ya estamos aquí, señorita Andersen —anunció en voz alta al llegar al faro que se erguía en el extremo del espigón.

Tenía ganas de escribir, de perderse en mundos lejanos y olvidar por unas horas la desgraciada realidad que se había adueñado del suyo.

Mientras el portátil cargaba su configuración, estiró ambos brazos en cruz y giró lentamente sobre sí misma. Le encantaba poder encontrarse en mitad de la bocana sin necesidad de navegar. Por primera vez en muchos días, no se sentía en una opresiva jaula de miradas malintencionadas y presiones agobiantes.

Nadie en Pasaia, o al menos eso esperaba, creería aún en su culpabilidad. Su temeraria incursión en casa de los Besaide y el descubrimiento de los cadáveres, por mucho que la investigación posterior hubiera demostrado que no se trataba de las víctimas del Sacamantecas, habían hecho correr ríos de tinta en los periódicos y la habían convertido para muchos en una suerte de heroína. Ni siquiera la Ertzaintza se había puesto en contacto con ella para averiguar dónde se encontraba dos días atrás, cuando fue hallada asesinada Miren Orduña, la última pieza de caza de aquel macabro criminal. Parecía que, también oficialmente, hubiera dejado de ser una de las sospechosas.

«Este rincón es el paraíso», se dijo llenando a fondo los pulmones.

Mientras quedaran lugares así y por muchas zancadillas que surgieran en el camino, la vida tendría sentido.

Se prometió que, en cuanto las aguas volvieran a su cauce, en cuanto el Sacamantecas estuviera entre rejas, llevaría a su madre a aquel lugar. Después la llevaría a su faro, la pasaría en motora a San Juan y, juntas, recorrerían el camino de Puntas.

«Y a Raquel también, claro», pensó regañándose por haberla olvidado en un primer momento.

La pared circular de la torre del faro le sirvió de respaldo. Con las piernas cruzadas y sentada sobre una piedra plana, como había aprendido años atrás en un curso de yoga, se acomodó el ordenador sobre las rodillas y comenzó a teclear. No resultaba tan cómodo como hacerlo en su escritorio, pero tal como imaginaba, las palabras comenzaron a fluir.

Conforme avanzaba en los amoríos y desencuentros de la señorita Andersen, tomó forma en su interior una inquietante certeza que llevaba semanas rumiando, pero que, de alguna forma, había enterrado bajo otros pensamientos. Había sido necesario encontrarse consigo misma en aquella solitaria baliza de enfilación, lejos de intrigas criminales y de presiones editoriales, para reconocerlo.

Odiaba a su personaje. La frívola superficialidad de la aclamada señorita Andersen le resultaba insoportable.

Ese era, sin duda alguna, el motivo por el que no lograba avanzar en la narración. En cierto modo, Leire había crecido, había evolucionado en los últimos tiempos. Quizá incluso demasiado deprisa, pero siempre era mejor hacerlo que quedarse anclada en un pasado de color de rosa, en el que toda su vida giraba en torno a un marido que la sometía a continuas infidelidades. La doctora Andersen, al contrario que ella, seguía viviendo en un mundo irreal, de cuentos adolescentes, en el que la vida no consistía en nada más que en seguir por todo el mundo a un soldado que no parecía quererla demasiado. De lo contrario, habría tratado de ponerse en contacto con ella en alguna ocasión, aunque solo fuera con una miserable postal desde uno de sus múltiples destinos de guerra.

Exhalando un profundo suspiro, Leire dejó vagar la vista hacia la inmensidad del mar, que se extendía tras el faro rojo de la punta Arando, en la orilla opuesta de la bocana. Iba a ser realmente difícil acabar esa novela. Escribir cientos de páginas sin creer en ellas parecía más un castigo que un trabajo.

Dejando el portátil en el suelo, se puso en pie. Sus entumecidas piernas se lo agradecieron. Tomó una piedra con la mano derecha y la lanzó tan lejos como pudo, levantando una columna de agua en el lugar del impacto. Lo repitió con otra y después con otra más.

«Podría matar a Andersen en un bombardeo de los alemanes, o incluso de los propios aliados», pensó con un amago de sonrisa maliciosa.

Le encantaría hacerlo, pero sabía que era imposible. Aún trabajaba en el comienzo del libro y necesitaba desarrollar toda la novela alrededor de aquel personaje. Además, ninguna de sus lectoras le perdonaría un final que no pasara por el reencuentro de la protagonista de la saga con su amado.

¿O quizá sí?

Pensó en las decenas de personas que solo un día antes, en Durango, habían hecho cola ante el *stand* de Elkar, la distribuidora de sus libros, para que les firmara un ejemplar; pensó en sus rostros, en sus gestos, en sus sonrisas emocionadas al poder charlar unos minutos con ella. Aquella gente, sus lectores, entre los que se había sorprendido al descubrir a más hombres de los que esperaba, no era tan superficial como creía Jaume Escudella. Tampoco tan obtusa como el propio editor.

Seguro que asimilarían bien el cambio. Al fin y al cabo, si eran seguidores de la señorita Andersen estarían encantados de ver que crecía como persona.

Solo faltaba convencer a Escudella.

Una vela cuadrada se dibujó en la distancia, por el lado de tierra. Leire se fijó en ella. No le hizo falta mucho tiempo para saber que se trataba de una dorna, una de las muchas embarcaciones tradicionales replicadas en Ondartxo. Se dirigía lentamente hacia el mar, aprovechando el suave viento del sur que inflaba la tela.

«Tendría que cambiarlo todo. También esa petarda debería avanzar», pensó arrojando una nueva piedra al mar.

Sin apenas detenerse a pensarlo, comenzó a trazar un plan para poner patas arriba la trilogía. La ñoña señorita Andersen debía morir, al menos como concepto, para renacer convertida en una mujer independiente que pisara fuerte en un mundo complicado. Y que le dieran morcillas al capitán Hunter.

Sí; esa y no otra tenía que ser la base de la última de las tres entregas.

Leire contempló el vuelo de un cormorán que se zambulló al pie del espigón en busca de algún pez despistado. Mientras aguardaba a que emergiera, se congratuló al sentir que volvía a pensar en la novela con ilusión. Era, sin duda, mucho más de lo que esperaba al decidirse a salir a trabajar en el exterior. Aunque no escribiera una sola línea más aquella tarde, el rato pasado en el dique era ya el más fructífero de todos los que había dedicado a la tercera parte.

El ave salió a la superficie lejos del lugar de la inmersión. En su negra silueta destacaba el pez plateado que portaba en el pico. A pesar de que parecía muy grande para él, lo engulló rápidamente.

«¿Y Jaume? ¿Qué le parecerá el cambio? —se preguntó para sus adentros—. Horrible, por supuesto».

Imaginó el monumental enfado del editor. Se pondría hecho una fiera, convencido de que las ventas se desplomarían y las quejas de las lectoras inundarían los buzones físicos y electrónicos de la editorial. No iba a ser fácil convencerlo.

«Ni falta que hace», pensó Leire decidida a seguir adelante con su plan.

No recordaba que en el contrato firmado se mencionara nada sobre el estilo de sus escritos. Lo único que quedaba claro era que debía entregar tres novelas; una por año. En ningún sitio se especificaba que tuvieran que ser ñoñas a más no poder, ni que la trilogía acabaría en boda.

Podía hacer lo que le viniera en gana. Y tenía muy claro lo que le apetecía.

La dorna se deslizaba silenciosa sobre el agua, como si bailara un vals con la brisa. Poco a poco se iba abriendo camino hacia el mar, surcando la bocana a medio camino entre las dos orillas enfrentadas. En su zigzagueante singladura, la embarcación se aproximó al dique sobre el que Leire permanecía en pie, soñando despierta con el argumento de la nueva entrega.

—¿Escribiendo al aire libre? —preguntó alguien a voces desde la chalupa, aún a cierta distancia.

La escritora, que hasta entonces seguía la dorna con la mirada sin verla en realidad, salió de su ensimismamiento y esbozó una sonrisa.

—¿Qué tal, Iñaki? —saludó al reconocer al voluntario de Ondartxo como único tripulante.

—A ver si no me llueve —contestó el joven dirigiendo la mirada hacia las nubes bajas—. Necesitaba desconectar un rato. Lo de Miren ha sido un palo muy duro. Qué mejor que navegar en solitario para olvidarlo todo, ¿verdad?

Leire asintió con un gesto. En cierto modo, ella estaba haciendo lo mismo, solo que había cambiado la borda de un barco por la seguridad de un espigón.

La dorna se continuó acercando. La escritora alcanzaba a ver los tres aros que el navegante llevaba en la oreja izquierda. Reparó también en que no se había afeitado en los últimos días. Resultaba atractivo con esa barba incipiente y el tono bronceado que, pese a estar casi en invierno, conservaba gracias a sus salidas en barco.

—¿Te apetece venir? —inquirió Iñaki guiando la chalupa hasta el pie del dique.

Leire observó su destreza en el manejo de la única vela de aquella embarcación utilizada antiguamente para la pesca en las proximidades de la costa. A pesar de que era una nave originaria de las Rías Bajas, en Ondartxo era una de las preferidas de todos para hacerse a la mar. Sus cuatro metros de eslora y uno y medio de manga la hacían muy manejable.

—¿No querías estar solo?

—Más vale bien acompañado que solo. O eso dicen, ¿no? —bromeó Iñaki extendiendo la mano para ayudarla a embarcar.

La escritora soltó una carcajada.

—Creo que es al revés, pero si insistes... —apuntó saltando con cuidado sobre la borda.

Sacudida por su peso, la dorna se balanceó ligeramente, pero Iñaki la apartó a tiempo del peligro que suponía la cercanía del dique.

—¿Adónde vamos? —preguntó mientras maniobraba para enfilar de nuevo hacia mar abierto.

—A Estocolmo —bromeó Leire ayudándolo con la vela—. No..., a Vietnam. ¿Te imaginas, remontar el Mekong en una dorna?

—Tendríamos que hacerlo algún día —afirmó Iñaki dirigiendo una mirada soñadora hacia los faros que custodiaban la salida a mar abierto.

Durante unos minutos, ninguno de los dos volvió a abrir la boca. El silencioso avance de aquel viejo barco, recuperado a lo largo de un sinfín de pacientes tardes de trabajo desinteresado en el astillero tradicional, invitaba a la contemplación. La punta Arando y su faro pintado de rojo no tardaron en quedar atrás, permitiendo al Cantábrico mostrarse en toda su inmensidad.

—Debemos mantenernos cerca de la costa. De lo contrario, perderíamos la protección de los montes y el viento sur nos llevaría mar adentro —explicó Iñaki, haciendo girar la dorna hacia el este.

Los acantilados de Jaizkibel comenzaron a desfilar inmediatamente ante sus ojos. Como en una grandiosa película en cinemascope, extrañas formas ciclópeas se sucedían al borde mismo del mar.

—Es precioso —murmuró Leire al descubrir los colores rosados que adquirían algunas de aquellas gigantescas rocas.

Iñaki carraspeó para llamar su atención.

—Oye, ayer me dejaste preocupado —dijo con gesto grave.

—¿Dónde? ¿En Ondartxo? —inquirió Leire extrañada.

La víspera, en cuanto llegó de Bizkaia en el autocar de línea, se había acercado al astillero. Quería dar un abrazo a sus compañeros, a los que encontró tan afectados como imaginaba por el asesinato de Miren. A modo de homenaje, habían bautizado con su nombre la última nave en la que había salido a navegar, una chalupa ballenera del siglo XVII. Decenas, tal vez centenares, de flores de todos los colores cubrían casi por completo la embarcación, inundando la factoría con un triste aroma dulzón que contagiaba la pena.

—Sí. No sé a qué venía tanta pregunta sobre José de la Fuente. ¿Piensas seguir investigando por tu cuenta?

Leire siguió con la mirada el vuelo de una gaviota que planeaba a apenas un palmo del agua.

—Hace días que me acosa —confesó con una mueca de repugnancia—. Aparece en el faro, me llama por teléfono, me envía flores... Está empeñado en invitarme a cenar.

—Dicen que siempre consigue lo que quiere —apuntó Iñaki frunciendo el ceño.

—Sí. Eso dice él, pero yo no pienso darle esa alegría. ¡Qué horror! Solo de imaginármelo me muero de asco —exclamó la escritora.

Iñaki estalló en una carcajada.

—¿A ti también te dio la impresión de que Mendikute se callaba más de lo que contaba? —quiso saber Leire.

—No le culpes. Es normal que no le guste demasiado remover el pasado. El suyo está lleno de episodios desgraciados por culpa de la droga y debe de ser doloroso bucear en ellos —lo defendió Iñaki guiando la dorna hacia la costa—. ¿Crees que el constructor es el Sacamantecas?

Leire se fijó en una cascada que saltaba directamente desde el acantilado hasta el mar, dibujando en la piedra un reguero de musgo verde que contrastaba con el color anaranjado de la arenisca. No sabía qué responder. ¿Realmente lo creía?

—Es una barbaridad, ¿verdad? —apuntó Iñaki siguiendo su mirada.

La escritora se giró hacia él sin comprender a qué se refería.

—Lo del puerto —aclaró el voluntario haciendo con el brazo un gesto que pretendía abarcar todos aquellos acantilados vírgenes.

—Es una más de esas barbaridades que se hacen en nombre del progreso —admitió Leire volviendo la vista de nuevo hacia el salto de agua.

—Se cargarán esta maravilla para que un puñado de políticos y constructores se llene los bolsillos. Y eso por no hablar de que dejarán las arcas públicas peladas en unos tiempos que no son los mejores para endeudarse. Está el país con el agua al cuello y ellos se dedican a seguir malgastando —murmuró Iñaki girando el timón para evitar un saliente rocoso.

—¿Crees que alguien con tan pocos miramientos como De la Fuente puede ser capaz de asesinar por proteger su negocio? —inquirió la escritora.

Iñaki la miró largamente antes de contestar.

—Desde luego que alguien tiene que ser. Hay cuatro mujeres asesinadas y todas ellas defendían estos parajes, pero no sé, aún no me entra en la cabeza que alguien pueda hacer tales locuras solo por dinero. ¿Y eso de robarles la grasa? —Hizo una pausa para pensar—. No sé, es todo muy raro —añadió antes de girar la mirada hacia una nueva cascada que rompía en el mar.

Un trueno resonó en la distancia. Las nubes, densas, grises y cargadas de agua, estaban tan bajas que parecían al alcance de la mano.

—Va a llover —apuntó Iñaki alzando la vista hacia el cielo.

Leire lo imitó. La cumbre de Jaizkibel estaba oculta entre las nubes. Por el oeste, la línea de la costa se veía bien definida a pesar del tono gris que parecía haberse adueñado del mundo. Reconoció a lo lejos Getaria y, más allá, el cabo de Matxitxako. Tras él, no había nada; solo el mar.

Un destello llamó su atención. Al principio no supo situarlo, pero no tardó en comprender que el faro de San Antón, en Getaria, se había puesto en marcha. Sus cuatro destellos cada quince segundos se repitieron en la distancia.

—Habrá que pensar en regresar. Lluvia y noche, mal asunto en una dorna sin motor —dijo señalando hacia las balizas que delataban la situación de la bocana.

Iñaki asintió, maniobrando para cambiar el rumbo y regresar a puerto.

Las primeras gotas de lluvia no tardaron en comenzar a caer. Los truenos sonaban cada vez más cerca, aunque aún pasaban muchos segundos entre el relámpago y el sonido.

—¡Vaya espectáculo! —exclamó Leire señalando un rayo que rasgó el cielo en las cercanías del horizonte.

Iñaki le pidió su mochila y la protegió bajo una de las bancadas de la chalupa.

—Como se te moje el portátil, tendrás que cambiar de trabajo —apuntó. Las gotas de agua, cada vez más abundantes, corrían por su cara y empapaban su camiseta.

—Nos vamos a pillar un buen resfriado —dijo Leire pasándose las manos por los brazos desnudos.

A pesar de estar a las puertas del invierno, el viento sur había mantenido el ambiente templado durante todo el día, de modo que ninguno de los dos llevaba ropa de abrigo.

—Vaya navegantes de agua dulce que estamos hechos —se quejó Iñaki manejando el timón para trazar las eses que les permitirían remontar contra el viento la distancia que los separaba de la bocana.

Leire se fijó en los músculos que se dibujaban bajo su camiseta. La tensión que hacía con los brazos para girar el timón a uno y otro lado le perfilaba los bíceps y unos pectorales que se adivinaban duros y fibrosos.

—¿Te ayudo? —preguntó levantándose para sentarse a su lado.

—No hace falta. En un par de minutos estaremos dentro.

Leire comprendió que se refería a la bocana. Una vez en ella, y a pesar de que aún los separaba un trecho del astillero, la lucha contra el viento no sería tan intensa.

La lluvia ganó en intensidad. Sin necesidad de llevarse una mano a la cabeza para comprobarlo, la escritora supo que tenía el pelo empapado. No tenía más que mirar a Iñaki para saberlo. Su melena, sujeta siempre en una larga coleta, parecía aún más negra bajo el chaparrón. Algunos mechones, rebeldes a pesar del agua, se agitaban al viento.

—Cualquiera que no te conozca diría que eres el mismísimo Conan el Bárbaro —se burló la escritora.

Su amigo se rio por lo bajo.

Tal vez fuera la imaginación de Leire, pero tuvo la impresión de que cada vez que Iñaki movía el timón intentaba rozarla con su brazo desnudo. Era apenas una leve caricia con el antebrazo, un instante casi fugaz, pero que despertó en ella una sensación que dormía en su interior desde hacía tiempo.

Deseaba a Iñaki. Se moría de ganas por despojarlo de sus ropas empapadas y hacerle el amor hasta caer rendidos bajo la lluvia. Se lo imaginaba tendido en el fondo de la dorna mientras ella cabalgaba sobre él con las manos apoyadas en su pecho musculado.

—¡Por fin! —exclamó él de pronto, devolviéndola a la realidad.

Acababan de alcanzar la protección de la bocana. En ese preciso instante, la cortina de agua se hizo tan intensa que lo ocultó todo. El faro de Getaria desapareció de la vista y, con él, todo lo demás.

Apenas alcanzaron a entrever dos txipironeras que adelantaron a la dorna y se perdieron en la distancia, rumbo al puerto. En momentos así, se echaba de menos tener un motor para avanzar más rápido, pero el encanto de las réplicas antiguas era precisamente el navegar como se hacía cientos de años atrás. Para lo bueno y para lo malo.

Leire apoyó una mano en la espalda de Iñaki, que mantenía firmemente el timón para enfilar hacia la ensenada que ocupaba el astillero.

—Me ha encantado navegar contigo —murmuró sintiendo el calor que emanaba de su piel bajo la camiseta mojada.

—Cuando quieras, repetimos —apuntó él mirándola intensamente a los ojos antes de fijarse en sus labios.

«Bésame, vamos. También tú lo estás deseando. Hazlo, por favor», pensó Leire abriendo ligeramente la boca a modo de sugerente invitación.

Iñaki esbozó una leve sonrisa que a la escritora se le antojó irresistible. El agua, que le empapaba toda la cara, le daba cierto encanto salvaje. Él también abrió los labios y se inclinó ligeramente hacia Leire, que sintió su aliento cálido antes de que una potente bocina la sobresaltara.

—¡Joder! —exclamó Iñaki alzando la vista.

Uno de los remolcadores de Facal, que tenían su base en los muelles de San Pedro, pasó a escasos metros de la dorna, levantando olas en su camino hacia mar abierto.

Leire se llevó las manos a la cara.

—Creía que nos llevaba por delante —musitó sintiendo que se le aceleraba el pulso.

Apenas hubo tiempo de decir nada más. Las fantasmagóricas formas de la draga Jaizkibel se dibujaron entre la lluvia. Un ligero giro a estribor y estarían en los muelles del astillero artesanal.

40

Domingo, madrugada del 8 de diciembre de 2013

Los festejos por la firma del armisticio convertían las calles de París en una fiesta continua. El coñac y el champán, reservados a las clases más pudientes, apenas se dejaban ver en un auténtico mar de vino barato y sidra de Normandía. Daba igual qué beber. No pocos se consolaban con agua de las fuentes, pero incluso estos se encontraban ebrios de felicidad. La guerra había acabado y los alemanes se replegaban con el rabo entre las piernas hacia sus fronteras, algo que meses atrás ni los más optimistas hubiesen podido soñar.

La señorita Andersen también sonreía. Ella también tenía motivos para la alegría y el final de la Gran Guerra solo era uno de ellos.

Perdida en el bullicio de las calles de la orilla izquierda del Sena, pensaba en su nueva vida. Atrás quedaban cuatro años de una desgraciada obsesión, que se había visto truncada de forma brusca cuando, la víspera, encontró por fin a su amado capitán Hunter.

El reencuentro no fue tal como esperaba. Lejos de los besos apasionados con los que había soñado noche tras noche, lo único que encontró fue la incómoda sensación de verse ante un hombre al que no conocía. La guerra lo había cambiado. ¿O era ella la que lo había hecho durante tanto tiempo a través de paisajes torturados por la contienda?

Unas palabras de cortesía, un fugaz intento de recuperar la antigua magia a través de los recuerdos..., la doctora lo intentó todo, pero nada logró disipar la desagradable sensación de haber perseguido solo un sueño.

Esta vez fue ella quien se marchó. Lo hizo con la desazón de quien de pronto se queda sin el que ha sido el motivo principal de su existencia.

Para su sorpresa, no sentía tristeza. Sentía liberación.

Tras años siguiendo los pasos del militar por todo un continente en guerra, aquella fría tarde de mil novecientos dieciocho había comprendido por fin que su periplo no había sido más que una tonta obsesión. Ahora, en cambio, en un mundo en paz, podría comenzar una nueva vida; una en la que pensaba pisar fuerte, orgullosa de sí misma. Todavía estaba enamorada, eso sí, pero no de un soldado de rostro atractivo y palabras hermosas, sino de la propia vida y de la sensación de libertad que había recuperado al fin.

Leire lo releyó una y otra vez. Parecía un final, y en cierto modo lo era, porque cerraba la ñoña historia de amor de la señorita Andersen, pero era un comienzo: el de la tercera entrega de *La flor del deseo*. Le gustaba. En apenas una página, la primera de la novela, cerraba hábilmente toda la trama anterior para dar rienda suelta al nuevo personaje en el que pensaba convertir a la joven enfermera. Sabía que, en cierto modo, esas primeras líneas harían enfadar a algunas lectoras, pero estaba segura de que la determinación de la protagonista por seguir adelante y pasar página cuanto antes las acabaría cautivando.

Cogió el teléfono de encima de la mesa y tecleó un número que hacía días que no marcaba. El tono de llamada no se hizo esperar. Uno, dos, tres... seis tonos.

—Hola. Espero que sea importante —saludó una voz adormilada al otro lado de la línea.

La escritora dirigió la mirada al reloj de pared. Casi la una de la madrugada.

—Lo es, Jaume. Por fin he encontrado el hilo. Vas a poder publicar la última entrega antes del día del libro —anunció sintiendo que se quitaba un enorme peso de encima.

—Me alegro. Si te parece, me acerco por allí y me lo explicas en persona —propuso el editor.

Leire tomó aire a fondo antes de hablar. Quería ser muy clara.

—No. No quiero que vengas. Tampoco que me llames. A partir de ahora, los tiempos los voy a marcar yo —explicó secamente—. Te enviaré la primera mitad del libro a mediados de enero. Antes del uno de marzo tendrás la mitad restante. Hasta entonces ni llamadas ni visitas. ¿Entendido? —Jaume no contestó, de modo que Leire optó por recalcar las normas—. Ni una sola presión o abandono el trabajo. Te garantizo que, si me respetas, podrás presentar el libro el veintitrés de abril. Es eso lo que querías, ¿verdad?

Jaume suspiró antes de hablar.

—¿Qué ha pasado? ¿A qué viene tanta seriedad? Parece que hayas olvidado lo bien que lo pasamos aquel día en tu hotel. ¿Seguro que no...?

Leire pulsó la tecla de colgar. Después, apagó el móvil.

Se sentía liberada, igual que la señorita Andersen, a la que reservaba un futuro que nada tenía que ver con el pasado. Había decidido dejarla en París; nada de volver a su Inglaterra natal. Haría de ella una enfermera en la Sorbona, donde iban a acontecer una serie de crímenes que la protagonista de *La flor del deseo* iba a verse obligada a investigar.

«Al fin y al cabo —reconoció la escritora—, siempre ha habido algo de mí en la sufrida Andersen».

Apagó el ordenador y dejó vagar la vista por la ventana. El resplandor del faro iluminaba levemente el paisaje, que se tornaba de un negro intenso conforme aumentaba la distancia. Amplificadas por el silencio de la noche, las olas rugían contra la base del acantilado.

Pensó en Iñaki. Apenas unas horas antes, estaba con él allá abajo, empapada hasta los huesos en una dorna que luchaba contra los elementos por regresar a puerto. Se preguntó si él habría sentido por ella la misma atracción. Todavía se excitaba al recordar los músculos de su pecho y sus brazos dibujados por la camiseta mojada. Hacía años que lo conocía, pero jamás hasta aquel día se había sentido así.

«Ha estado a punto de hacerlo —se aseguró al recordar que su compañero de Ondartxo se había inclinado hacia sus labios—. Si no llega a ser por el remolcador...».

Volvió a mirar el reloj. Era tarde. Si al día siguiente quería madrugar para indagar cuanto pudiera sobre De la Fuente, debía acostarse cuanto antes.

Apenas se había puesto en pie para bajar las escaleras cuando le pareció escuchar un cuchicheo procedente de los pisos inferiores. Se mantuvo durante unos instantes tan quieta como pudo, evitando hacer cualquier ruido, pero los susurros no se repitieron.

«Me voy a volver loca en este faro», se dijo desechando la idea de que hubiera algún intruso.

Sin embargo, en cuanto llegó a la puerta de su dormitorio, volvió a oírlos. Las voces parecían venir de allí dentro. Inmediatamente, la mente de Leire volvió a proyectar, como si de diapositivas se tratara, las fotos que alguien le había enviado a Bilbao. Todas. Una a una. Se maldijo por ser tan inconsciente. ¿Cuándo asumiría que aquel faro apartado, tan bucólico como retiro inspirador, era también el lugar ideal para ser asaltada por un despiadado imitador del Sacamantecas? Las fotografías, tomadas sin que ella se percatara, eran la mejor prueba de lo expuesta al peligro que se encontraba.

Dudó, presa de un nerviosismo creciente, entre echar a correr escaleras abajo para abandonar el edificio o pulsar el interruptor que encendía la luz. Si optaba por lo primero, tal vez tendría tiempo de llegar hasta la Vespa y huir hacia Pasaia. Aun así, sabía que no debía hacerlo; si algo había decidido en los últimos días era que ya era hora de dejar de escapar.

Se giró hacia la escalera y cogió la escoba que estaba apoyada en el primer escalón. De nada le serviría contra un intruso que quizá estuviera armado, pero de un modo inexplicable, se sintió más segura. Después, con decisión, buscó a tientas el botón. Su superficie desgastada le pareció más áspera que nunca.

«Tengo que hacerlo», pensó respirando tan hondo como pudo.

Sabía que, en cuanto encendiera la luz, los acontecimientos se precipitarían en cuestión de segundos. Quien estuviera allí agazapado se lanzaría seguramente hacia ella, pero estaba dispuesta a defenderse.

Volvió a oír el cuchicheo. No llegó a entender ninguna palabra, apenas unos cortos siseos, pero no cabía duda de que había alguien allí. El pulso se le aceleró hasta niveles que pensaba imposibles. Estaba aterrada.

Tenía que encender la maldita luz de una vez.

«¡Ahora!», se animó dando un manotazo al interruptor.

La vieja lámpara de cristal de roca se iluminó y, con ella, las paredes blancas del dormitorio. No había nadie a la vista. Tal vez debajo de la cama.

Iba a agacharse cuando reconoció el sonido de unos pasos en la gravilla del exterior. Dirigió la vista hacia la ventana y lo comprendió todo.

Estaba abierta, tal como la había dejado un par de horas antes para ventilar el cuarto, que olía a humedad tras estar cerrado durante su escapada bilbaína.

Se acercó hasta ella y se asomó al exterior, no sin cierta aprensión. No sabía qué iba a encontrar, pero sabía que había alguien allí fuera. Tal vez más de una persona. De ahí los susurros.

La explanada de aparcamiento se veía desierta. La luz del faro apenas permitía ver más allá, pero los arbustos más cercanos no parecían ocultar a nadie. Quienquiera que hubiera estado allí, parecía haberse alejado. Probablemente, lo habría ahuyentado al encender la luz.

Leire se obligó a calmarse. Tal vez fuera todo una falsa alarma, tal vez no se tratara más que de una pareja de jóvenes amantes en busca de un rincón apartado para disfrutar de los placeres del amor. Tal vez.

Intentaba convencerse de ello cuando una luz pálida llamó su atención hacia la carretera. Apenas brilló un par de segundos antes de apagarse de nuevo, pero no cabía duda de que había alguien entre los árboles. Un minuto después, volvió a encenderse, esta vez más allá del lugar donde nacían las escaleras que bajaban a la ensenada de Senekozuloa. Tampoco tardó mucho más en volver a brillar por tercera vez, aún más lejos.

«Se va. Mi visitante vuelve a casa», se dijo Leire deduciendo que se trataba de una linterna.

Cerró la ventana, pero aún se mantuvo unos minutos junto a ella, acechando la noche que solo el resplandor del faro de la Plata volvió a iluminar tímidamente.

No aguantaba más. ¿Es que nunca más podría vivir tranquila?

Si era necesario, no dormiría, pasaría las noches en vela, pero de un modo u otro, estaba decidida a descubrir quién se empeñaba en espiar su intimidad con la complicidad de la oscuridad.

Un día de 1996

Pasaia había cambiado. Nuevas construcciones ocupaban terrenos antiguamente abandonados y comenzaban a verse algunos turistas que visitaban, de forma fugaz, los distritos pesqueros de San Pedro y San Juan. Cada vez menos barcos arribaban al puerto; lo cual no era extraño, pues la mayor parte de la envejecida industria de la zona había ido bajando la persiana para siempre. Atrás quedaban las huelgas, los cortes de carretera para reivindicar mejores condiciones de trabajo y los pelotazos de la policía para disolver a los manifestantes.

El tiempo había obrado también un cambio que apenas se veía a simple vista, pero que el Triki sabía que era el más profundo de todos: la generación de la heroína había desaparecido. Apenas un puñado de yonquis sobrevivía en las abandonadas oficinas de la fundición Luzuriaga, la mayor fábrica que conociera jamás Pasaia y que también había sucumbido a la crisis industrial.

Los demás habían muerto. Prácticamente una generación entera de muchachos y muchachas yacía bajo tierra en lo que era un apabullante drama, que flotaba en silencio sobre las apacibles aguas de la bahía.

No todos estaban muertos. Algunos, los menos, habían logrado mantener a raya la adicción y salir con enormes esfuerzos de un agujero que parecía no tener escapatoria.

—¿Qué te parece? —le preguntó Xabier.

—Todavía no me lo creo —murmuró el Triki contemplando el bloque de pisos que ocupaba el solar donde antes se erguía la fábrica abandonada—. Y pensar que vivía aquí. Mi ventana debía de estar más o menos donde está esa señora —explicó señalando un balcón en el tercer piso.

—¿La que riega los geranios?

El Triki asintió.

—El Chino tenía uno. Creo que le recordaba a su madre —apuntó con una mueca de tristeza—. Era un buen chaval. No nos dimos cuenta de que se había quedado dentro hasta que fue demasiado tarde.

—No te tortures. No fue culpa tuya —trató de animarlo Xabier—. La única culpable fue la heroína.

—Y el cabrón que le dio fuego a la fábrica. Y toda una sociedad que miró hacia otro lado mientras nosotros denunciábamos que el incendio había sido provocado —masculló el Triki.

—Venga, vamos. No pienses más en eso. Sube al coche —dijo Xabier abriendo la puerta del Fiat Uno de color azul.

El Triki obedeció. Sabía que debía hacerlo o no lo volverían a dejar salir del centro. Llevaba demasiados años intentando desengancharse, cayendo y recayendo una y otra vez, pero esta vez tenía que ser la definitiva. No le quedaba otra opción. En Proyecto Hombre, en cuyas instalaciones de Hernani estaba interno, le habían dado un ultimátum. O se lo tomaba en serio o ya sabía dónde estaba la puerta.

Pero estaba avanzando. Si no, no le hubieran permitido salir ese día por primera vez. En realidad, había podido salir con anterioridad para asistir a los funerales de su padre y su hermano, pero nada más. Las terapias de desintoxicación eran así y no quedaba otro remedio que seguirlas a rajatabla si se pretendía que acabaran con éxito.

—¿Quieres que vayamos al camino de Puntas? —propuso Xabier arrancando el motor.

—Hace años que no veo el mar. Me encantaría —musitó el Triki.

Xabier era una suerte de ángel de la guarda para él. Estudiante de primero de Psicología, se había apuntado como voluntario en Proyecto Hombre. Gracias a tutores como él, los internos podían salir varias horas a la semana para ir, poco a poco, adaptándose a un mundo en el que tarde o temprano tendrían que volver a desenvolverse por sus propios medios. Había condiciones, claro está; nada de drogas, nada de alcohol, nada de malas compañías... Para ello, los tutores recibían una completa formación sobre los riesgos que convenía evitar.

La espera en el semáforo que regulaba el paso a través de San Juan se hizo larga. La estrecha y única calle de la población no era lo suficientemente ancha para que dos coches se cruzaran en ella, de modo que si el paso estaba abierto para los que circulaban en sentido contrario, era inevitable una espera de varios minutos hasta que la luz se pusiera en verde.

—Es bonito este pueblo, ¿verdad? —comentó Xabier una vez que el Fiat pudo internarse entre sus viejas casas con entramados de madera.

—Sí, pero su trainera es peor que la nuestra —apuntó el Triki fijándose en la bandera rosa que pendía de una ventana.

—Eso nadie lo duda —celebró el tutor aminorando la marcha bajo unos soportales para dejar pasar a una anciana que empujaba un carro de la compra—. ¿Sabes que soy remero?

—¿De San Pedro? —inquirió el Triki fijándose en los brazos que sujetaban el volante. Los músculos se dibujaban bajo la piel.

—¿De dónde si no? —se burló Xabier volviendo a acelerar.

El traqueteo de los adoquines bajo los precarios amortiguadores del Fiat hacía temblar sus palabras.

—Este año ganaremos la bandera de la Concha. Ojalá me dejen salir para verlo —deseó el Triki.

La plaza de San Juan, con solo tres fachadas edificadas y la cuarta abierta al mar, los recibió con un torrente de luz tras el paso por la angosta calle. Tres coches aguardaban en fila a que el semáforo les abriera el paso. Otros tantos se hallaban aparcados por el espacio abierto. Xabier dejó el suyo junto a ellos.

En cuanto abrió la puerta, el Triki sintió el salitre en sus pulmones. Era una sensación sublime, de libertad absoluta, de felicidad pura, como la caricia de una añorada novia que el tiempo le hubiera robado.

Durante unos instantes, giró sobre sí mismo. Nada parecía haber cambiado en aquel lugar. Las balconadas de las casas, todas de madera pero algunas pintadas de vivos colores, seguían asomadas a la bahía, como siempre. El alegre trino de los pájaros enjaulados, con el que la mayoría de las familias intentaban disimular la nostalgia y el temor de tener siempre alguno de sus miembros en alta mar, tampoco había desaparecido. Miró a la orilla opuesta; la suya. Allí estaban las casas marineras de San Pedro. No necesitaba estar allí para saber que también en aquella orilla cantaban los canarios y los jilgueros. Tal vez Querubín y Serafín siguieran alegrando el balcón de su madre.

«Ojalá —se dijo para sus adentros—. Primero su hijo mayor, después su marido y, para colmo, yo internado en un centro de rehabilitación de yonquis. Espero que los pájaros no le hayan fallado».

Entornó los ojos para fijarse en su casa, una de las últimas en el camino hacia la bocana. Quizá fuera un espejismo causado por la distancia, pero creyó ver a alguien en el balcón. Alguien que vestía una bata de color rosa y parecía apoyada en la baranda de madera, como quien se entretiene con la mirada fija en el mar y la mente en algún rincón del pasado.

—Quiero ir a casa —musitó el Triki señalando hacia allí con el mentón.

—¿Y el sendero de Puntas? —preguntó Xabier apartándose el flequillo que el viento del norte que remontaba la bocana le hacía bailar sobre los ojos.

El Triki lo desechó con un gesto de la mano. Tenía ganas de dar un fuerte abrazo a su madre, de decirle que se estaba recuperando y que, muy pronto, podría volver junto a ella. Algo en su fuero interno le decía que era cierto, que había logrado pasar página y que su adicción era algo del pasado. Por nada del mundo volvería a inyectarse esa mierda; por nada del mundo volvería a sufrir los espantosos delirios que le habían hecho desear su propia muerte en tantas ocasiones. No podría soportarlo.

Solo aquellas horribles pesadillas en las que el Kuko le rajaba el vientre de forma tan real que llegaba a mearse en los pantalones seguían martirizándolo. Los demás, los monstruos sin cabeza y las cucarachas gigantescas que querían devorarlo, habían desaparecido al cabo de un tiempo y eran, afortunadamente, meros temores del pasado.

—Se me olvidaba —anunció Xabier abriendo de nuevo el coche y buscando en la guantera—. Te he conseguido el documental del que me hablaste el otro día cuando estábamos en la huerta del centro. Lo repitieron el pasado jueves en Euskal Telebista y te lo grabé.

El Triki tomó la cinta de vídeo que le entregaba y se fijó en la etiqueta, donde su tutor había escrito en rotulador negro: JUAN DÍAZ DE GARAYO. DOCUMENTAL ETB.

—Es horrible. Ese tío era un jodido monstruo —apuntó Xabier—. No sé si ha sido buena idea grabártelo. No creo que tus pesadillas vayan a menos después de verlo. Yo aún estoy horrorizado. Quienes vivían por aquellos tiempos en la zona de Vitoria debían de estar aterrorizados; saber que el Sacamantecas campaba por ahí a sus anchas tenía que ser terrible.

Limitándose a asentir con la mirada perdida, el Triki señaló hacia su casa con el mentón.

—Me gustaría pasar antes de que se hiciera tarde —comentó.

—¿Pasamos en motora? —propuso su tutor.

—¡Buena idea! Nada es más de Pasaia que eso. Ahora sí que me sentiré de verdad en casa —apuntó el Triki.

El petardeo de la embarcación se adueñó del ambiente mucho antes de que el pequeño transbordador alcanzara el muelle de San Juan. Un sutil aroma a gasolina acompañó su llegada, enmascarando en parte el olor a lodo que caracterizaba el puerto en marea baja.

—*Egun on* —los saludó el barquero sin apartar la vista del nudo con el que afianzaba la motora al muelle.

El suave balanceo del transbordador obligó al Triki a tomar asiento en el banco lateral. Una leve sensación de mareo se presentó también, pero se disipó en cuanto la motora abandonó el muelle. En cierto modo, se sintió avergonzado, enfadado consigo mismo por haber perdido la pericia que antaño tuviera para desenvolverse en la mar. Recordó con una punzada de nostalgia el brillo del faro de la Plata desde la distancia y la sensación de euforia que le invadía al acceder a la seguridad de la bocana tras las arriesgadas travesías nocturnas.

—Parece que va a llover —apuntó el barquero, logrando una respuesta afirmativa de Xabier.

El Triki sonrió para sus adentros. Había olvidado aquellas triviales conversaciones de motora. Lo siguiente sería mencionar las traineras o el último partido de la Real Sociedad.

A mitad de singladura entre ambas orillas, sin obstáculos que frenaran su avance, la brisa se hizo viento y levantó salpicaduras de agua salada. El Triki sintió la sal en los labios y se relamió. ¡Cuánto había echado de menos todo aquello!

Dirigió la vista hacia su casa, la única con el balcón pintado de amarillo.

«Como el casco del Gorgontxo», pensó con un nudo en el estómago.

Su madre ya no estaba allí.

El barquero se agachó para recoger del suelo un periódico que las salpicaduras estaban mojando. Con un suspiro, lo dejó sobre los bancos del interior de la cabina y se llevó una mano a los riñones.

—No puede uno hacerse viejo —protestó—. Antes, me podía pasar días enteros pescando bonitos a caña. Ahora, no puedo ni agacharme para recoger un maldito diario.

El Triki se fijó en aquellas hojas grisáceas en las que las gotas habían dibujado desordenados círculos oscuros. Lo hizo sin interés, pero lo que leyó le aceleró el pulso y removió en su interior viejas sensaciones que creía olvidadas.

Estiró la mano y tomó el periódico. Era un ejemplar del *Egin* de ese mismo día. La noticia no era, ni mucho menos, la más destacada; ocupaba un cuarto de página y la ilustraba una foto de un almacén que el Triki conocía muy bien.

EL MATRIMONIO BESAIDE EN BUSCA Y CAPTURA

Al impactante titular le seguían unas líneas en las que se explicaba que Juan Besaide y su mujer habían desaparecido sin dejar rastro en vísperas de su juicio por narcotráfico. El periodista daba por segura la condena en caso de haberse podido celebrar la vista oral y se quejaba de la lentitud de la justicia. Habían pasado demasiados años desde que la patrullera de la Guardia Civil sorprendiera a Juan Besaide y su hijo con varios fardos de heroína a bordo. La inmediata inspección que los agentes realizaron en el almacén de Bacalaos y Salazones Gran Sol confirmó lo que para todos, en Pasaia, era un secreto a voces: que los empresarios hacían en realidad su dinero con el tráfico de drogas. La madre, la respetada Casilda Álvarez, había sido detenida mientras intentaba deshacerse de decenas de fardos, almacenados entre hileras de bacaladas, arrojándolos a las aguas del puerto.

—Esos dos están en Filipinas, con su hermano el cura —apuntó el barquero al comprobar que el Triki se interesaba por la noticia—. Lo sabe todo Pasaia. Vaya par de sinvergüenzas. Y los hijos se van de rositas...

El Triki miró la fotografía con una curiosa sensación. A pesar de tratarse de una imagen en blanco y negro, no echaba de menos color alguno. En sus recuerdos, aquel viejo almacén varado a orillas de la ría también aparecía descolorido, como si perteneciera a una época tan lejana que su cerebro se empeñara en desdibujarla.

41

Domingo, 8 de diciembre de 2013

Toc, toc, toc.

Leire abrió los ojos y los fijó en la lámpara de cristal de roca que pendía del techo. Debía de pesar mucho. Si un día se desprendiera esperaba que no la encontrara en la cama.

Toc, toc, toc.

De nuevo ese sonido. No era ningún sueño; ahora estaba despierta. Bostezó y se desperezó bajo el edredón, estirándose como un gato.

Toc, toc, toc. Esta vez sonó más fuerte.

«La puerta. Alguien llama», comprendió cayendo en la cuenta de que el timbre no funcionaba.

Se puso en pie de un salto y se acercó a la ventana. ¿Qué hora debía de ser? Le había costado conciliar el sueño después del susto de la noche, de modo que debía de haberse quedado dormida. Intentó hacer memoria, pero no recordaba haber apagado el despertador, que había programado para que sonara a las ocho de la mañana. Seguramente, lo habría detenido de un manotazo y se habría vuelto a dormir.

—Ya voy. Un momento —anunció asomándose al exterior.

La visión de un coche patrulla ante la verja no presagiaba nada bueno. Aunque desde la ventana del dormitorio no al-

367

canzaba a ver la puerta de entrada, no le costó imaginarse a un agente aporreándola impaciente.

Sin perder un segundo, se puso los tejanos que había usado la víspera y que descansaban en una silla al pie de la cama, y bajó las escaleras. Mientras lo hacía, se subió la cremallera de una sudadera roja y se recogió el pelo enmarañado del mal dormir en una sencilla cola de caballo. Antes de abrir la puerta, se echó un vistazo en el espejo. Tenía ojeras, pero ¿qué esperaba? Hacía apenas unas horas deambulaba por el faro oyendo a alguien susurrar en la oscuridad y había dormido intranquila, entre sueños desagradables y despertares sobresaltados. Podía darse por satisfecha si solo tenía ojeras.

—Buenos días —la saludó la agente Cestero en cuanto abrió la puerta—. Disculpa la insistencia, pero estaba preocupada por ti.

Leire torció el gesto. ¿Preocupada por ella? ¿La Ertzaintza? ¿Los mismos que hasta entonces solo se habían empeñado en tacharla de sospechosa?

—Perdona, pero no entiendo —musitó. Tenía la cabeza embotada aún por la falta de sueño.

La joven uniformada dio un paso atrás y señaló la fachada.

—Las pintadas...

La escritora seguía sin comprender. A pesar de estar descalza, salió al exterior y giró la cabeza para observar la pared que miraba la ertzaina.

—¡Joder! —exclamó al ver aquellas grandes letras rojas profanando la pintura blanca del faro.

—¿No las habías visto? —preguntó la policía. Llevaba su mata rizada de cabello recogida en un moño que la hacía parecer más alta.

—No, claro que no. Ayer no estaban —aseguró la escritora. La gravilla se le clavaba en las plantas de los pies, pero apenas lo notaba. Era mayor el dolor de aquellas palabras punzantes.

—No son las únicas. Toda la subida desde San Pedro está plagada de mensajes como este. He contado doce pintadas entre el pueblo y el faro —anunció la agente—. Todas recientes. Aún huelen a pintura.

Finos regueros rojos se desprendían de las letras, como si sangraran, impregnando la fachada con un sinfín de zigzagueantes hilitos rojos que hacían aún más inquietante el mensaje. Leire, incapaz de apartar la vista de aquellos cuatro renglones, sintió un escalofrío.

—Así que has vuelto de Bilbao —dijo la ertzaina mostrando una amable sonrisa.

Leire asintió.

—Necesitaba unos días para olvidarme de todo, pero ya estoy aquí.

—Santos ya no está. Los de arriba estaban muy decepcionados con su gestión en este caso —comenzó a explicar Cestero.

—Lo sé. Lo vi en las noticias.

—Sí. La aparición de una cuarta víctima fue demoledora para nuestra imagen. Muchos medios nos acusaron de dar palos de ciego mientras Pasaia se desangraba. Con la destitución de Antonio Santos como responsable de la comisaría de Errentería se pretendió dar un giro al caso. —La policía hablaba con seguridad—. No queremos una quinta víctima. No podemos permitírnoslo. Ni la Ertzaintza, ni esta comarca.

—¿Dónde está? —quiso saber Leire—. ¿Adónde lo han enviado?

—¿A Santos? Lo han destinado a la comisaría de Irun. Lleva rollos de oficina; burocracia de frontera y temas así.

La escritora asintió. De no haber sido por aquellas amenazas garabateadas en la fachada de su casa, se habría permitido una sonrisa burlona. Saber que aquel hombre estaba lejos del caso le daba cierta sensación de tranquilidad, aunque tal vez solo se tratara de un cambio de imagen y, en el fondo, todo siguiera igual.

—¿Me invitas a un café? —inquirió Ane Cestero señalando hacia el interior del faro—. Trabajar en domingo me mata.

Leire la observó sorprendida. Durante unos instantes no supo qué contestar. Lo último que esperaba de una policía con la que apenas había tratado era que se invitara a entrar en su casa como si fueran viejas amigas.

—Té —dijo finalmente—. Tendrá que ser té. No tengo café.

La agente esbozó una sonrisa.

—Prefiero el café, pero un té estará bien.

El sutil aroma del té verde con bergamota flotaba en la cocina como una amable invitación a una conversación relajada, pero Leire estaba tensa. Aquella joven uniformada apoyada en el ajado mármol blanco de la encimera la cohibía. ¿Qué pretendía de ella?

—Tiene que haber sido muy duro —dijo la agente Cestero tras varios comentarios superficiales sobre el encanto añejo de la cocina.

Leire frunció el ceño. No entendía a qué se refería.

—Ser inocente y verte convertida en sospechosa de los más horribles crímenes que recuerda la bahía de Pasaia —explicó la policía.

¿Ser inocente? ¿Había oído bien? ¿Acaso la Ertzaintza la había descartado definitivamente? Ojalá los vecinos pensaran también así.

—Sí, no es fácil —dijo a la defensiva. ¿Qué quería de ella esa chica?

Ane Cestero se llevó la taza a los labios, pero no bebió. Estaba demasiado caliente.

—¿Sabes que en Marruecos lo sorben ruidosamente para poder beberlo recién salido de la tetera? —preguntó.

Leire asintió e imitó la técnica a la que se refería. Los aromas florales del té le llenaron todos los rincones de la boca.

—He estado allí varias veces. Es un país fascinante, y más para lograr la inspiración a la hora de escribir —reconoció mientras saboreaba la bebida—. De hecho, creo que se percibe más el gusto haciéndolo así.

—Lástima que aquí no esté bien visto ir por ahí sorbiendo de una taza —bromeó la agente—. ¿Conoces Esauira? Estuve allí el año pasado para celebrar mi graduación en la academia.

La escritora se sentía cada vez más incómoda. Algo no encajaba. ¿Por qué tanta cordialidad?

—Me encanta ese lugar —dijo obligándose a relajarse—. Su puerto bullicioso, sus casas encaladas, sus murallas amenazantes, su playa interminable... Alguna vez he fantaseado con la idea de alquilarme allí una casa y retirarme a escribir, pero aquí estoy. Por un motivo u otro, nunca he llegado a hacerlo.

—Todo llegará —zanjó Cestero—. Te preguntarás qué hago aquí, tomando té en tu cocina.

—La verdad es que sí —admitió Leire mirándola directamente a los ojos.

La agente le mantuvo la mirada. Tenía unos bonitos ojos felinos que mezclaban los tonos verdes y ambarinos, pero unas marcadas ojeras les restaban protagonismo en un rostro que no resultaba demasiado armónico.

—Vengo a pedirte que dejes de inmiscuirte en el caso —explicó en un tono menos amable—. No queremos más muertes y no hace falta que nadie se arriesgue jugando a hacer de policía.

La escritora arrugó el entrecejo. Si habían detenido a Besaide había sido gracias a ella. De no haber investigado por su cuenta, era más que posible que aquel caso jamás se hubiera esclarecido.

—Sí, ya sé que estás pensando que harás lo que te venga en gana —continuó la ertzaina—. Por eso he venido. Quiero que cualquier cosa que descubras me la hagas saber cuanto antes. Nada de ponerte en peligro de nuevo. Para eso estamos nosotros. ¿De acuerdo?

Leire asintió.

—Así lo haré.

—Es importante que me lo hagas saber a mí. No a mis compañeros —remarcó entregándole una nota con su número de teléfono.

La escritora miró el papel antes de guardárselo en un bolsillo del pantalón. ¿Qué pretendía con eso, marcarse ella los tantos de cara al resto de la comisaría?

Ane Cestero decidió continuar.

—El nuevo comisario no es como Santos. Ion García es de los que delega en su equipo. Algunos dicen que lo hace porque es consciente de sus limitaciones. Da igual. Lo importante es que todos somos ahora más partícipes de todo. En el caso que nos ocupa, el del Sacamantecas, García ha depositado en mí su confianza. A pesar de que será él quien dé la cara ante los medios y nuestros superiores, me ha encargado a mí la dirección de la investigación. Y, obviamente, tú no figuras entre los posibles asesinos que barajo.

Leire se sintió aliviada. Saber que la responsable del caso no la tenía en su lista de sospechosos era la mejor noticia que podía esperar.

—¿Quiénes son? —inquirió—. Tus sospechosos, ya me entiendes.

El móvil de la agente Cestero emitió una vibración.

—Un mensaje de llamada perdida —murmuró como para sí misma—. ¿No hay cobertura aquí?

—Va y viene. Casi siempre hay línea, pero a veces se pierde. Depende de demasiadas cosas —explicó Leire haciendo un gesto con el brazo hacia la ventana—. El mar, el tiempo, si es de día o de noche...

—¿Y vivirás tranquila después de las pintadas? —La ertzaina la miraba con gesto expectante—. Deberías bajar a vivir al pueblo.

—Tengo línea fija. El faro es demasiado importante para la navegación como para que el farero esté incomunicado. Es verdad que ahora está todo automatizado, pero el teléfono ahí sigue —dijo Leire en un intento de restarle gravedad—. Además, no es la primera vez que intentan amedrentarme.

Cestero frunció el ceño, intrigada, mientras la escritora subía al piso superior para bajar después con un sobre. Una a una, Leire le mostró las fotos que había recibido en Bilbao.

—¿Por qué no lo has denunciado? ¿Desde cuándo tienes esto sin que lo sepamos nosotros? —preguntó la ertzaina incrédula en cuanto las vio todas—. ¡Te parecerá normal, con todo lo que está pasando!

Leire se encogió de hombros.

—Hará cuatro o cinco días que las recibí.

—¿Y no estás asustada? —insistió la agente mirando el resguardo del envío—. Me pasaré por la empresa de mensajería. Al ver un uniforme, a lo mejor hacen memoria y recuerdan al remitente.

—Claro que estoy asustada —aceptó la escritora—, pero también pienso que si quisiera hacerme algo, ya lo habría hecho. Parece más bien un juego.

—Un juego de una mente enferma —aclaró Cestero—. Puede ser muy peligroso.

—Está claro. Nadie en su sano juicio vendría a espiarme mientras duermo.

—Está obsesionado contigo —musitó la agente—. Lo que más me preocupa es que un día puede dar por terminado el juego. Y entonces...

—Aún no me has dicho quiénes son tus sospechosos —dijo Leire intentando cambiar de tema.

Ane Cestero apretó los labios y asintió levemente.

—Solo sé que quienquiera que sea tiene un interés especial por acallar las voces contrarias a la construcción del puerto exterior. —Al comprobar que Leire asentía, la agente continuó explicándose—. Alguien que tenga demasiado interés en que esa obra se lleve a cabo y que esté muy jodido de la cabeza para ser capaz de hacer algo así. No olvidemos que no se limita a matar, sino que parece encontrar irresistible eso de abrir a sus víctimas en canal y robarles la grasa.

—Es un maldito monstruo —remarcó la escritora.

—¿Me tendrás al día de cualquier detalle que descubras? —inquirió Cestero dando un paso hacia la salida—. ¿Puedo contar contigo?

—¿No me acabas de pedir que no me inmiscuya en la investigación?

Ane Cestero le dedicó una mueca condescendiente.

—No soy tan tonta como para creer que mis palabras te frenarán.

La escritora se rio para sus adentros.

—Lo haré —anunció—. Eso sí, me gustaría estar al corriente de la investigación policial.

Ane Cestero pareció dudar unos instantes.

—Eso no podrá ser. Si me das alguna buena pista, prometo contarte lo que averigüe, pero nada más. Lo contrario podría suponer un riesgo para la investigación y para ti.

—¿Hay alguna novedad que pueda saber? —quiso saber Leire.

La ertzaina perdió la mirada en la pared mientras intentaba recordar.

—Poca cosa. En las ropas de Miren Orduña han aparecido pelos de algún animal. No muchos, pero sí los suficientes como para saber que alguna bestia estuvo junto al cadáver. Están tan impregnados de sal y son tan recios que me inclino a pensar que son de foca. Los están analizando.

Leire arrugó la nariz en una mueca de sorpresa. Cuando los temporales se sucedían, como aquellas últimas semanas, solían verse focas que paraban a descansar en la costa para recuperar fuerzas antes de continuar sus rutas migratorias, pero ¿qué podía hacer una de ellas junto a la víctima?

—Quizá ni siquiera sea relevante —apuntó Cestero apurando el té, ya más templado, de un trago. Después, entregó la taza a su anfitriona. Al hacerlo, esbozó una bonita sonrisa. De no ser porque su mentón extremadamente anguloso no acompañaba, resultaría atractiva. No lo era, pero el piercing de la nariz lograba distraer la atención hábilmente.

Mientras Leire acompañaba a la agente al exterior, le habló de sus sospechas sobre José de la Fuente.

—Indagaré sobre él y, si es necesario, le haremos seguimiento —anunció Cestero alzando la vista hacia las pintadas—. ¿Crees que ha sido él?

La escritora no necesitó mirarlas para responder.

—No. Quizá sean suyas las fotos, pero esto no. Esto es obra de alguien que me odia y solo se me ocurre una persona con tantas ganas de echarme de aquí: Felisa Castelao.

La agente asintió con un gesto mientras tomaba una fotografía de la fachada.

—Tengo que irme. En la comisaría deben de estar extrañados ante mi tardanza —dijo guardando la cámara en el bolsillo de la chaqueta—. Recuerda llamarme antes de hacer ninguna locura. No quiero más víctimas de ese cabrón.

La escritora alzó la mano para despedirse.

Una puerta que se cierra, un motor que arranca y el inconfundible sonido de los neumáticos rodando sobre la gravilla. Leire miró alejarse la patrulla y solo entonces sintió una punzada de temor.

Estaba sola de nuevo. Ella y las pintadas.

Se giró hacia la fachada y las volvió a leer con una desagradable sensación en la que se mezclaban a partes iguales la congoja y la rabia.

ASESINA

VETE DE AQUÍ

PASAIA NO PERDONA

LO PAGARÁS

42

Domingo, 8 de diciembre de 2013

—¿De la Fuente? —inquirió Txomin rascándose el bigote—. Un pieza, eso es lo que es. Algunos dicen que tiene buen olfato para los negocios, pero lo que tiene son buenos contactos y mucha cara dura. Me parece que es de esos que saben dónde soltar lastre. En forma de sobres llenos de billetes, ya me entiendes.

—Pues me tiene harta —protestó Leire—. No me deja en paz. No hay día que no me llame o se presente en el faro para pedirme que vaya a cenar con él. Está empeñado en cortejarme y no parece dispuesto a tirar la toalla.

El barquero torció el gesto.

—Es un cerdo, un maldito puerco seboso —espetó con rabia.

Leire sabía que no iba a ser fácil, pero estaba decidida a insistir. El chapoteo de un pez que saltó a escasos metros de la motora llamó su atención, pero enseguida volvió a mirar fijamente al barquero.

—Sé que sabes más de lo que dices. Siempre te callas lo mejor —apuntó—. Necesito que me lo cuentes. Quiero saber quién es en realidad ese constructor que hace fotos de mi intimidad y me las envía, junto con flores, a casa de mi madre.

Txomin perdió la mirada en los dibujos que un ínfimo derrame de aceite de motor trazaba sobre el agua.

—¿Y si no es él? —preguntó sin alzar la vista—. ¿No me dijiste que no había remitente? Podría ser que la orquídea no tuviera nada que ver con las fotos. ¿No te parece que De la Fuente está demasiado gordo como para enfilarse hasta tu ventana y ser capaz de huir sin que lo descubras?

La escritora lo había pensado.

—Tal vez haya enviado a alguien —aventuró.

Un cormorán pasó volando a ras de agua, espantando a su paso a una gaviota posada sobre una boya amarilla que alzó el vuelo entre graznidos indignados. Rita, que hasta entonces dormitaba en el muelle, ladró enfadada y se lanzó al agua con intención de perseguirlos.

—No sé. Me parece demasiado rebuscado —sentenció Txomin antes de girarse hacia tres señoras de cierta edad que bajaban, bien aferradas a la barandilla, por la rampa del embarcadero—. Buenos días tengan ustedes, jóvenes.

—Buenos días, señor barquero. ¿Nos pasará a San Juan? —preguntó la que cerraba el grupo.

—¿Cómo no? —dijo Txomin arrancando el motor—. Un poco pronto para pasar a comer, ¿no?

—¿Pronto? ¡Si son casi las dos! —protestó otra—. Ya puedes pisarle a fondo a este trasto o nos cerrarán la cocina. Ramona tarda cada día más en cardarse el pelo. ¡Y eso que vamos al hogar del jubilado! Como si tuviera algo que rascar con alguno de los viejos desdentados que hay por allá.

—¡Eh! No te pases, que sabes perfectamente que estaba tendiendo la colada —se defendió la aludida.

Txomin se giró hacia Leire, que había bajado de la motora al pantalán.

—Se acabó la paz —musitó llevándose la pipa apagada a la boca—. Ahora vuelvo. ¿Estarás aquí?

La escritora reparó en que aún no había logrado que le explicara todo lo que intuía que sabía sobre el constructor.

—Aquí te espero —dijo apoyando la espalda contra la barandilla.

—¿Seguro que no quieres venir? —preguntó el barquero guiñándole un ojo mientras señalaba con el mentón a las tres ancianas que parecían ponerse de acuerdo para hablar todas al mismo tiempo.

Leire declinó la invitación con una mueca divertida.

Conforme el pequeño transbordador verde se alejaba rumbo a la orilla opuesta, cerró los ojos y disfrutó del silencio. El viento era frío, como era habitual siempre que soplaba del norte, pero allí, tras apaciguarse entre los acantilados de la bocana, era poco más que una agradable caricia refrescante. El ligero chapoteo del agua al salpicar contra los muelles y el suave balanceo del pantalán le contagiaron una serenidad que creía imposible cuando, apenas una hora antes, recorría la carretera del faro en su Vespa. No había sido plato de buen gusto leer los insultos y amenazas que alguien se había dedicado a pintar en el asfalto.

Pensaba, entretenida, en el capítulo de la novela que escribiría en cuanto regresara al faro cuando el inconfundible petardeo de la motora la devolvió a la realidad. El estruendo lejano de una grúa descargando chatarra fue definitivo. El momento de estar a solas consigo misma había acabado.

—Vaya mística, ¿no? —la saludó Iñaki con una carcajada en cuanto abrió los ojos.

Leire sintió avergonzada que se ruborizaba.

—Hola. ¿De dónde sales? —preguntó obligándose a sostenerle la mirada.

Su amigo señaló hacia la enorme chimenea coronada de franjas rojas y blancas que despuntaba en la orilla opuesta, a las afueras de San Juan.

—De la térmica. Ahora acaba mi turno —dijo colocándose la mochila a la espalda.

—¿En domingo? —preguntó Leire extrañada.

—El desmantelamiento no entiende de festivos —se burló el joven—. Voy a Ondartxo, a ver si me da tiempo a repasar unos detalles del galeón antes de salir un rato a navegar. Si te animas, salimos juntos. Parece que hoy no lloverá.

Txomin, que había acabado de amarrar el cabo que aseguraba la motora, se acercó hasta ellos.

—No sé qué pasa hoy. Apenas hay pasajeros —apuntó—. Otros días a esta hora, no paro de pasar gente.

—Debería escribir —se lamentó Leire sin prestar atención al barquero—. He perdido la mañana entre unas cosas y otras, y no creo que me quede más remedio que encender un rato el ordenador. Eso sí, mañana me encantaría salir a navegar contigo. —Conforme lo decía se arrepintió de haber sido tan clara—. Por probar alguna otra réplica, ya me entiendes.

Iñaki esbozó una sonrisa en la que la escritora creyó adivinar un atisbo de complicidad.

—Sí, creo que ya te entiendo —dijo con cierto aire de misterio.

La escritora fue incapaz de evitar seguirlo con la mirada mientras se alejaba por el muelle. Aquellos tejanos le dibujaban unas nalgas perfectas; lo único que en aquel momento se intuía de un cuerpo que, hasta que el chaparrón de la víspera le marcara las formas bajo la camiseta, Leire no había reparado en que resultaba tan atractivo.

—No me gusta ese chico —murmuró Txomin acercando el encendedor a la pipa, que despidió un ligero olor a tabaco.

—¿Iñaki? —se extrañó Leire—. Si nunca se mete con nadie. Si no fuera por él, el astillero tradicional no existiría. ¿Sabes cuántas horas pasa allí?

El barquero torció el gesto.

—No sé. Creo que no es trigo limpio —comentó contrariado—. Se me olvidaba... ¿Recuerdas que te dije que creía haber visto a Xabier por aquí?

—¿Cómo iba a olvidarlo? Llegué a pensar que podía ser él quien estaba detrás de los crímenes.

—Pues ayer volví a verlo. Iba en un barco de recreo con otros dos hombres.

La escritora clavó en él una mirada desconcertada.

—¿Estás seguro de que era él?

—Pondría la mano en el fuego —aseguró Txomin—. Estaba soltando amarras en el embarcadero de San Juan cuando lo vi en el centro de la bocana. Iba hacia mar abierto. Juraría que era él.

Leire negó confusa con la cabeza. ¿Qué podía mover a su exmarido a volver de Somalia sin que nadie pareciera estar al corriente? Aquello no le daba buena espina. Tenía que averiguar cuanto antes si se trataba realmente de Xabier o solo de alguien que se le parecía.

—¿Piensas contarme lo que sabes sobre José de la Fuente, o tendré que rogártelo de rodillas? —preguntó intentando concentrarse en el tema que la había llevado allí.

El barquero miró hacia los muelles. No había nadie esperando para bajar al embarcadero. Tampoco se veía ningún pasajero aguardando a la motora en San Juan.

—Está bien —aceptó con un suspiro—. Hace años, muchos años, hubo un incendio que destruyó una fábrica abandonada en el distrito de Antxo. Quizá hayas oído hablar de ello. —Leire negó con la cabeza—. Dos personas murieron y alguna más resultó herida grave por quemaduras. Fue espantoso.

—¿No dices que estaba abandonada? —preguntó extrañada la escritora.

Txomin vagó con la vista por la distancia.

—¿Ves aquel edificio de allí? —inquirió señalando hacia un bloque de pisos que se levantaba tras los lejanos muelles de Antxo.

—¿Detrás de las grúas? Sí, claro que lo veo.

—Era allí donde estaba la fábrica. Durante décadas, se dedicó a la manufactura de piezas de máquina herramienta, pero sus instalaciones quedaron obsoletas en los años setenta y sus propietarios optaron por echar la persiana. —Leire asentía interesada, sin comprender aún adónde quería llegar—. Te puedes imaginar que sus estancias no tardaron en ser ocupadas por un montón de yonquis. Eran malos tiempos; la heroína, ya sabes.

—Por eso hubo muertos —comprendió la escritora.

Txomin asintió. Sus ojos parecían escudriñar muy lejos, en los olvidados baúles de recuerdos que el paso del tiempo guardaba en algún lugar del universo.

—Las llamas los sorprendieron mientras dormían.

—Qué desastre —musitó Leire. Aún no lograba entender qué tenía que ver el constructor con todo aquello.

—Lo peor de todo es que aquel fuego fue provocado —anunció el barquero, que señaló a la orilla opuesta.

La escritora se fijó en el embarcadero de San Juan. Un grupo de cinco o seis personas esperaba para pasar a San Pedro.

—¿De la Fuente? —inquirió intrigada.

Txomin asintió mientras comenzaba a desligar el cabo.

—Él fue quien levantó poco tiempo después ese edificio de viviendas. Fue su primera gran operación, con la que comenzó a crear su imperio. Compró suelo industrial sin interés, logró que se lo recalificaran como urbanizable en un tiempo récord y lo vendió multiplicando su valor.

—¿Cómo sabes todo eso?

El barquero abrió mucho los ojos, como si la pregunta le sorprendiera.

—Vamos, Leire. No me digas que no sabías que De la Fuente hizo así su dinero. Es parte de la historia del pueblo —dijo arrancando el motor, que tosió quejoso antes de escupir al mar el agua del circuito de refrigeración—. De todos modos, hay algo más —anunció torciendo el gesto—. Aquella noche, el constructor estuvo en la fábrica. Él fue quien lo roció todo con disolvente antes de darle fuego y salir disparado en su coche.

—¿Lo vio alguien? —Leire estaba ansiosa por conocer todos los detalles.

—Más de uno y más de dos. Se le reconoció por el coche, un Ford Fiesta amarillo.

La escritora frunció el ceño.

—Así que los asesinatos de estas últimas semanas no serían los primeros de De la Fuente.

Txomin negó con una mueca de tristeza.

—Junto a la fábrica incendiada había una de pinturas. Barcier, se llamaba —explicó mientras la motora comenzaba a separarse del embarcadero en el que Leire seguía de pie—. Se llama, de hecho. Ahora está en Errenteria. Eso de convivir con los yonquis no les hacía demasiada ilusión, de modo que contaban con cámaras de seguridad. Creo que fueron las primeras que se instalaron en la zona. Les debieron de costar un ojo de la cara, pero antes lo habían intentado con un vigilante nocturno y el pobre hombre no ganaba para palizas. —El barquero aceleró—. Tal vez ellos tengan alguna prueba de lo que De la Fuente hizo aquella noche —añadió alzando la voz.

La escritora contempló con un creciente desasosiego como la motora se deslizaba sobre las aguas rumbo a San Juan. Si aquello era cierto, José de la Fuente era un asesino despiadado. Dar fuego a un edificio que servía de cobijo a toxicómanos, y hacerlo con ellos dentro, era un acto de una vileza sin paliativos, y más si detrás de ello no había más que un mero interés económico. Un interés, en definitiva, como el que parecía servir de nexo entre los crímenes del Sacamantecas, aparentemente destinados a cercenar la lucha contra la dársena exterior con la que el constructor planeaba hacerse más rico.

La campana de la iglesia de San Juan Bautista sonó en la otra orilla. Segundos después, la de San Pedro le contestó. Tres sencillos toques. Leire miró el reloj de su móvil. Las dos menos cuarto.

Marcó un número de teléfono que había guardado en la memoria del aparato esa misma mañana.

A esa hora, aún la encontraría trabajando.

—Cestero —saludó una voz femenina.

—Ane, soy Leire Altuna. Tengo novedades sobre De la Fuente.

La ertzaina escuchó atentamente sus explicaciones.

—No sé si nos servirá de mucho. Han pasado demasiados años. Si la empresa de pinturas ha cambiado incluso de sede, es más que probable que hayan destruido las cintas de vídeo. Además, si hubieran tenido pruebas, las habrían entregado en su día. ¿No te parece?

Leire asintió con un gesto, aún a sabiendas de que su interlocutora no podría verlo.

—En cualquier caso, lo intentaré. Ahora mismo me acerco a hacerles una visita —apuntó Cestero.

—Bien. Si me necesitas, estaré en el faro. Quiero aprovechar la tarde para escribir. —Al decirlo, Leire recordó la invitación de Iñaki y sintió una punzada de rabia. De no haber ido tan atrasada con *La flor del deseo*, podría haberla aceptado.

—Espera —le pidió la agente—. Pensaba llamarte ahora. He estado hablando con los de la Unidad de Investigación Criminal y tenemos una nueva perspectiva del caso. Al menos en parte. —Leire escuchaba expectante—. No acababa de cuadrarme la localización del primer cadáver.

—¿El de Amaia Unzueta?

—Sí. ¿Por qué la llevó el Sacamantecas hasta las puertas del faro si sabemos a ciencia cierta que no la mató allí? Mover un cadáver es arriesgado. Cualquiera podría haberlo descubierto. Sin embargo, lo hizo, dedicando al traslado probablemente más tiempo que al propio crimen. —Ane Cestero hizo una pausa—. ¿No te parece raro?

—Claro que me lo parece. Siempre me lo ha parecido, pero supongo que quien lo hizo quería incriminarme, ¿no?

—Ahí puede estar el error. Esa es una de las hipótesis con las que hemos trabajado desde el primer día; pero hoy, a la vista de las fotos que te han estado enviando, hemos llegado a otra conclusión —anunció la ertzaina—. Tenemos la impresión de que aquel cadáver fue depositado ante tu faro como una especie de ofrenda. Te parecerá una locura, pero se me ha ocurrido observando a un gato callejero que se pasa el día en la puerta trasera de la comisaría. Cuando caza algún bicho nos lo deja en el felpudo. Creo que es una forma de hacerse notar y de demostrarnos que nos cuida porque nos considera su familia.

—Creo que me he perdido —dijo Leire fijándose en que la motora de Txomin acababa de zarpar desde la otra orilla.

—No me extraña —se rio Cestero—. Probablemente, el Sacamantecas asesinó a Amaia Unzueta para vengar las afrentas que, para su mente enferma, estabas sufriendo por su culpa. Quizá era alguien que estaba aquel día en el mercado, cuando ocurrió vuestra pelea, o alguien que se enterara después.

—No creo que haya nadie en todo Pasaia que no se enterara de aquello. Esto es un pueblo, ¿sabes?

—Sí, tienes razón —reconoció la agente—. En cualquier caso, lo que quiero decir es que el Sacamantecas pudo comenzar su sangría para defenderte. La tercera víctima, y también la cuarta, me tienen desconcertada, pero a las otras dos les encuentro un encaje impecable en esta nueva perspectiva del caso.

—Por eso las fotos —apuntó Leire sintiendo un escalofrío—. Me está diciendo que esté tranquila, que cuida de mí, que vigila para que nadie me haga daño...

La nueva perspectiva con la que Cestero revisaba el caso le resultaba convincente, pero aún más aterradora que la anterior.

—Exactamente. Y, si para ello tiene que matar, no duda en hacerlo —añadió Cestero—. Ahora, lo más difícil: ¿se te ocurre quién puede estar tan obsesionado contigo como para estar detrás de toda esta locura sangrienta?

Leire tragó saliva. Aquella pesadilla comenzaba a ser demasiado enrevesada.

—La verdad es que no. Y me resulta muy difícil imaginar que exista alguien así.

—¿Novios, amantes, pretendientes...? —insistió la agente.

La escritora no necesitó pararse a pensarlo para negarlo. Llevaba demasiados años con Xabier y sin tener aventuras de ningún tipo. Al hacer memoria, cayó en la cuenta de cuán aburrida había sido su vida en ese sentido. Mientras su marido se dedicaba a husmear en las bragas de medio Pasaia, ella había permanecido fiel, preocupada tan solo por sus novelas y sus avances en el remo.

—Piénsalo —dijo Cestero—. Ahora tengo que dejarte si quiero acercarme por la fábrica de Barcier.

Leire alzó la mano para despedirse de Txomin, cuya motora aún se encontraba a mitad de travesía. Después, subió la rampa que llevaba a los muelles y comenzó a remontar la bocana. Lo hizo sin pensarlo, dejando atrás la Vespa con la que debía regresar al faro y tomando el camino que llevaba al astillero tradicional.

De camino, marcó el número de su madre. Quería saludarla y charlar un rato con ella, tal como había hecho cada día desde su regreso de tierras vizcaínas. Parecía que las reuniones de Alcohólicos Anónimos estaban dando resultado.

Ojalá durara para siempre.

Un día de 1996

Olía a muerte; a muerte y maldad. Sus ojos eran fríos, distantes, como si miraran a otro lugar, a otro tiempo, pero lo miraban a él, no cabía duda. Sus manos, ásperas, nudosas y ajadas por los años de trabajo en el campo, se posaron sobre su abdomen, acariciándolo mientras una mueca de deseo se dibujaba en sus labios, ocultos en parte por la barba desaliñada.

Quiso gritar, aullar de terror, pero ni un solo sonido brotó de su garganta.

Un afilado y oxidado cuchillo apareció sobre su vientre. Una de aquellas manos tan grandes, tan recias, lo aferraba con fuerza; los tendones del brazo, tensos hasta límites imposibles. La boca, en la que se veían más huecos que dientes amarillos, se abrió para soltar una carcajada maquiavélica. Después, un silencio repentino acompañó al brazo al elevarse antes de caer de nuevo con el puñal apuntando a su vientre. Apenas sintió dolor cuando la hoja penetró en la piel, ni siquiera cuando alcanzó sus intestinos, que se desparramaron por el tajo abierto extendiendo un olor nauseabundo. Solo entonces, el Sacamantecas se quitó la txapela, con la que cubría su cabeza, en señal de respeto. Durante unos instantes, pareció rezar en silencio con la mirada fija en la tripa profanada. Después, metió las manos en la herida y, con una enorme mueca de placer, comenzó a extraer las vísceras de su víctima.

Por fin, como siempre que llegaba a aquella parte, el Triki logró chillar. Lo hizo como un cerdo al que se disponen a desangrar, pero en lugar de sangre, fue pis lo que empapó la cama.

Había vuelto a ocurrir.

Temía aquellas pesadillas como nunca jamás hubiera temido nada.

«En mala hora lo vi», se dijo para sus adentros sentado en la cama.

Sus compañeros habían dejado de acudir a su llamada de auxilio. Al principio lo hacían, pero sus gritos se habían convertido, con el tiempo, en una espantosa banda sonora que resonaba cada pocos días en la silenciosa noche de Proyecto Hombre.

«En mala hora. Antes, al menos, no era tan terrible», se lamentó.

Los sueños habían ido a peor desde que viera el documental sobre el Sacamantecas que le grabó Xabier. Hasta entonces no había sido más que una especie de monstruo infantil con la cara del Kuko. Ahora, en cambio, tenía un rostro mucho más inquietante: el del bracero pobre de necesidad y desaliñado, hasta decir basta, que asesinó a seis mujeres en los alrededores de Vitoria más de cien años atrás.

El realismo de las pesadillas se había multiplicado hasta hacerlas tan reales que el Triki temía la noche y alargaba en lo posible la jornada para no quedarse dormido. Ni siquiera Xabier quería oír hablar de aquellos sueños. Tal era el realismo con el que el Triki los desgranaba, que el propio tutor, al principio interesado en analizarlos como estudiante de Psicología, había comenzado también a sufrir las visitas nocturnas del Sacamantecas. En su último encuentro, le había pedido que no volviera a mencionarle sus pesadillas.

«No va a venir. El Sacamantecas no va a venir», intentó convencerse.

—¿Estás bien? —preguntó una voz amable al tiempo que se encendía una lámpara de pared.

El Triki observó angustiado las cuatro paredes de su habitación. Allí estaba la lámina pintada que mostraba un hayedo que reflejaba sus colores otoñales en las tranquilas aguas de un lago, el espejo que le mostraba su imagen cada mañana y el perchero del que colgaban las ropas de la víspera. Estaba en casa; en la institución donde estaba superando su adicción y de la que saldría para siempre en las próximas semanas.

—Sí, una pesadilla, ya sabes —apuntó alzando la mirada hacia Ana, una de las responsables del turno de noche.

—Tranquilo. Aquí estás bien —lo tranquilizó la mujer, que bostezó antes de apagar de nuevo la luz—. Intenta descansar, que mañana tienes paseo con Xabier.

El Triki asintió con un gesto que la oscuridad hizo inútil. Después, amagó con tumbarse de nuevo, pero en cuanto Ana se perdió en la distancia, se sentó en la única silla que había en la habitación.

No pensaba dormir. Si era necesario, no lo haría nunca más. Todo fuera por no volver a caer en las garras de aquel campesino alavés que lo tenía aterrado.

43

Lunes, madrugada del 9 de diciembre de 2013

El primero cayó sin avisar. No fue más que un resplandor lejano sobre la línea del horizonte. Los siguientes, cada vez más frecuentes, rasgaron el cielo cada vez más cerca. El trueno que los acompañaba, al principio un rumor apagado y casi inaudible, fue ganando intensidad hasta hacer vibrar los cristales del despacho que ocupaba el piso superior del edificio del faro.

La tormenta se aproximaba.

Leire no lograba concentrarse. El espectáculo natural que ofrecían los rayos la tenía hipnotizada. Era incapaz de pulsar dos teclas seguidas sin alzar la vista hacia la ventana.

No era para menos. En el tiempo que llevaba viviendo en el faro de la Plata, jamás había visto cernirse sobre él una tormenta de semejante intensidad. Cada vez que un rayo hendía el cielo, el Cantábrico se iluminaba como si fuera de día. Desde aquella altura y en plena noche no era capaz de ver con claridad las olas, pero las suponía enormes, como monstruosas montañas que angustiarían a los más avezados marineros.

«Menos mal que no ha caído mientras estábamos en el mar», se dijo para sus adentros.

Había sido una bonita tarde, pero no tanto como Leire esperaba.

Iñaki y ella estaban preparando la misma dorna de la víspera para hacerse a la mar cuando Mendikute les preguntó si podía sumarse a la tripulación. Su presencia a bordo fue un jarro de agua fría para una travesía que la escritora había aventurado que los llevaría hasta alguna cala solitaria, donde podrían retomar el momento mágico que quedó congelado en el aire la tarde anterior. Sin embargo, con el pintor a bordo, tuvieron que conformarse con disfrutar del paisaje y de las miradas de deseo que se cruzaron en más de una ocasión.

Pensaba en ello y se decía a sí misma que algún día podría recorrer con sus manos cada centímetro del cuerpo de Iñaki, cuando la bombilla desnuda que colgaba del techo emitió un guiño que la devolvió al presente. La tensión comenzaba a padecer las consecuencias de la tormenta. Levantó el portátil con ambas manos para comprobar que llevaba instalada la batería y lo desenchufó para evitar que alguna descarga quemara sus circuitos. Un icono que representaba una pila parpadeó en el extremo inferior derecho de la pantalla, donde apareció un globo de texto que anunciaba que quedaban tres horas de batería.

«Más que suficiente», decidió comprobando que eran las dos de la madrugada.

La tormenta no era lo único que le impedía concentrarse en su trabajo. Una inquietud la rondaba desde hacía horas. Armándose de valor, descolgó el auricular del teléfono fijo. Hacía meses que no marcaba el número del móvil de Xabier, pero todavía lo recordaba de memoria. Pulsó las teclas lentamente, esforzándose por mantenerse lo más calmada posible.

No era fácil. La idea de que su exmarido pudiera haber regresado del Índico sin avisar a nadie le resultaba tan absurda como inquietante. Además, lo último que le apetecía después de los insultos que se habían dedicado mutuamente era oír su voz.

Los tonos de llamada no se hicieron esperar. Eran extraños, más cortos y metálicos de lo que era habitual en las comunicaciones nacionales. Leire no necesitó oír más de tres para saber que el móvil al que llamaba estaba en cobertura satelital, probablemente de Inmarsat.

Era suficiente. Sin esperar a que nadie respondiera al otro lado de la línea, colgó aliviada el auricular. Tal como suponía, Xabier estaba en alta mar. Txomin debía de haberlo confundido con otro, porque no parecía haber vuelto de Somalia. A no ser que su teléfono estuviera allí y él en Pasaia, pero eso parecía demasiado rebuscado.

Los rayos caían cada vez más cerca. Tanto que apenas podía contar dos o tres segundos desde que el relámpago iluminaba el cielo hasta que el trueno hacía temblar todo el edificio.

No recordaba una tormenta así desde que se había mudado al faro.

Sin previo aviso, la luz se apagó. La oscuridad que se colaba a través de la ventana permitía adivinar que la linterna del faro también había quedado a oscuras. Si en aquel momento algún barco estuviera guiándose por su luz, acababa de quedar abandonado a su suerte.

Leire aguzó el oído. Sabía que, de un momento a otro, se pondría en marcha el generador que aseguraba que el faro de la Plata no se quedara sin corriente eléctrica. Pasaron los segundos, pero la oscuridad siguió siendo absoluta.

Con un creciente sentimiento de congoja, recordó que los de la Autoridad Portuaria le habían explicado cómo actuar si algo así sucedía. Debía bajar cuanto antes al piso inferior, donde se encontraba el aparato, y encenderlo personalmente. Recordaba haber comprobado la víspera que el nivel de combustible era el correcto, de modo que el fallo debía de estar en el sistema de arranque automático.

La idea de pasear a oscuras por un edificio que sabía espiado por un perturbado no la cautivaba, pero no le quedaba otro remedio. Al fin y al cabo, ella era la farera y su único cometido en aquel faro automatizado consistía en salvar ese tipo de situaciones. No podía permitirse fallar al primer problema que se presentaba.

A falta de linterna, tomó el propio portátil como fuente de luz. Su luz blanca iluminó las escaleras, haciendo bailar las sombras. Peldaño a peldaño, y sin permitirse mirar hacia las ventanas, donde tal vez el Sacamantecas estuviera escudriñando el interior del edificio, Leire bajó hasta el piso de abajo. Mientras buscaba la palanca que arrancaba el generador, sintió miedo.

¿Y si no se encendía? ¿Y si el asesino estaba allí, oculto entre las sombras que se cernían sobre el faro a oscuras?

Intentó quitárselo de la cabeza. Nadie en su sano juicio estaría allí fuera bajo semejante tormenta.

Pero aquel criminal desalmado no estaba precisamente en su sano juicio.

¿Quién podía estar tan obsesionado con ella como para ofrecerle cadáveres como si de una macabra deidad se tratara? Por más que lo pensaba, no lograba acostumbrarse a esa nueva visión que la agente Cestero tenía del caso.

Un sonido procedente del exterior llamó su atención. Al principio le costó reconocerlo, pero enseguida comprendió que no era otra cosa que el rumor de los torrentes en los que confluía el agua de la lluvia antes de precipitarse hacia el mar. Los imaginó saltando nerviosos, abriéndose camino a través de los vericuetos de la enorme laja de piedra sobre la que se apoyaba el faro, hasta lograr la serenidad una vez fundidos en un solo elemento con el agua fría del Cantábrico.

Finalmente, dio con ella. Solo fue necesario apoyarse ligeramente en la palanca para que el generador se pusiera en marcha. La corriente eléctrica volvió de inmediato, como comprobó aliviada en cuanto pulsó el interruptor que había junto a la puerta.

«No era para tanto», se dijo para sus adentros mientras apoyaba el ordenador sobre el propio generador.

Leire se fijó en la pantalla y lanzó un profundo suspiro.

Iba a ser incapaz de escribir una sola línea más. La tormenta acababa de ganar la partida a la doctora Andersen. Sabía que, por mucho que se esforzara, no lograría volver a concentrarse.

Con un movimiento del ratón táctil, comprobó que tampoco podía quejarse. En realidad, pese a no haber trabajado en toda la tarde, había escrito cinco páginas de la novela desde la hora de cenar. Era más que suficiente para una jornada cualquiera de trabajo.

Mientras apagaba el ordenador, se fijó en un reguero de agua que se filtraba por la ventana y se deslizaba por la pared hasta el suelo. El charco era aún insignificante; apenas una marca de humedad sobre las baldosas de terracota.

«Tendré que repasar el marco con silicona», se dijo apagando la luz.

Con pasos lentos, subió las escaleras hacia su dormitorio. Sabía que esa noche se sentiría sola. La cama le resultaría tan grande y tan fría que le costaría dormir.

No imaginaba que, en solo unas horas, cuando estuviera al borde mismo de la muerte, eso sería lo último de lo que tendría que preocuparse.

44

Se despertó con el timbre del teléfono.

Abrió los ojos, sumida aún en la sensación de irrealidad de quien ha dormido poco, y estiró el brazo para coger el aparato de la mesita de noche.

—¿Hola? —saludó incorporándose en la cama.

—¿No te habré despertado? —inquirió la voz de la agente Cestero.

—No, tranquila —mintió Leire dirigiendo una mirada a la ventana, por la que entraba un torrente de luz natural. La escasa porción de cielo que alcanzaba a ver estaba completamente azul. No recordaba cuándo había dejado de oír los truenos, pero la tormenta se había prolongado hasta bastante tarde.

—Es importante —anunció la agente—. Ayer no conseguí grandes avances en Barcier porque no estaba ninguno de los jefes y los pocos empleados que había eran tan jóvenes que en los ochenta andarían aún aprendiendo a gatear. Pensaba que no sacaríamos nada en limpio de allí, pero a última hora, se recibió una llamada en comisaría. Alguien, que no quiso dar su nombre, explicó que el dueño guardaba la cinta de lo ocurrido aquella noche junto con varios recortes de periódico con la noticia del incendio.

—¿En serio? ¿Tienes la cinta?

—No ha sido fácil. Esta mañana, a primera hora, me he presentado allí con tres compañeros y la hemos requisado. El viejo lo negaba todo, decía que él no tenía grabación alguna y que las cámaras no registraron nada de interés. —Cestero hizo una pausa para resoplar—. Vaya elemento. Ha habido que insistirle en que si no colaboraba, se le iba a caer el pelo, para que accediera a entregárnosla.

—¿La habéis visionado? —preguntó Leire.

—Está en Betacam. Nos hemos tirado dos horas para encontrar un reproductor de vídeo de ese formato. Al final hemos conseguido uno en Cash Converters. Veintiocho euros nos ha costado la broma.

—¿Se ve a De la Fuente? —La escritora no tenía ganas de perder el tiempo en detalles insignificantes.

—La imagen no es muy buena. Suerte que una farola iluminaba la zona donde De la Fuente aparcó el coche —apuntó la ertzaina—. Se dedicó a rociar con algún líquido inflamable todo el perímetro de la fábrica abandonada. Después, le dio fuego y huyó.

—¿Habéis podido reconocerlo?

—El coche, sí. La matrícula lo delata. Al constructor se le ve a duras penas. Te parecerá increíble, pero ese mismo día fue firmada la compraventa del suelo y apenas una semana más tarde fue aprobada la recalificación de los terrenos.

—Sí que se dieron prisa —murmuró Leire.

—Chaparro no andaba lejos —aclaró Cestero—. Por aquel entonces era el responsable de urbanismo en Pasaia. Fue él, de hecho, quien firmó los papeles que permitían levantar viviendas en el solar incendiado, haciendo así rico a De la Fuente.

El concejal, que hacía ya años que se sentaba en la bancada de la oposición, era el principal defensor de la dársena exterior en el Ayuntamiento. Sus discursos acostumbraban a ser hirientes y malintencionados, salpicados de palabras ofensivas y de desprecio a las ideas contrarias a las que él defendía. Aunque hacía tiempo que no ocupaba puestos de poder en el gobierno municipal, su sombra continuaba siendo larga. De él se decía que aún mandaba más que los regidores actuales; una consecuencia directa de sus maniobras para colocar a decenas de amigos y familiares en la administración municipal durante los años que formó parte del equipo de gobierno.

—Así que estaban conchabados... Seguro que Chaparro también se embolsó un montón de dinero con la operación —musitó Leire pensativa—. Por eso De la Fuente está tan seguro de que será él quien se encargue de la construcción del nuevo puerto. Hará muchos años que los dos hacen negocios juntos.

—¡Qué asco! ¡Estamos rodeados de corruptos! —protestó Cestero—. Ojalá las leyes fueran más duras para poder meterlos entre rejas de por vida.

Leire aún no lograba encajar todas las piezas.

—¿Por qué no se investigó en su momento? —preguntó—. ¿No te parece raro que con un simple vistazo a una cinta de vídeo hayas sido capaz de solucionar un caso que pasó desapercibido hace tantos años?

—No te engañes. Con ese incendio ganaron todos. De la Fuente y Chaparro hicieron negocio; el anterior propietario logró vender un solar que, hasta entonces, nadie quería por ser suelo industrial y por estar infestado de yonquis; y Barcier se quitó de encima a su problemático vecindario. Hasta los vecinos de las casas cercanas se alegrarían por la construcción de un bloque de viviendas que desterraba a los toxicómanos que se habían adueñado del barrio. ¿Quién iba a querer investigar algo así? Además, el concejal movería los hilos necesarios para que la policía no diera mucho la lata —explicó Cestero.

—Solo perdieron los yonquis —dijo la escritora automáticamente.

—Espera un momento —le pidió la ertzaina, que se apartó del teléfono para hablar con un compañero—. ¿En serio?

¿Habéis mirado bien? ¿Desde cuándo? Dad aviso a todas las patrullas —oyó Leire al otro lado de la línea—. Perdona, ya estoy aquí de nuevo. No te lo vas a creer. José de la Fuente se ha esfumado. Su mujer dice que no ha dormido en casa y, según su secretaria, hoy no ha aparecido por el despacho.

—¿Y por qué no han denunciado la desaparición? —quiso saber la escritora.

—Ni idea. Tampoco entiendo cómo se ha enterado de que pensábamos detenerlo. El viejo de Barcicr debe de haberse ido de la lengua —añadió Cestero pensativa.

—Cada vez estoy más convencida de que De la Fuente es el Sacamantecas —sentenció Leire.

La agente Cestero intercambió unas palabras con un compañero antes de responder.

—Esta huida me inclina a pensar en la misma línea. La Ertzaintza va a poner todos los medios para dar con él cuanto antes. Acabamos de activar el protocolo de búsqueda y captura. Ese cerdo no irá muy lejos. Te lo aseguro.

—Eso espero.

—Una cosa más —la interrumpió Ane Cestero—. Voy a ponerte protección. Con ese cabrón desatado y en plena huida, no me hace ninguna gracia saber que estás sola en un faro perdido en la nada.

—No. Ni se te ocurra. Ese tío no va a obligarme a cambiar mi vida.

—Será solo temporal. En cuanto lo detengamos, te retiraré la escolta —insistió la agente.

—No pienso aceptarla —sentenció Leire de modo cortante—. Pónsela a las integrantes de Jaizkibel Libre, si quieres. A mí déjame en paz.

Ane Cestero se mantuvo en silencio unos segundos.

—Si tuviera suficientes agentes, lo haría —apuntó molesta—. Está bien. Como quieras, pero si sales del faro, avísame.

La escritora se disponía a despedirse cuando oyó un ruido en el exterior. Venía de la explanada de aparcamiento.

—Espera un momento —pidió levantándose de la cama—. Creo que hay alguien ahí fuera.

—¡Mierda! —exclamó la agente—. ¿Ves como necesitas escolta?

Con el corazón en un puño, Leire avanzó hacia la ventana. Le aterraba la idea de descubrir el Mercedes de José de la Fuente ante la puerta del faro. Aunque Cestero enviara una patrulla, sería inevitable que pasaran unos minutos hasta su llegada. Un tiempo que podía resultar precioso en el caso de que el constructor se las apañara para lograr entrar en el edificio.

El sonido se repitió. Alguien estaba arrastrando algo que hacía crujir la gravilla bajo su peso.

—Igual es algún paseante. Vienen muchos por aquí —aventuró Leire en voz alta, aunque el mensaje era más para ella que para la ertzaina que aguardaba noticias al otro lado del teléfono. Necesitaba calmarse.

—¿Qué? ¿Es él? —preguntó Cestero impaciente—. Voy a enviarte una patrulla.

—Espera —musitó la escritora asomándose al exterior—. Dame un segundo.

En el espacio donde aparcaban los coches no había un Mercedes, sino una pequeña furgoneta blanca rotulada con el escudo del Ayuntamiento de Pasaia. Leire la conocía bien.

—Falsa alarma —anunció sintiendo que recuperaba la serenidad—. Es el empleado de la limpieza.

Ajeno al susto que acababa de propinarle, el albino continuó arrastrando una vieja papelera metálica que hacía semanas que anunciaban que pasarían a retirar. Estaba tan oxidada que resultaba inservible. Leire la recordaba envuelta en plásticos y alambres desde los últimos días del verano, cuando un niño se hizo un corte en una mano al querer tirar una bolsa de patatas.

—¡Joder, vaya susto! Un poco más y te mando para allí a todos los agentes de la provincia —exclamó Cestero antes de despedirse.

Leire se apoyó en el alféizar y contempló pensativa los movimientos del albino. ¿Cómo se llamaba? ¿Zigor? ¿Igor? Ni siquiera recordaba quién se lo había dicho. Solo sabía que él no había sido.

En un momento dado, alzó la vista hacia la ventana. Leire lo saludó con la mano, pero no obtuvo respuesta. El otro se limitó a observarla inexpresivo antes de girarse hacia la furgoneta. Abrió el portón trasero para cargar la papelera rota, y arrancó el motor. Apenas unos instantes después había desaparecido del alcance de la vista.

El Triki estaba en el huerto del patio, regando unas tomateras que los internos cultivaban para su propio consumo, cuando oyó el claxon.

—Ya lo tienes aquí —comentó uno de sus compañeros.

—¿Puedes acabar de regar por mí? —le preguntó.

—Venga, vete. No le hagas esperar.

—¡Gracias! —exclamó el pasaitarra dejando la regadera en el suelo.

El Fiat Uno de Xabier estaba aparcado a la puerta de las instalaciones de Proyecto Hombre en Hernani. Al acercarse, el Triki comprobó que su tutor no estaba solo. Lo acompañaba una joven. Imaginó que se trataría de esa compañera de clase de la que tanto le había hablado durante las últimas salidas. No pudo impedir sentirse desplazado, casi celoso. Nunca hasta entonces había acudido a buscarlo en compañía de alguien. Además, últimamente, las visitas de su tutor se habían hecho menos habituales. Según el estudiante de Psicología, se debía a que tenía que preparar los exámenes, pero el Triki sospechaba que el verdadero motivo era que prefería quedarse en Bilbao para disfrutar de la compañía de aquella chica.

—Hola, tío —lo saludó el joven saliendo del coche.

—¿Qué tal, Xabier?

La puerta del copiloto se abrió para dejar salir a una chica vestida con tejanos y una camiseta verde.

—Esta es Leire —señaló el tutor.

El Triki se acercó a ella para darle dos besos en las mejillas. Olía bien, a fruta madura con un toque almizclado.

—Encantada. Xabier siempre está hablando de ti —admitió la muchacha con una alegre sonrisa que enmarcaba unos dientes muy blancos—. Dice que eres muy valiente.

—Oh, no tanto. El valiente es él por mezclarse con chusma como yo —bromeó el Triki ruborizándose.

—No, tío. Tiene razón Leire. Hace falta mucho valor para ser capaz de dejar atrás toda esa mierda de la heroína —intervino el tutor.

—Todavía no la he conseguido dejar—musitó el Triki señalando hacia el edificio del que acababa de salir—; si no, no estaría todavía aquí.

—Por poco tiempo. No creo que te quede más de un mes —apuntó Xabier accionando la palanca que abatía la butaca del conductor.

El Triki subió al asiento trasero.

—Hoy os voy a llevar al mejor lugar del mundo —anunció Xabier arrancando el vehículo y mirándolo por el espejo retrovisor.

A pesar de que un andamio cubría su fachada sur y delataba las obras de rehabilitación que se estaban llevando a cabo, el faro de la Plata resultaba igual de encantador que siempre. Sus formas de castillo medieval se alzaban desafiantes sobre la costa y parecían vigilar a los recién llegados.

—Ya estamos aquí —anunció Xabier en cuanto salieron del Fiat, aparcado en la reducida explanada de gravilla que se abría al pie del edificio.

El Triki no respondió. Su mente no tardó en perderse por el pasado. Tantas travesías, tantas tardes con su padre aprendiendo a navegar, tantas leyendas, tantos guiños cómplices... Aquel faro había sido testigo de todo. Desde las alturas, había contemplado toda su infancia y todas sus tristes correrías juveniles. Él lo había visto nacer y lo vería morir, como había visto morir a su padre y a su hermano. Sí, porque aunque Pruden hubiera muerto en la cárcel de Martutene el faro lo habría visto; seguro que sí.

—Es especial, ¿verdad? —comentó su tutor junto a él.

—No creo que haya nadie en Pasaia para quien no lo sea —aseguró el Triki con la mirada fija en la linterna, todavía apagada, que coronaba el torreón.

Leire dio unos pasos al frente para asomarse al acantilado. Las gaviotas que anidaban en las oquedades de la roca alzaron el vuelo y graznaron enfadadas.

—¡Es una pasada! —exclamó abriendo los brazos para dejarse acariciar por la brisa.

Xabier se acercó hasta ella y le pasó una mano por la cintura.

«Ojalá pudiera hacerlo yo», se lamentó el Triki con la mirada fija en las hermosas formas de la muchacha.

Llevaba el pelo castaño recogido en una cola de caballo que le llegaba hasta media espalda, haciendo destacar unos hombros perfectos, erguidos y armónicos. Los pantalones le marcaban un culo magnífico; o eso decidió el Triki, que sentía que tras tantos años de letargo, renacían en su interior el deseo y el apetito sexual.

—Es precioso. Nunca había visto un faro tan chulo —exclamó la joven—. Me gustaría verlo de noche, con su luz guiando a los barcos.

—Después de cenar te volveré a subir —anunció Xabier con una risita.

Leire le devolvió una sonrisa divertida y le propinó un beso en los labios.

—Me encantará —susurró.

Los dos jóvenes se fundieron en un largo y apasionado beso.

El Triki los observó con un nudo en el estómago. Los celos le devoraban las entrañas. De buena gana habría apartado a su tutor de un manotazo para hacerse con la chica, pero esas cosas no se hacían, y menos cuando se estaba a un paso de acabar el programa de desintoxicación. Así actuaría un violador y él no lo era. Podía ser un yonqui, pero no un violador.

De pronto, Xabier pareció recordar que su novia no era la única que estaba allí con él.

—Tío, creo que es hora de que te llevemos a Hernani.

Tragando saliva con dificultad, el Triki asintió, aunque no necesitaba mirar el reloj para saber que aún disponía de dos horas libres. El sol estaba alto sobre el horizonte y todavía le faltaba un largo trecho por recorrer antes de que la luz amiga del faro de la Plata iluminara la noche.

«Yo haría lo mismo si fuera mía», se dijo para sus adentros en un intento de comprender lo que pasaba por la mente de su tutor.

Mientras volvía a acomodarse en el asiento de atrás, observó de reojo a Leire, que recorría el paisaje con una mirada soñadora.

—¿Te imaginas vivir aquí arriba? —le preguntó la joven a su novio, que giró la llave para arrancar el motor.

—No sé si aguantaría el ruido de las gaviotas —replicó Xabier.

Leire le dio un cariñoso empujón.

—¿Ruido? Eso no es ruido. Es música celestial —protestó con una sonrisa que al Triki le pareció la más hermosa del mundo.

Mientras el coche bajaba rumbo a San Pedro por la intrincada carretera, se prometió a sí mismo que algún día sería suya. Nada era para siempre y, antes o después, el tiempo de Xabier terminaría y Leire sería suya. Porque a él no le molestarían los graznidos de las gaviotas. Nada sería una molestia el día que tuviera a aquella joven en sus brazos.

45

Leire encontró a Txomin en la Bodeguilla.

En cuanto comprobó que era el joven Asier quien se ocupaba de cruzar a los pasajeros de San Pedro a San Juan, supo que Txomin solo podía estar allí. Era su refugio matinal para los días libres.

—Tenías razón —anunció Leire a modo de saludo—. De la Fuente prendió fuego a la fábrica. Las cámaras de seguridad de Barcier lo recogieron todo.

El barquero le dirigió una mirada extrañada. No esperaba esa noticia.

—¿En serio? Así que esos bribones tenían grabaciones. Tantos años luchando por que se hiciera justicia, por que acabaran entre rejas los responsables de aquella salvajada, y ellos sin abrir la boca. —Su rostro crispado delataba su indignación—. Nadie creía la versión de un puñado de yonquis a los que era más cómodo acusar de haber provocado el incendio que de ser las verdaderas víctimas de un especulador desalmado.

—*Egun on*, cariño —la saludó Amparo acercándose hasta ella—. No te imaginas cuánto me alegro de que las aguas hayan vuelto a su cauce. —Apoyó su mano huesuda en la espalda de la escritora—. ¿Me permites que hoy te invite yo?

Leire le regaló un par de besos y se sentó a la mesa de Txomin.

—¿Y ahora qué va a pasar? —inquirió el barquero con la mirada atrapada en unas viejas redes que colgaban de una esquina.

La escritora comprendió que se refería a José de la Fuente.

—Ha desaparecido. La Ertzaintza sospecha que puede haber sido él quien ha estado sembrando Pasaia de terror y muerte. Lo están buscando.

Txomin se pasó la mano por el bigote y exhaló un suspiro.

Leire lo miró extrañada.

—¿No te alegra saber que por fin se hará justicia? No tardarán en detenerlo —aseguró.

—Amparo, sube el volumen. Es Pasaia —pidió uno de los clientes que jugaban al mus en una mesa junto a la que se amontonaban barriles de cerveza vacíos.

La tabernera cogió un palo de escoba que guardaba tras la barra y estiró el brazo para alcanzar el televisor. Con la pericia propia de quien hace el mismo gesto a menudo, pulsó el botón hasta que la voz de la presentadora se oyó con claridad.

—Te voy a regalar un mando. A ver si te modernizas, que ya es hora —se burló uno de los jugadores de cartas.

—Mira —dijo Amparo mostrando uno que guardaba junto a la añeja caja registradora—. Venía con la tele, pero el palo no usa pilas. ¿Para qué tanto gasto? ¿O es que piensas pagármelas tú?

—¿Queréis callar de una vez? —protestó el que había pedido más volumen.

Leire se lo agradeció para sus adentros.

En la pantalla se intercalaban imágenes de la tormenta caída durante la noche con otras en las que aparecía el puerto de Pasaia y un crucero de flamante color blanco.

«El Queen of the Seas, con ochocientos pasajeros y cuatrocientos tripulantes a bordo, aguarda en estos momentos a que amaine el temporal marítimo, que se prevé que remita a partir de las ocho de esta tarde. Será entonces, aprovechando la pleamar, cuando haga su entrada a puerto —explicó una voz femenina—. Mañana, mientras los mecánicos reparan la avería, los viajeros podrán disfrutar de una inesperada jornada en Donostia, una ciudad que no es escala habitual en su ruta».

—Estaría bien que vinieran más cruceros por aquí. ¿Os imagináis mil personas de paseo por San Pedro? Todos querrían probar tus mundialmente famosos bocadillos de bonito con guindillas. Te ibas a forrar, Amparo —bromeó Miguel, el relojero de la avenida de Euskadi. Acodado en la barra como cada mañana, disfrutaba de lo que llamaba jocosamente sus quince minutos de libertad.

—Calla, no des ideas. Ya estoy bastante harta de vosotros. Solo me faltaría que vinieran también los turistas —protestó la anciana secándose las manos en el delantal—. ¿Cómo se pide un bocadillo en inglés? —murmuró con gesto angustiado—. ¡Vaya lío! Si vienen, echo la persiana.

—Si se hiciera el puerto exterior, podrían venir un montón de cruceros. A Bilbao ya van —defendió Miguel—. Y esa gente deja dinero en el puerto y sus alrededores. Yo podría ampliar la relojería.

—¿Ampliar? —se burló Amparo—. ¡Si te pasas el día aquí! ¿Para qué quieres más trabajo si te falta tiempo para colgar el cartel de vuelvo enseguida?

—¿Qué le ha pasado? —preguntó Leire, que no había podido oír la noticia entera.

—La tormenta. ¿No has oído los truenos esta noche? —El relojero esperó un gesto afirmativo de la escritora antes de continuar—. Tenía previsto llegar anoche a Bilbao, pero la tempestad lo sorprendió cerca de aquí. Esos barcos son tan modernos que está todo informatizado. Por lo visto, un rayo ha achicharrado el ordenador central y ahora no funciona nada. Ni el aire acondicionado, ni el suministro de agua, ni las cocinas.

—Eso no es lo peor —lo interrumpió uno de los jugadores mientras repartía las cartas—. No puede navegar. Es increíble que todos los instrumentos de navegación en un barco con más de mil personas a bordo dependan únicamente de un ordenador. Y los capitanes de ahora, ya se sabe, les quitas el GPS, el radar o la sonda y son incapaces de seguir adelante. ¡Unos inútiles!

—Tú no hables tanto —le reprendió uno de sus compañeros—, que eres el primero que ya no sabe salir a pescar sin llevar la sonda encendida. Eso de que un aparato te diga cuándo tienes la txipironera encima de un banco de peces debería estar prohibido.

El otro prefirió no contestar.

—Mus —fue lo único que dijo, arrojando sobre la mesa sus cuatro cartas.

—¿Has visto alguna vez un crucero en Pasaia? —le preguntó Leire a Txomin, que todavía tenía la mirada perdida.

—¿Eh? Perdona, no escuchaba. Pensaba aún en De la Fuente.

—Lo atraparán, ya lo verás. No habrá ido muy lejos —insistió la escritora—. Y pagará con la cárcel todos sus crímenes. Los de antes y los de ahora.

Txomin asintió, esforzándose por dibujar una sonrisa bajo el bigote.

—Ayer pesqué una dorada de casi dos kilos —anunció—. ¿Te apetece venir a cenar hoy a casa? Pensaba hornearla a la sal y es tan grande que sería una pena hacerla para uno solo.

Leire aceptó la invitación. No tenía nada mejor que hacer.

Miró el reloj de pared, cuyas manecillas marcaban las once de la mañana.

Subiría al faro a escribir y después se acercaría por el astillero. Una dorada a la sal sería un buen remate a la jornada.

—¿Cómo la pescaste, desde casa?

El barquero se rio por lo bajo al tiempo que movía afirmativamente la cabeza.

—Una dorada de dos kilos desde el salón de casa... Vaya bribón que estás hecho —se burló Mendikute, que acababa de entrar a la Bodeguilla. Iba vestido con un buzo blanco salpicado de pintura de diferentes colores.

—Tú calla, que eres el rey de las nasas —se defendió Txomin recordando la afición del pintor por la captura de marisco con trampas.

—El próximo día que vea el sedal desde tu salón, lo cortaré —bromeó Mendikute antes de girarse hacia Amparo—. Uno de bonito y una sidra, joven.

La casa de Txomin se encontraba en plena bocana. Solo la estrecha cinta asfaltada que llevaba a Ondartxo la separaba de las aguas de la bahía, de modo que el barquero acostumbraba a dejar la caña lanzada desde la ventana del salón. Rara era la vez que Leire acudía al astillero y no pasaba bajo el sedal en tensión que unía la casa con el mar.

—¿Nos vemos a las ocho? —apuntó Txomin señalando el reloj.

—Allí estaré —anunció Leire acabándose de un trago la caña antes de ponerse en pie—. Gracias, Amparo.

—A ti, cariño —se despidió la tabernera asomándose entre las grandes latas de bonito en conserva que separaban el bar del sector destinado a tienda.

—¿Te pasarás por Ondartxo esta tarde? —quiso saber Mendikute.

Leire asintió, aunque a regañadientes. Esta vez, esperaba llegar a tiempo para embarcarse con Iñaki antes de que el pintor pudiera sumarse a la tripulación.

46

Lunes, 9 de diciembre de 2013

Las campanas de la iglesia de San Pedro tocaban las ocho cuando Leire salió de Ondartxo. Apenas la separaban cinco minutos escasos de la casa de Txomin, pero se obligó a caminar deprisa.

No le gustaba llegar tarde, y menos a una invitación a cenar, pero había sido incapaz de despedirse antes de Iñaki.

Esa tarde no habían salido a navegar. La construcción del galeón ballenero había topado con un escollo inesperado. La madera que llegaba desde la serrería lo hacía a un ritmo tan bajo que los voluntarios de Ondartxo se veían obligados a pasar más tiempo de brazos cruzados que trabajando en la réplica. El malestar entre quienes regalaban su tiempo comenzaba a ser tan notorio que algunos proponían que se desviara parte de la materia prima a un aserradero industrial. Sin embargo, los más puristas, entre los que se alineaban Mendikute, Iñaki y la propia Leire, no querían ni oír hablar de algo así. Para ellos, la construcción artesanal de un barco debía comenzar por el serrado tradicional de la madera.

La discusión se alargó durante horas hasta que, finalmente, decidieron formar grupos de cuatro voluntarios que, a partir del día siguiente, viajarían cada tarde a Zerain para colaborar en la serrería Larraondo.

Leire tenía ganas de verla. Había oído hablar tanto de aquel antiguo aserradero perdido en el bosque cuyos engranajes movían las aguas de un arroyo que se le antojaba fascinante poder ir a trabajar en él unas horas a la semana.

Cuando los grupos estuvieron organizados y el habitual sonido de martillos y sierras se adueñó del astillero, Leire subió a la biblioteca. Era una sencilla sala situada en un entrepiso cubierta de estanterías repletas de libros. Allí acostumbraba a realizar pequeñas investigaciones históricas sobre las naves que replicaban. Apenas había encendido la luz cuando Iñaki entró tras ella y le sonrió con una anhelante mueca de desafío.

—¿Dónde nos quedamos el otro día?

No perdieron el tiempo. Fue cuestión de minutos, pero de una intensidad como Leire no recordaba haber vivido en muchos años. Besos apasionados, caricias, miradas suplicantes y palabras entrecortadas por el deseo se sucedieron hasta que una voz conocida los interrumpió. Era Mendikute, que requería a Iñaki para que le echara una mano. Una vez más, el pintor había sido el encargado, seguramente sin saberlo, de poner límites a su pasión.

Apenas había salido por la puerta del astillero cuando el móvil empezó a sonar.

«Sí que está impaciente», pensó al deducir que se trataría del barquero.

Optó por apretar aún más el paso sin perder tiempo en buscar el aparato en el bolso.

El inconfundible aullido de una sirena policial resonó en la distancia.

—¿Ya estás aquí? —la saludó Txomin, apenas una sombra asomada a la ventana del primer piso. El sedal de la caña, que brillaba al reflejar la luz de una farola cercana, se precipitaba desde allí hasta las aguas, calmadas por fin tras largas horas de temporal.

El móvil continuaba sonando, pero el barquero no tenía ningún teléfono en las manos. Solo la pipa en una y un encendedor en otra.

Así que no era él quien la llamaba.

—Está abierto —anunció Txomin señalando el portal.

Leire buscó impaciente el teléfono. ¿Quién podía ser tan insistente? Mientras lo hacía, Mendikute, que se había quedado cambiándose de ropa en Ondartxo, la alcanzó. El pintor detuvo su vieja bicicleta al pie de la casa del barquero y apoyó un pie en el asfalto.

—Debería cortártelo —apuntó alzando la mano hacia el hilo de pescar—. Esto que haces es competencia desleal.

El barquero soltó una risotada socarrona al reconocer el tono jocoso de sus palabras.

—¿Ane? —saludó Leire dando por fin con el teléfono.

—¡Joder, me tenías preocupada! —protestó la voz de la agente Cestero—. Lo hemos encontrado. Vas a alucinar. —Las sirenas de los coches patrulla se hicieron más numerosas, pero parecían estar muy lejos de allí—. De la Fuente está muerto.

—¿Se ha suicidado? —la interrumpió Leire, incómoda porque Mendikute la escuchaba sin ningún reparo.

—No. Mucho peor. Lo han matado. El cadáver acaba de aparecer en los muelles de Antxo, al pie de una de las grúas de la chatarra.

—¡Qué dices! ¿El mismo asesino? ¿Otra vez el Sacamantecas? —preguntó la escritora girándose hacia el mar para evitar la mirada inquisitiva del pintor.

—Me parece que tenemos otro funeral —comentó este alzando la vista hacia la ventana donde Txomin se limitó a poner cara de circunstancias.

—Otra vez él —dijo Cestero—. Volvemos a estar como al principio, sin ningún sospechoso claro.

Leire asintió en silencio. De la Fuente era el primer hombre al que mataba el Sacamantecas. Además, era la primera víctima que no formaba parte de la plataforma contra el puerto exterior.

Nada, salvo el *modus operandi*, coincidía con los anteriores asesinatos. Ni siquiera lo hacía con los del Sacamantecas del siglo XIX, que solo había matado a mujeres.

Con la desconcertante sensación de que la caza de aquel monstruo desalmado volvía a estar en un callejón sin salida, la escritora se guardó el teléfono en el bolso.

—¿Qué ha pasado? ¿Quién...? —le preguntó Mendikute. Rita ladró ansiosa tras la puerta del portal.

Leire suspiró.

—De la Fuente. Ha aparecido en Antxo. Parece que esto no va a acabar nunca —masculló empujando la puerta. La perra salió corriendo para perseguir a dos gaviotas que se paseaban por el muelle.

—¡Madre mía! Si me llegan a preguntar quién creía que estaba detrás de todo esto, habría dicho que él —apuntó el pintor con gesto de sorpresa—. ¡Pobre hombre!

La escritora se encogió de hombros y se perdió en el interior del portal. Una portezuela lateral se abría a la bajera, donde se veían a simple vista todo tipo de antiguos aperos de pesca y el viejo Renault 5 de Txomin.

—Bienvenida —la saludó el barquero en cuanto subió a la primera planta—. ¿Es verdad lo que he oído? ¿Lo han matado?

Leire asintió con un movimiento de cabeza.

—El Sacamantecas. Esta vez, en los muelles de Antxo —apuntó.

El barquero sacudió la cabeza como si quisiera borrarlo de su mente.

—¡Qué barbaridad! —se lamentó—. Está todo un poco revuelto, pero un hombre solo... —musitó señalando hacia el interior del piso.

—Pensaba que era una casa entera, sin divisiones. No me esperaba un edificio de apartamentos. Por fuera no lo parece —dijo Leire dirigiendo una mirada al siguiente tramo de escalera.

—Y no lo es. O sí, según se mire. —La escritora adivinó un deje de nostalgia en la sonrisa que se dibujó bajo el bigote, que parecía más arreglado que por la mañana—. Mis padres dividieron la casa en dos pisos independientes, uno para cada hijo. Mi hermano murió de sida en la cárcel. La puta droga, ya sabes. Así que lo heredé todo yo —explicó haciéndose a un lado para invitarla a pasar—. Solo utilizo el primer piso. Ha habido gente interesada en alquilar el de arriba, pero no lo haré a no ser que esté desesperado. De algún modo, quiero que siga siendo de él.

Leire se regañó para sus adentros por haber despertado recuerdos tan dolorosos con su comentario.

—Los de la Autoridad Portuaria me han pedido que a partir de las diez y media no me separe del faro. Quieren evitar cualquier posible imprevisto en la entrada a puerto del crucero en apuros. Hay muchas personas a bordo y demasiada atención mediática como para permitirse el más mínimo error —anunció cambiando de tema.

—No te preocupes —dijo Txomin mirando el reloj de péndulo que colgaba de un extremo del comedor—. Antes de las diez estarás allá arriba. La entrada del barco coincidirá con la pleamar, que hoy es a las once y media. Es imposible que lo intenten antes; no habría calado suficiente en la bocana.

La escritora se lamentó al ver que su comentario había sido interpretado como un deseo de acortar la visita. Decididamente, no estaba acertada.

—¡Qué bien huele! —exclamó volviendo a forzar un cambio de tema.

—No tiene mucho mérito. Una buena dorada de la bocana es una delicia, la cocines como la cocines. Sería un auténtico pecado que no estuviera rica —apuntó Txomin en un alarde de modestia mientras se perdía por la puerta de la cocina.

Leire recorrió el comedor con la mirada. Era pequeño; pequeño y desordenado. Saltaba a la vista que el barquero lo había estado adecentando, quizá forzado por su visita. La mesa, cubierta por un elegante mantel de cuadros y sobre el que se disponía una vajilla de esas que se guardan para ocasiones especiales, contrastaba con varias pilas de libros y revistas que hacían equilibrios sobre el respaldo del sofá.

—¿Puedo hacer algo? —se ofreció Leire asomándose a la cocina.

—No, siéntate. Lo tengo todo listo. ¿Te gusta la crema de marisco? —preguntó Txomin mostrando dos tazones que acababa de sacar del microondas.

—Claro —mintió la escritora. Odiaba aquella especie de sopa repleta de aromas químicos y colorantes que vendía Amparo en la Bodeguilla. Probablemente, era lo único del bartienda que no estaba a la altura del resto de las deliciosas vituallas que se despachaban en ella.

El barquero sacó el pescado del horno.

—¡Vaya buena pinta! —exclamó la escritora cuando su anfitrión golpeó con un cuchillo la costra de sal para dejar la dorada a la vista.

—Me daba pena comerme yo solo semejante captura. No todos los días se pesca algo así —dijo Txomin llevando la bandeja a la mesa—. Vamos, toma asiento.

Leire obedeció. La silla era elegante, con falsos aires señoriales, y resultaba incómoda.

—¿Te importa que apague la tele? —preguntó Txomin cuando regresó con el vino, un txakoli tan frío que un sinfín de gotas de condensación cubrían la botella.

La escritora negó con un gesto. Hasta entonces no había reparado en que estaba encendida.

—Suelo cenar con ella puesta. Me hace compañía —confesó el barquero—. A veces es triste vivir solo. ¿No te parece?

—La verdad es que todavía no lo he notado. He pasado muchos años con Xabier como para echar en falta la compañía de alguien en tan pocos meses.

—¿Sabes por qué son tan deliciosas las doradas? —inquirió Txomin apartándola de sus pensamientos.

Leire se encogió de hombros. No se lo había planteado nunca.

—Son muy sibaritas a la hora de comer —explicó el barquero señalando con el cuchillo el vientre del pescado—. Entran en las rías y estuarios aprovechando la pleamar, justo cuando las almejas emergen de los fondos arenosos y los cangrejos abandonan sus escondites. Son unas voraces depredadoras, pero no comen cualquier cosa. No; solo moluscos y crustáceos. Nada más. A veces, si las pesco cuando la marea está bajando y ellas abandonan la bocana rumbo a mar abierto, encuentro aún en su tripa patitas de cangrejo o restos de alguna concha. —Txomin parecía realmente entusiasmado—. ¿No te parece fascinante poder saber si la dorada entraba o salía de la bahía solo con ver sus entrañas? Es como si, de algún modo, pudieras hablar con el pescado.

—Está riquísima —apuntó Leire llevándose un pedazo de dorada a la boca—. Estoy acostumbrada a las de cultivo y no tienen nada que ver con esto.

El barquero torció el gesto en una mueca de asco.

—No se puede comparar. Precisamente por lo que te decía. Las salvajes son muy selectivas a la hora de buscar alimento; las de piscifactoría, en cambio, comen piensos hechos de pescado de escasa calidad. Nada de cangrejos o chirlas, por supuesto.

La escritora se llevó el vaso a los labios.

—Nunca te acostarás sin saber una cosa más —apuntó dando un trago al vino.

—¿Te gusta el txakoli? —preguntó Txomin alzando la copa. Leire reparó admirada en la pericia con la que era capaz de utilizar los dos únicos dedos de la mano derecha—. No a todo el mundo le gusta. Esa acidez..., ya sabes.

Leire agradeció la pregunta para sus adentros. Menos mal que el barquero estaba llevando la conversación, porque ella no sabía de qué hablar. Su mente estaba lejos de aquel comedor mal iluminado. La muerte del constructor le había roto tanto los esquemas que tenía ganas de perderse en el silencio de su faro y pensar con calma en todos los cabos que, repentinamente, habían quedado sueltos.

—Es mi vino preferido —explicó, sorprendiéndose a sí misma. Hasta entonces no se había percatado de que fuera así—. En el pueblo de mis abuelos hacen uno de los mejores. Cuando era pequeña solía pasar el verano con ellos. En realidad, hacía años que habían emigrado a Bilbao, pero regresaban al pueblo a pasar temporadas. Solía ayudarlos con la vendimia. —Hizo una pausa, pensativa—. Aunque, ahora que lo pienso, la uva se recoge en otoño. No sé, tal vez íbamos también entonces para vendimiar. Era demasiado pequeña para acordarme.

—Estará cerca de Getaria, ¿no? —quiso saber el barquero. La mayor parte de la producción guipuzcoana de txakoli provenía de aquella zona.

—Sí. Es una aldea a cuatro o cinco kilómetros de la costa. Oialde. ¿Te suena? —Txomin negó con un gesto—. Casi nadie la conoce. Tengo entendido que solo quedan doce habitantes. Los demás se fueron a la ciudad en busca de una vida más fácil. Mis abuelos también. Cuando murieron, la falta de cuidados sentenció el caserío familiar —se lamentó Leire—. La última vez que fui por allí no quedaban más que unas paredes devoradas por la hiedra. Una auténtica pena.

Durante unos instantes, ninguno de los dos abrió la boca. Fue el reloj de pared, que dio las nueve, quien rompió el silencio.

—Voy a buscar el postre —anunció Txomin—. Supongo que te gustará el chocolate.

—Me encanta.

El barquero sonrió.

—¿Te das cuenta de cuántas cosas tenemos en común? —apuntó poniéndose en pie.

Leire lo siguió con la mirada hasta la cocina. ¿Hablaba en serio o bromeaba? ¿No estaría intentando flirtear con ella?

A través de la puerta abierta, vio a Txomin sacar una caja de cartón azul del congelador. Extrajo dos *coulants* de su interior y los dispuso sobre un plato antes de introducirlos en el microondas.

—Estoy muy contento de que hayas venido —dijo el barquero desde la cocina.

Leire se limitó a asentir, incómoda. Miró el reloj. El péndulo se balanceaba con una cadencia que, en condiciones normales, le habría inducido sueño, pero no aquella noche. Estaba demasiado nerviosa, demasiado intrigada por saber quién y por qué había matado a José de la Fuente.

En un intento de pensar en otra cosa, recogió los platos sucios y los llevó a la cocina.

—No entres —protestó Txomin—. Es una sorpresa.

Mientras le entregaba la vajilla, Leire reparó en el candelabro con velas de color rojo que el barquero había encendido. Junto a él, envuelta cuidadosamente en celofán, había una rosa.

Reprimiendo un suspiro, la escritora suplicó para sus adentros que Txomin no la hubiera invitado a cenar para confesarle que estaba enamorado. Porque ella jamás había sentido algo así por él. Solo era un amigo, un confidente al que poder explicar sus quebraderos de cabeza, pero poco más.

«Te estás equivocando. Será solo una muestra de agradecimiento por haber aceptado su invitación», se dijo girándose de nuevo hacia el salón.

Mientras esperaba a que el barquero terminara de preparar el postre, se acercó a la estantería. Decenas de libros se apilaban sin seguir un orden aparente. En su mayoría, eran novelas de lomos gastados por el paso de los años. Observó con un atisbo de nostalgia que no faltaba la balda dedicada a la colección completa de los folletines de Estefanía, los preferidos de su abuela. En sus recuerdos aparecía siempre con alguno en sus manos.

—Mi madre era una gran lectora —explicó Txomin desde la cocina—. Mi padre pescaba y ella leía. Así pasaban su tiempo.

Leire se giró para regresar a la mesa. Al hacerlo, reparó en el reproductor de VHS que había junto a la televisión. Por un momento, recordó el vídeo de su casa, siempre rodeado por un sinfín de cintas desordenadas que Raquel y ella amontonaban, día tras día, hasta que su padre las obligaba a poner en orden.

—¡Todavía tienes vídeo! —exclamó la escritora acercándose al aparato—. No conozco a nadie que no lo haya cambiado ya por un lector de DVD.

—¿Eh? Sí, bueno, es que me hace gracia ver cintas antiguas —apuntó Txomin desde la cocina.

Leire se rio para sus adentros. Si de alguien podía esperarse algo tan anacrónico era precisamente de un barquero que fumaba en pipa y usaba un cesto de mimbre a modo de mochila.

—Ya estoy aquí —anunció Txomin regresando al salón con una bandeja presidida por el candelabro que Leire le había visto preparar en la cocina. El intenso olor del chocolate se apoderó del comedor.

Agachada junto al televisor, la escritora se fijó en la única cinta que había junto al reproductor de vídeo. Solo una, ni una más; ni allí, ni en el resto del comedor. En su etiqueta, en letras mayúsculas de color negro, leyó algo que le heló la sangre.

Un día de 1998

El Triki acababa de abandonar el despacho del psicólogo cuando volvieron a llamarlo. Supuso que habría olvidado explicarle algún detalle, de modo que regresaba eufórico a aquella sala donde había pasado tantas horas de terapia. No era para menos. Tras tres intentos fallidos de rehabilitación, por fin saldría de Proyecto Hombre completamente desenganchado. Sabía perfectamente que durante el resto de su vida sería un extoxicómano y que tendría que mantenerse alejado de todo tipo de drogas, pero al menos no dependería de la heroína para poder seguir adelante.

Siete días.

En solo siete días dejaría aquel caserío de Hernani y podría volver a Pasaia. No le daba miedo hacerlo. Una de las enseñanzas básicas de Proyecto Hombre era que no debía volver a frecuentar los mismos ambientes de antes del tratamiento, pero eso, por suerte o por desgracia, no iba a suponerle ningún esfuerzo. Hacía más de diez años que intentaba dejar la heroína y, en ese tiempo, Pasaia había cambiado. Había podido comprobarlo en sus visitas con Xabier. Los apartamentos que ocupaban ahora el solar de la vieja fábrica abandonada eran solo la cabeza del alfiler. También la Katrapona de Manolo había cerrado por falta de clientes. Algunos pocos, como el Triki, habían logrado o estaban tratando aún de desengancharse, pero la mayoría se había ido quedando por el camino. El sida, esa enfermedad de la que jamás, hasta hacía un puñado de años, habían oído hablar, había hecho estragos. La hepatitis C, las sobredosis y las reyertas habían hecho el resto.

Tampoco quedaba ninguno de sus antiguos amigos; aquellos con los que se inició en el mundo de la droga. Con Macho había muerto el último de su cuadrilla.

Llamó con los nudillos a la puerta del despacho.

—Adelante —lo invitó la voz del psicólogo.

—Me has llamado, ¿verdad?

—Siéntate, por favor. —El rostro de Joxerra, apenas unos minutos antes afable y sonriente, no auguraba buenas noticias.

El Triki obedeció. No entendía qué podía haber pasado. ¿Acaso había hecho algo que pusiera en peligro su anunciada libertad?

—Lamento mucho tener que decirte esto, y mucho más cuando estabas a punto de poder celebrar con ella uno de los momentos más importantes de tu vida. No lo merecíais, ni ella, ni tú —musitó aquel hombre con el que tanto había hablado sobre el pasado para asentar las bases de un nuevo futuro—. Tu madre ha muerto. —El psicólogo se había acercado hasta él para darle un abrazo—. Lo siento en el alma —balbuceó.

—¿Cómo? —inquirió el Triki con las sílabas atragantadas en una garganta que se preparaba para el llanto.

—Un infarto. Ha sido esta noche, mientras dormía —explicó—. Cuando has salido del despacho, he llamado por teléfono a tu casa para darle la buena noticia. Ha descolgado una vecina y me lo ha contado todo. No ha sufrido.

El Triki sintió que la cara se le cubría de lágrimas al mismo tiempo que la pena le desgarraba cada rincón del pecho.

—¿Que no ha sufrido? —preguntó llorando como un niño pequeño—. ¿Cómo que no ha sufrido? —insistió golpeando con fuerza la mesa que tenía delante—. ¡Toda su vida ha sido sufrimiento! Mi hermano y yo se la destrozamos. ¿Qué hay más duro para una madre que ver como la droga devora a tus niños mientras ellos se olvidan de vivir? ¿Qué hay más horrible que ver morir en la cárcel a uno de tus críos mientras el otro miente una y otra vez para evitar desengancharse de esa mierda?

Joxerra lo abrazó con fuerza.

—Lo siento. De verdad que lo siento —murmuró con la voz rota.

El Triki hundió la cara en su pecho y lloró desconsoladamente.

El entierro fue la mañana siguiente.

Un sencillo funeral en la iglesia de San Pedro precedió al sepelio. Mientras el cura cantaba los salmos, el Triki, sentado en la primera fila de la iglesia, cerró los ojos y se dejó mecer por la monótona letanía. No había sido capaz de dormir en toda la noche, de modo que, a su pesar, enseguida comenzó a cabecear.

—... del hijo y del Espíritu Santo. Amén.

El capellán continuaba con la ceremonia, pero el Triki estaba muy lejos de allí. El apacible duermevela en el que había caído no tardó en convertirse en una espantosa pesadilla. Juan Díaz de Garayo, el Sacamantecas vitoriano, estaba agachado junto al cadáver de su madre, destrozando su vientre con tanta saña que los intestinos no tardaron en estar desparramados alrededor del cuerpo. Al reparar en su presencia, aquel monstruo de formas humanas le mostró las garras cubiertas de sangre y echó a correr tras él con una macabra risotada.

—¡Calma! ¡Tranquilo, estoy contigo! —Fue la voz de Joxerra quien lo despertó—. Estabas soñando. Vaya grito que has pegado.

El cura esperó una señal afirmativa del psicólogo antes de continuar con el funeral.

Después de la comunión, los asistentes salieron al exterior. La estrecha plaza estaba desierta, sus adoquines brillantes por el persistente sirimiri y los muros del cementerio llorosos.

El Triki se sorprendió al ver a tantas personas saliendo del templo. Apenas llegó a reconocer a algunos vecinos. Hacía demasiados años que se había ido de casa y muchos de aquellos rostros eran completamente nuevos para él. Ellos, en cambio, sí parecían conocerlo. Sus miradas acusatorias y sus fríos pésames así lo decían.

El camposanto estaba al otro lado de la calle. Dos preciosas portadas, una románica y otra gótica, custodiaban su entrada. Con el cura abriendo el paso, la comitiva vecinal avanzó en silencio hasta la sepultura familiar, donde esperaban dos enterradores con la losa retirada y el féretro apoyado en ella.

—¿Estás bien? —preguntó Joxerra apretando afectuosamente el brazo del Triki.

El psicólogo había decidido acompañarlo al entierro para que sintiera el apoyo de alguien cercano. En un principio, pensaron en Xabier, pero este estaba en Deusto y no podía faltar a clase. Además, el joven estudiante de Psicología estaba últimamente más pendiente de sus asuntos que del Triki. Tal vez fuera porque lo veía ya curado, o tal vez porque con su novia tenía suficiente, pero hacía varias semanas que no aparecía por Proyecto Hombre.

Tras unas palabras del cura, que esparció agua bendita sobre el ataúd, los sepultureros lo depositaron en el hueco abierto y arrastraron la lápida para sellar el enterramiento.

Entre murmullos y lamentos, los vecinos se fueron retirando.

El Triki apenas los vio. Un velo de lágrimas cubría sus ojos, que permanecían fijos en los nombres grabados en la lápida. Aquello no debía haber ocurrido nunca. Sus padres habían muerto demasiado jóvenes, sin llegar siquiera a la edad de jubilarse.

A su hermano y a él los habían matado de tristeza.

Alzó la vista hacia las nubes. El sirimiri, que contagiaba la atmósfera de un ambiente triste, le acarició el rostro. El cielo gris plomizo de Pasaia también lloraba la muerte de su *ama*.

—¿Quieres quedarte unos minutos a solas con ella? —le preguntó Joxerra.

El Triki asintió con un gesto.

—Con todos ellos —murmuró señalando los nombres de la lápida—. Quiero contarles que he salido adelante y que ya no tienen que sentir vergüenza por mí. —Se secó las lágrimas con el dorso de la mano—. ¡Me habría gustado tanto que pudieran verlo!

—Lo están viendo —le aseguró el psicólogo dándole unas cariñosas palmadas en la espalda—. Te espero en el coche, ¿vale?

El Triki oyó alejarse sus pasos sobre la gravilla.

Se sentó sobre la tumba mojada y pasó los dedos sobre las letras grabadas en ella.

Tres nombres con sus apellidos y el día de la defunción. Todos en un lapso de apenas diez años, los mismos que había pasado él intentando rehabilitarse.

No le quedaba nadie.

Bajo aquella fría losa de mármol descansaba toda su familia. Imaginó la ilusión de sus padres al traerlos al mundo a su hermano y a él, y rompió a llorar desconsoladamente al recordar sus rostros envejecidos y terriblemente tristes las últimas veces que los había visto.

¿Cómo había podido hacerles tanto daño? ¿Cómo había podido ser tan egoísta como para arruinarles así la vida?

El llanto no le permitió oír que alguien se había acercado a la tumba hasta que una voz masculina le hizo girarse.

—No te imaginas cuánto he esperado este momento. Hoy, por fin, sabía que te encontraría aquí —dijo el recién llegado con un tono cargado de odio.

El Triki pensó inmediatamente en el Kuko, pero él no podía ser. Según había podido saber en una de sus últimas visitas a Pasaia, hacía años que el camello había caído con su coche a la fétida ría de Errenteria, no lejos de la papelera que contaminaba sus aguas. Las malas lenguas decían que se había tratado de un ajuste de cuentas. Deudas del narcotráfico, chivatazos..., cualquier cosa podía provocar un final así.

Angustiado, entornó los ojos para intentar reconocer aquel rostro que se abalanzaba sobre él. Las lágrimas le nublaban la vista, pero logró identificar los rasgos de uno de los hermanos Besaide.

—¿Marcial? —preguntó asustado mientras el visitante le aferraba del cuello con unas manos que parecían de acero.

—No. Gastón —anunció el otro—. Era yo el que iba con mi padre en aquella lancha. ¿Te acuerdas?

El Triki intentó zafarse de él, pero lo único que consiguió fue que las manos que lo estrangulaban se cerraran con más fuerza. Le faltaba el aire. Si seguía apretando, moriría.

«Quizá sea lo que me merezca después de causar tanto dolor», pensó recordando el frío tacto de las letras grabadas en la tumba.

—Fue todo culpa tuya. Si hubieras vuelto a puerto, no habríamos tenido que salir a buscarte y hoy mis padres aún estarían aquí —le espetó Gastón con rabia—. Deberías haber muerto ahogado en el mar. No estaba en el guion que te salvaras.

«Mejor habría sido la muerte que sufrir todos estos años de calvario», se dijo el Triki para sus adentros.

Sentía el frío de la dura lápida clavado en la espalda. Gastón Besaide apretaba con tanta fuerza que parecía dispuesto a romper la piedra para arrojarlo al interior.

—Debería matarte y dejarte aquí con tu gente —murmuró acercándole unas tenazas que el Triki no alcanzó a ver de dónde había sacado.

La cara angulosa de Gastón se cubrió de pronto de una desaliñada barba que le llegaba hasta los ojos. El Sacamantecas estaba allí y se disponía a acabar con él en la soledad del cementerio. Abrió la boca para gritar, pero su atacante le introdujo en ella un trapo para impedirlo.

—Pero no; no voy a matarte. Sería demasiado fácil. El resto de tu vida no será más que una condena de arrepentimiento por haber malgastado tu juventud. —El Triki se llevó las manos al abdomen para protegerse—. Y por haber destrozado a mi familia, claro; pero eso te da igual, ¿verdad? —inquirió Besaide con rabia—. Hasta hoy. A partir de ahora, tendrás presentes a mis padres cada día.

Dejando de sujetarlo por el cuello, mientras el Triki tosía ruidosamente luchando por recuperar el resuello, Besaide le amputó tres dedos de la mano derecha. La tenaza, afilada para la ocasión, permitió un corte limpio y rápido. El índice, el corazón y el anular, seccionados a la altura de los nudillos, cayeron sobre la fría lápida, rellenando enseguida de sangre las letras en bajorrelieve.

—Uno por mi madre, otro por mi padre y el tercero por Marcial. Ahora los recordarás toda la vida —anunció Gastón dándose la vuelta para abandonar el camposanto—. Ah, te regalo esto. Seguro que lo necesitarás —añadió tirando algo junto a él.

El Triki se fijó horrorizado en su mano mutilada. La sangre manaba con fuerza de la triple herida y se fundía en una con la fina capa de agua que cubría la tumba. Aquellos nombres que tanto significaban para él se habían vuelto rojos, destacando de manera macabra sobre la oscuridad del mármol.

Sin embargo, lejos de sentir dolor, se hundió aún más en una insoportable sensación de tristeza. Su alma estaba desgarrada por el daño causado a su familia.

Gastón Besaide tenía razón. Vivir con aquel sentimiento de culpa era peor que estar muerto.

De pronto, recordó que su agresor había dejado caer algo antes de irse. Se agachó para recogerlo.

Una jeringuilla.

No necesitó mirarla dos veces para saber que estaba llena de heroína.

Tal vez la solución más fácil fuera inyectársela. El dolor remitiría, al menos de momento.

Volvió una vez más la vista, nublada por las lágrimas, hacia la lápida. El cuerpo de su madre aún yacía caliente sobre los restos de su hermano y su padre. No podía hacerles eso.

Se lo debía.

Apuntó la aguja hacia el suelo y presionó el émbolo con rabia. El líquido se derramó sobre la gravilla. Después, arrojó la jeringa al suelo y la pisoteó una y otra vez hasta asegurarse de que había quedado hecha trizas.

Solo entonces volvió a fijarse en la tumba. Se lo debía. Lástima que no hubieran podido verlo.

Nunca más flirtearía con aquella mierda que le había arruinado la vida. Nunca más.

La mano seguía sangrando. Necesitaba un médico cuanto antes. Se puso en pie y caminó hacia la salida manteniéndola elevada sobre su cabeza, como había visto hacer en la tele. En cuanto encontrara a Joxerra, le pediría que lo llevara al hospital. Después, no volvería a Proyecto Hombre. Estaba curado.

Desde la portada románica del cementerio, se giró por última vez hacia la tumba de su familia. No le costó reconocerla por el intenso color rojo que la teñía.

Les prometió que esta vez no los defraudaría.

Lo primero que pensaba hacer era volver a casa; un hogar que sabía que le resultaría espantosamente vacío y del que jamás debería haber escapado.

Y, por supuesto, su nueva vida no podía ser una realidad si no dejaba atrás el mote que le habían puesto sus amigos cuando comenzaron a adentrarse en el mundo de la droga.

Nunca más permitiría que nadie lo llamara Triki. Su madre odiaba ese sobrenombre y su recuerdo merecía que lo borrara de su vida para siempre, que lo enterrara con todo lo que representaba bajo aquella losa enrojecida del cementerio de Pasaia.

A partir de aquel día volvería a emplear el nombre que le

habían puesto sus padres al nacer: Domingo Guruzeta, igual que su difunto padre. Para diferenciarlos, su *ama* lo había llamado siempre Txomin.

Y solo Txomin sería a partir de aquel momento.

47

Lunes, 9 de diciembre de 2013

Leire se llevó una cucharada de pastel a la boca.

Apenas sintió el sabor del chocolate. Todos sus sentidos acababan de quedar embotados por la espantosa sospecha que tomaba forma en su interior.

JUAN DÍAZ DE GARAYO. DOCUMENTAL ETB.

¿Qué hacía allí aquella cinta de vídeo con la etiqueta descolorida por el paso de los años? Recorrió las estanterías con la mirada, pero no vio ni una sola cinta más. Era la única. Parecía que el barquero conservara el reproductor de VHS solo para poder visionarla.

Aquello no pintaba bien. Algo le decía que convenía salir de aquella casa cuanto antes.

—¿No te sientes muy sola en el faro? Quizá te gustaría bajar a vivir aquí, en la bocana. —Txomin la miraba por encima de las velas, que pretendían dar un aire de romanticismo al ambiente.

La escritora cerró los ojos unos instantes. Aquello no podía estar pasando. Sin embargo, al abrirlos, el barquero seguía allí, esperando una respuesta.

—Está entrando niebla —apuntó en un desesperado intento de cambiar de tema.

Txomin se giró disgustado hacia la ventana.

—El tiempo está loco. Estamos en diciembre. Debería llover, nevar incluso, pero una niebla tan densa es algo más habitual de la primavera —comentó.

Leire decidió que era su oportunidad para marcharse.

—Tendré que irme. Con este tiempo, la entrada del crucero será aún más complicada —dijo sin apartar la vista de la ventana, tras la que apenas se veían ya las farolas del camino de Puntas, en la orilla opuesta.

Los ladridos de Rita la interrumpieron.

—Quiere entrar —explicó Txomin—. A ella tampoco le gusta la niebla. Ese olor a humedad que enmascara todos los demás aromas le debe de resultar aterrador.

—Me voy, y así le abro la puerta para que pueda pasar —anunció Leire poniéndose en pie.

—Espera. Antes, un último brindis —propuso el barquero.

La escritora se fijó en el reloj mientras tomaba la copa, casi vacía, en su mano. Pasaban pocos minutos de las nueve y media. Tenía que salir de allí y llamar a Cestero para contárselo todo. Después, debía subir al faro a cumplir como farera. No podía permitirse que algún imprevisto pusiera en apuros al Queen of the Seas.

—Ahora podrás dormir más tranquila —celebró Txomin alzando la copa de txakoli.

Leire no comprendió a qué se refería.

—De la Fuente —explicó él—. Ya no te molestará más. Se acabaron sus visitas y sus impertinentes llamadas de teléfono.

—La verdad es que me habría gustado más que diera con sus huesos en la cárcel. Este no era el final que yo deseaba —aclaró la escritora—. La cinta de Barcier era prueba suficiente de sus fechorías. Cualquier tribunal lo habría condenado a una buena temporada entre rejas. Ahora, en cambio, no se podrá hacer justicia.

Txomin exhaló un suspiro.

—Si en aquel entonces nos hubieran hecho caso, ese puerco no habría vivido tantos años riéndose del pasado —dijo con un rictus de tristeza—; pero nuestra palabra no era más que la de un puñado de yonquis a los que la sociedad despreciaba.

—Era allí donde vivías antes de entrar en Proyecto Hombre, ¿verdad?

El barquero tardó unos segundos en responder.

—La fábrica era mi hogar, y aquellos yonquis, mi familia. Fallé a la de verdad —se lamentó señalando una foto enmarcada en la que se veía a un matrimonio con dos muchachos navegando por la bocana en una txipironera de color amarillo.

Leire musitó a duras penas unas palabras de consuelo, pero el barquero no la escuchaba. Con la mirada fija en la foto, parecía estar más en aquella época que en aquel desapacible día del final del otoño.

—¿Sabes lo que es ser consciente de que has matado de pena a tu padre? Esa txipironera lo era todo para él. Con un hijo en la cárcel y el otro huido de casa, solo le quedaba la pesca. Ni siquiera eso fui capaz de respetar. —La escritora leyó el nombre cuyas letras negras resaltaban en el casco: GORGONTXO—. También eso se lo arrebaté.

La mirada de Leire recaló en el sencillo aparador de dos pisos que ocupaba la esquina cercana a la puerta de salida. En el superior, junto a un viejo teléfono fijo, había una cámara de fotos Canon.

Quería salir de allí, pero ¿cómo hacerlo sin cortar bruscamente a Txomin?

—Fueron tiempos muy jodidos —continuó el barquero sin percatarse de su desasosiego—. En fin, hay que seguir viviendo. ¿Te he dicho lo a gusto que he estado hoy aquí contigo?

Leire asintió intentando mantener la tranquilidad.

—Yo también, pero debo irme o no llegaré a la entrada del crucero.

Txomin la miró fijamente antes de contestar. Era una mirada incómoda, como si intentara escudriñar en su interior para ver qué pensaba en realidad.

—Sí, tienes razón. Te acompañaré —decidió finalmente.

La escritora se quedó paralizada.

¿Acompañarla?

Lo último que le apetecía era pasear con él por los muelles desiertos y envueltos en la niebla. En cualquier caso, sería mejor que quedarse en su propia casa. Siempre había una posibilidad de que allí fuera hubiera algún pescador al que pedir ayuda.

—No es necesario. Me gusta caminar sola, y más con esta niebla —mintió Leire—. Me ayuda a inspirarme para escribir.

—Claro —admitió Txomin—. Iré contigo hasta el dique de Senekozuloa. Quiero sentarme allí a ver la entrada del crucero. Será algo impresionante. Las escaleras te las dejo para la inspiración.

La escritora le estudió la mirada. No parecía amenazante. Tampoco extrañada. Por un momento, se recriminó por estar culpabilizándolo. Al fin y al cabo, una cinta de vídeo podía no significar nada. Sin embargo, algo le decía que sí, que el barquero era el Sacamantecas.

—Estaba muy buena la dorada —dijo cogiendo la cazadora del respaldo de la silla.

Txomin se limitó a asentir con un gesto.

—¿Vamos? —inquirió colgándose del hombro su inseparable cesta de pescador.

Leire abrió la puerta.

«Tengo que avisar a Cestero», se dijo sacando el móvil del bolsillo.

No podía permitirse levantar las sospechas de su anfitrión, de modo que se limitó a pulsar disimuladamente la tecla de rellamada antes de volver a guardar el aparato. Ojalá la agente sospechara que algo estaba ocurriendo al recibir la llamada.

Los ladridos de Rita eran cada vez más nerviosos.

—Nos ha oído. ¿Cómo puede darle tanto miedo la niebla? —comentó Txomin bajando las escaleras.

Las patas del animal arañaban la puerta con insistencia. Estaba fuera de sí.

Fue Leire quien asió la manilla y abrió el portón. Apenas se había abierto unos centímetros cuando la perra entró disparada en el portal para lanzarse a los brazos de su dueño.

La rapidez del inesperado movimiento hizo perder el equilibrio al barquero, que dio dos pasos en falso antes apoyarse en la pared. Al hacerlo, el cesto de pescador cayó al suelo y su contenido rodó por el suelo.

La escritora no tuvo tiempo de coger al vuelo un bote de cristal que se hizo añicos al impactar contra los adoquines, pero pudo salvar un segundo frasco que salió disparado hacia la orilla de la ría y a punto estuvo de caer al agua. Mientras lo llevaba de vuelta al bolso, vio que Txomin había dejado caer a Rita y estaba de rodillas guardando todo apresuradamente en el pequeño baúl de mimbre. Extrañada, alzó el frasco hacia sus ojos y se fijó en su contenido, de un desagradable aspecto amarillento con vetas sanguinolentas.

Un papel pegado al vidrio se ocupaba de eliminar cualquier sombra de duda.

En él, solo había dos palabras, pero eran suficientes para comprenderlo todo: IRATXE ETXEBERRIA.

Era el nombre de la tercera víctima del Sacamantecas.

Con un escalofrío, Leire comprendió que aquellos frascos contenían grasa; grasa humana.

—No deberías haber visto esto —musitó Txomin sin ningún atisbo de sonrisa.

La escritora no esperó a que se pusiera en pie para echar a correr hacia Ondartxo. Con un poco de suerte, aún encontraría allí a Iñaki.

Ni siquiera perdió el tiempo en girarse para ver como el barquero salía disparado tras ella abandonando el cesto. Si lo hubiera hecho, lo habría visto tomar de él un afilado cuchillo de pescador y el viejo pedazo de cuerda con el que había asfixiado a sus anteriores víctimas.

48

Ane Cestero observaba la niebla desde el balcón de su piso en la plaza de San Juan. Había hecho un paréntesis en su tarde libre para asistir al levantamiento del cadáver de De la Fuente, pero ya estaba de nuevo en casa. Hacía un buen rato que los edificios de San Pedro habían desaparecido tras la inquietante cortina de agua en suspensión y no quedaba un alma en los bares que se abrían a la plaza. Un camarero apilaba las sillas y mesas de una de las terrazas. Al arrastrarlas con desgana hendía el silencio como una navaja afilada.

«Debería atarla mejor», pensó al comprobar que la pancarta contra la construcción de la dársena exterior que colgaba de su balcón se había soltado de sus enganches y pendía del revés.

El asesinato del constructor le había roto los esquemas. Si el Sacamantecas quería acabar con los movimientos contra el puerto, ¿por qué iba a matar al empresario que lo defendía con más fuerza? Por más que lo pensaba, no lograba encontrarle ninguna lógica.

«Céntrate en los hechos conocidos y déjate de especulaciones», se dijo siguiendo con la vista el tenue resplandor que el farol de una txipironera trazaba en la niebla.

Todavía no se había perdonado a sí misma el haber dado por hecho que los pelos de animal hallados en el cadáver de

Miren Orduña eran de foca. En lugar de limitarse a mandarlos al laboratorio, debería habérselos mostrado antes a un veterinario, tal como había hecho esa misma noche al hallar pelos similares en el cuerpo de José de la Fuente.

Sintió una punzada de vergüenza al recordar la sonrisa burlona del doctor Lamas al explicarle que, a simple vista, cualquiera como él habría descartado que las muestras fueran de foca. Estaban deterioradas por una exposición prolongada al agua de mar, pero eran de perro.

Lástima que no se hubiera tomado en serio aquella pista hasta entonces y que los resultados del análisis estuvieran tardando tanto. Si hubiera llamado a un veterinario antes de enviarlos a analizar, a esas alturas estaría más cerca de dar caza al Sacamantecas.

«No te culpes. Lo lógico era no darle importancia», intentó convencerse.

Al fin y al cabo, todos en Pasaia hablaban últimamente de la foca que se había visto descansando en los muelles cercanos al astillero Ondartxo, donde apareció Miren Orduña.

Ahora, en cambio, parecía un buen hilo del que tirar. Si en las ropas de dos víctimas habían sido hallados pelos del mismo can, solo podía tratarse del perro del propio Sacamantecas.

Dando un trago a la sidra que acababa de servirse, decidió que un perro cuyo pelo estaba tan dañado por el salitre que ella, en su ignorancia, lo había confundido inicialmente con el de una foca, solo podría tratarse de la mascota de un pescador.

Intentó hacer un repaso mental de los arrantzales que salían a pescar acompañados por sus animales. Eran demasiados, y más si se sumaban todos aquellos perros que vivían en las casas cercanas a la bocana y que se bañaban a diario en ella.

Parecía como buscar una aguja en un pajar, pero al menos podría comenzar a delimitar el número de sospechosos. Decidió que al día siguiente pondría a todo su equipo a recorrer la bocana para establecer una lista de animales que cumplieran esas características.

Les pediría que recogieran muestras del pelo de todos los perros que vieran cerca del agua. Eso facilitaría el trabajo, porque con solo cotejarlas con las obtenidas en las víctimas, tendrían localizado al Sacamantecas. Aunque, pensándolo bien, los siete días que tardaría el análisis de ADN podían resultar fatales si el asesino continuaba con su frenesí criminal.

Iba a servirse un nuevo vaso de sidra cuando oyó sonar su móvil. Antes de descolgar, se fijó en la pantalla. Era Leire Altuna. Tal vez tuviera alguna teoría sobre el nuevo giro que la aparición del cadáver de José de la Fuente había dado al caso.

—Cestero —se presentó llevándose el aparato al oído.

Lo único que oyó fue el vacío. La comunicación se había cortado.

Pulsó la tecla de rellamada, pero una áspera voz femenina la informó de que el terminal estaba fuera de cobertura.

«¿Que querría?», se preguntó intrigada regresando al balcón.

Al hacerlo, recordó que Leire Altuna le había dicho que Txomin Guruzeta la había invitado a cenar.

El barquero vivía a escasa distancia de su casa, pero en la orilla opuesta.

«Qué raro que allí no tenga cobertura —se dijo echando un vistazo a la pantalla de su móvil para comprobar que la señal de red era correcta—. Se le habrá agotado la batería».

El inconfundible sonido de una docena de remos entrando y saliendo del agua delató el paso de una trainera. Ane intentó escudriñar a través de la niebla, pero no logró verla. Por lo tardío de la hora, dedujo que se trataba de la Libia, la trainera de San Pedro. No era habitual que los remeros entrenaran tan tarde, pero los de enfrente a veces lo hacían, especialmente cuando los temporales más destructivos les impedían salir a remar con normalidad.

Conforme la embarcación se alejaba hacia el interior de la bahía y sus rítmicas paladas se diluían en la distancia, una idea inquietante fue tomando forma en su cabeza.

¿Cómo se llamaba el perro del barquero? ¿Pata? ¿Tita? ¿Rita?

Eso era, Rita.

Aquel perro salchicha pasaba más tiempo en el mar, siguiendo la motora de su amo, que en tierra firme. Además, como correspondía a su raza, su pelo era duro y áspero.

«Como el de una foca», se dijo, convencida de que cualquier profano, como ella, podía haberlo confundido.

Con una intensa sensación de desasosiego, volvió a marcar el teléfono de Leire.

El resultado fue el mismo.

No volvió a intentarlo, pero tampoco guardó el teléfono, en el que tecleó otro número.

—Comisaría de Errenteria, ¿dígame? —se oyó a través del auricular.

—¿Aitor? Soy Cestero. Creo que el faro de la Plata tiene un teléfono fijo. Necesito el número inmediatamente. También el de Txomin Guruzeta, el barquero.

—Dame un segundo.

Durante unos instantes, oyó las teclas del ordenador de su compañero del turno de noche. Intentó mantener la mente serena, pero temía que la vida de la escritora podía estar en peligro. Era evidente que Txomin estaba interesado en ella; de lo contrario no la habría invitado a cenar. Y Cestero estaba buscando precisamente a alguien obsesionado con la escritora. El barquero era, por el momento, el único que se le ocurría que pudiera cumplir ese requisito, además de tener un perro marinero.

«Ojalá me equivoque», deseó temiendo que hubiera que lamentar un nuevo crimen.

—Ya los tengo —anunció el agente antes de dictarle los dos teléfonos.

—Gracias, Aitor. —Cestero dudó entre despedirse o convertir su corazonada en una alarma—. Id acercando una patrulla a San Pedro. Podríamos necesitarla.

—¿El Sacamantecas? —comenzó a preguntar su compañero, pero la agente no quería perder el tiempo en explicaciones.

Si estaba ocurriendo lo que temía, era mejor no malgastar ni un segundo.

El primer teléfono que marcó fue el del barquero. Tampoco su teléfono tenía cobertura.

Con una creciente congoja aferrándole las entrañas, marcó el número del faro.

Inspirando lentamente para intentar mantener la calma, se llevó el auricular a la oreja.

«Por avería en la red, ha sido imposible realizar la conexión».

No podía ser. Era un teléfono fijo.

Volvió a llamar mientras tomaba del perchero la cazadora de cuero que utilizaba para ir en moto.

La misma voz, el mismo mensaje.

Algo estaba ocurriendo.

49

La niebla era tan densa que no alcanzaba a reconocer las formas del faro de Senekozuloa a pesar de encontrarse a solo cinco metros de él. La culpable no era otra que su propia luz blanca, que se reflejaba en los millones de partículas de agua que flotaban en el ambiente para crear una auténtica nube luminosa que lo envolvía todo.

Por primera vez, Leire se permitió parar unos instantes para recuperar el aliento. Sabía que Txomin le seguía los pasos, pero ella era más rápida. La juventud era, por ahora, su aliada.

Aguzó el oído para tratar de situar a su perseguidor, pero la niebla amplificaba el zumbido del transformador de la torre de luz, haciendo difícil escuchar más allá.

Sacó una vez más el móvil del bolsillo.

—¡Mierda! —masculló entre dientes al comprobar que el indicador de cobertura seguía a cero.

Buscó rápidamente en el panel de ajustes la función de conectarse a otras redes.

Tras unos segundos de rastreo, apareció el mensaje que se temía: «No hay redes disponibles».

Decididamente, la suerte no estaba de su lado. La niebla se empeñaba en hacer aún más difíciles las conexiones telefónicas de la ya de por sí complicada conectividad de la orografía costera.

Volvió a intentarlo. Era extraño que ni siquiera hubiera cobertura de alguna compañía francesa.

El resultado fue igual de decepcionante.

Leire creyó oír un jadeo no lejos de allí. El barquero se acercaba. Entornó los ojos para forzar la vista, pero lo único que alcanzó a ver fue el tímido resplandor verde con el que la niebla se teñía allá abajo, a orillas de la bocana, en el lugar donde se encontraba el faro del dique inferior, aquel en el que se embarcó en la dorna que pilotaba Iñaki.

Habría sido una suerte encontrarlo en Ondartxo, pero el astillero estaba cerrado a cal y canto, de modo que había continuado corriendo hacia la soledad de Senekozuloa. Ya era tarde para huir hacia San Pedro. Txomin se interponía entre ella y la seguridad del pueblo.

Tomó aire con fuerza y echó de nuevo a correr escaleras arriba. No recordaba haber estado jamás tan aterrorizada, pero no podía venirse abajo. Cuanto antes llegara al faro de la Plata, antes podría llamar a la policía. La línea fija no tendría problemas de cobertura.

El resplandor del faro de Senekozuloa quedó atrás conforme iba ganando altura. La niebla y la oscuridad se empeñaron con éxito en desdibujar los escalones, pero Leire continuó a ciegas su carrera contra la muerte. Era sobradamente consciente de que, tras ella, pisándole los talones, había un asesino despiadado que no dudaría en matarla para lograr su silencio. Tal vez, incluso, en su mente perturbada, llegara a creer que así por fin sería suya.

¿Cómo había estado tan ciega? Hacía semanas que el barquero la miraba de una manera diferente. Ella lo había interpretado como una mera muestra de apoyo ante la difícil situación por la que atravesaba por culpa de quienes la veían como una asesina. Sin embargo, ahora era consciente de que aquella mirada cálida, casi insinuante, tenía otra razón de ser. Aquel canalla estaba enamorado de ella, o al menos obsesionado. Por eso tanto empeño en intentar apartarla de quienes pudieran suponer un riesgo para sus intenciones de cortejo: Xabier, del que había llegado a hacerla dudar sobre si se encontraba o no en alta mar, Iñaki y el propio De la Fuente.

Por más que se empeñaba en correr más rápido, la respiración ansiosa del barquero se oía cada vez más cerca.

—¡No corras, que no voy a hacerte daño! —oyó a su espalda. Su tono de voz no decía lo mismo.

Con una creciente impotencia, Leire corrió aún más deprisa. Por un momento, se llevó las manos a los oídos para ocultar los jadeos de su perseguidor, pero al volverlos a destapar los oyó tan cerca que sintió que estaba todo perdido. Parecía que fuera la propia niebla la que respirara tras ella. Era espeluznante, y más cuando se giró sobre sí misma y no vio más que una inquietante oscuridad lechosa.

«No tropieces. No te caigas. No mires atrás», se dijo sin permitirse un solo segundo de resuello.

Faltaba poco para alcanzar el lugar donde las escaleras desembocaban en la carretera del faro, cuando trastabilló, cayendo de bruces al suelo. Un intenso dolor le sacudió la cara al chocar contra la dura arista de un escalón. El dulzón sabor de la sangre le inundó la boca.

Le dolía todo. No podía verlo, pero sabía que tenía el cuerpo lleno de magulladuras. Sentía los latidos de su corazón en las palmas de las manos, que tenía en carne viva por el roce contra la gravilla. No era la única lesión: la rodilla derecha le daba unos terribles pinchazos. Temió habérsela roto. Con la punta de la lengua, recorrió uno a uno todos los dientes y comprobó que no le faltaba ninguno, pero la herida en el labio era profunda y sangraba abundantemente. Necesitaba urgentemente unos puntos, pero eso, en aquel momento, no era importante. Si el Sacamantecas la alcanzaba, no habría puntos que pudieran salvarla.

Intentó ponerse en pie, pero la pierna derecha le dolía demasiado.

—No tenías que haberlo visto. —La voz del barquero sonó

muy cerca, apenas unos pasos más abajo—. No era así como tenía que acabar esto.

Iba a matarla. No cabía duda de que iba a hacerlo.

Con lágrimas de dolor corriendo por su cara ensangrentada, Leire logró ponerse en pie. El daño que sentía al obligar a la rodilla derecha a moverse era atroz, pero no sería nada comparado con lo que le esperaba si caía en las garras de aquel perturbado.

«Un escalón más y llego a casa», se repetía para sus adentros con cada paso que daba.

La carretera no se hizo esperar. Llegó hasta ella antes de lo que creía. Comprobarlo le insufló fuerzas, y más al oír toser al barquero. Tantos años pegado a su pipa le pasaban factura. Se lo imaginó intentando recuperar el aliento, perdiendo un tiempo que para ella podía resultar precioso. Aun así, no podía confiarse.

Mientras subía, había barajado la opción de intentar despistarlo tomando el asfalto en dirección al pueblo, en lugar de hacia el faro. Ahora, en cambio, sabía que no podría aguantar el dolor durante los más de dos kilómetros que la separaban de San Pedro. Antes, a medio camino, había una casa que conocía bien, pero no encontraría a nadie en ella y la línea telefónica estaría seguramente cortada; el único Besaide que quedaba con vida estaba entre rejas.

—¡Lo he hecho todo por ti! —gritó Txomin a su espalda—. ¡Todo!

Leire creyó entrever su silueta tras la cortina de niebla. Las partículas de agua volvían a estar levemente iluminadas; esta vez por el propio faro de la Plata, del que apenas la separaban unos centenares de metros.

Apretando los dientes para soportar el dolor de la pierna, corrió tan rápido como pudo por la estrecha cinta asfaltada. La respiración jadeante del barquero no tardó en atraparla de nuevo. Era como si un gigantesco fuelle resonara en medio de la noche.

«Un poco más y estarás a salvo».

La rodilla le respondía cada vez menos y le dolía cada vez más.

Cuando la luz del faro comenzaba a hacerse más intensa, volvió a sacar el móvil del bolsillo. Seguía sin tener cobertura. Probó a llamar al número de emergencias, pero antes de que pudiera comprobar si daba línea, la pierna le falló y volvió a caer al suelo. El teléfono rodó por el asfalto.

Sin tiempo de levantarse, miró atrás y vio cernirse sobre ella la silueta del Sacamantecas. La txapela, aquella de la que Txomin jamás se separaba, la hacía inconfundible.

—¿Ya no te quedan más fuerzas? —se burló el barquero jadeando.

Leire lanzó un grito de terror.

Primero a gatas y después a pie, continuó su huida a duras penas. Avanzaba despacio, con el pánico agarrotándole los músculos y con la certeza de que, en cualquier momento, se abalanzaría sobre ella. Contra todo pronóstico, alcanzó la explanada de aparcamiento y el sendero que subía hasta la puerta del faro sin que lo hiciera.

Mientras sacaba la llave del bolsillo, se giró hacia atrás y vio al Sacamantecas entre la niebla. Caminaba tranquilo, con paso firme y decidido, pero resoplando por el esfuerzo.

Por un momento, Leire se felicitó por haber sido capaz de llegar al faro. Sin embargo, enseguida comprendió que el barquero no iba a rendirse tan fácilmente. Ojalá la Ertzaintza llegara pronto. Aunque, para ello, todavía tenía que llamarlos.

En cuanto llegó al despacho y descolgó el teléfono fijo, supo que estaba todo perdido.

«¡Ese cabrón ha cortado la línea!».

El faro de la Plata, su soñado hogar, se acababa de convertir en una perfecta trampa. Si hubiera aceptado la escolta de Cestero, ahora no se encontraría a merced del Sacamantecas. Porque, a pesar de que ella estuviera dentro y él fuera del edificio, sabía que sería cuestión de tiempo que Txomin Guruzeta consiguiera entrar.

Y entonces solo un milagro podría salvarla.

Dirigió la vista hacia la ventana. La densa niebla le impedía verlo, pero allá abajo, realizando las maniobras de aproximación, el Queen of the Seas debía de haber comenzado a preparar la entrada a puerto. Le pareció entrever algo, pero la propia bombilla que brindaba su luz al despacho se reflejaba en el cristal y complicaba aún más la visibilidad del exterior.

No por mucho tiempo, porque la estancia quedó de pronto sumida en la más absoluta oscuridad.

Con un creciente sentimiento de pánico, Leire buscó a tientas el interruptor y lo accionó, pero no respondió. Había cortado también la corriente.

El faro también estaba apagado. Un leve pero amplio resplandor blanco delataba al crucero entre la niebla. Estaba muy cerca, prácticamente a punto de enfilar la bocana.

Sin pensarlo dos veces, y con el corazón en un puño, comenzó a bajar a tientas las escaleras. Los de la Autoridad Portuaria aún no habían enviado a nadie a arreglar el sistema de arranque automático del generador. Tenía que ponerlo en marcha cuanto antes si no quería que el crucero encallara en los bajíos cercanos a la bocana.

Aún no había llegado al primer piso, el que ocupaba su habitación, cuando un ruido la obligó a detenerse. Alguien acababa de romper el cristal de una ventana de la planta baja, la misma en la que se encontraba el generador.

«Ha entrado», comprendió angustiada al oír el crujido de unas botas sobre los cristales rotos.

Con una insoportable sensación de impotencia, Leire se agazapó entre los trastos que ocupaban la habitación aledaña a su dormitorio. Albergaba la esperanza de que el barquero subiera en su busca para poder escabullirse ella al piso inferior. Sin embargo, el silencio se había adueñado del faro. Ni un solo sonido delataba que el Sacamantecas se estuviera moviendo.

—¿No piensas bajar a encender este trasto? —oyó de pronto al que hasta entonces había sido su amigo.

La escritora sintió que le costaba tragar saliva.

Así que ese era su plan; esperarla junto al generador hasta que bajara a arrancarlo.

—Parece un sueño, ¿verdad? Nuestros nombres aparecerán juntos en todos los periódicos como los enamorados que acabaron con las cientos de personas que van en ese barco. Ahora verás lo que se siente al poder decidir cuándo acaban las vidas de los demás.

Como si pretendiera corroborar sus palabras, la potente bocina del Queen of the Seas resonó en la oscuridad de la noche. Leire reparó en que la vibración de su motor era ya audible. Estaba demasiado cerca. Se imaginó el desconcierto en el puente de mando por la repentina desaparición de la luz guía. Desgraciadamente, si el barco había pasado de las balizas de aproximación, sería aún más arriesgado abortar la maniobra de entrada a puerto que continuar con ella. Cualquier giro en falso podía suponer encallar en las peligrosas zonas de bajíos que flanqueaban la bocana.

Tenía que hacer algo cuanto antes. Lo que fuera, pero el faro no podía seguir apagado por más tiempo.

Obligándose a recuperar la calma, la escritora tomó aire lentamente antes de encaminarse hacia su habitación. Solo se le ocurría una forma de salvar la situación.

—¿Adónde vas? —preguntó Txomin al oír sus pasos—. ¿Por fin te has decidido a venir? Son muchas vidas las que están en juego, ¿no te parece?

Sin perder un solo segundo, Leire abrió la ventana, aquella desde donde la espiaba habitualmente el barquero, y arrojó por ella una maleta. Con un sonido bronco, el bulto cayó rodando por el talud hasta detenerse en la explanada de aparcamiento.

Alertado por el ruido, el Sacamantecas abrió la puerta principal y salió del faro en pos de lo que él creyó que era la propia escritora.

—¡No irás muy lejos! —exclamó—. Seguro que te has roto las piernas saltando desde semejante altura.

Leire sabía que no tenía tiempo que perder. Txomin no tardaría en descubrir el engaño y regresaría al faro, pero quería encenderlo aunque solo fuera durante unos segundos que podrían resultar vitales para que el Queen of the Seas pudiera corregir la posición.

Bajó las escaleras tan rápido como le permitió el dolor de su pierna derecha y, con un suspiro de alivio, accionó la palanca de encendido.

El generador tosió y comenzó a vibrar, devolviendo la luz a la linterna del faro.

No tuvo tiempo de celebrarlo. Antes siquiera de que pudiera girarse sobre sí misma, una áspera cuerda le apretaba la garganta.

—Todo esto lo he hecho por ti —masculló a su espalda la voz entrecortada de Txomin.

Leire se llevó las manos al cuello para intentar zafarse de la soga, pero el Sacamantecas la tensaba con fuerza.

Le faltaba el aire.

—Esto no tenía que acabar así —balbuceó el barquero estrechando aún más la cuerda—. Podíamos haber sido muy felices juntos.

Estaba llorando. Su voz rota no dejaba lugar a dudas.

Leire se sentía morir. De un momento a otro, perdería el conocimiento. Después, sabía perfectamente lo que ocurriría: las vísceras por el suelo y su grasa en un tarro de conserva con una etiqueta con su nombre escrito a rotulador.

Era horrible.

«Al menos, no ha apagado el generador», pensó con un último atisbo de cordura.

La falta de oxígeno le impidió pensar nada más. Todo parecía irreal, sumido en una niebla como la que flotaba en el exterior. Ni siquiera los dos disparos que resonaron en la soledad del faro le parecieron de verdad.

Pero lo eran.

50

Las campanas doblaban a difuntos en una lenta letanía que contagiaba su tétrica cadencia al paisaje. Leire, apoyada en la barandilla de aquella privilegiada balconada sobre la bocana, sintió que se le erizaba el vello. Siempre le ocurría al oír la desgarradora llamada del duelo, aunque no conociera al protagonista, a su pesar, del sepelio.

Esta vez sí lo conocía.

—Era un cabrón, merecía un final así —masculló a su lado la agente Cestero.

La escritora dejó vagar la vista hasta la plaza de San Juan. Desde el mirador natural en el que se encontraban, a medio camino entre San Pedro y el faro de la Plata, sus casas parecían la obra de un genial miniaturista. La brisa hacía ondear en sus balcones la ropa tendida y, junto a ella, numerosas pancartas contrarias a la dársena exterior.

—Nadie merece acabar así. Ni siquiera él —apuntó llevándose una mano al labio, bajo cuya hinchazón se escondían los tres puntos de sutura que le habían dado en el hospital. Lo de la rodilla, por suerte, no parecía ser más que una fuerte contusión, pero aún le hacía cojear.

Una potente bocina distrajo su atención hacia el muelle de Antxo. Las apabullantes formas blancas del Queen of the Seas, que destacaban sobre las fachadas tristes del barrio, habían comenzado a moverse. Uno de los remolcadores de Facal colaboraba en la maniobra de desatraque.

—Se va. Deben de haberlo arreglado —comentó Cestero—. Ni se imaginan lo cerca que estuvieron ayer de encallar en la Bancha del Oeste. Suerte que lograste encender el faro a tiempo.

Leire asintió con un movimiento cabeza.

—¿Por qué? —murmuró buscando con la mirada la motora, amarrada en el embarcadero de San Juan—. ¿Por qué tanto dolor? ¿Qué pretendía?

Cestero le apoyó una mano en la espalda.

—Es una historia horrible, de obsesiones y amores enfermizos. —Había pasado la mañana interrogando al detenido y aún no le había explicado los detalles—. Ese tío estaba enamorado de ti desde que te conoció en un Fiat Uno hace bastantes años. —Leire recordó vagamente el día que había acompañado a Xabier a Proyecto Hombre—. Desde entonces ha vivido obsesionado contigo. Las fotos que te envió son solo la punta del iceberg. En su casa guardaba varios carretes sin revelar en los que apareces en todas las situaciones que puedas imaginar. Cuando te separaste, se compró una cámara digital con visión nocturna y, desde entonces, te ha sacado más de doscientas fotos. Dormida, paseando por el muelle, en la motora, en el mercado, remando... Está muy jodido de la cabeza.

Leire sintió un estremecimiento que la obligó a cambiar de postura.

—¿Y por qué me las hizo llegar?

—Con ellas pretendía decirte que podías regresar tranquila de Bilbao, pues él te protegía. Está loco. Al principio se negaba a hablar a no ser que estuvieras tú presente, pero hemos conseguido que cambiara de parecer. —Ane Cestero dibujó una mueca de disgusto—. No eras su única obsesión. La figura de Juan Díaz de Garayo lo tenía aterrorizado. Tenías que haber visto las cicatrices que lucía en el abdomen. Según él, se las hizo el propio Sacamantecas, pero estamos convencidos de que son lesiones que se realizó él mismo. Txomin Guruzeta fue toxicómano, de modo que no es difícil aventurar que se las debió de hacer algún día en pleno delirio.

La escritora volvió a dirigir la mirada hacia el crucero. Tras una lenta maniobra, enfilaba ya hacia la bocana. Una multitud de curiosos se alineaba a ambos lados de ella, en los paseos de Puntas y las Cruces. Estaban expectantes ante la perspectiva de ver a aquel gigante de los mares abriéndose paso entre los hermosos acantilados que flanqueaban la salida al mar.

—¿Por qué las muertes? —inquirió Leire—. ¿Qué le motivaba a hacerlo?

—Tú —contestó Cestero sin rodeos—. Cuando te separaste de Xabier vio su oportunidad. Si estabas libre, podías ser suya. Fue entonces cuando comenzó a seguirte más de cerca, convencido de que, por fin, conseguiría que te fijaras en él. Y en ese contexto, te peleaste con Amaia Unzueta. En la motora la gente lo cuenta todo y alguien debió de explicarle lo ocurrido en el mercado. —La agente hizo una pausa para comprobar que Leire había asimilado sus palabras—. Por eso la mató. Dice que lo hizo por defenderte.

—¿Por defenderme? —La escritora estaba horrorizada.

—Por eso te llevó el cadáver al faro. ¿Recuerdas mi teoría sobre que estábamos ante una especie de ofrenda? —Leire asintió con una mueca de repugnancia—. Hemos encontrado sangre de la víctima en el maletero de su coche. Con la entrenadora ocurrió lo mismo. Supo por ti que te acababa de expulsar del equipo; así que, cuando Josune Mendoza montó en la motora para acudir a una cita contigo, la mató.

El Queen of the Seas silbó con fuerza, logrando que los malhumorados graznidos de las gaviotas se elevaran apagando las palabras. Las tres luces del semáforo de la atalaya brillaban con fuerza en color verde, lo que suponía que vistas desde el mar serían rojas. El canal de entrada al puerto estaba listo para la salida.

—¿Y la niña? Yo ni siquiera la conocía —preguntó la escritora sin saber realmente si quería oír la respuesta.

—Esa es la peor —admitió Cestero—. Los asesinatos y la reacción del pueblo contra ti te animaron a investigar. Txomin Guruzeta, que en un principio no contaba con ello, descubrió que eso os acercaba más, porque tú acudías a él con las últimas novedades. Al comprobar que centrabas tus sospechas en la construcción del puerto exterior, decidió alimentarlas aún más. La casualidad quiso que aquella fatídica tarde se encontrara en el sendero de Puntas con la pequeña Iratxe, a la que entre todos habíamos convertido en símbolo de la resistencia contra la obra. Para colmo, la pobre tenía casi la misma edad que la tercera víctima del Sacamantecas vitoriano. Era todo perfecto.

—¿La mató solo para que yo siguiera investigando? —se lamentó Leire llevándose las manos a la boca en una mueca de horror.

—Es terrible, ¿verdad? —musitó Cestero—. Además, de alguna manera dirigió tus pesquisas hacia los Besaide. Sentía un odio visceral por aquella familia. ¿Sabías que fue Gastón quien le mutiló la mano?

—No. La única vez que oí que alguien le preguntaba por los dedos que le faltaban contestó con evasivas. Algo sobre una red de pesca, me parece.

—Pues bien, Guruzeta sospechaba que aquel extraño paseo que Besaide realizaba a diario tenía alguna finalidad oculta y quería averiguar qué era. Como él no se atrevía a acercarse a Gastón —explicó la agente señalándose los dedos—, intentó despertarte la curiosidad para que investigaras por él.

—Y lo logró —masculló Leire con un sentimiento ambivalente de rabia, por haber caído en la trampa, y de orgullo, por haber resuelto un caso abierto desde hacía tantos años.

—En la comisaría se armó una buena —apuntó Cestero adivinando sus pensamientos—. Que una escritora de novela romántica fuera capaz de resolver algo que la policía no había sido capaz de solucionar no fue plato de gusto para nadie. Santos se llevó una buena bronca de los de arriba. Fue el principio del final de su carrera.

Ajeno a sus palabras, el crucero comenzó a surcar la bocana. Cientos de pasajeros y tripulantes se habían congregado en las cubiertas superiores para disfrutar del espectáculo. La algarabía de sus voces entremezcladas con el *Born in the U.S.A.*, de Bruce Springsteen, que sonaba por la megafonía del barco, enmascaraba el potente ronroneo del motor de la nave.

—Cualquiera diría que no cabe —dijo Leire haciendo un gesto con las manos para resaltar la estrechez del paso natural por el que discurría el Queen of the Seas.

Cestero asintió.

—¿Qué opinas tú del puerto exterior? —preguntó la agente sin apartar la vista del barco.

La escritora recordó los paseos en dorna con Iñaki. Las cascadas que vertían directamente al mar, los acantilados rosas, los frailecillos que anidaban entre extrañas formaciones rocosas, las calas secretas en las que soñaba con hacer el amor con él...

—Una maldita barbaridad —admitió. Era la primera vez que tenía clara su postura sobre todo aquello—. Eso sí, no creo que a los de la Autoridad Portuaria les hiciera mucha gracia que colgara un cartel en contra de su construcción de la fachada del faro —añadió con una sonrisa burlona.

Ane Cestero soltó una carcajada.

—No, no lo hagas. A no ser que quieras que te echen de casa.

Leire exhaló un suspiro. Aún faltaban detalles por oír.

—¿Y Miren? —inquirió recordando a su amiga con una punzada de dolor—. ¿Por qué ella?

—Cuando te fuiste a Bilbao —comenzó a explicar la agente recobrando la seriedad—, Guruzeta intentó que regresaras enviándote las fotos. En el extraño laberinto de su mente enferma pensó que te sentirías segura sabiendo que alguien custodiaba tus sueños. Sin embargo, al ver que no obraba efecto alguno, decidió asesinar a la cuarta víctima. ¿Qué mejor que una compañera tuya del astillero para que te sintieras más involucrada y te animaras a regresar para seguir investigando?

—¡Joder, qué retorcido!

—Más de lo que crees. El interrogatorio ha sido muy desagradable. Ese tío no se arrepiente de nada. Lo contaba todo henchido de orgullo. Esos crímenes son su gran obra, por la que pasará a la historia igual que su temido y admirado Juan Díaz de Garayo. —Cestero saludó con la mano a varios turistas que se despedían de ellas desde la cubierta de babor—. A José de la Fuente también se la tenía jurada. Nunca le perdonó haber matado a sus amigos en aquella fábrica apestosa. Vio en tus pesquisas la oportunidad de que lograras destapar aquello, como habías hecho con el caso de los Besaide.

—¿Por qué se lo cargó, entonces? —se extrañó Leire.

—No le gustó saber que el constructor te estaba cortejando. Temió perderte de nuevo, así que lo mató sin darte tiempo a investigarlo. Es el único crimen con el que no lo veo del todo satisfecho. También a él le hubiera gustado ver al constructor entre rejas, pero su obsesión contigo fue superior a sus fuerzas.

Leire exhaló un suspiro. Aún no daba crédito a todo aquello.

—Es una locura —musitó.

Ane Cestero asintió.

—Lo es, pero ya se ha acabado. Ese cabrón va a pasar el resto de su vida en la cárcel.

—Aún tengo una duda —comentó Leire con la mirada perdida—. Si al principio mataba por protegerme, ¿por qué no asesinó a Felisa Castelao?

—He pensado lo mismo al interrogarlo —admitió la ertzaina—. Y, obviamente, se lo he preguntado. Parece ser que el día que se cargó a la entrenadora tenía previsto acabar con la pescadera, pero esta no utilizó la motora, así que no pudo sorprenderla. Después, al comprobar que sus acusaciones te movían a investigar y a compartir con él los avances y las dudas, decidió que Felisa era una aliada útil. Cuanto más corriera la gallega la voz de que tú eras la asesina, menos apoyos tendrías en el pueblo y más obligada te verías a confiar en él. —Cestero hizo una pausa y frunció el ceño como si intentara recordar algo—. ¿Te he dicho ya que la hemos detenido?

Leire la miró extrañada.

—¿A Felisa? ¿Qué ha hecho?

—Las pintadas. Tenía los aerosoles de pintura en su pescadería, a la vista de todos. Como si fueran un trofeo. No ha habido más que comparar la caligrafía de los carteles que cuelga en el escaparate con las pintadas del faro para confirmar que había sido ella —explicó la agente—. Parece que Agostiña la acompañaba esa noche. ¡Te odian!

Leire torció el gesto en una mueca de desagrado.

—¿Qué va a ser de ella? —inquirió, aunque conocía de antemano la respuesta.

—Habrá un juicio por amenazas y por daños al dominio público. Supongo que tendrán en cuenta la simulación de secuestro como agravante.

La escritora asintió llevándose un cigarrillo a los labios.

«Debería dejarlo —pensó mientras lo protegía de la brisa con la mano para encenderlo, pero desechó inmediatamente la idea—. Tal vez otro día».

—Algunas de las víctimas estaban fuertes, es raro que no se resistieran —comentó extrañada—. Josune tenía una fuerza impresionante en los brazos. Aún no entiendo cómo hizo para matarla.

—El muy cabrón lo tenía todo bien preparado. Salvo a Iratxe Etxeberria, que la estranguló en la propia cala donde fue hallada, aprovechaba para sus crímenes la soledad de la motora. Era allí donde las abordaba. ¿Quién iba a sospechar del hombre que llevaba diez años pasándonos a todos de una orilla a otra? —preguntó sin esperar respuesta—. Una vez que la víctima había embarcado, Guruzeta se colocaba tras ella con la excusa de soltar amarras y la estrangulaba con una cuerda que constreñía con la ayuda de un bastón que empleaba a modo de torniquete. La sorpresa y la rapidez con la que actuaba hacían prácticamente imposible zafarse de él.

—¡Joder! ¿Y nadie lo vio? La motora es el centro de la vida en la bocana.

—Es alucinante, ¿verdad? Parece que cuando creía que alguien podía estar mirándolo, se aprovechaba de la confianza de las víctimas para desviarse del itinerario habitual con la excusa de ir en busca de algo. Una vez que llegaba a algún ángulo muerto, actuaba.

—Lo tenía todo bien pensado —se lamentó Leire reparando en que faltaba un detalle—. ¿Y la grasa? ¿Por qué guardaba esos frasquitos con el sebo de las víctimas?

La ertzaina respiró a fondo al tiempo que apretaba los labios en un gesto de disgusto.

—Simples recuerdos. Al verlos, al manosearlos, lo rememoraba todo y se sentía el propio Sacamantecas. No lo habría sido si no extrajera la grasa de sus víctimas, ¿no? —Mientras lo decía, tomó del cinto la radio de servicio. Un repetitivo pitido anunciaba que algún compañero quería hablar con ella—. Cestero —dijo a modo de saludo.

—García va a empezar la rueda de prensa. ¿Quieres bajar? —anunció una voz metálica que crepitaba por las interferencias.

—Que empiece sin mí. Bajo enseguida —apuntó la agente antes de girarse hacia la escritora—. El comisario va a comparecer ante los medios. Tengo que ir a acompañarlo —explicó señalando el embarcadero de San Pedro. Allí, junto a dos coches patrulla, un semicírculo formado por al menos una decena de cámaras de televisión rodeaba a un hombre con el uniforme de la Ertzaintza.

—Tú solucionas el caso y él se cuelga las medallas —dijo Leire volviendo la vista hacia la ertzaina.

—Tiempo al tiempo —repuso Ane Cestero sin apartar la mirada de García—. Algún día seré yo quien dé las ruedas de prensa y quien ocupe el despacho del comisario. Soy demasiado joven para tener prisa. ¿No te parece? Tú sí que no tendrás medallas, y eso que has sido vital en la resolución de este caso —apuntó girándose hacia Leire.

—Yo ya tengo mi premio —apuntó la escritora—. Estaba cansada de mi trabajo, me faltaba la ilusión para continuar escribiendo. Ahora, sin embargo, me muero de ganas de sentarme frente al teclado y acabar mi novela.

—¿De qué va? —preguntó Cestero.

—De todo esto. ¿Te parece poco lo que hemos vivido? La señorita Andersen se va a ver envuelta en los espantosos crímenes del Sacamantecas. Sin pretenderlo, Txomin Guruzeta me ha regalado un argumento inmejorable.

—¿Darrelsen? ¿Quién es esa? —quiso saber la agente frunciendo el ceño.

Leire se rio.

—Da igual. Es solo un ridículo personaje de ficción.

La bandera panameña que ondeaba en la popa del Queen of the Seas se fue haciendo pequeña conforme la enorme nave desfilaba entre los diques de punta Arando para hacerse finalmente a la mar. La bocina del crucero tronó con fuerza por última vez mientras el capitán hacía virar el enorme barco hacia el oeste.

—Va hacia tu tierra. Una corta escala para visitar el Guggenheim y el Puente Colgante, y vuelta a embarcar —apuntó la ertzaina—. ¿Y tú? ¿Qué piensas hacer?

La escritora se encogió de hombros.

—De momento, bajaré al funeral de José de la Fuente y después saldré a navegar. Necesito un poco de relax —mintió. En realidad, lo que necesitaba era que Iñaki la estrechara entre sus brazos y, ¿por qué no?, la llevara a alguna de esas calas desiertas de las que tanto le había hablado.

—¿Y después? —insistió Cestero—. ¿Te quedarás por aquí? ¿Seguirás en el faro de la Plata?

Leire recorrió la bahía con la mirada. Tras la marcha del crucero, el gentío había comenzado a dispersarse. Solo los graznidos de las gaviotas y los quejidos de una grúa lejana profanaban el silencio del momento. Ni siquiera el runrún de la motora, que pasaba en ese momento de una orilla a otra, se atrevía a llegar hasta allí arriba. Era como estar viendo una fascinante postal marinera. En realidad, era mucho más; era como estar viviendo dentro de ella.

—¿Cómo no me voy a quedar? —aseguró convencida—. ¿Se te ocurre algún lugar mejor donde vivir?

NOTA DEL AUTOR

La bahía de Pasaia siempre me pareció el escenario perfecto para una novela de suspense. Su privilegiado emplazamiento, con sus pueblos varados a la orilla misma del mar y de espaldas a la montaña, está salpicado de rincones fascinantes. Las escaleras de Senekozuloa, una joya que los turistas se olvidan de visitar, son quizá el más evocador, pero hay más. Un sinfín de faros invitan a soñar con noches de tormenta y mala mar, y senderos colgados de los acantilados parecen susurrar viejas historias de contrabandistas. Todo un despliegue de escenarios en apenas unos kilómetros.

He tratado en lo posible de ser fiel a las descripciones del paisaje. Las sendas y los parajes que se mencionan en estas páginas existen y son una visita inolvidable a escasos minutos de la capital guipuzcoana. Los personajes, en cambio, son todos fruto de mi imaginación.

En cuanto al contexto social, que nadie busque las pancartas contra la nueva dársena en los balcones. Hoy son cosa del pasado. Tras largos años de diatribas, de dinero gastado en costosos estudios y proyectos, de manifestaciones contrarias y recursos internacionales, el Gobierno Vasco zanjó finalmente la discusión sobre el puerto exterior en julio de 2014. El proyecto quedaba cancelado. Los acantilados de Jaizkibel habían ganado la partida.

Las banderas que aún ondean, y que ojalá no dejen de

hacerlo nunca, son las rosas y moradas de los respectivos equipos de remo; una rivalidad secular que resulta pintoresca a ojos del visitante, pero que protagoniza agrias discusiones de taberna.

AGRADECIMIENTOS

No puedo, ni quiero, acabar estas páginas sin agradecer a los buenos amigos que me han regalado su tiempo para mejorarlas. De no haber sido por ellos, esta novela jamás habría pasado de ser un mero boceto en un cuaderno.

A Álvaro Muñoz, porque está ahí siempre que hace falta, y porque trabajar con él es un lujo del que tengo la suerte de disfrutar.

A Gorka Hernández, por aquel inolvidable paseo vespertino hasta el faro de la Plata, con las traineras surcando la bocana y el sol perdiéndose bajo el Cantábrico.

A Xabier Guruceta, que no es familia del barquero, o eso creo, pero tiene la cabeza llena de tramas apasionantes que harían las delicias de cualquier cineasta de suspense.

A Sergio Loira, por sus ánimos cuando más falta hacían. Nos debemos un desayuno literario, pero esta vez en Pasaia, con la bocana como telón de fondo.

A Ion Agirre, por sus lecciones aceleradas de remo y rock radical. Sin ellas, todo habría sido un desastre.

A Aitor Llamas, veterinario ilustre, por burlarse de mí cuando le pregunté si los pelos de foca podían confundirse con los de perro.

A Txelo J. Espárrago, por sus recuerdos del Txangai y de su labor de tutor en Proyecto Hombre.

A Juan Bautista Gallardo, por convertirse en un verdadero *Diccionario panhispánico de dudas* a través del Whats-App.

A Esther y Tati, de la librería Hontza y grandes amantes de la novela negra sueca, por su crítica sincera, aunque a veces no compartamos la misma sed de sangre.

A Iñigo, mi hermano, por su compañía en la biblioteca y sus apuntes sobre psicología y anatomía.

A mi madre, por ayudarme a solucionar siempre todos los imprevistos.

A Maria Pellicer, por hacer ver que nuestra pequeña Irati duerme de un tirón para que yo pueda descansar y escribir por la mañana.

Y, cómo no, a ti, que has llegado hasta el final de estas páginas.

A todos vosotros, ¡gracias de todo corazón!